KB067179

너와 나의 엔딩 2

너와 나의 엔딩 2

초판 1쇄 찍은 날 | 2017년 11월 28일
초판 1쇄 펴낸 날 | 2017년 12월 05일

지은이 | 별규
펴낸이 | 서경석

편 집 책 임 | 조윤희
편 집 | 이은주
이예진
디 자 인 | 최진실

펴 낸 곳 | 도서출판 청어람
등록번호 | 제387-1999-000006호
등록일자 | 1999. 5. 31
어람번호 | 제11-0068호

주소 | 경기도 부천시 부일로 483번길 40 서경B/D 3F (우) 14640
전화 | 032-656-4452 팩스 | 032-656-4453
http://www.chungeoram.com
E—mail | chungeorambook@daum.net

ISBN 979-11-04-91506-2 04810
ISBN 979-11-04-91504-8 (SET)

너와 나의 엔딩 2

별규 장편소설

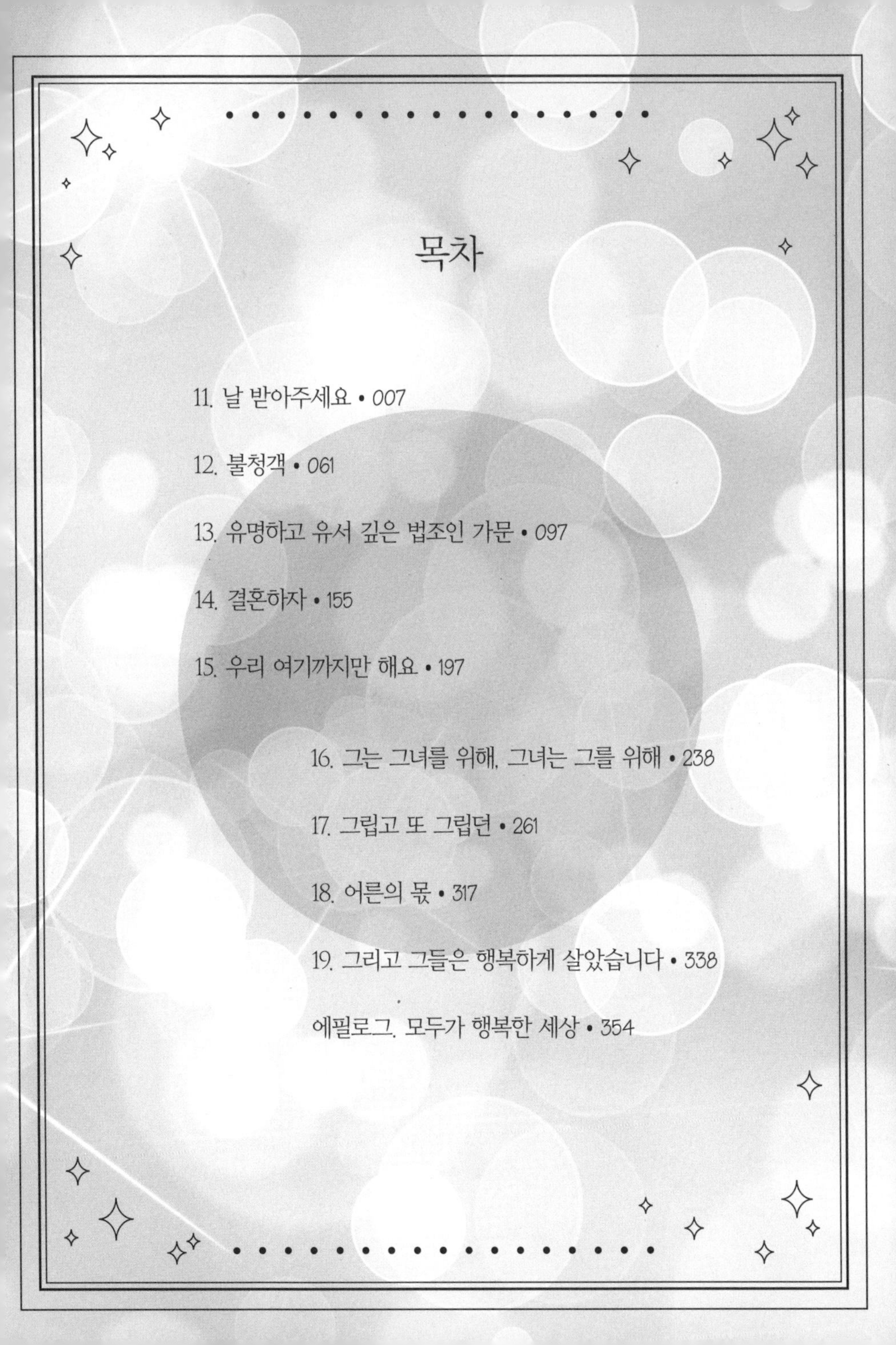

목차

날 받아주세요

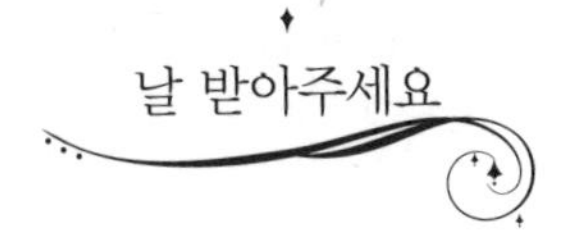

리무진에서 내려 공항 안으로 들어선 수현의 발걸음은 무겁기만 했다. 사실 괌에 가겠다고 결정했을 때만 해도 주성이 함께 간다는 말은 없었다. 그가 간다는 걸 조금만 더 일찍 알았더라면 가지 않았을 텐데 어젯밤 박 실장과 통화를 하다가 알게 된 것이었다. 성혜와의 불쾌한 만남도 있었던 데다가 터무니없는 소문까지 돌았던 마당에 조금이라도 빌미를 줄 만한 행동은 하지 않는 게 최선이라는 걸 알기 때문이었다. 하지만 이미 가는 걸로 이야기가 다 끝나고 난 뒤 통화를 마치기 직전에 주성의 동행을 알게 되었고, 갑자기 안 가겠다고 할 만한 핑계를 찾을 수 없었다. 내심 찜찜하던 차에 가지 말라는 지혁의 말까지 듣고 나니 마음이 더 불편해졌다. 딴생각을 하면서 터벅터벅 걷고 있던 수현은 누군가 제 앞을 가로막는 바람에 제자리에 멈춰 서야만 했다.

"수현아."

눈을 들어 보니 주성이 미소를 지으며 서 있었다. 공교롭게도 공항에 도착해서 가장 처음 만난 사람이 가장 피하고 싶었던 사람인 셈이었다. 녹음실에서 그가 자신을 뒤에서 안았던 순간을 떠올린 수현의 표정이 일순간 굳었으나 주성은 아무 일도 없었다는 듯 평소와 다름없이 행동하고 있었다.

"지금 온 거야?"

그는 늘 그랬듯 신사적이고 다정했다.

"짐 부쳐야지. 이리 줘."

수현은 오른손으로 잡고 있던 캐리어를 왼손으로 고쳐 잡으며 제 캐리어를 향해 뻗은 그의 손을 피했다.

"짐 부칠 필요 없을 거 같아요."

주성의 눈이 그녀의 캐리어로 향했다.

"기내 반입하기엔 사이즈가 좀 큰……."

"오늘 안 가려고요."

수현은 즉흥적이거나 무책임한 성격이 아니었다. 아무리 일 때문에 가는 게 아니라고는 해도 출국 일정을 목전에서 엎는 건 난생처음이었다. 하지만 이런 찜찜한 기분으로 가봤자 기분 전환이 될 것 같지도 않았을 뿐만 아니라, 분명 후회할 거라는 생각이 들었다. 그렇다면 지금이라도 마음을 돌리면 되는 거였다.

"박 실장 보시면 저 오늘 못 간다고, 미안하다고 좀 전해주세요."

수현은 굳이 구차한 핑계를 대고 싶지도 않았다.

"갑자기 왜?"

주성의 얼굴에는 당황한 기색이 역력했다.

"혹시…… 나 때문이야?"

그는 그녀에게 물어보면서도 자신 때문이라고 확신했다. 그렇지 않고서야 공항까지 온 사람이 제 얼굴을 보자마자 안 가겠다고 할 이유가 없을 테니 말이다. 그런데 수현의 대답은 그의 예상과 달랐다.

"아니요."

굳이 따지자면 그를 원인 제공자라고 볼 수는 있었지만, 수현이 마음을 돌린 결정적인 이유는 주성이 아니었다.

"다른 사람 때문이에요."

류지혁이라는 남자 때문이었다. 수현은 사회 규범과 일치하는 성향을 가졌기에 반항이나 일탈을 할 필요가 없었을 뿐, 고분고분하거나 순종적인 성격은 아니었다. 그런데 희한하게도 지혁을 신경 쓰게 하고 싶지 않았다. 굳이 그의 말을 따라야 할 이유가 없는데도 그가 싫어하는 건 안 하고 싶었다.

"잘 다녀오세요."

결정을 내리고 나니 마음이 조급해진 수현은 뒤돌아서서 걸음을 재촉했다. 뒤에서 주성이 부르는 소리가 들렸지만 돌아보지 않았다. 지금 그녀의 머릿속에는 지혁에게 가야 한다는 생각뿐이었다.

수현은 짐도 있는 데다가 공항 리무진으로 지혁의 사무실까지 어떻게 가야 할지 몰라서 일단 집으로 향했다. 집에 도착해서 짐을 두고 차 키만 가지고 내려와 곧장 서초동으로 차를 몰았다. 그런데 막상 목적지에 도착하고 나니 정신이 번쩍 들었다.

"내가 왜 여기 와 있는 거야……."

수현은 핸들에 턱을 기대고서 혼잣말을 중얼거렸다. 아무리 생각해도 뭐에 홀린 게 분명했다. 미쳐도 단단히 미친 게 틀림없었다. 아니라면 어떻게 공항까지 갔다가 되돌아올 수 있단 말인가. 마음을 가다듬고 휴대폰을 꺼내 들었지만 그의 번호를 누를 수 없었다. 차마 회사 주차장에 와 있다고 전화를 걸 용기가 나지 않았다.

"어떡하지……."

이러지도 저러지도 못하고 발을 동동거리고 있는 그녀의 귀로 운전석 창문을 두드리는 소리가 들렸다. 깜짝 놀라 돌아보니 여희가 서 있었다. 수현은 차 문을 열고 밖으로 나갔다.

"안녕하세요, 홍 변호사님."

"여기서 뭐 해요? 지혁이 기다려요?"

여희의 목소리는 냉랭하기 그지없었다. 지혁을 보러 온 게 아니라면 수현이 여기 있을 이유가 없다는 걸 알면서도 괜히 고까운 마음이 들었던 것이다. 그냥 지나쳐도 될 것을 굳이 다가와 시비를 걸고 있는 자신이 짜증스러우면서도 스스로 통제할 수 없는 부분이었다.

"아니요."

지혁을 기다리는 게 아니라는 수현의 대답에 일순간 당황했지만, 여희의 얼굴에는 이내 의미심장한 미소가 피어올랐다.

"그럼 잠깐 나랑 얘기 좀 할래요?"

두 사람은 근처 카페로 자리를 옮겼다. 여희는 자리에 앉자마자 빙빙 돌리지 않고 단도직입적으로 물었다.

"지혁이 알게 된 지 얼마나 됐어요?"

"얼마 안 됐습니다."

"지혁이랑 나는 스무 살 때부터 알았어요. 지혁이는 수석, 난 차석으로 입학했죠. 몇 달 뒤에 알게 된 거지만 부모님끼리도 잘 아는 사이였어요."

수현은 왜 여희가 자신에게 이런 이야기를 하는 건지 짐작이 갔기에 별다른 반응을 보이지 않고 조용히 들었다.

"난 학창 시절 내내 일등을 놓친 적이 없었어요. 처음으로 일등 자리를 빼앗아 간 사람이 지혁이였어요."

기억을 떠올린 여희가 피식 웃음을 터뜨렸다. 지금은 웃으며 이야기할 수 있지만, 당시에는 몇 날 며칠을 대성통곡할 정도로 충격적인 일이었다.

"다시 내 자리를 찾겠다고 이를 갈았죠. 열심히 하면 당연히 이길 수 있을 줄 알았으니까요. 근데 지혁이는 노력한다고 뛰어넘을 수 있는 상대가 아니었어요. 아등바등하지도 않으면서 늘 최고였거든요. 그 사실을 받아들이는 데 일 년 넘게 걸린 것 같네요."

수현은 어느새 여희의 말에 귀를 기울이고 있었다. 다른 사람의 입을 통해 듣는 그의 과거는 흥미로웠다.

"지혁이, 알아주는 승부사예요. 한번 하겠다고 결심하면 무슨 일이 있어도 해내고야 말거든요. 어려운 일에는 더 불타올라요."

여희는 수긍한다는 듯 고개를 끄덕이는 수현을 빤히 보면서 빙그레 웃었다.

"지혁이가 그러더라고요. 수현 씨 어려운 여자라고."

'어려운 여자…….'

수현의 눈빛이 미묘하게 흔들리는 것을 놓치지 않은 여희가 쐐기를 박았다.

"도전 의식이 생긴 거죠, 아주 강하게."

수현은 입 안쪽 여린 살을 지그시 깨물었다. 지금까지 접근해 온 남자들 대부분이 자신을 어떻게 생각했는지 그녀도 잘 알고 있었다. 도도하고 어려운 여자. 정복해 보고 싶은 여자. 지혁도 여느 남자들과 다를 바 없었다는 사실이 허탈하고 실망스러웠다. 하지만 여희 앞에서 그 어떤 것도 내색하고 싶지 않았던 수현은 복잡한 감정을 감춘 채 말문을 열었다.

"지혁 씨를 좋아하시나 봐요."

"네. 좋아해요."

여희가 기다렸다는 듯 대답했다. 묻지 않아도 하려던 말이었으니 망설일 필요가 없었다.

"오래전부터 좋아했어요."

라이벌이라고만 생각했던 지혁이 좋아지기 시작한 건 자신이 그의 상대가 되지 못한다는 사실을 인정하고 난 다음부터였다. 하지만 자신을 조금도 여자로 보지 않는 그에게 무턱대고 고백할 만큼 깊은 감정은 아니었다. 사법연수원을 마치고 일 년에 한두 번 볼까 말까 하다 보니 자연스럽게 마음을 접을 수 있었다. 그러다가 같이 일을 시작하게 되면서 그 마음이 다시 커져 버린 것이었다. 이번엔 적극적으로 다가가 보리라 다짐하고 있던 차에 나타난 수현이 눈엣가시처럼 느껴지는 건 어쩌면 당연한 것이었다.

"하실 말씀 다 하신 것 같은데 그만 일어나도 될까요?"

여희가 우아하게 고개를 끄덕였다.

"그러세요."

수현은 담담한 표정으로 자리에서 일어나 카페를 나왔다. 기분 탓인지 바람이 조금 전보다 더 차가워진 것 같았다. 그녀는 옷깃을 여미고 주차장으로 걸음을 재촉했다.

지혁이 주차장에 도착했을 때 당연히 수현은 없었다. 차를 타고 가더라는 영민의 말을 흘려들은 건 아니었다. 혹시나 하는 마음에 내려와 본 것이었다. 미련을 버리지 못하고 주차장을 한 바퀴 훑어본 그는 수현에게 전화를 걸었다. 신호만 갈 뿐, 수현은 전화를 받지 않았다. 아직 그녀에게 아무 얘기도 들은 게 없는 이상 낙관은 금물이라는 걸 모르지 않았다. 수현이 여기까지 온 데에는 자신이 생각하는 이유가 아닌 다른 이유가 있을 가능성도 배제할 수 없었다. 게다가 그냥 돌아가기까지 했으니 마냥 희망적인 것만도 아니었다. 그런데 그 모든 걸 알면서도 자꾸만 입꼬리가 올라갔다.

당장에라도 수현을 만나서 물어보고 싶었다. 괌에 간다던 사람이 왜 여기까지 온 건지, 왔으면서 왜 연락도 하지 않고 그냥 간 건지, 혹시 기대를 가져 봐도 되는 건지……. 하지만 수현과 통화를 할 수 없었고, 그녀가 집으로 갔는지 다른 곳으로 갔는지도 모를뿐더러, 오늘은 처리해야 할 일이 많았기에 회사에서 꼼짝할 수가 없었다. 결국 지금은 그 어떤 것도 확인할 수 없다는 결론밖에 내릴 수 없었다. 지혁은 의아함과 아쉬움이 뒤섞인 마음으로 발걸음을 돌려야만 했다. 그때였다.

"지혁아."

등 뒤에서 부르는 목소리에 뒤돌아보니 여희가 서 있었다. 수현보다 한발 늦게 카페를 나와 이제 도착한 그녀는 지혁을 보고 살짝 당황했다. 여희의 시선이 조금 전 수현의 차가 서 있던 곳으로 향했다. 그 자리는 비어 있었다.

'둘이 마주쳤나?'

지혁에게 눈을 돌린 여희가 모른 척 그를 떠보았다.

"왜 나와 있어?"

지혁은 대답 대신 말을 돌렸다.

"너야말로. 방에 있는 줄 알았는데 어디 다녀오나 보네."

여희는 눈치로 지혁이 수현과 마주치지 않았다는 걸 확신했다.

"우연히 아는 사람을 만났어. 잠깐 얘기 좀 하느라고."

나중에라도 수현이 지혁에게 자신과 나눈 대화를 전한다고 해도,

여희는 조금의 거리낌도 없었다. 오늘 그녀가 수현에게 한 말은 모두 사실이었으며, 방금 한 말 어디에도 거짓은 없었으니 말이다.

밤 10시가 다 되어서야 일을 마무리 짓고 돌아온 지혁은 곧장 수현의 집으로 향했다. 문을 열어주는 그녀의 표정이 어딘지 모르게 굳어 있는 것 같다는 생각을 잠시 했지만, 크게 의미를 두지는 않았다. 수현이 괌에 가지 않고 회사에 왔던 것을 생각하느라 다른 데에 신경 쓸 겨를이 없었기 때문이었다.

"왜 안 갔어?"

지혁의 얼굴에는 보일 듯 말 듯한 미소가 걸려 있었다.

"그럴 일이 좀 있었어요."

아까 그에게 같은 질문을 들었다면 당신 때문에 가지 않았다고 대답했을지 몰라도 지금은 아니었다.

"할 얘기가 있는데 잠깐 들어가도 돼?"

수현은 새삼스럽게 안 된다고 하기가 우스워서 고개를 끄덕였다.

"들어오세요."

그녀의 뒤를 따라 집 안으로 들어가며 지혁이 물었다.

"시은이는?"

"엄마가 편찮으시대요. 집에 갔어요."

지혁은 잘됐다고 생각하며 온종일 참았던 질문을 꺼냈다.

"왜 그냥 갔어? 날 보러 왔으면 보고 가야지."

수현이 제자리에 우뚝 멈춰 서는 바람에 지혁의 움직임도 멎었다. 뒤로 돌아선 수현의 표정이 싸늘하다고 느낀 순간 그녀의 입술이 열렸다.

"이제 그만하세요."

"뭘 그만해?"

지혁이 어리둥절한 얼굴로 되물었다.

"지혁 씨가 나한테 왜 이러는지 알아요."

지혁의 미간이 찌푸려졌다. 뭔지는 몰라도 수현의 분위기가 심상치 않다는 걸 알 수 있었다.

"내가 왜 이러는데?"

"내가 다른 여자랑 다르니까. 자기 마음대로 되지 않으니까."

수현은 모른 척 넘어가려고 했었다. 더 이상 그에게 흔들리지 않는 걸로 됐다고 생각했다. 그런데 그의 얼굴을 보니 하지 않으려던 말들이 저도 모르게 튀어나왔다.

"한 번 자줘요? 그럼 그만할래요?"

홧김에 내뱉은 그녀의 말에, 지혁의 얼굴이 딱딱하게 굳었다. 가만히 수현을 응시하던 그가 그녀에게 성큼 다가서며 입을 열었다.

"그래, 한 번 자줘."

지혁은 수현을 벽으로 밀치고 그녀의 입술에 제 입술을 거칠게 포갰다. 수현은 호흡이 가빠지고 정신이 아득해졌다. 하지만 지혁은 그녀가 숨 쉴 틈도 없이 격정적으로 몰아붙였다. 이성이 마비된 듯 아무 생각도 나지 않았다. 그의 옷깃을 잡고 간신히 버티고 서 있는 것만으로도 버거웠다. 그런데 아이러니하게도 그와 함께하는 이 순간이, 그와 나누는 이 숨결이 싫지 않았다. 제 뺨을 감싸고 있는 그의 뜨거운 손이 불쾌하지가 않았다. 약에 취한 듯 몽롱했던 정신이 돌아온 건 지혁의 손이 제 바지 버클을 건드린 순간이었다. 흠칫 놀란 수현이 눈을 번쩍 떴다. 여전히 그의 입술은 그녀의 입술에 닿아 있었다.

'설마…….'

지혁의 행동이 무슨 의미인지 모르려야 모를 수가 없었다. 제 도발을 받아들이겠다는 의미가 분명했다. 수현은 그대로 굳어버렸다. 어떻게 해야 할지 아무 생각도 나지 않았다. 화를 내고 그를 밀쳐내는 게 맞는데, 제 입으로 한 말이 있으니 쉽게 입이 떨어지지 않았다. 어쩔 줄 몰라 하던 수현은 지혁의 시선을 느끼고 멈칫했다. 어느새 뒤로 조금 물러난 그가 짙게 가라앉은 눈빛으로 자신을 빤히 바라보고 있었기 때문이었다. 그의 양손은 어느새 그녀의 얼굴 옆 벽을 짚고 있었다. 지혁은 수현을 제 팔 안에 가둔 채 천천히 입을 열었다.

"까불지 마."

그녀는 지혁의 얼음장 같은 목소리에 흠칫 몸을 떨었다. 뜨거웠던 그의 체온과 백팔십도 다른 어조였다.

"네가 정말 할 수 있는 것만 말해."

"……."

"네 자신을 싸구려 취급도 하지 말고. 내가 지금 너랑 한번 자보고 싶어서 이러는 것 같아?"

수현이 속눈썹을 내리깔았다. 그의 눈을 똑바로 쳐다볼 수가 없었다. 그가 내뱉는 한 마디, 한 마디가 비수처럼 온몸을 파고드는 기분이었다. 홧김에 꺼낸, 마음에도 없는 말이 부끄러워서 어디에라도 숨고 싶었다. 하지만 그는 말을 멈추지 않았다.

"송수현, 예쁘지. 몸매도 좋고. 사람 정신 못 차리게 하는 매력이 있다는 거 인정해. 근데 난 너한테 한번 자자고 한 게 아니었어. 특별한 사이가 되자고 한 거지."

수현은 그가 제 몸만 원한다고 생각해 본 적 없었으면서 괜한 말로 그를 폄하한 게 미안해졌다. 이러려던 건 아닌데 괜히 그에게 섭섭한 마음을 그런 식으로 푼 것뿐이었다.

"네가 그동안 날 어떻게 보고 있었는지 오늘 확실히 알았어."

"……."

수현의 눈꼬리가 파르르 떨렸다. 무슨 말이라도 해야 하는데, 그의 서늘한 목소리에 숨이 막혀 입을 열 수가 없었다.

"그동안 미안했다."

이제 그만하겠다는 의미임을 알아차린 수현은 심장이 덜컥 내려앉는 것 같았다. 먼저 그만하라고 한 건 자신이면서 제 말에 따라주겠다는데 왜 절망적인 감정이 치밀어 오르는 건지 이해할 수가 없었다. 이것이 마지막이라고 생각하니 문득 두려워졌다. 이제 그와의 미래가 두려운 게 아니라, 그와 여기서 끝이라는 게 두려웠다. 언젠가 이별을 하게 된다고 할지라도 지금 당장 그의 애정 어린 눈빛을 볼 수 없는 것보다는 나을 것 같았다. 수현은 마른 입술을 혀로 축이고 간신히 입을 열었다.

"미…… 안해요……."

수현의 귀에도 떨리는 제 목소리가 고스란히 전해졌다.

"뭐가 미안한데?"

지혁의 냉담한 말투에 수현은 오싹 소름이 돋았다. 오늘따라 유난히 더 짙어 보이는 그의 새카만 눈동자에는 아무 감정도 담겨 있지 않았다. 그녀는 마음을 다잡고 다시 한 번 진심을 담아 사과했다.

"내가 실수했어요. 미안해요."

"사과할 필요 없어. 이제 뭐가 됐든 상관없으니까."

'너무 늦었다는 말인가? 이제야 용기가 생겼는데 이미 늦어버린 걸까?'

수현의 동공이 갈피를 잡지 못하고 이리저리 흔들렸다. 지혁은 일말의 동요도 없이 무표정한 얼굴로 그녀를 바라보다가 한마디 툭 내뱉었다.

"쉬어."

그가 냉정하게 몸을 돌린 순간이었다.

"잠깐만요."

수현이 다급하게 그의 팔을 붙잡았다. 지혁이 천천히 고개를 돌렸다. 하지만 그는 그녀의 애절한 눈빛을 보고도 표정 하나 달라지지 않았다. 수현은 그가 오늘만큼 낯설고 멀게 느껴진 적이 없었다. 오히려 도리 운운한 말을 들었던 날이 더 친근했다는 생각이 들 정도였다.

"잡았으면 말을 해. 아니면 좀 놔주든가."

상대방을 무안하게 만드는 말투였지만 수현은 그의 팔을 더 꽉 잡았다. 지금 그를 놔주면 다시는 잡을 자신이 없었다. 지혁의 얼굴에 그제야 감정이 실렸다. 의아하다는 듯 자신을 바라보는 그에게 수현이 다부진 어조로 말했다.

"싫어요."

그의 얼굴에 드리워진 의문이 더 짙어졌다.

"뭐가 싫어?"

"놔주기 싫다고요."

지혁이 미간을 좁혔다. 수현은 그가 지금 제 말의 의미를 알아듣고 언짢아하는 건지, 못 알아들어서 답답해하는 건지 알 수 없었다.

"무슨 뜻인지 몰라요?"

"모르겠는데?"

수현은 그의 말을 곧이곧대로 믿지 않았다. 그는 분명 알아들었다. 알아들었지만 네 입으로 말해보라는 의미였다. 그의 팔을 잡은 순간 더는 진심을 숨기지 않으리라 마음먹었으니, 그가 원한다면 못 할 것도 없었다. 그녀는 숨을 고르고 차분하게 말문을 열었다.

"지혁 씨를 좋아하는 내 마음을 인정하고 받아들이기로 했어요."

수현은 언젠가 그가 했던 말로 제 마음을 고백했다.

"처음 느껴보는 감정이라 좀 당황스럽긴 했는데, 난 인정하고 받아들이기로 했어. 널 좋아한다는 거."

원했던 말을 들었음에도, 여전히 그의 표정에는 변화가 없었다.

"근데?"

수현의 생각대로 지혁은 그녀가 무슨 뜻으로 한 말인지 알고 있었다. 하지만 모른 척할 참이었다. 지금까지 애태운 것에 대한 복수가 아니었다. 그는 자신에게 끌려가는 게 아니라 수현이 스스로 그녀를 둘러싼 벽을 깨고 나오길 바랐다.

"그러니까…… 지혁 씨도……."

수현은 그의 눈을 똑바로 바라보며 그가 원하는 말을 들려주었다.

"날 받아주세요."

수현은 마음을 정하기까지가 쉽지 않을 뿐, 한번 마음을 먹으면 망설이지 않았다. 지금 그녀의 눈에는 류지혁이라는 남자만 보였다. 지금 그를 보내 버리면 평생 후회할 거라는 걸 알기에 최선을 다하는 중이었다.

'날 받아주세요…….'

지혁은 속으로 그녀의 말을 곱씹었다. 수현이 이렇게까지 진솔하고 과감한 말을 할 줄은 상상도 하지 못했기에 사실 당혹스럽기도 했다. 그의 침묵이 길어지자, 불안해진 수현이 조심스럽게 물었다.

"나…… 늦은 거예요……?"

"당연히 늦었지."

수현은 그가 아무리 매정하게 굴어도, 자신에게는 그를 원망할 자격이 없다는 걸 잘 알았다. 적극적으로 다가오는 그를 한사코 밀어낼 때는 언제고 이제 와서 돌변한 제 행동이 스스로도 못마땅했으니 말이다. 그렇지만 결심도 했고, 고백도 했는데 이대로 물러설 생각은 없었다. 그의 마음을 어떻게 하면 되돌릴 수 있을까 고심하고 있던 수현에게 지혁이 물었다.

"설마 이렇게까지 사람 애를 태워놓고 늦지 않았다고 생각한 건 아니지?"

수현은 섬세한 속눈썹을 내리깔아 영롱한 눈동자를 가렸다. 제 잘못을 알기에 갑자기 자신이 없어졌다. 마음이 바뀌었다고, 이제 더는 당신을 밀어내지 않겠다는 말이 차마 나오지 않았다.

"네가 받아달라고 하면 내가 당연히 받아줄 줄 알았어?"

지혁의 시선이 느껴졌지만, 그녀는 눈을 들어 올리지 않고 가만히 듣고만 있었다.

"정말 그렇게 생각했나 보네."

솔직히 거절당할 거라고는 생각하지 않았다. 그래서 사실 지금 많이 무안하고 속상했다.

"네 생각이 맞아."

"……?"

수현이 의문을 담은 시선을 들어 지혁을 바라본 순간이었다.

"난 널 거절 못 해."

허스키한 그의 목소리가 귓가에 스며들더니 이내 그의 따뜻한 입술이 그녀의 입술에 내려앉았다. 조금 전 제멋대로 밀어붙인 걸 사과하듯이 그의 손길은 깨지기 쉬운 것을 만지는 것처럼 조심스러웠다. 두 사람은 깊고 진하게 서로를 느꼈다. 한참 만에 입술을 뗀 지혁이 홍조로 물든 수현의 얼굴을 물끄러미 내려다보았다. 그의 시선을 느낀 그녀가 눈꺼풀을 들어 올리며 수줍게 입술을 달싹였다.
"못됐어……."
"누가? 송수현이?"
지혁이 능청스럽게 되물으며 그녀의 뺨을 톡톡 건드렸다.
"받아줄 거면서 사람을 그렇게 민망하게 할 건 뭐예요."
수현이 지혁에게 눈을 흘기며 투덜거렸다.
"그동안 속 썩인 게 얼만데 이 정도는 감수해야 한다고 생각 안 해?"
"……해요. 이제 속 안 썩일게요."
지혁은 고개를 떨구고 있는 수현의 턱을 잡고 눈을 맞췄다.
"진심이야?"
"진심이에요."
지혁이 천천히 고개를 숙였다. 하지만 수현의 입술에 채 닿지 못하고 멈춰야만 했다. 수현이 손가락 하나를 세워 그의 입술을 막았기 때문이었다.
"나 다리 아파요."
지혁은 그제야 내내 서 있었다는 사실을 깨달았다.
"등도 아파요."
수현이 칭얼대듯 입술을 삐죽거렸다.
"뭐야? 애교도 있었어?"
지혁의 눈이 커지자, 수현의 눈도 덩달아 커졌다.
"그럼 없는 줄 알았어요?"
"본 적이 없으니 당연히 없는 줄 알았지."
"없어요. 그냥 한번 시도해 본 거예요. 손발이 사라지는 줄 알았어요."

수현은 평소와 다름없는 시크한 표정으로 소파로 걸어갔다. 지혁이 그녀의 뒤를 따르며 피식 웃음을 터뜨렸다.

"나도 애교 부리는 거 부담스러워."

두 사람은 일반적이지 않은, 독특한 취향의 소유자들이었던 것이다. 지혁은 수현과 소파에 나란히 앉아서 그녀의 목 뒤에 팔을 넣어 어깨를 감아 제 쪽으로 끌어당겼다. 적극적으로 몸을 기대지는 않았지만, 수현은 그가 하는 대로 내버려 두었다.

"아까 왜 그랬는지 물어봐도 되나?"

"그냥…… 신경질이 났어요."

전후사정 설명 없이 쏘아붙였으니 그가 얼마나 어이없었을까 싶으면서도, 수현은 여희의 도발에 걸려들었다는 것까지는 말하고 싶지 않았다.

"그냥이라는 건 더 말하고 싶지 않다는 거지?"

수현이 작게 고개를 끄덕이자, 지혁은 더 이상 묻지 않겠다는 듯 그녀의 머리를 쓰다듬었다.

"나도 하나 물어봐도 돼요?"

"물어봐."

"내가 지혁 씨 마음대로 안 되니까 승부욕이 생겼어요?"

계속 신경이 쓰일 것 같아서 차라리 직접 물어보고 털어버리는 쪽을 택한 것이었다.

"승부욕?"

"어디 네가 나한테 안 넘어오나 보자, 뭐 이런 거요."

"있었지. 넌 나한테 세상에서 가장 어려운 여자였거든."

여희에게 들었을 때는 굉장히 불쾌했던 말이었는데 그의 입으로 직접 들으니 그다지 기분이 나쁘지 않았다. 오히려 그가 너무 태연하게 대답하니 왜 그런 걸 신경 썼나 싶을 정도였다. 지혁은 물어보길 잘했다는 생각을 하고 있는 수현을 내려다보며 말을 이었다.

"근데 난 승부욕에 불타서 마음에도 없는 일 같은 거 안 해. 인생 낭비야."

지혁의 대답은 군더더기 없고 명쾌했다.

"다른 감정들은 모두 부차적인 거고, 내게 가장 중요한 건 널 좋아한다는 감정이었어."

그는 이런 사람이었다. 여희의 말처럼 승부사 기질이 발동된 거라면 대놓고 누가 이기나 해보자고 판을 깔지언정, 속내를 숨긴 채 작업을 걸지는 않았을 거였다. 지혁의 성격을 알면서 왜 꼬아 듣고 속을 끓였는지, 수현은 자신이 한심할 정도였다.

"쉬워지도록 노력해 볼게요."

그를 오해했던 것에 대한 사과의 의미였다. 세상에서 가장 어려운 여자라는 그의 말에 내심 찔린 것도 있었다. 픽 웃음을 터뜨린 지혁이 그녀의 결심을 칭찬하듯 머리를 쓰다듬었다. 그러고는 웃음기를 거두고 말문을 열었다.

"그럴 필요 없어. 난 네가 어려운 여자든 쉬운 여자든 상관없으니까. 뭐가 됐든 넌 송수현이고, 그럼 됐어."

수현은 말없이 왼손을 들어 제 오른쪽 어깨 옆으로 떨어져 있는 그의 손에 깍지를 꼈다. 왜 진작 그가 내민 손을 잡지 않았는지, 왜 그동안 그를 밀어내려고만 했는지 후회스러웠다. 지혁은 그녀의 작은 손을 지그시 쥐고 있다가 입을 열었다.

"하나만 더 물어볼게. 이것도 대답하기 싫으면 그냥이라고 해."

수현이 고개를 끄덕였다.

"갑자기 왜 마음이 바뀐 거야?"

무슨 말을 해야 할지 몰라 한참을 고민하던 수현이 나직한 목소리로 말을 시작했다.

"어려서부터 책을 볼 땐 항상 맨 뒷장부터 봤어요."

"왜?"

"해피엔딩이라는 걸 확인해야 안심할 수 있었거든요. 새드나 오픈 엔딩이면 아예 안 봤어요. 지혁 씨가 나한테 보기보다 겁이 많다고 했던 말 기억나요?"

"기억나."

그 당시에는 수현이 왜 그렇게 몸을 사리는지 알지 못했기 때문에 할 수 있었던 말이었다. 이제 그렇게 생각하지 않았다. 다만, 그녀의 상처가 애처로울 뿐이었다.

"지혁 씨 말이 맞아요. 나 겁이 많아서 무슨 일이든 확신이 없으면 시작하지 않아요."

지혁이 의아하다는 듯 되물었다.

"다른 건 몰라도 인기에 연연할 수밖에 없는 작곡가잖아. 대중들의 반응을 확신할 수 있어?"

"대중들의 평가나 인기를 확신한다는 게 아니에요. 내가 만든 곡에 대한 내 확신이죠. 망하든 성공하든 내가 확신이 있다면 세상에 내놓을 수 있어요."

수현이 생긋 웃으며 한마디 덧붙였다.

"그 다음은 마크툽."

"마크툽? 무슨 뜻이야?"

"이슬람어예요. 기록되었다는 뜻이라고 알고 있어요. 흔히 '신의 뜻대로'라는 말로 사용하죠."

수현은 다시 본론으로 돌아가 말을 이었다.

"지혁 씨와의 관계에 대해서도 확신이 없는 건 마찬가지였어요. 사실 아직도 없어요……."

지혁은 미안하다는 듯 뒷말을 흐리는 그녀의 손을 더 세게 쥐었다. 그도 수현에게 쉬운 일일 거라고 생각하지 않았다. 하루아침에 달라질 수 있다면 여기까지 오지도 않았을 거라는 걸 잘 알고 있었다.

"근데 기대는 생겼어요. 당신이라면 한 번쯤 끝을 모른 채 시작해 봐도 괜찮지 않을까 하는……."

지금 당장은 이거면 됐다. 지혁은 기대를 확신으로 만드는 건 제 몫이라는 걸 알기에 섭섭하지 않았다.

"그 기대에 제대로 부응해 줄게."

"항상 자신감이 넘치네요."

"의기소침한 것보다는 낫잖아?"

"그래요. 보기 좋아요."

예의상 하는 대답임을 직감한 지혁이 불퉁한 목소리로 받아쳤다.

"남 얘기하듯 하네?"

"남 얘기 맞잖아요."

슬쩍 내려다보니 수현의 입꼬리가 하늘을 향해 있었다. 그녀의 앙큼한 밀당에 지혁이 낮게 웃음을 터뜨렸다. 수현은 품에 들어왔다 싶으면 교묘하게 빠져나가는 데에 선수였다. 그는 남이라는 말을 함부로 쓰면 안 된다는 걸 보여주기라도 하려는 듯 그녀를 더 가까이 끌어당겼다. 수현이 버티지 않고 기대어 오자, 흐뭇해진 지혁은 이 집에 들어서기 전에 물었지만 제대로 된 답을 듣지 못했던 질문을 다시 꺼냈다.

"괌은 어떻게 된 거야? 왜 안 간 건데?"

수현이 눈을 동그랗게 뜨면서 허리를 세우고 앉았다.

"가지 말라면서요?"

"내가 가지 말래서 안 간 거야?"

지혁은 막연하게 그런 건 아닐까 생각하면서도 설마 하는 마음이 더 컸다. 그런데 정말 제 말 때문에 출국 스케줄을 취소했다는 말을 들으니 얼떨떨했다.

"그럼 다른 이유가 있어야 해요?"

그는 새침하게 되묻는 수현에게 단호한 어조로 대답했다.

"아니. 없었으면 좋겠어."

"나 괌 한 번도 못 가봤는데……."

수현의 괜한 투정을 지혁이 태연하게 받았다.

"나도 아직 못 가봤어. 기회 되면 나랑 가든지."

"기회 되면? 굳이 만들어야 할 거 같은데요?"

"그럼 굳이 만들지, 뭐."

어깨를 으쓱이며 웃던 그의 미간이 갑자기 좁아졌다.

"회사까지 왔으면서 왜 연락도 없이 갔어? 영민이한테 얘기 듣고 바로 뛰어 내려갔는데 없더라. 전화도 안 받고."

여태껏 여희가 말했을 거라고 생각하고 있었던 수현은 내심 당황했다. 눈치를 보아하니 그는 여희로부터 아무 말도 듣지 못한 게 분명했다. 그렇다면 제 입으로 굳이 여희와 따로 이야기를 나누었다는 말까지 할 필요는 없을 것 같았다.

"왠지 민망해서요……."

수현은 두루뭉술하게 대답하고 은근슬쩍 말을 돌렸다.

"홍 변호사님이랑 친해요?"

그는 수현이 왜 갑자기 여희의 이야기를 꺼내는지 의아했지만 일단 묻는 말에 답해주었다.

"친하다는 의미가 오래 알았냐는 거라면 친해. 대학교 1학년 때부터 알았으니까."

막상 그의 입으로 친하다는 말을 듣고 나니 심기가 불편해진 수현은 괜히 물었다고 후회했다. 친하지 않았다면 동업까지 할 리도 없었을 거라는 걸 알면서도 내심 안 친하다는 말을 기대했던 모양이었다. 그런데 지혁의 말은 아직 끝난 게 아니었다.

"친하다는 게 속내를 털어놓는다거나 감정을 교류한다는 의미라면 안 친해."

기대했던 말을 들은 수현의 얼굴에 옅은 미소가 걸렸다. 역시 사람 말은 끝까지 들어야 하는 법이었다. 그의 말은 특히 더 그랬다.

다음 날 저녁, 호영이 퇴근하고 돌아왔을 때 집에는 지혁뿐만 아니라 수현과 시은이 함께 있었다.

"너희들이 왜 여기 있냐?"

시은이 못마땅한 얼굴로 수현과 지혁을 바라보며 대답했다.

"두 사람이 오빠한테 할 말 있대요."

적극적으로 밀어줄 때는 언제고, 시은은 막상 두 사람이 마음을 확인하고 나니 부러워서 심술이 났다. 게다가 마른하늘에 날벼락처럼 갑자기 남자로 느껴진 호영 때문에 혼란스러웠다. 그래서 그녀는 지금 이래저래 애먼 데에 화풀이를 하는 중이었다. 시은에게 내색은 하지 않고 있었지만, 호영도 그녀와 상황은 비슷했다. 머리카락을 대충 묶고 민낯으로 있는 그녀가 오늘도 여전히 예뻐 보였다. 고백을 했다가 거절당하면 얼마나 어색해질지 알기에 쉽게 말을 꺼내지 못할 뿐이었다. 호영은 간신히 시은의 얼굴에서 눈을 떼고 지혁에게 물었다.

"할 말? 뭔데?"

"수현이가 나 받아줬어."

지혁의 태연한 대답에 호영의 눈이 휘둥그레졌다. 호영이 얼떨떨한 얼굴로 수현에게 시선을 옮겼다.

"진짜?"

수현이 담담하게 고개를 끄덕였다. 엄밀히 따지자면 결정적인 순간에 지혁이 자신을 받아준 것이었지만, 그녀는 그렇게 말해준 그가 고마웠다. 아무래도 호영에게 사실대로 말하는 건 조금 부끄러웠다. 그런데 갑자기 호영의 미간이 좁아졌다.

"내가 너만은 믿었건만……."

"뭘 믿어?"

"너만큼은 어떤 남자에게도 넘어가지 않는 지조를 보여줄 거라 믿어 의심치 않았다."

수현과 지혁은 동시에 실소를 터뜨리고 서로를 마주 보았다.

"거 봐. 내가 말할 필요 없다고 했잖아."

"애정 결핍을 넘어서서 삐뚤어지기까지 했네요."

호영이 언짢은 얼굴로 혼잣말을 중얼거렸다.

"나도 빨리 누굴 만나야 해."

그는 말을 하면서 슬쩍 시은에게 눈을 돌렸으나, 마침 그녀는 딴생각을 하느라 호영의 시선을 알아차리지 못했다. 두 사람은 연신 엇갈리고 있었다.

"용건 끝났으니까 그만 건너갈게요."

바쁜 사람을 너무 오래 방해한 것 같다는 생각에 자리를 털고 일어선 수현의 손목을 지혁이 덥석 잡아챘다.

"수현아."

수현이 고개를 갸웃거리며 그를 내려다보았다.

"안 바쁘면 맥주 한잔하고 가."

"안 바빠요. 지혁 씨가 바쁠까 봐 가는 거예요."

"나도 괜찮아."

두 사람의 대화를 듣고 있던 호영이 멍한 얼굴로 시은에게 물었다.

"시은아, 지금 저놈이 수현이한테 수현아라고 부른 거 맞아? 내가 제대로 들은 거야?"

"그럼 수현이한테 수현이라고 안 부르면 뭐라고 불러요?"

시은이 어리둥절한 표정으로 반문했다.

"지혁이가 여자 이름 다정하게 부르는 거 처음 봤어."

"막 다정하게 들리지는 않았는데요?"

시은은 호영이 왜 놀라워하는지 이해하지 못했을 뿐만 아니라, 아직 지혁의 무심한 말투 속에 묻어나오는 다정함을 구별할 재주도 없었다.

"송수현이라고 안 하고 수현아라고 했잖아. 재 절대 여자 이름만 안 불러. 정 떨어지게 꼭 성까지 붙여서 부르지."

"정말요?"

그제야 무슨 말인지 알아들은 시은의 눈이 동그래졌다.

"그렇다니까?"

"와…… 송수현이랑 쌍벽을 이루는 사람이 또 있었네?"

수현은 관심 없는 척, 호영과 시은의 대화에 귀를 기울이고 있었다. 그가 거짓말을 했을 거라고는 생각하지 않았지만 막상 호영의 입을 통해 들으니 새삼 신기했다.

"둘이 안 어울리는 것 같다고 의심했던 나를 반성한다."

"아무래도 지혁 오빠랑 수현이, 하늘이 점지해 준 인연인가 봐요."

"이상한 사람들은 이상한 사람들끼리 만나야지. 우리처럼 평범한 사람들 틈에 끼어서 물 흐리면 안 되지."

"둘 다 이상하기는 하죠?"

"많이 이상하지."

시은과 호영의 대화는 이상한 사람이라고 추정되는 이들이 인상을 쓰거나 말거나 아랑곳하지 않은 채 엉뚱한 곳으로 내달리고 있었다.

♪♩.♪♬

지혁은 예정에 없던 사건을 맡게 되면서 더 바빠졌고, 수현은 며칠 동안 그의 얼굴을 제대로 볼 시간이 없었다. 그런데 회사에 있던 그녀에게 지혁이 갑자기 전화를 걸어왔다. 회사 앞에 와 있다는 말에 깜짝 놀라 달려 나간 수현은 괜히 마음에도 없는 말로 말문을 열었다.

"자꾸 이렇게 불쑥불쑥 찾아올 거예요?"

"어. 올 거야."

지혁은 그동안 살면서 보통 연인들의 연애 방식이 잘 이해가 가지 않았다. 바쁘고 피곤한 와중에 잠깐이라도 얼굴을 보려고 애쓰는 사람들을 보면 이해가 가지 않는 걸 넘어 이상해 보일 정도였다. 오며 가며 도로에 버리는 시간을 아껴서 일을 하든지, 차라리 그 시간에 잠을 자는 게 더 효율적이라고 생각했다. 그런데 수현을 만나고 알게 되었다. 버린다고 생각했던 그 시간들이 얼마나 설레고 행복한지. 그는 그녀의 웃는 얼굴을 본 순간 모든 피로가 순식간에 풀리는 것만 같았다.

"그래요. 와요. 나도 보고 싶었어요."

지혁이 짐짓 놀랐다는 얼굴로 물었다.

"그런 말도 할 줄 알아?"

"입에 발린 말은 못 하지만 사실을 말하는 건 어렵지 않죠. 정말

보고 싶었으니까."

지혜은 수현에게 빠져드는 자신을 주체할 수가 없었다. 이 예쁜 여자를, 이 사랑스러운 여자를 이제야 만나게 되었다는 게 안타까울 정도였다.

"다음엔 내가 갈게요."

지혁은 눈꼬리를 접어 웃는 수현을 끌어당겨 품에 안았다. 그는 사람들이 지나다닌다는 것을 인식하지도 못했다. 잡힐 듯 잡히지 않았던 그녀를 이제야 마음껏 안을 수 있다는 만족감에 도취되어 있을 뿐이었다. 그의 품에 가만히 안긴 채로 수현이 말했다.

"여기 나름 내 직장이에요."

말은 그렇게 하면서도, 수현은 지혁에게 안겨 있는 기분이 싫지 않았다. 그의 품은 따뜻하고 편안했다.

"미안."

지혁이 팔을 풀고 한 걸음 뒤로 물러났다.

"다음에 온다는 약속 꼭 지켜. 내 직장은 괜찮아, 뭘 해도."

"뭘 할지 몰라서 못 가겠어요."

의미심장한 미소를 짓고 있는 그를 향해 살짝 눈을 흘긴 수현은 지혁을 바라보며 미안한 표정을 지어 보였다.

"지혁 씨 직장은 나중 문제고, 나 지금 집에 못 가요. 일이 많아요."

그녀는 그가 집에 가자고 데리러 온 줄 알고 있었다.

"나도 못 가. 클라이언트 만나러 가는 길에 잠깐 들른 거야. 다시 사무실에도 들어가 봐야 하고."

"그럼 왜 왔어요. 일이나 하지."

돌연 지혁이 인상을 찌푸리며 투덜거렸다.

"반항하지 말고 진작 이랬으면 좋았잖아."

"갑자기 무슨 말이에요?"
"내 인생에서 가장 한가했던 시기에 네가 협조를 안 해줬다고."
수현은 협조라는 그의 표현에 웃음이 터졌다.
"단어 선택 참 삭막하네요."
"아무튼 네가 조금만 더 일찍 마음을 돌렸으면 데이트다운 데이트 실컷 해봤을 거 아니야."
그녀는 그 못지않게 후회하고 있었다. 하지만 이미 지나간 시간을 되돌릴 수는 없는 노릇이었다.
"천천히 해요, 우리."
수현이 그를 올려다보며 빙긋 웃고는 한마디 덧붙였다.
"하나씩."
마무리는 지혁이 지었다.
"오래."
그는 수현의 머리를 한 번 부드럽게 쓸고 차를 향해 걸음을 옮겼다.
"간다. 전화할게."
수현은 운전석에 타기 직전 돌아보는 지혁을 향해 웃으며 손을 흔들었다. 누군가에게 손을 흔들어 인사를 하는 제 모습이 어색하고 생소했다. 그녀는 그의 차가 시야에서 사라지고 나서야 몸을 돌려 회사로 들어갔다. 그런데 주차된 차 안에 앉아 수현이 나올 때부터 들어갈 때까지 눈을 떼지 않고 바라보던 사람이 있었다. 지혁보다 먼저 도착했지만, 생각할 게 있어서 차에서 내리지 않고 있다가 두 사람의 다정한 모습을 똑똑히 목격한 주성이었다. 그의 얼굴은 딱딱하게 굳어 있었다.
"이러지 마라, 수현아……."
주성의 음산한 목소리가 차 안에 나직이 울려 퍼졌다.

주성은 녹음실이 있는 5층으로 가기 위해 엘리베이터를 기다리고 있던 수현의 옆에 가서 섰다. 인기척을 느끼고 고개를 돌린 그녀가 멈칫했다. 두 사람은 공항에서 본 이후 며칠 만에 만난 것이었다. 수현은 갑작스러운 제 행동에 주성이 얼마나 당황했을지 알면서도 그에게 이런저런 해명을 하고 싶지는 않았다. 해야 할 이유도 없었다. 수현은 어색한 분위기를 깨기 위해 형식적인 말로 말문을 열었다.

"늦었는데 아직 퇴근 안 하셨네요?"

"저녁 약속이 있어서 밥만 먹고 들어왔어."

"왜 안 들어가시고요?"

"들어가서 할 일도 없는데, 뭐."

"……."

수현은 가만히 입을 다물었다. 더 물으면 껄끄러운 대화가 나오리라는 예감이 들었기 때문이었다. 하지만 주성은 묻지도 않은 말을 알아서 꺼냈다.

"이혼 서류 접수했어. 숙려 기간만 지나면 깨끗이 마무리될 거야."

주성의 마음을 되돌릴 수 없다는 걸 깨달은 성혜는 합의 이혼에 동의했고, 대신 위자료 명목으로 상당액을 받기로 했다.

"안 궁금해요."

수현은 단호하게 선을 그으며 도착한 엘리베이터에 올라탔다.

"네가 궁금해하지 않는다는 거 알아. 내가 하고 싶어서 한 말이야."

등 뒤에서 주성의 목소리가 들려왔지만, 그녀는 어떤 말도 하지 않았다. 이제 그와 단둘이 엘리베이터를 타는 것도 부담스러웠다. 뒤따라 엘리베이터에 탄 주성이 문을 닫으며 나직하게 물었다.

"혹시…… 류지혁 씨랑 만나기로 했니?"

물어볼 필요도 없을 만큼 확실한 광경을 보았으면서도, 그는 여전히 미련을 버리지 못했다. 놀라지도, 거부하지도 않고 그의 품에 안겨 있던 수현의 모습이 자꾸만 머릿속을 어지럽혔다. 그렇지만 인정하고 싶지 않았다. 수현은 주성이 왜 그런 질문을 하는지 대번에 눈치챘다.

"지혁 씨랑 같이 있는 거 보셨어요?"

"그래. 봤어."

"보신 대로예요."

"왜?"

수현이 당혹스러운 얼굴로 반문했다.

"왜라뇨?"

"왜 그 사람이야?"

사실 주성이 하고 싶었던 정확한 질문은 '왜 내가 아니고 그 사람이야?'였다.

"질문이 이상하다는 거 아세요?"

주성은 말없이 수현을 향해 몸을 돌렸다. 그의 노골적인 시선이 그녀의 얼굴에 내려앉았다. 수현은 평소와 다른 그의 분위기에 숨이 막힐 것 같았다. 서글퍼 보이는 것 같기도 했고, 화가 난 듯 보이기도 했다. 뭐가 됐든 분명한 건, 그에게서 한 번도 느껴보지 못한 위압감이 뿜어져 나온다는 것이었다. 그때 수현에게 가까이 다가선 주성이 그녀의 귓가에 대고 입술을 달싹였다. 흠칫 놀란 수현이 그대로 굳어버린 순간이었다.

"수현아."

목소리가 들려온 쪽으로 두 사람의 고개가 동시에 돌아갔다. 엘리베이터는 어느새 5층에 도착해 있었고, 엘리베이터의 문 앞에 세진이 서 있었다. 수현이 허둥지둥 엘리베이터에서 내리자 주성은 아무 일도 없었다는 듯 6층 버튼을 누르고 문을 닫아버렸다. 세진은 닫힌 엘리베이터와 수현을 번갈아 바라보며 의아하다는 표정으로 물었다.

"왜 그래? 무슨 일 있었어?"

"……아니."

아니라는 대답이 무색하게 수현의 얼굴에는 당혹스러움이 짙게 배어나고 있었다. 주성의 속삭임이 귓가를 맴돌았다.

"그 사람 만나지 마."

사정도, 부탁도 아니었다. 그건 경고였다. 수현이 주성의 말을 되새기고 있는 동안, 세진은 엘리베이터 문이 닫히기 직전 보았던 주성의 싸늘한 얼굴을 떠올리고 있었다. 수현에게는 과하다 싶을 만큼 따뜻하고 다정했던 주성이 왜 그런 얼굴을 하고 있었던 건지 알 수는 없지만, 세진은 왠지 모르게 꺼림칙한 마음을 털어버릴 수 없었다.

♪♩.♪♬

출근 준비를 하고 있다가 초인종 소리를 들은 지혁은 거실로 나가 도어 모니터를 확인하고 곧장 현관으로 걸음을 옮겼다. 문을 열자, 수현이 미소 띤 얼굴로 서 있었다.

"이 시간에 어쩐 일이야?"

8시도 안 된 시간에 온 것도 의아한 마당에, 그녀는 심지어 작은 캐리어까지 끌고 있었다.

"어디 가? 괌?"

수현이 피식 웃음을 터뜨렸다.

"괌을 왜 가요."

얼떨결에 튀어나간 제 말에 당황한 지혁이 멋쩍게 말을 돌렸다.

"그럼 어디 가는 건데?"

"강원도요."

"강원도에는 왜?"

"회사에서 일 년에 한 번씩 단합 대회 겸 친목 여행을 가는데, 올해는 강원도 정선이래요. 출근 전일 거 같아서 얼굴 보고 가려고 들렀어요. 다녀올게요."

수현은 할 말을 다 했다는 듯 뒤로 한 걸음 물러났다. 문을 닫으라는 의미임을 알아차린 지혁이 인상을 찌푸렸다.

"자기 할 말 다 했다고 그냥 가는 거야?"

할 말이 있어서 왔고 할 말을 다 했으니 가겠다는 건데 뭐가 잘못됐단 말인가. 고개를 갸웃거리던 수현의 머릿속에 스치는 생각이 있었다.

"아! 2박 3일이에요."

지혁의 미간 주름은 펴질 기미도 보이지 않았다. 수현이 그의 눈치를 보며 조심스럽게 물었다.

"……나 뭐 잘못했어요?"

"이틀이나 자고 올 건데 최소한 어제는 말했어야 했다는 생각 안 들어?"

"……들어요."

사실 안 들었다. 아무리 특별한 사이가 되었다고 해도 이런 것까지 시시콜콜 말해야 하는 건가 싶었다. 조금 더 일찍 출발해야 했다면 아예 얼굴도 안 보고 갈 참이었는데 그나마 다행이라는 생각은 들었다. 연애를 처음 해본 데다가 무심한 성격의 수현에게는 예상치 못한 난관이었다. 사실 지혁도 그런 말을 당당하게 할 자격은 없었다. 그야말로 제 일거수일투족을 상대에게 알리는 걸 질색하던 사람이었으니 말이다.

"다음부터는 할게요."

지혁이 별말 없이 고개를 끄덕이자, 그제야 안도한 수현이 장난스럽게 말을 돌렸다.

"왜 안 물어봐요?"

"뭘?"

"이사님도 가는지."

그제야 주성의 존재를 떠올린 지혁이 입을 열려는 순간, 그녀가 먼저 대답했다.

"안 가요."

매년 참석하던 단합 대회라 안 가겠다고 하기가 난감했는데, 주성이 안 간다는 말을 전해 듣고 가기로 결정했던 것이었다.

"별로 관심 없는 것 같긴 하지만…… 세진이도 스케줄 때문에 못 간대요."

수현의 짐작대로, 그는 언젠가부터 세진은 신경도 쓰지 않고 있었다. 피식 웃음을 터뜨린 지혁이 한 걸음 앞으로 나가 그녀를 꽉 끌어안았다.

"잘 다녀와."

수현이 그의 등을 토닥거리며 대답했다.

"갔다 올게요."

JM 엔터테인먼트는 단합 대회 때마다 버스를 대절했다. 함께 이동해야 제대로 놀러 가는 기분을 느낄 수 있다는 이유였다. 회사 앞까지 택시를 타고 간 수현은 대기하고 있던 버스에 오르자마자 움찔했다. 지혁에게 안 가고, 못 간다고 당당하게 말했던 두 남자가 맨 앞자리 양쪽에 타고 있었기 때문이었다.

"굿모닝, 쏭!"

세진이 경쾌한 아침 인사로 그녀를 맞았다.

"못 간다며?"

"간신히 스케줄 조정했어. 하루만 놀다 오려고. 나 못 간다고 해서 섭섭했지?"

"전혀."

무심한 대답으로 세진의 말을 막은 수현은 그냥 지나치기가 뭐해서 주성에게 시선을 돌렸다.

"안 가시는 줄 알았어요."

"가려고."

주성이 예의 부드러운 미소를 지으며 대답했다. 사실 그는 처음부터 갈 생각이었다. 그런데 자신이 간다는 걸 알게 되면 수현이 가지 않을지도 모른다는 생각에 안 간다고 했던 것이었다. 고개를 끄덕이고 버스 뒤쪽으로 들어가려는 수현을 세진이 팔을 뻗어 가로막았다.

"여기 앉아."

그가 제 옆자리를 가리켰다.

"싫어. 너랑 안 앉아."

"왜!"

"나 가면서 잘 거야. 근데 넌 너무 시끄러워."

수현은 세진의 팔을 들어 올리고 유유히 걸음을 옮겼다.

수현은 정말로 숙소에 도착할 때까지 푹 자다가 일어났다. 눈을 떴을 때, 세진이 옆에 있었다.

"진짜 잘 자더라. 우리 쏭은 어쩜 자는 것도 이렇게 예쁘지?"

수현은 익숙한 그의 너스레를 무시하고 버스에서 내렸다. 이틀 동안 묵기로 한 숙소는 호텔을 방불케 하는 고급 리조트였다. 해발 700m의 고원 지대에 위치한다더니 공기가 사뭇 청량했다.

리조트 안으로 들어간 일행은 화려한 샹들리에가 시선을 잡아끄는 로비에서 잠시 대기하다가 카드 키를 받아들고 방으로 올라갔다. 스무 명 남짓한 직원들은 대부분 둘이나 셋이 한 방을 배정받았지만, 회사 내 중요한 존재인 주성과 세진, 수현만 특별히 단독으로 방을 쓰게 되었다. 겉으로 내색하지는 않아도, 다른 사람과 부대끼는 것을 그다지 좋아하지 않는 수현은 혼자서 방을 쓰게 되어 내심 기뻤다.

방은 혼자 쓰기 아까울 만큼 꽤 넓었고, 침대와 식탁, 소파까지 갖춰져 있어서 웬만한 원룸보다 나았다. 빳빳하게 다림질된 하얀 침구를 보고 기분이 산뜻해진 그녀는 캐리어를 두고 베란다로 걸음을 옮겼다. 창문을 열어보니 온통 나무로 뒤덮인 산이 한눈에 들어왔다. 눈이 정화되는 느낌이었다. 그런데 갑자기 어딘가 여행을 가고 싶다고 노래를 부르던 시은이 생각났다. 영상 통화로라도 풍광을 보여줄까 싶어서 휴대폰을 꺼내 드는데 마침 단체 문자가 도착했다.

〈밥부터 먹읍시다! 1층 레스토랑으로 모여 주세요!〉

일어나서 지금까지 물 한 모금 마시지 않았다는 사실을 깨달은 수현은 일단 뭐라도 좀 먹고 나서 전화를 해봐야겠다고 생각하며 방을 나섰다.

하지만 정작 시은에게 전화를 건 건 저녁을 먹고 난 다음이었다. 점심을 먹고 곧바로 정선 오일장과 레일 바이크 일정을 소화해 내느라 다른 생각을 할 여유가 없었기 때문이었다. 수현은 시은과 통화를 마치고 잠시 휴식을 취한 다음 간단하게 술을 한잔하자는 연락을 받고 리조트 지하에 있는 바로 향했다. 아예 오지 않았다면 몰라도 단체로 놀러 와서 혼자만 쏙 빠지는 건 예의가 아니라고 생각해서였다. 수현의 그 생각은 그리 오래가지 않았다.

"간단하게라며?"

시작은 가벼웠다. 한 잔, 두 잔 마시다 보니 다들 발동이 걸려 내달린 게 문제라면 문제였다. 술에 취해 해롱거리는 일행들을 휘둘러 본 그녀는 이제 그만 예의를 차려도 되겠다 싶어 자리에서 일어났다. 한 사람을 제외하고는 모두 부어라 마셔라 하느라 수현이 가는 줄도 모르고 있었다. 멀찍이 떨어진 곳에 앉아서 온 신경을 수현에게 쏟고 있던 주성은 그녀의 뒤를 따라 바를 나섰다.

"수현아."

엘리베이터를 향해 걷다가 멈칫한 수현이 뒤로 돌아섰다.

"나랑 얘기 좀 하자."

"하세요."

주성은 다른 곳으로 자리를 옮기고 싶었지만, 수현이 이 자리에서 듣겠다는 의지를 강하게 내비치고 있었기에 하는 수 없이 그동안 참아왔던 질문을 꺼내놓았다.

"넌 나를 남자로 생각해 본 적 없니?"

수현은 술에 취해 흐릿한 그의 눈을 똑바로 쳐다보며 단호하게 잘라 말했다.

"없어요."

주성의 얼굴에 씁쓸한 미소가 번졌다. 짐작한 대답이었지만 막상 그녀의 입으로 직접 듣고 나니 더 허탈했다.

"난 널 한 번도 여자로 생각하지 않은 적이 없는데……."

수현은 술에 취한 건지 감정에 취한 건지 알 수 없는 그가 하는 말에 일일이 대꾸하고 싶지 않았다.

"난 왜 네가 늘 그 자리에 있을 거라고 생각했을까?"

어떤 남자에게도 마음을 열지 않는 그녀를 지켜보면서 언젠가부터 그런 생각을 품게 되었고, 그는 수현의 옆자리는 결국 제 것이 될 거라는 막연한 믿음을 가지게 되었다. 그것이 얼마나 헛된 것이었는지 알고 나니 자신에게 화가 났다. 한편으로는 얼토당토않다는 걸 알면서도 수현에게 섭섭했다.

"조금만 기다려 주지. 내가 깨끗이 정리하고 너한테 정식으로 고백할 때까지 기다려 주지 그랬니, 수현아."

주성의 원망 섞인 말투에 수현이 눈살을 찌푸렸다.

"제가 왜 이사님을 기다려야 하는데요?"

그녀가 쏘아붙인 말에 주성이 착 가라앉은 목소리로 대답했다.

"내가 널 사랑하니까."

수현은 오싹 소름이 끼쳤다. 뭔가를 갈구하는 그의 눈빛이 자신을 꿰뚫을 듯 바라보고 있었다.

"전 아니에요."

"그럼 지금부터 사랑해 보면 어때?"

"그럴 일 없어요. 먼저 올라가겠습니다."

주성을 더 상대해서 좋을 게 없다고 판단한 수현은 빠르게 걸어 엘리베이터에 올라탔다. 닫히는 엘리베이터의 문 사이로 우두커니 서서 자신을 바라보고 있는 주성의 모습이 보였다. 그의 표정은 딱딱하게 굳어 있었다.

삼십 분 정도 지났을 무렵, 수현의 방 초인종이 울렸다. 문을 연 그녀는 주성을 보고 움찔했다.

"무슨 일이세요?"

"할 말이 있어."

"전 더 이상 할 말 없어요. 아까 한 말이 다예요."

싸늘하게 쏘아붙인 그녀가 문을 닫으려는 순간이었다.

"난 있다고."

강한 힘으로 문을 움켜잡은 주성은 당황한 수현을 밀어 방안으로 들여보내고 따라 들어가 문을 닫아버렸다. 그러고는 그녀를 벽에 확 밀쳤다.

"뭐 하시는 거예요, 지금!"

그의 눈에는 끈적한 열기가 드리워져 있었다.

"놔요!"

주성은 제게 잡힌 팔을 빼기 위해 몸부림치는 그녀를 강하게 제압한 채 그대로 고개를 숙였다. 하지만 그의 입술은 간발의 차이로 그녀에게 닿지 못했다. 수현이 고개를 옆으로 돌린 것과 동시에 누군가의 발이 주성의 옆구리를 가격했던 것이다.

"크헉!"

비명을 내지르며 바닥에 나동그라진 주성이 옆구리를 감싸 쥐고 고개를 치켜들었다. 그의 시야에 이곳에 있어야 할 이유가 전혀 없는 이의 얼굴이 들어왔다.

"미친 새끼."

보는 사람의 머리칼이 쭈뼛 설 만큼 한기 어린 눈빛으로 주성을 내려다보고 있는 사람은 지혁이었다.

♪♩.♪♬

시은은 이틀 전 마감된 공모전에 가까스로 작품을 내고 난 이후 갑자기 무기력해졌다. 소파에 모로 누워 재미도 없는 예능 프로그램을 멍하니 보고 있는데 수현에게서 전화가 걸려왔다.

[뭐 해?]

"TV 봐."

매가리 없는 시은의 목소리를 대번에 알아차린 수현이 나무라듯 물었다.

[너 또 시체 놀이 중이지?]

"할 말 있으면 얼른 하고 끊어."

[집에 우울하게 있지 말고 여기나 오든지.]

시은이 튕기듯이 일어나 앉았다.

"오라고? 진짜?"

[궁상을 떨 거면 내 눈앞에서 떨라고. 나 방 혼자 써. 침대도 두 개야.]

"나 진짜 가도 돼?"

[이 근처에 합법적인 카지노도 있어. 다음 작품 여주 직업, 딜러 쓰고 싶다며? 모레 오전까지만 너 혼자 쉬고, 일행들 가면 나랑 며칠 더 있자.]

"그럴까?"

언제 무기력했냐 싶게 시은의 눈은 초롱초롱 빛나고 있었다.

[프런트에 물어봤더니 동서울 터미널에서 고속버스 타면 두 시간 반에서 세 시간쯤 걸린대. 오늘은 늦었으니까 내일 아침에 출발해.]

시은은 흥분한 기색을 감추지 못하고 전화를 끊었다. 그런데 갑자기 좋은 생각이 떠올랐다. 그녀의 얼굴에 야릇한 미소가 드리워졌다.

지혁이 집에 도착한 건 저녁 8시 무렵이었다. 요새 계속 자정을 넘겨 들어오다가 하필이면 수현이 없는 날 일찍 들어온 것이었다. 그래서 이른 퇴근이 그리 좋지도 않았다. 호영은 소파 테이블에 발을 올리고 소파에 깊숙이 몸을 묻은 자세로 TV를 보고 있었다.

"왔냐?"

"테이블에서 발 치우지?"

지혁이 인상을 쓰자, 호영은 슬그머니 발을 내렸다. 욕을 먹겠구나 싶어 마음의 준비를 하고 있는데 휴대폰이 울리기 시작했다. 적절한 타이밍에 전화를 걸어준 이는 시은이었다.

"어, 시은아. 정말? 우리도? 내가 금방 다시 전화할게."

호영은 전화를 끊고서 방으로 걸음을 옮기는 지혁을 다급하게 불렀다.

"지혁아!"

멈춰 선 지혁이 호영을 돌아보았다.

"왜?"

"강원도 가자."

뜬금없이 무슨 말이냐는 듯 지혁의 눈썹이 신경질적으로 꿈틀거렸다.

"수현이한테 가자고."

지혁은 그제야 수현이 간 곳이 강원도라는 사실을 기억해 낼 수 있었다. 그러나 그의 어이없어 하는 표정은 달라지지 않았다.

"우리가 거길 왜 가? 회사 사람들이랑 간 건데."

"시은이가 가자는데? 좀 전에 수현이랑 통화했는데 오라고 했대. 방 혼자 쓴다고."

"우리 둘도 같이 오라고 했을 거 같지는 않은데?"

"……글쎄다."

호영은 수현과 직접 통화한 시은에게 물어보는 게 가장 정확할 거라는 생각에 그녀를 집으로 불렀다. 전화를 받자마자 총알같이 달려온 시은이 당당하게 말했다.

"오빠들도 같이 오라는 말은 안 했지만, 같이 오지 말라는 말도 안 했어요."

"우리를 부른다는 생각 자체를 못 했을 테니까. 아니야?"

"……아마도요?"

지혁에게 정곡을 찔린 시은의 목소리가 작아지는가 싶다가 다시 커졌다.

"미처 생각하지 못한 걸 보여주자고요! 오빠들 내일 토요일이라 출근 안 해도 되는데, 이럴 때 바람 쐬고 오면 좋잖아요. 방이야 하나 더 잡으면 되는 거고, 뭐가 문제예요?"

지혁은 시은에게 설득당했다. 생각해 보니 큰 문제는 없어 보였다.

"내일 오전에 출발하면 되나?"

은근슬쩍 제 제안에 동의한 그를 향해 시은이 단호하게 고개를 저었다.

"뭐 하러 내일까지 기다려요. 지금 가요."

호영이 끼어들었다.

"수현이가 내일 출발하라고 했다며?"

"고속버스를 탄다는 전제하에 오늘은 늦었으니까 내일 오라고 한 거죠. 그런데 우리에겐 차가 있잖아요?"

시은은 인형처럼 속눈썹을 깜빡이며 지혁과 호영을 차례로 바라보았다.

"자, 누구 차로 갈까요?"

주성을 피해 엘리베이터에 올라탄 수현은 1층에서 내렸다. 객실로 가려면 로비를 가로질러 객실 전용 엘리베이터로 갈아타야 했기 때문이었다. 수현은 이런저런 생각들로 머리가 지끈거렸다. 조금 전 주성에게 들었던 말을 다시 떠올리니 저절로 인상이 찌푸려졌다. 그의 일방적인 행동이 불쾌하고 피곤했다.

무거운 발걸음으로 로비를 걸어가던 수현은 무의식중에 시선을 돌리다가 익숙한 뒷모습을 발견하고 움찔했다. 각 잡힌 넓은 어깨, 탄탄하지만 날렵한 몸매, 우월한 다리 길이. 프런트에 팔을 올리고 서 있는 저 뒤태는 분명 지혁이었다. 제자리에 우뚝 멈춰선 그녀에게 제 얼굴을 확인시켜 주기라도 하려는 듯, 그가 뒤로 돌아섰다. 지혁은 수현을 보고 순간적으로 멈칫했지만 이내 씩 웃으며 걸어와 그녀의 앞에 섰다.

"전화하려던 참이었는데."

수현이 튀어나올 듯 커진 눈으로 물었다.

"어떻게 여기 있어요? 내 뒷조사해요?"

수현은 그에게 강원도 정선에 간다고만 했을 뿐, 숙소를 알려주지 않았다. 그런데 그가 갑자기 등장했으니 수현이 그렇게 묻는 것도 무리는 아니었다.

"내가 지난번에 말했을 텐데? 아직 그 정도로 미치지는 않았다고."

"……."

"왜? 섭섭해?"

"아니에요. 안 섭섭해요……."

정곡을 찔리고 웅얼거리는 수현을 보며 지혁이 피식 웃음을 터뜨렸다.

"미치도록 보고 싶긴 했는데, 뒷조사까지 할 만큼 진짜 미치지는 않았다는 말이야."

수현의 얼굴에 해사한 미소가 걸렸다.

"네 취향이 미친놈이라면 맞춰줄 의향은 있어."

"미친놈이 취향일 리가요."

수현이 단호하게 고개를 저었다.

"근데 정말 어떻게 왔어요?"

"시은이한테 오라고 했다며?"

갑작스러운 그의 등장에 당황한 나머지 시은의 존재를 미처 생각지 못했던 수현은 그제야 어떻게 된 상황인지 알게 되었다.

"앞잡이가 있으니 뒷조사가 필요할 리 없겠네요."

그녀는 구시렁거리며 로비를 한 바퀴 훑었다. 그런데 아무리 눈을 씻고 찾아봐도 시은의 모습이 보이지 않았다.

"시은이는 어디 있어요? 같이 온 거 아니에요?"

"호영이랑 시내 갔다 오라고 했어. 술이랑 안주 좀 사오라고."

시은에게 마음은 있으면서 아무것도 하지 못하고 망설이기만 하는 호영을 위해 지혁이 둘만의 시간을 마련해 준 것이었다. 물론 수현과 둘만 있고 싶다는 속내가 없었던 건 아니었다. 그는 이래저래 두 사람이 천천히 오기를 바라고 있었다.

"오빠도 왔어요?"

한 사람을 불렀는데 두 사람이 더 왔으니 수현이 놀라는 것도 당연했다.

"호영이 요새 한가하잖아."

연애를 거의 쉬어본 적 없는 호영은 금요일 밤마다 늘 바빴지만, 요새는 요일에 상관없이 늘 한가했다.

"아 참!"

갑자기 주머니에서 휴대폰을 꺼내는 그녀에게 지혁이 의아한 얼굴로 물었다.

"왜?"

"리조트에 편의점 있어요. 여기도 웬만한 거 다 파니까 시내까지 안 가도 돼요. 돌아오라고 해야겠어요."

지혁은 의미심장한 미소를 지으며 수현의 손에 들린 휴대폰을 가져가 버렸다. 수현이 어리둥절한 눈으로 그를 바라보았다.

"일부러 보낸 거야."

수현은 그의 미소가 의미하는 바를 알아차리지 못하고 고개를 갸웃거렸다.

"왜요?"

"김호영 미적거리는 거 보기 싫어서."

"오빠가 뭘 미적거려요?"

시은을 향한 호영의 감정을 모르는 수현은 지혁의 말을 알아들을 수가 없었다.

"고백."

"……고백? 오빠도 시은이한테 마음 있대요?"

"오빠도? 역시 내 짐작이 맞았군."

눈치 없는 호영은 여전히 시은이 클럽에 가는 걸 자랑하기 위해 전화했다는 생각을 하고 있었지만, 지혁은 그렇게 생각하지 않았다. 클럽에 간다는 걸 자랑한다는 것도 이상한 데다가, 굳이 멋진 남자가 많다는 말을 했다는 것도 의심스럽고, 러키세븐 운운하며 룸까지 정확히 알려줬다는 것도 상당히 작위적이었다. 다만 그는 시은이 호영을 불렀다고만 생각할 뿐, 정작 1순위 타깃은 자신이었다는 것까지는 모르고 있었다. 지혁은 얼떨떨한 표정을 감추지 못하고 있는 수현을 보면서 그제야 너무 오래 로비 한복판에 서 있었다는 사실을 깨달았다.

"방은 몇 호야?"

"703호요."

"나랑 호영이는 805호."

지혁은 바지 주머니에서 카드 키를 꺼내어 수현의 눈앞에 들이밀었다.

"방 잡았어요?"

"잡지 말 걸 그랬나?"

"그럼 내가 잡았을 거예요."

두 사람은 웃으며 엘리베이터를 향해 나란히 걸음을 옮겼다.

수현의 방으로 함께 올라온 두 사람은 호영에게 703호로 오라는 문자를 보내놓고 소파에 나란히 앉았다. 낯선 공간에 함께 있으니 새삼스럽게 어색했다. 정적을 깨고 수현이 먼저 말문을 뗐다.

"아침에 한 말 중에 정정할 게 생겼어요."

"뭔데?"

"이사님이랑 세진이, 둘 다 여기 와 있어요."

수현은 지혁이 무슨 말을 하기도 전에 얼른 선수를 쳤다.

"나도 예상하지 못했던 거니까 나한테 뭐라고 하면 안 돼요."

지혁은 몸을 틀어 수현을 마주 보고 앉았다.

"수현아."

"……."

그의 진지한 목소리에 긴장한 수현의 눈동자가 이리저리 흔들렸다.

"네가 나한테 마음을 열어주기 전에는 네 주위에 있는, 널 좋아하는 남자들이 불안했어. 네가 그들 중 누군가를 선택할 수도 있다고 생각했으니까."

지혁이 커다란 손으로 수현의 보드라운 뺨을 가볍게 쓸었다.

"그런데 이제 아무도 신경 안 쓰여. 그러니까 이런 일로 내 눈치 볼 거 없어."

생긋 웃으며 고개를 끄덕이는 수현을 당겨 제 품에 안은 그가 나직이 속삭였다.

"보고 싶었어."

"우리 오늘 아침에 봤어요."

"알아. 그래도 보고 싶었어."

"나도요."

두 사람의 달콤한 시간은 영민의 전화로 금세 끝이 났다. 지혁이 못마땅한 얼굴로 전화를 받은 것과 동시에 초인종이 울리기 시작했다.

"내가 나갈게요."

수현은 자리에서 일어나려는 지혁의 어깨를 살짝 눌러 앉히고 문쪽으로 걸음을 옮겼다. 두 사람 모두 호영과 시은이 도착했다고 생각하고 있었다. 지혁이 순순히 자리에 앉은 것도, 수현이 아무 의심 없이 문을 연 것도 그 이유에서였다. 하지만 그때, 영민과 새로 수임한 사건의 보석 허가 신청에 관한 이야기를 나누고 있던 지혁의 귀에 수현의 날카로운 목소리가 들려왔다. 벌떡 몸을 일으켜 문으로 황급히 달려간 그의 눈에 웬 남자가 수현을 벽에 밀친 채 두 팔을 틀어쥐고 있는 모습이 보였다. 지혁은 순간적으로 이성을 잃었다. 그 사람이 누군지 확인할 필요도 없었다. 그저 그녀에게서 떼어내야 한다는 본능으로 다리가 저절로 움직였다. 지혁은 남자의 옆구리를 걷어찬 순간, 그의 갈비뼈가 부러졌다는 걸 발끝으로 생생하게 느낄 수 있었다.

"크헉!"

바닥에 나가떨어진 남자가 신음을 흘리며 고개를 쳐들었다. 그제야 주성의 얼굴을 알아본 지혁의 입에서 나직하지만 살기 어린 욕설이 흘러나왔다.

"미친 새끼."

지혁은 옆구리를 감싸 쥐고 고통스러워하는 주성의 뒷덜미를 잡고서 그를 방 밖으로 끌어냈다.

"윽……."

저항할 새도 없이 질질 끌려 나간 주성은 복도에 내팽개쳐졌다.

"다시는 수현이 옆에 얼씬거리지 마."

주성은 혐오스러운 눈빛으로 자신을 내려다보고 있는 지혁과 겁먹은 얼굴로 서 있는 수현을 번갈아 바라보았다.

'류지혁이 왜 여기에 있는 거지?'

그는 너무나 당황한 나머지 자신이 수현에게 무슨 짓을 하려고 했었는지 생각할 겨를도 없었다. 그때였다.

"형."

주성의 고개가 목소리가 들려온 쪽으로 돌아갔다. 거기에는 세진을 비롯해, 바에서 함께 술을 마시던 직원들이 다 같이 있었다. 모두가 경악에 찬 표정이었다. 주성은 누구인지 알아보지 못했지만, 그들 가까이에는 호영과 시은도 있었다. 우연히 그들과 같은 엘리베이터로 올라와 같은 광경을 목격한 것이었다. 한발 늦게 엘리베이터에서 내리는 바람에 주성이 복도에 쓰러져 있는 모습부터 보게 된 두 사람은 어안이 벙벙한 얼굴로 서 있을 뿐이었다.

"지금 이게…… 대체 뭐야……?"

세진이 정말로 몰라서 물은 게 아니라는 걸, 그 자리에 있는 모두가 잘 알고 있었다. 수현의 방에서 끌려 나온 주성, 떨고 있는 수현,

분노한 지혁. 무슨 상황인지 짐작하기는 어렵지 않았다. 간신히 한쪽 팔로 상체를 지탱하고 있던 주성은 무너지듯 바닥에 드러누웠다. 그리고 눈을 질끈 감았다. 아무도 주성에게 다가가지 않자, 그를 계속 방치해 두고 있을 수만은 없다는 생각에 세진이 나섰다. 몸을 웅크리고 연신 앓는 소리를 내는 걸 보니 어딘가 다친 게 분명했다.

"동욱아."

세진은 매니저와 함께 주성을 부축해 일으켜 세운 다음 병원으로 떠났다. 껄끄러운 상황임을 감지하고 눈치만 보고 있던 직원들은 세 사람이 사라지고 나서야 쭈뼛거리며 각자의 방으로 흩어졌다. 지혁은 그때까지 한마디도 하지 않고 수현의 곁에 서 있었다. 놀라긴 했겠지만, 그녀에게 별일이 없다는 걸 알고 있기 때문이었다. 그렇지 않았다면 주성을 그냥 보내지도 않았을 거였다.

"괜찮아?"

그제야 지혁이 수현을 돌아보며 물었다.

"괜찮아요."

수현은 제 어깨를 감싸고 방으로 이끄는 그를 향해 담담하게 고개를 끄덕였다. 놀란 마음이 진정되고 나니, 지혁이 없었으면 어쩔 뻔했는지 오만가지 생각과 함께 안도감이 밀려왔다. 예상하지 못했던 지혁의 등장에 이어 주성의 돌발행동까지…… 오늘 밤은 모든 게 다 생각지도 못한 것들 투성이였다. 최근 들어 너무나 많은 일을 겪은 수현은 위급한 상황마다 큰 힘이 되어준 지혁을 어느새 마음 깊이 의지하고 있었다.

"좀 앉자."

지혁이 수현을 소파에 앉히고 옆에 따라 앉자, 뒤따라 들어온 호영과 시은이 기다렸다는 듯 소파 테이블에 엉덩이를 걸치고 앉았다. 수현을 마주 보기 위한 위치 선정이었다. 두 사람은 어떻게 된 상황인지 눈치는 챘으나, 분위기가 살벌하여 아무 말도 하지 못하고 있었던 것이었다. 호영이 먼저 말문을 열었다.

"아까 그 새끼 누구냐?"

수현에게 물었지만, 대답을 한 건 시은이었다.

"강주성 이사요."

시은은 엔터테인먼트 사업을 이끌 차세대 주역으로 소개된 인터뷰 기사에서 그의 얼굴을 본 적이 있었다.

"강주성?"

얼굴을 본 적은 없어도, 호영도 주성의 존재는 알고 있었다. 인상을 찌푸리고 있는 그를 대신해서 시은이 물었다.

"너한테 무슨 짓 하려고 했던 거 맞지? 대체 뭐가 어떻게 된 거야?"

"너랑 오빠가 온 줄 알고 아무 생각 없이 문을 열었는데 이사님이었어. 지혁 씨가 곧바로 달려왔고."

수현은 주성의 행동을 입에 올리기가 껄끄러워 그 부분은 아무런 언급도 하지 않았다. 시은도 더는 묻지 않았다.

"되게 젠틀하고 자상한 사람 아니었냐? 내 기억의 오류인가……."

"……."

수현은 마땅히 할 말이 없었다.

"이성을 상실할 만큼 취했나?"

시은은 주성에 대해 좋은 말만 들어왔기에 그의 행동이 얼떨떨할 뿐이었다.

"아니."

주성의 눈빛을 상기한 수현의 얼굴이 싸늘해졌다. 술을 마셔서 조금 풀려 있긴 했지만, 그는 분명 자신의 행동을 자각하고 있었다. 그래서 더 소름이 끼쳤다. 술에 취해 제정신이 아니었다고 해도 용서받지 못할 행동이라는 건 마찬가지였지만, 그래도 이 정도로 배신감이 느껴지지는 않았을 거였다. 수현은 오늘, 오래 알고 지낸 고마운 사람을 잃었다.

단합 대회는 2박 3일의 일정 중 하루를 넘기지 못하고 막을 내렸다. 직원들은 나머지 일정을 취소하고 날이 밝는 대로 출발하기로 했고, 수현은 세 사람과 함께 그 길로 바로 서울로 올라왔다. 서울에 도착한 건 새벽 3시가 다 되어서였다. 그리고 그날 저녁, 주성에게서 전화가 걸려왔다. 받을까 말까 잠시 고민하던 수현은 마무리는 지어야 할 것 같다는 생각에 전화를 받았다.

[수현아.]

그의 목소리를 들으니, 희번덕거리던 눈동자가 다시금 떠올라 온몸에 닭살이 돋았다.

[미안하다. 어제는 내가 술에 취해서…… 제정신이 아니었던 것 같다…….]

수현이 헛웃음을 터뜨렸다.

"아니요. 이사님은 어제 멀쩡했어요. 실수인 척하지 마세요."

[…….]

"이제 다시는 얼굴 보는 일도, 통화하는 일도 없었으면 좋겠어요."

다행히 프로듀싱을 맡은 앨범 작업은 끝난 상태였고, 나머지는 주성과 부딪히지 않아도 처리할 수 있는 것들이었다.

"그만 끊겠습니다."

수현은 그렇게 전화를 끊었다. 그와 알아온 지난 세월이 몇 마디 말로 끝나 버렸다는 게 허무하기 그지없었다. 모든 것이 덧없게 느껴지는 날이었다.

세진이 수현을 찾아온 건 그로부터 두 시간쯤 뒤였다. 그의 전화를 받고 지하 주차장으로 내려간 그녀는 이미 도착해 있던 밴에 타며 투덜거렸다.

"왜 또 왔어."

말만 그렇게 할 뿐, 세진이 여기까지 온 건 자신을 걱정해서라는 걸 알기에 수현의 목소리에는 어떤 질책도 담겨 있지 않았다.

"네 애인, 변호사라면서 무슨 힘이 그렇게 좋냐?"

코디네이터인 영주를 통해 수현이 지혁과 사귀게 되었다는 말을 전해 들은 세진은 그동안 일부러 그녀를 보지 않으려 애쓰며 제 감정을 정리했다. 사실 어느 정도 예감은 하고 있었기에 많이 놀라지는 않았다. 그는 어느 정도 마음을 비우고 나서야 단합 대회를 핑계 삼아 수현의 앞에 나타날 수 있었다. 리조트에서 두 사람이 함께 있는 것을 눈으로 확인하고 나니 차라리 후련하기도 했다. 남아 있던 미련까지 털어낼 수 있었으니 말이다. 세진은 수현의 곁에 좋은 친구로 남기로 했다.

'네 애인…….'

수현은 세진의 지칭이 왠지 모르게 부끄러웠다. 태어나서 처음 들어보는 표현이었다. 지혁으로 인해 접하게 된 새로운 말과 새로운 경험이 아직도 순간순간 어색했지만 하나씩 적응해 가는 과정도 나쁘지는 않았다. 지혁을 떠올린 그녀의 얼굴에 반사적으로 미소가 번지려던 찰나, 세진이 말을 이었다.

"갈비뼈 세 대 나갔대. 전치 오 주."

수현은 말없이 고개만 끄덕였다. 자세한 건 듣지 못했지만, 주성이 입원했다는 건 이미 다른 직원에게 들어서 알고 있었다.

"이제 어쩔 거야?"

"뭘?"
"계속 JM이랑 일할 거냐고."
"그건 왜 물어?"
"네가 결정해야 나도 결정을 하지."
세진은 수현이 이번만큼은 어영부영 넘길 거라고 생각하지 않았다. 그녀의 성격상 주성과 아무 일도 없었던 것처럼 다시 일하기는 쉽지 않을 거라 짐작하고 있었다.
"내 결정이 너랑 무슨 상관인데?"
"무슨 상관이냐니! 내가 JM에 있는 이유 중 하나가 너거든?"
발끈해서 목소리를 높이는 세진에게 수현이 무심하게 대답했다.
"당분간 좀 쉬려고."
쉰다고 돌려 말했어도, 세진은 수현이 JM과 더는 일하지 않겠다는 의미로 한 말임을 알아들었다.
"그럼 나도 재계약하지 말아야겠다."
그의 즉각적이고 즉흥적인 결정에 수현이 콧잔등을 찌푸렸다. 자신은 이제 JM과 함께 가야 할 이유가 없어도, 세진은 달랐다. 회사에서 그는 기침만 해도 병원에 모셔갈 정도의 극진한 대접을 받는 존재였다.
"이 어이없는 결정은 뭐지? 난 네 인생 책임 안 진다."
"내가 아무리 널 애정한다고 해도 설마 너 때문에 재계약하려던 걸 안 하겠냐? 결정을 내리는 데 참고한 거지."
수현은 싱글벙글 웃고 있는 그가 미덥지 않았지만, 본인이 그렇다는데 더는 뭐라고 할 수가 없었다.
"그럼 다행이고. 어디 생각해 둔 데는 있어?"
"내가 한번 만들어볼까 해. 애들도 좀 키워보고 싶고."
"그래. 신중하게 생각해서 결정한 거면 잘 해봐."

수현은 남의 일에 이래라저래라 훈수를 두는 타입이 아니었다. 자신과 엮이는 일이 아니라면 누가 뭘 하든 별로 간섭하지 않았다. 좋게 말하면 상대의 선택을 존중하는, 나쁘게 말하면 무심한 성격이라고 볼 수 있었다. 게다가 어느 정도 자리를 잡으면 대부분 1인 기획사를 설립하는 게 자연스러웠으니 세진의 결정을 말려야 할 이유도 없었다.

"도와줄 거지?"

세진이 수현을 바라보며 씩 웃었다.

"내가 필요하다면."

수현은 그를 좋아했다. 장난기가 많아 가끔은 피곤하기도 했지만, 음악적 견해도 잘 맞았고 편했다. 주성이 한 짓으로 인해 마음이 바뀌었을지 몰라도 일단 지혁이 주위 남자들을 신경 쓰지 않는다고 했으니 세진과 함께 일하지 말아야 할 이유도 없었다.

"완전 필요하지. 너만 있으면 망할 염려 없겠다."

"그런 낙관이 얼마나 부질없는지 몰라? 망해봐야 정신 차리지."

입이 귀에 걸릴 정도로 환하게 웃는 그에게 수현이 무덤덤한 얼굴로 독설을 날렸다.

"아직 시작도 안 한 사람 앞에서 이렇게 초를 칠 거야?"

"현실을 직시하라는 의미야."

"……."

수현의 차분하지만 매서운 지적에 세진이 얌전히 입을 다물었다.

"너도 당연히 알고 있는 얘기, 하나만 하자."

"……해."

"너나 나나 큰 실패 없이 여기까지 왔지만, 앞으로도 그러리란 보장은 없어. 당장 내놓을 신곡부터 망할 수도 있고."

세진과 수현은 같은 계통에서 종사하는 사람들이었기에 구구절절

설명하지 않아도 통하는 게 많았다. 수현이 무슨 말을 하고 싶어 하는지 세진이 모를 리 없었다.

"알아."

"그러니까 마냥 들뜨지 말라고."

그가 한껏 진지한 표정으로 고개를 끄덕였다.

"알았다. 내가 방방 떠 있으면 네가 좀 눌러주라."

"넌 진짜 손이 많이 가는 스타일이야."

귀찮다는 표정으로 세진의 머리를 힘주어 꾹 누른 수현은 밴에서 내리며 시큰둥하게 말했다.

"잘 가라."

세진은 멀어져 가는 그녀의 뒷모습을 바라보며 피식 웃었다.

엘리베이터로 걸어가던 수현은 자동차 클랙슨 소리에 뒤로 돌아섰다. 지혁의 차라는 걸 알아본 순간 조수석 창문이 열렸다.

"어디 갔다 와?"

운전석에 앉은 지혁의 시선이 휴대폰을 들고 있는 수현의 손으로 향했다. 얼핏 보니 주머니가 없는 옷이 분명한데 그녀는 지갑도, 차 키도 없이 휴대폰만 가지고 있었다.

"세진이가 왔었어요. 밴에서 잠깐 얘기하고 들어가는 길이에요."

대답을 하면서 주위를 둘러본 수현은 엘리베이터 근처에 주차할 자리가 없다는 걸 알아차리고 조수석에 올랐다. 그녀의 의중을 눈치챈 지혁은 빈자리를 찾아 천천히 차를 몰았다. 그런 그에게 수현이 지나가는 말처럼 말을 꺼냈다.

"이사님 전치 오 주래요."

지혁이 그녀를 돌아보며 물었다.

"강주성한테 연락 왔어?"

"연락이 온 건 맞는데, 그 얘기는 세진이한테 들었어요."

"강주성은 뭐래?"

"미안하다고 하길래 다시는 보지 말자고 했어요."

별말 없이 주차를 마친 지혁이 안전띠를 풀며 입을 열었다.

"앞으로는 내 말을 더 잘 들어야겠다는 생각이 들지?"

"뜬금없이 무슨 말이에요?"

"내가 말했잖아. 오래 알았다고 다 믿을 만한 건 아니라고. 뒤통수 맞을 수도 있으니까 조심하라고."

"지금도 잘 듣고 있잖아요……."

주성을 믿을 만한 사람이라고 단언했던 말이 무색해져 버려 민망해진 수현이 말끝을 늘였다.

"정말인지 확인 한번 해보자."

말을 마친 지혁이 눈을 감았다.

"……뭐 하세요?"

"뭔지 몰라?"

알 것 같았다. 둘만 있는 밀폐된 공간, 느른한 미소가 감도는 얼굴로 눈을 감은 남자…….

"자려고요?"

수현은 씨알도 안 먹힐 말을 해보았다.

"까분다."

역시 그에게는 통하지 않았다. 잠시 고민하다가 신고 있던 단화에서 조심스럽게 발을 뺀 그녀는 날렵하게 운전석으로 넘어가 지혁의 무릎 위에 사뿐히 올라앉았다. 깜짝 놀란 그의 눈이 번쩍 뜨였다.

"눈은 감아줄래요?"

수현이 손바닥으로 쓸어내리듯 지혁의 눈을 감겼다. 그는 그녀가 시키는 대로 얌전히 따랐다. 수현의 이런 도발적인 행동을 언제 또 볼 수 있을지 모르니 기회가 왔을 때 마음껏 누려보기로 한 것이었다.

지혁의 얼굴을 빤히 보고 있던 수현은 제 입술을 그의 입술에 살짝 가져다 댔다. 매번 마음의 준비도 없이 갑작스럽게 하게 됐는데 막상 마음의 여유가 생기니 그것도 난감했다. 하물며, 오롯이 자신이 리드해야 한다는 사실은 부담스럽기 그지없었다. 갑자기 자신이 없어진 그녀는 괜한 허세를 부렸다는 후회가 밀려들었지만 이제 와서 못 하겠다고 하기도 민망했다. 지혁은 입술을 맞대고 있다는 사실도 잊은 채 이런저런 생각에 골몰하고 있는 그녀의 머리를 두 손으로 잡고 입술을 뗐다. 그제야 정신을 차린 수현에게 그가 허스키한 목소리로 물었다.

"신종 고문인가?"

그녀가 입술만 대고 있을 뿐 아무것도 하지 않자, 참다못한 지혁이 눈을 뜬 것이었다.

"확인은 다음 기회로 미루자."

그 말을 끝으로, 그는 그녀의 뒷머리를 감싸 끌어당기고 깊게 입을 맞췄다. 수현의 팔은 자연스럽게 그의 목을 휘감았다. 차 안은 금세 두 사람이 내뿜는 열기로 달아올랐다.

불청객

지혜은 여전히 바빴지만, 수현이 한가해진 덕분에 두 사람은 이전보다 더 자주 볼 수 있었다. 그들은 지혁이 일찍 퇴근하면 오래 보고, 늦게 퇴근하면 잠깐 얼굴이라도 보는 식으로 보통의 연인들과 다름없는 소소한 행복을 만끽했다. 토요일 아침, 회사에 나갔다가 해가 지기 전에 돌아온 지혁은 수현과 아파트 근처 식당에서 저녁을 먹고 공원을 산책했다. 팔짱을 끼고 나란히 걷는 이 여유로운 시간이 두 사람에게는 더할 나위 없는 휴식이었다. 이런저런 이야기를 하던 수현이 갑자기 지혁을 돌아보며 물었다.

"지혁 씨 아버지는 어떤 분이세요?"

"음, 무서운 분?"

아버지라는 존재에 대한 보편적 인식이니 놀라울 것도 없었다.

"그럼 어머니는요?"

"음……."

지혁은 아버지에 대한 정의를 내놓는 것보다 조금 더 오래 고민했다.

"더 무서운 분?"

"아버지는 무서운 분이고, 어머니는 더 무서운 분이에요?"

눈을 동그랗게 뜨고 그의 말을 정리한 수현이 신기하다는 듯 중얼거렸다.

"지혁 씨도 무서운 사람이 있구나."

"나한테 무서운 분이라는 말이 아니라 남들이 보기에, 객관적으로 그렇다는 거지."

"그럼 지혁 씨는 부모님 안 무서워요? 남들은 무서워하는데?"

"잘못한 게 있어야 무섭지."

지혁의 태연한 대답에 그녀가 다시 물었다.

"부모님께 크게 혼나본 적 없어요?"

"없어."

"어렸을 때도?"

"전혀."

지혁은 지금까지 살면서 이렇다 하게 부모님의 속을 썩여본 적이 없었다. 어려서부터 공부면 공부, 운동이면 운동, 뭐든지 다 잘했다. 오만하고 까칠한 성격임에도 대인 관계 또한 크게 문제는 없었다. 그는 누가 건드리지 않으면 먼저 나서는 성격이 아니었고, 감히 그를 먼저 도발하는 이도 없었기 때문이었다.

"외동이에요?"

지혁이 고개를 끄덕였다.

"그럼 세 식구?"

"할머니도 계셔. 네 식구."

"설마 할머니까지 무서우신 건 아니죠?"

"할머니가 끝판왕이지. 아버지, 어머니까지 할머니한테는 꼼짝 못 하시니까. 할머니가 법이야."

수현은 농담으로 한 말이었지만, 지혁의 표정은 진지했다.

"그럼 결론은 온 가족이 다 무서운 거네요?"

"갑자기 나는 왜 끼워 넣어?"

"몰라서 물어요?"

"어. 난 아는 건 안 물어. 모르는 것만 물어."

너스레를 떠는 그를 흘겨보며 수현이 되물었다.

"무서운 사람이라는 말, 많이 들어봤을 텐데요?"

"아니. 한 번도 못 들어봤어."

지혁이 단호하게 고개를 내저었다. 그는 정말로 그런 말을 들어본 적이 없었다.

"그렇긴 하겠네. 누가 대놓고 무서운 사람이라고 하겠어요. 다른 식으로 표현했겠죠. 눈을 마주치기 꺼린다거나, 주눅 들어 한다거나, 말을 더듬거나, 뭐 이런 일 없었어요?"

왜 없겠는가. 대부분의 사람들은 그의 앞에서 수현이 말한 것들을 모두 했다. 그래서 차분하다 못해 무심한 눈동자로 자신을 똑바로 응시하면서 제 할 말을 다 하는 그녀가 달리 보였는지도 모른다.

"넌 어땠는데? 날 무서운 사람이라고 생각했어?"

지혁의 질문은 과거형이었다. 그는 처음엔 어땠는지 몰라도 지금은 수현이 자신을 전혀 무서워하지 않는다는 사실을 잘 알고 있었다.

"아니요. 거만한 사람이라고 생각했어요. 거기에 재수 없음도 추가."

"거만하고 재수 없다라…… 내가 그 정도였어?"

"처음 만난 날 나한테 무슨 말을 했었는지 잊은 건 아니죠? 말만 했나? 등골이 오싹해질 만큼 노려봐 놓고…….”

“…….”

지혁이 수현의 매서운 시선을 슬쩍 피했다.

“그 말 듣고 그 정도 욕밖에 안 했으면 나 꽤 너그럽지 않아요?”

“그러네.”

그는 순순히 인정했다. 그날은 변명의 여지가 없는 제 잘못이었으니 그녀가 무슨 말을 해도 할 말이 없었다.

“내 첫인상은 어땠어요?”

지혁은 수현을 처음 보았던 순간의 기억을 더듬었다. 제 침대 위에서 자고 있던 그녀는…….

“예뻤어.”

“그리고요?”

“눈 뜨니까 더 예쁘던데?”

“지금은요?”

“여전히 예뻐.”

수현의 눈이 못마땅하다는 듯 가늘어졌다.

“외모밖에 할 말이 없어요? 내가 은근히 성격도 괜찮은데?”

“예쁘다는 말에 모든 게 포함된 거야.”

그는 감정 표현에 서툴렀다. 미사여구 같은 건 쓸 줄도 몰랐다. 그런 그가 할 수 있는 최고의 말은 ‘예쁘다’는 것이었다.

“호구조사 끝났어?”

“끝나긴요. 내가 지금 들은 거라고는 할머니, 아버지, 어머니가 계시고, 세 분 모두 무서운 분들이다, 이게 다잖아요.”

“그거면 됐지, 뭐가 더 궁금한데?”

그거면 충분했다. 사실 특별히 더 궁금한 것도 없었다. 하지만 지혁이 그렇게 물으니 괜한 반발심이 생겨서 뭐라도 더 물어봐야 할 것 같았다.

"부모님은 무슨 일 하세요?"

"두 분 다 공무원. 더 궁금한 건 만나 뵙고 직접 여쭤 봐."

"만나 봬요?"

수현의 눈이 휘둥그레졌다. 연애를 시작한 지 얼마 되지도 않았는데 부모님을 뵙자니 당혹스러울 수밖에 없었다.

"그럼 안 만나려고 했어?"

"만나는 여자마다 부모님께 소개시켜 드렸어요?"

"왜 소개를 해야 하는데?"

지혁이 의아하다는 듯 반문했다.

"내가 물었잖아요."

"없었어, 한 번도."

"근데 난 왜요?"

그는 조금의 망설임도 없이 대답했다.

"넌 지금까지 만난 여자들하고 다르니까."

지혁에게 수현은 그 누구와도 견줄 수 없는, 특별한 존재였다.

두 사람의 오붓한 데이트는 호영의 전화로 끝이 났다. 심심하다면서 맥주나 한잔하자고 조르는 호영을 차마 모른 척할 수가 없었던 지혁과 수현은 하는 수 없이 그의 제안을 받아들였다. 아파트 입구에서 만난 세 사람은 근처 호프집으로 향했다. 직원이 창가 옆 빈 테이블로 안내하자, 지혁은 수현을 안쪽 자리로 들여보내고 바깥쪽에 앉았다. 두 사람의 맞은편에 앉은 호영이 못마땅한 눈초리로 두 사람을 번갈아 노려보았다.

"이제 당연히 둘이 나란히 앉는구나."

수현이 제 옆이 아닌 지혁의 옆에 앉는 게 자연스럽다는 사실이 새삼 못마땅해졌던 것이다. 그런데 지혁은 호영보다 더 못마땅한 표정을 짓고 있었다.

"수현이가 너보다 나랑 더 친한데 내 옆에 앉는 게 당연한 거 아니야?"

호영은 수현에게 공을 넘겼다.

"송수현, 이 자식 말에 동의해?"

"……."

수현은 섣불리 대답할 수가 없었다. 오빠와 애인은 엄연히 친함의 형태가 다르지만, 말로 표현하기가 난감해 그냥 입을 다물어 버렸다. 그녀의 침묵에 발끈한 호영이 눈에 힘을 팍 주고 다시 물었다.

"대답을 못 한다는 건, 나보다 류지혁이랑 더 친하다는 의미지?"

"김호영, 너 되게 어이없는 거 아냐? 질투를 할 게 따로 있지."

호영은 타박하는 지혁에게 눈을 부라렸다.

"질투라니? 난 정당한 권리 행사 중이야."

"무슨 권리?"

"핏줄과 세월을 통해 얻은, 동생의 연애에 개입할 수 있는 권리."

청산유수 같은 호영의 말을 가만히 듣고 있던 수현이 지혁을 돌아보며 물었다.

"지금 오빠가 한 말에 대해서 어떻게 생각해요?"

"유식해 보이고는 싶었으나, 장황한 언어 구사와 독보적 개념 상실로 인해 헛소리로 마무리한 거라고 생각해."

"난 또 나만 그렇게 느끼나 해서요."

호영은 지혁과 수현을 차례로 째려보며 구시렁거렸다.

"너희 둘, 영혼의 동반자 같다."
"어디가?"
"분명 욕은 아닌데 듣는 사람은 욕먹은 것처럼 느껴진단 말이야."
"오빠, 나 욕 잘할 수 있는데 그냥 욕을 해줄까?"
호영에게서 시선을 뗀 수현이 지혁을 돌아보았다.
"어때요? 욕 좀 하세요?"
"물론. 상당히 잘해."
같은 결론에 도달한 두 사람이 동시에 호영을 바라보자, 식겁한 호영은 앉음새를 바로 하며 고개를 격렬하게 가로저었다.
"아니야. 하지 마. 절대 하지 마."
승기를 잡은 수현이 새초롬하게 물었다.
"내가 나랑 오빠 애인 중에 누구랑 더 친하냐고 물으면 오빠는 뭐라고 대답할 건데?"
호영이 심각한 표정으로 그녀를 물끄러미 바라보았다.
"안 보이냐?"
"뭐가?"
"괜한 말을 꺼냈다고 후회하는 내 모습이?"
지혁과 수현이 동시에 미간을 찌푸렸다.
"너희 둘이 더 친한 게 맞지. 암, 맞고말고."
두 사람의 눈치를 보며 너스레를 떨던 호영이 갑자기 손을 번쩍 치켜들며 외쳤다.
"여기!"
학원 아르바이트를 끝내고 뒤늦게 도착한 시은에게 자리를 내어주기 위해 창가 쪽 의자로 옮겨 앉으려던 호영이 돌연 멈칫하더니 자리에서 일어섰다. 그러고는 옆으로 비켜서며 남자다운 척 목소리를 내리깔았다.

"시은아, 안으로 들어가."

"여기 앉으면 되는데, 왜요?"

"아니야. 네가 안쪽 자리에 앉아."

지혁처럼 수현을 보호하는 듯한 모양새를 따라 하고 싶었던 호영은 고집을 꺾지 않았다. 시은은 그가 왜 그러는지 몰라 어리둥절해하면서도 시키는 대로 따랐고, 호영은 매너남이 된 듯한 뿌듯함을 만끽하면서 시은의 옆자리에 앉았다. 수현이 조금 전에 말한 '오빠 애인'은 바로 시은이었다. 두 사람은 지혁이 둘만의 시간을 마련해 준 날 연인이 되었다. 워낙 오랫동안 오빠와 동생으로 지내왔기 때문에 아직 크게 달라진 건 없지만, 두 사람은 조금씩 변해가고 있었다.

"아직 아무것도 안 시켰네?"

시은이 휑한 테이블을 내려다보며 묻자, 호영은 다시 자신이 도마 위에 오를까 싶어 얼른 메뉴판을 펼쳐 들었다.

"뭐 시킬까? 우선 수제 햄버거랑…… 피시앤칩스, 모둠 소시지……."

수현이 나서서 그를 제지했다.

"우리 밥 먹으러 왔어? 무슨 안주를 그렇게 많이 시켜. 가뜩이나 맥주 마시면 배도 부른데."

모자란 것보다는 남는 게 낫다며 매번 이것저것 시켜놓고 얼마 먹지도 않는 호영은 수현의 강력한 반대에 부딪쳐 두 개의 안주로 만족해야만 했다. 그가 시위하듯 구시렁거렸다.

"돈도 잘 벌면서 이 오빠가 안주 몇 개 시키겠다는데 그걸 못 시키게 하고……."

"내 진의를 왜곡하지 말아 줄래? 이건 돈을 잘 벌고 못 벌고의 문제가 아니잖아. 시켜서 다 먹을 수 있으면 나도 잔소리 안 해. 세상에

굶어 죽는 사람이 얼마나 많은 줄 알아? 먹을 거 버리면 못 써."

"……."

수현으로부터 한바탕 잔소리를 듣고 나서야 호영의 입이 닫혔다. 이번엔 시은이 말문을 열었다.

"이건 별개의 얘기지만, 수현이가 없이 살아봐서 돈을 허투루 안 쓰는 건 있죠."

"그렇지. 수현이가 고생 많이 했지."

지혁은 맞장구를 치는 호영을 어리둥절한 눈으로 바라보았다. 호영이 꾸준히 아르바이트를 했다는 건 알고 있었지만 대학생이 아르바이트를 하는 건 놀랄 만한 일도 아니었으니 별다른 생각이 없었다. 그는 여태껏 호영의 집안을 넉넉하지는 않아도 가난에 쪼들리지 않는, 중산층 정도로 생각하고 있었던 것이다. 지혁의 눈빛에 담긴 의아함을 눈치챈 호영이 어깨를 으쓱였다.

"먹고살 정도는 됐어. 두 사람 대학 등록금을 대기가 빠듯했지. 그래서 수현이가 이 년이나 휴학하고 고시원에서 한 삼 년 가까이 살았다."

지혁은 고개를 돌려 수현을 바라보았다. 윤기가 흐르는 투명한 피부에 영롱한 눈동자가 기품이 있고 귀티가 흘렀다. 생김새만 두고 보면 가난과는 전혀 어울리지 않는 외모였다. 손끝에 물 한 방울 묻히지 않고 살아왔다고 해도 믿을 정도였다.

"불쌍하게 보실 필요 없어요. 고시원에 사는 사람도 많고, 돈 없어서 휴학하는 사람도 많아요."

"불쌍하게 본 적 없어. 신기하게 보는 거야."

엉뚱한 그의 대답에 수현이 고개를 갸웃거렸다.

"뭐가 신기해요?"

"얼굴만 보면 재벌 딸 같아서."
"그 무논리는 뭐예요?"
"나도 언제나 논리적일 수는 없지. 그냥 그렇게 느껴졌다는 말이야."
지혁을 어이없다는 듯 보고 있는 수현을 향해 호영이 돌연 심각한 목소리로 말했다.
"미안하다, 수현아."
"오빠가 나한테 왜 미안한데?"
"우리 집이 조금만 더 여유가 있었다면……."
"그만해. 오빠 취했다."
수현이 그의 말을 도중에 잘랐다. 미안해해야 할 사람은 자신이었다. 생각지도 않은 군식구를 받아준 것만 해도 넘치게 감사했다.
"나 하나도 안 취했어!"
호영은 누가 봐도 취해 있었다.
"그만 가자. 이러다가 울겠네, 우리 오빠."
네 사람은 술집에서 나와 아파트로 돌아왔다. 그런데 수현의 집 앞에 두 사람이 서 있었다. 그중 휴대폰을 귀에 대고 있던 사십대 여자가 반가운 기색이 역력한 표정으로 수현을 바라보며 입을 열었다.
"우리 딸, 이제 와?"
그녀는 바로 수현의 엄마, 보연이었다. 머리를 우아하게 틀어 올리고 있는 보연은 마흔아홉이라는 나이가 무색하게 겉으로는 사십대 초반 정도로 보였다. 수현이 나이를 먹으면 이런 모습이겠구나 느껴질 만큼 판박이 외모였다. 다른 점이 있다면 수현은 학처럼 청초한 이미지였고, 보연은 화려한 공작새 같았다.
"안 본 사이에 더 예뻐졌네."
보연은 당황한 얼굴로 서 있는 수현에게 다가가 그녀를 감싸 안았다. 하지만 수현은 목석처럼 뻣뻣하게 서 있을 뿐이었다.

"엄마 보고 놀랐구나?"

몸을 살짝 비틀어 보연에게서 빠져나온 수현이 되물었다.

"연락도 없이 어떻게 오셨어요?"

"너야말로 왜 이렇게 늦게 다녀. 당연히 집에 있을 줄 알았는데 없어서 당황했잖니. 지금 너한테 전화하던 중이었는데."

슬쩍 말을 돌린 보연은 수현의 뒤에 서 있던 세 사람에게 시선을 돌렸다. 그녀의 눈에 가장 먼저 들어온 건 호영이었다. 보연과 눈이 마주친 그가 얼른 말문을 뗐다.

"이모, 오셨어요?"

"오랜만이다, 호영아."

그녀의 시선이 이번엔 시은에게 향했다.

"시은이구나. 오 년 만에 보는 건데 하나도 안 변했네. 스물여덟인데 아기 같은 건 여전하다, 얘."

시은이 멋쩍게 웃으며 꾸벅 고개를 숙였다.

"안녕하셨어요."

"놀러 온 거야?"

보연은 수현과 시은이 함께 살고 있다는 것을 모르고 있었다.

"시은이 저랑 같이 살아요."

수현이 끼어들어 시은을 대신해 대답했다.

"아, 그래……?"

일순간 당황하는가 싶던 보연이 말을 돌렸다.

"이분은 누구시니?"

지혁을 두고 한 말이었다. 이번에도 수현이 먼저 나섰다.

"오빠 친구예요."

지혁은 수현의 소개가 마음에 들지 않았지만, 내색하지 않고 정중하게 인사를 건넸다.

"안녕하십니까. 류지혁입니다."

"반가워요."

보연의 눈이 관찰하듯 지혁을 위아래로 훑었다. 세 사람과 인사를 마친 보연은 그제야 제니의 존재를 떠올렸다.

"제니, 왜 그러고 서 있어? 언니, 오빠들한테 인사해야지."

그제야 네 사람은 보연과 함께 있던 이십대 여자에게 시선을 돌렸다. 쌍꺼풀 없는 동양적인 눈매에 까무잡잡한 피부를 가진 제니가 씩 웃으며 입을 열었다.

"안녕하세요."

살짝 영어 발음이 섞여 있는 말투였다.

"이모, 누구……."

호영이 조심스럽게 보연에게 물었다.

"수현이 동생, 제니."

수현은 살짝 이맛살을 찌푸렸고, 나머지 세 사람은 얼떨떨한 눈으로 제니를 바라보았다.

"일단 들어가세요. 시은아, 문 좀."

시은이 현관 비밀번호를 누르는 사이, 수현은 호영을 돌아보았다.

"오빠, 오늘은 늦었으니까 일단 들어가. 나중에 얘기해."

"그래. 이번에는 오래 있을 거니까 회포는 천천히 풀자."

시은이 문을 열고 옆으로 비켜서자, 보연은 제집인 것처럼 당당하게 집 안으로 들어갔다. 그 뒤를 제니가 따랐다. 문 앞에 방치된 커다란 캐리어 두 개를 바라보며 한숨을 내쉰 수현이 손을 뻗으려는 순간, 지혁이 캐리어를 양손으로 번쩍 들어 올려 현관 안쪽으로 옮겨주었다.

"쉬세요."

수현이 고맙다는 눈빛으로 그를 올려다보았다.

"너도."

지혁은 수현의 머리카락을 가볍게 쓸어주고 몸을 돌렸다. 집으로 들어와 문을 닫은 시은이 기다렸다는 듯 수현의 귀에 대고 속삭였다.

"어떻게 된 거야? 엄마 오시는 줄 몰랐어?"

"전혀."

오 년 전에도 연락 없이 와서 놀라게 하더니 동에 번쩍, 서에 번쩍 하는 건 여전했다.

"제니라는 애가 걔야?"

수현은 말없이 고개를 끄덕였다. 그때 거실 쪽에서 안 들어오고 뭘 하느냐는 보연의 목소리가 들려왔다.

"일단 들어가자."

시은은 미적거리는 수현을 잡아끌었다. 두 사람이 거실에 들어섰을 때, 보연과 제니는 소파에 나란히 앉아 있었다.

"이제야 제대로 된 집에서 사네. 고시원은 정말 아니었어."

생각하기도 싫다는 듯 몸을 부르르 떠는 보연을 바라보며 수현이 무미건조한 어조로 받아쳤다.

"돈이 남아도는데 고시원에서 산 거 아니에요."

보연은 수현의 냉랭한 시선을 슬쩍 피하며, 주위를 두리번거렸다.

"방이 세 개니? 우리는 어느 방 쓸까?"

"거실 쓰세요."

보연의 눈이 휘둥그레졌다.

"거실?"

"방은 세 개지만, 저랑 시은이가 하나씩 쓰고 나머지 하나는 제 작업실이라 내드릴 방이 없어요. 테이블 옆으로 밀면 이불 펼 공간은 충분히 나오겠네요."

"엄마 허리 안 좋아. 침대 없으면 못 자."

"이 집에 침대는 두 개뿐이에요. 제 거, 시은이 거."

고로 내줄 침대가 없다는 의미였다. 수현의 날 선 반응에 난감한 기색을 숨기지 못하고 서 있던 시은이 조심스럽게 말을 꺼냈다.

"내 방을……."

"넌 글 써야지."

수현은 더 이상 말하지 말라는 듯 단호하게 시은의 말문을 막아버렸다.

"이불 가져다 드릴게요. 시은아, 도와줘."

"……응."

수현과 시은이 방으로 들어가 버리자, 제니가 울상을 지으며 보연에게 매달렸다.

"우리 정말 여기서 자? 싫어."

"하루만 참아. 엄마가 알아서 할게."

보연이 나직한 목소리로 대답했다.

다음 날 오후, 나가는 길에 지혁을 보기 위해 앞집에 들른 수현은 문을 열어준 지혁을 따라 들어가며 물었다.

"오빠는요?"

"일요일에 낮잠 안 자면 뭔가 억울하다면서 자러 들어갔어."

두 사람은 식탁에 마주 앉았다.

"어제 우리 엄마 보고 놀랐죠?"

"네가 더 놀라던데?"

"맞아요. 내가 제일 놀랐어요."

수현은 굳이 부정하지 않았다.

"어머니께 왜 날 그렇게 소개했어?"

오빠 친구라고 말한 게 거슬렸을 거라는 건 짐작하고 있었다. 안 그래도 해명할 생각으로 온 것이었다.

"엄마한테 내가 만나는 사람이 있다는 거 알리고 싶지 않아서요."

"왜?"

"엄마가 지혁 씨 마음에 안 들어 할 거 뻔히 아니까."

지혁은 예상치 못한 수현의 대답에 순간적으로 당황했지만 내색하지 않고 담담하게 물었다.

"이유는?"

"엄마가 원하는 사윗감이 아니에요."

"어머니는 어떤 사윗감을 원하시는데?"

일 년에 한두 번 통화를 할 때마다 엄마가 항상 빼놓지 않고 하는 말이 있었다. 한창 예쁠 때 좋은 남자를 만나야 한다는 것. 엄마가 말하는 좋은 남자의 기준은 명확했다.

"돈 많은 남자."

엄마의 취향 같은 건 아무래도 상관없지만, 수현은 지혁의 기분을 덜 상하게 하고 싶었다. 아무리 전문직이라고 해도 번듯한 집 하나 없이 호영과 함께 산다는 걸 알게 되면, 엄마는 분명 그의 자존심을 긁어놓을 게 뻔했다. 물론 본인의 존재를 숨긴다는 사실도 지혁에게는 불쾌한 일이라는 걸 모르지 않았으나, 엄마에게 직접 싫은 소리를 듣게 하는 것보다는 나을 것 같았다. 수현으로서는 그나마 그에게 덜 상처가 되는 쪽을 선택한 것이었다.

그날 저녁, 시은이 아르바이트를 마치고 돌아왔을 때 집에는 보연과 제니밖에 없었다. 보연은 TV를 보고 있었고, 제니는 휴대폰 게임을 하느라 고개도 들지 않았다.

"다녀왔습니다."

"그래. 왔니?"

꾸벅 인사를 한 시은은 제 방으로 향했다. 문을 닫으려는데 보연이 뒤따라 들어왔다.

"시은아, 아줌마랑 얘기 좀 할래?"

시은의 팔을 끌어다가 침대에 앉힌 보연은 그녀를 마주 보고 앉기 무섭게 질문을 쏟아냈다.

"이 집 자가니? 전세니? 월세는 아니지?"

"……."

시은은 수현에게 물어보는 게 더 자연스러울 법한 질문을 자신에게 한다는 건 수현이 대답하기 싫어할 만한 내용이라는 의미나 다름없다는 걸 알기에 쉽게 입을 뗄 수 없었다.

"왜 말을 안 해. 아줌마가 묻잖아."

미적거리는 시은에게 보연이 답답하다는 듯 채근했다.

"……자가요."

"대출은 꼈니?"

"저는 그런 거 잘 몰라요……."

대출이 하나도 없다는 건 알고 있었지만, 시은은 모른 척하기로 했다.

"넌 한 달에 얼마 내고 사니?"

"아, 전…… 십…… 만 원……."

시은이 죄지은 사람처럼 보연의 시선을 피하며 웅얼거렸다.
"십만 원? 전기, 수도, 가스, 관리비 포함해서?"
"네……."
가끔 장을 보는 것 빼고는 이 집에 살면서 내는 돈은 그게 다였다.
"어머, 세상에. 말도 안 된다, 얘."
"……."
시은도 수현이 변변한 직업 없이 드라마 작가를 꿈꾸며 사는 제 사정을 봐주고 있다는 걸 잘 알고 있었다. 그나마 십만 원도 자신이 부담스러워할까 봐 하는 수 없이 받는 돈이었고, 거의 이 년 가까이 거저 얹혀살았던 것이나 다름없었다.
"보증금은 보태고 들어왔니?"
"……아니요."
"시은아, 아줌마 말 섭섭해하지 말고 들어."
보연은 심각한 얼굴로 시은을 똑바로 바라보며 말을 이었다.
"아무리 우리 수현이가 괜찮다고 했어도 이건 아니지. 호의가 계속되면 권리인 줄 알게 되는 거야. 지금 이 상황은 좀 그렇다."
보연의 말은 야속하면서도 정곡을 찌르는 말이기도 했다. 언젠가부터 수현의 배려에 무감해져 버린 제 모습을 깨달은 시은은 순간적으로 정신이 번쩍 들었다.
"부모님은 어디 사시니? 지방?"
"……서울이요."
"시집가기 전에 부모님이랑 같이 있는 시간을 많이 만들어. 아니면 후회해."
완곡한 표현이었지만, 이 집에서 나가라는 말이었다.
"네……."

시은은 그런 의도를 못 읽을 만큼 눈치가 없지 않았다.

수현은 밤 9시가 다 되어서야 집에 돌아왔다. 그런데 집이 조용했다. 시은과는 서로 들어오고 나가는 것에 크게 신경을 쓰지 않고 사니 그렇다 치고, 거실에 있어야 할 엄마와 제니가 보이지 않았다. 제 방으로 걸어가던 수현은 발걸음을 돌려 시은의 방으로 향했다. 집에 있어야 할 사람이 없으니 은근히 신경이 쓰였던 것이다. 시은에게 두 사람의 행방을 물어보기 위해 방문을 연 수현은 깜짝 놀랐다. 침대 위에는 보연이 마스크 팩을 하고 누워 있었고, 늘 시은이 앉아 있던 의자에는 제니가 앉아서 휴대폰으로 뭔가를 하고 있었다.

"왜 여기 계세요? 시은이는요?"

보연이 감고 있던 눈을 슬쩍 뜨고 심드렁하게 대답했다.

"집에 갔어."

"집엘 왜요?"

시은은 부모님과 사이가 좋지 않았다. 그래서 부모님의 생일이나 명절 때를 제외하고는 집에 가는 일이 극히 드물었다. 게다가 집에 가면서 말을 안 하고 간 적은 한 번도 없었다.

"난들 아니?"

보연은 시치미를 뚝 뗐다.

"주인 없는 방에 계시지 말고 나오세요. 제니, 나와."

수현은 아무리 시은이 집에 갔기로서니 남의 방을 차지하고 있는 두 사람이 못마땅했다. 시은에게 전화를 걸어봐야겠다고 생각하며 몸을 돌리던 그녀가 갑자기 멈칫했다. 수현의 시선이 시은의 화장대로 향했다. 원래도 화장품이 많지는 않았지만, 오늘은 그마저도 텅 비어 있었다. 방 안으로 들어간 수현은 서랍장을 열었다. 시은이 자주 입는 옷이 들어 있는 두 번째 서랍에 아무것도 없었다.

"시은이 짐 싸서 나갔어요?"

무슨 상황인지 짐작한 수현의 말투가 사나워지자, 보연의 목소리가 작아졌다.

"……그래. 그런 거 같더라."

"엄마가 나가라고 하셨어요?"

"아니야. 내가 왜?"

수현은 억울하다는 듯 손사래를 치는 보연의 말을 믿지 않았다. 오늘 아침까지만 해도 아무 말 없던 시은이 갑자기 집에 갈 이유가 없었다. 엄마가 무슨 말을 했다는 것까지는 짐작이 갔지만, 더 물어봐야 소용없다는 것을 깨달은 수현이 문을 향해 돌아서며 말했다.

"시은이 데리러 갔다 올게요."

"수현아!"

수현은 보연의 다급한 외침에 그 자리에 멈춰 섰다.

"엄마 여기 있을 때까지만이라도 시은이 제집에 있게 하면 안 되니? 엄마랑 동생이 불편해하는데 그게 뭐 어려워?"

"……."

수현이 아무 말도 하지 않자, 보연이 강조하듯 힘주어 말했다.

"우린 가족이고 시은이는 친구야."

뒤로 돌아선 수현이 담담한 어조로 받아쳤다.

"정확히 말하면 우린 남보다 딱히 나을 것도 없는 가족이고, 시은이는 가족보다 가까운 친구죠."

아무리 피가 물보다 진하다지만, 그녀에게는 엄마보다 시은이 더 소중했다.

"시은이 오면 한마디도 하지 마세요. 한 번만 더 이런 일 생기면 저

정말 화낼 거예요.”

“…….”

수현의 얼음장 같은 목소리에 보연은 입을 다물 수밖에 없었다. 곧바로 집을 나온 수현은 엘리베이터로 걸어가며 시은에게 전화를 걸었다.

“집에 갔다며?”

[내 정신 좀 봐. 깜빡하고 말을 안 했네.]

전화를 받자마자 너스레를 떠는 시은을 아랑곳하지 않고, 수현은 제 할 말을 했다.

“나 삼십 분쯤 걸려.”

[뭐가?]

“너희 집 도착하는 데 삼십 분 정도 걸린다고.”

[여길 왜 와!]

시은이 버럭 소리를 질렀다.

“왜긴 왜야. 너 데리러 가지.”

[내가 내 집에 좀 있겠다는데 날 왜 데리러 오냐고.]

“너 집에서 글 못 쓰잖아.”

[써. 왜 못 써?]

안정적인 직업을 구하라는 부모님과 글을 쓰고 싶어 하는 시은은 만나기만 하면 다퉜다. 그나마 시은이 나와 살기 시작하면서 부딪치는 일은 적어졌지만 글에 관한 이야기는 서로 피하는 게 불문율이 되어버렸다. 수현은 시은이 집에서 글을 쓴다는 건 다툼을 자초하는 것이나 다름없다는 사실을 누구보다 잘 알고 있었다.

“시끄러워. 집 앞에 가서 전화할 테니까 나와. 안 나오면 쳐들어간다.”

[쿵짜작 쿵짝.]

시은이 반사적으로 추임새를 넣자, 수현이 실소를 터뜨렸다.

"임시은, 뭐래."

[나 지금 뭐라고 한 거냐…….]

제 입에서 튀어나간 말에 스스로 당황한 시은이 혼잣말처럼 웅얼거렸다.

"기다려. 금방 갈게."

수현은 도착한 엘리베이터에 몸을 실었다. 지하 주차장에서 내려 빠른 걸음으로 차를 향해 걸어가던 그녀를 누군가 불러 세웠다.

"수현아."

지혁의 목소리라는 걸 알아차린 수현이 뒤로 돌아섰다.

"지금 들어와요?"

두 사람이 마지막으로 통화할 때 그는 회사였다.

"어. 이 시간에 어디 가는데?"

"시은이네 집에요."

지혁이 고개를 갸웃거리며 되물었다.

"본가?"

"네."

"거긴 왜? 무슨 일 있어?"

"갔다 와서 얘기할게요."

수현이 조바심을 내고 있다는 것을 눈치챈 그는 자초지종을 묻는 대신 질문을 바꿨다.

"혼자 가야 하는 일이야?"

"그렇지는 않아요."

"그럼 나랑 같이 가. 내 차로 움직이자."

"그래요."

수현은 가는 길에 지혁에게 대강의 상황을 알려주었다. 엄마가 시은에게 뭐라고 했는지 정확히 알 수 없어서 짐작한 것을 말할 수밖에 없었지만, 그녀는 제 짐작이 사실과 크게 다르지 않을 거라는 걸 확신하고 있었다. 수현은 엄마를 누구보다 잘 알았다.

시은은 오 분 이내로 도착한다는 수현의 전화를 받고 집 앞으로 나갔다. 부모님이 무슨 변덕이냐고 잔소리를 했지만, 온종일 서러웠던 마음이 수현과의 통화로 눈 녹듯 사라져 버린 덕분에 한 귀로 듣고 한 귀로 흘릴 수 있었다. 대문 앞에 캐리어를 세워두고 그 옆에 쪼그려 앉아 수현을 기다리던 시은의 시야가 갑자기 밝아졌다. 골목길을 들어오는 자동차의 헤드라이트 때문이었다. 당연히 수현이라고 생각하고 몸을 일으켰는데, 그 차는 시은이 기다리던 수현의 중형 세단이 아니라 SUV였다. 그런데 그 차가 시은과 조금 떨어진 곳에 멈춰 섰다. 시은이 차 안에 누가 타고 있는지 보기 위해 초점을 모으는 순간, 수현과 지혁이 각각 조수석과 운전석에서 내렸다. 그제야 그 SUV가 지혁의 차임을 알아본 시은은 자신에게 다가오는 수현에게 괜히 마음에도 없는 말을 투덜거렸다.

"누가 나한테 허락도 안 받고 지혁 오빠 데려오래?"

"넌 내 허락 안 받고 두 사람이나 데려왔잖아?"

"……."

강원도 리조트에 갔던 일을 말하는 것이라는 걸 대번에 알아들은 시은의 말문이 막혔다. 마음대로 하는 걸로 따지면 자신은 입이 열 개라도 할 말이 없었다.

"호영 오빠도 데려올 걸 그랬나?"

수현이 빙긋 웃으며 쐐기를 박자, 시은의 목소리가 다급해졌다.

"자, 어서 집에 가자!"

시은은 쫓겨난 것이나 다름없는 이 상황을 호영에게까지 알리고 싶지는 않았다. 수현과 지혁에게는 딱히 부끄러울 것 없어도, 호영은 달랐다. 오빠와 동생으로 지낼 때는 변변한 직업이 없는 것도, 부모님과 사이가 좋지 않은 것도 대수롭지 않았는데 이제 여러모로 신경이 쓰였다.

"출가할 나이에 가출 같은 거 하는 거 아니야."

지혁은 캐리어의 손잡이를 움켜쥐고 있는 시은의 손을 슬쩍 떼어내며 무심하게 말을 툭 던졌다.

"가출 아니거든요? 언제 적 유머야, 이게……."

지혁이 시은의 말을 못 들은 척 캐리어를 끌고 유유히 차로 걸어가자, 수현이 시은에게 한 발 다가섰다.

"엄마가 무슨 말을 했는지는 모르겠지만 나오긴 왜 나와? 버텨야지."

"버티긴 뭘 버텨……."

시은이 수현의 시선을 피하며 구시렁거렸다.

"네가 언제부터 남의 말을 그렇게 잘 들었다고 우리 엄마 말을 듣고 난리냐고. 집주인은 나고, 엄마는 손님이야."

시은의 입장을 이해하지 못해서 하는 말이 아니었다. 수현은 엄마에게 상처받았을 시은에게 그렇게라도 미안함을 표현하는 것이었다. 수현의 마음을 알기에 시은은 겸연쩍은 표정만 지을 뿐, 입을 열지 않았다.

"나 지금 집안의 반대로 떠나 버린 애인을 데리러 온 기분이야."

"제발 돌아가세요. 그리고 날 잊고 살아요."

수현은 난데없이 상황극을 시작한 시은을 차 쪽으로 밀며 장단을 맞춰주었다.

"못 잊겠으니까 그만 돌아오라고, 좀."

두 사람은 키득거리며 지혁이 기다리고 있는 차로 걸음을 옮겼다.

세 사람은 곧장 아파트로 돌아왔다. 수현은 트렁크에서 시은의 캐리어를 꺼내온 지혁에게 미안하다는 표정을 지어 보였다.

"지혁 씨, 먼저 올라갈래요? 우리는 술 한잔하고 들어갈까 하는데."

"그렇게 해."

그는 아무것도 묻지 않고 순순히 고개를 끄덕였다.

"우선 내 차에 뒀다가 이따 올라가면서 가지고 갈게요."

"차에 실어줄게."

지혁은 캐리어로 뻗은 수현의 팔을 지그시 눌러 원래 자리로 되돌려 주고, 그녀의 차가 주차된 곳으로 앞장서 걸어갔다. 캐리어를 차에 실어준 그가 수현을 바라보며 빙그레 웃었다.

"너무 늦지 말고. 집에 들어가면 문자나 하나 보내."

지혁의 시선이 곧바로 시은에게 옮겨갔다.

"수현이, 술 많이 마시게 하지 말고."

시은이 어이없다는 듯 헛웃음을 터뜨렸다.

"자기 입으로 자기가 마시는 걸 왜 저한테 말씀하시는지?"

"수현이 들으라고 한 말이야."

시은에게 대답한 지혁이 수현을 돌아보며 물었다.

"잘 들었지?"

수현이 태연하게 고개를 끄덕였다.

"아주 잘 들었어요."

만족스러운 미소를 지으며 발걸음을 떼려는 지혁을 향해 시은이 말했다.

"오빠, 미안해요. 짐꾼으로만 써서."

수현이 장난스럽게 시은의 말을 따라 했다.

"오빠, 고마워요. 기사 해줘서."

예상치 못한 수현의 애교에 지혁의 입에서 웃음이 터져 나왔다. 오빠라고 부르지 말라고 한 건 그였지만, 이렇게 한 번씩 듣는 건 나쁘지 않을 것 같았다. 아니, 꽤 듣기 좋았다.

"짐꾼이든 기사든 마음껏 써."

지혁은 귀엽다는 듯 수현의 뺨을 가볍게 토닥여 주고는 고생했다는 듯 시은의 어깨를 툭툭 쳐주고 돌아섰다. 시은은 순식간에 멀어지는 그의 훤칠한 뒷모습을 홀린 듯 바라보며 중얼거렸다.

"수현아."

"응?"

"내가 절대 부러워서 하는 말은 아닌데……."

말과는 달리, 시은의 표정은 이미 부러움에 가득 차 있었다.

"네 애인 왜 이렇게 멋있냐? 심지어 다정하기까지 해."

"부인할 수가 없다."

수현이 의기양양하게 어깨를 으쓱거렸다.

두 사람은 아파트 근처 술집으로 향했다. 소소한 이야기를 나누며 소주를 홀짝거리다 보니 이내 취기가 돌기 시작했다. 테이블에 턱을 괴고 시은을 물끄러미 바라보던 수현이 옛 기억을 끄집어냈다.

"기억나?"

시은은 안주로 나온 콘치즈버터의 옥수수 알갱이를 포크로 콕콕 찍으며 건성으로 반문했다.

"뭘?"

"우리 수능 보고 미친 듯이 알바했던 거."

그제야 시은이 고개를 들었다. 기억을 더듬는 그녀의 얼굴에 미소가 떠올랐다.

"당연히 기억나지. 우리가 처음으로 돈 벌어본 건데."

편의점, 패스트푸드점, 전단지 돌리기, 뷔페 서빙까지 할 수 있는 건 다 해본 것 같았다. 당시에는 힘들어서 하루에도 열두 번씩 때려치우고 싶었지만, 시은은 이제 와서 생각해 보니 그것도 다 추억이다 싶었다.

"네가 처음으로 번 돈, 나랑 하정이 다 줬잖아."

시은은 모른 척 고개를 숙이고 멈췄던 포크질을 다시 시작했다. 수현과 시은, 하정은 무난하게 서울 소재 대학에 합격할 수 있는 성적이었지만, 시은과 달리 수현과 하정은 입학금을 마련하기 어려운 형편이었다. 세 사람은 수능이 끝나자마자 곧바로 아르바이트를 시작했다. 석 달 가까이 쉬지 않고 일한 다음, 며칠을 앓아누웠다. 시은은 그렇게 번 돈을 수현과 하정에게 입학금에 보태라고 반반씩 나눠주었다. 자신은 티셔츠 한 장 사지 않았다. 고맙다고 말로 해버리면 그 마음이 가벼워질 거 같았기에 수현은 아무 말도 없이 받았다. 누구와 함께 있는 것보다 혼자 있는 게 더 익숙한 수현이 시은과 함께 사는 건 그때의 고마움을 잊지 않은 까닭이었다. 물론 앞으로도 잊지 않을 거였다.

"엄마는 곧 갈 사람이야. 조금만 참아."

시은은 왠지 모를 뭉클함에 눈물이 핑 돌았다. 수현의 나직한 목소리가 귓가에 흘러들었지만, 그녀는 고집스럽게 고개를 들지 않았다.

두 사람이 집에 들어온 건 자정이 넘어서였다. 수현은 아직도 엄마와 제니가 시은의 방을 차지하고 있다면, 시은에게 오늘 하루만 제 방에서 같이 자자고 할 생각이었다. 그런데 다행히 두 사람은 거실에 이불을 펴놓고 자고 있었다.

"들어가."

수현은 가시방석에 앉은 듯한 표정을 짓고 있는 시은을 등 떠밀어 방으로 들여보내고 제 방으로 걸음을 옮겼다. 자는 척을 하고 있다가 그제야 눈을 뜬 보연이 수현의 방을 흘겨보았다. 수현의 성격을 알기에 오늘은 한 발짝 물러섰지만, 영 심기가 불편했다. 그녀는 수현이 엄마보다 친구를 두둔하는 것도, 고분고분 말을 듣지 않는 것도 죄다 못마땅했다.

이튿날 저녁, 외출했다가 돌아온 보연은 1층에서 엘리베이터를 기다렸다. 지하에서 올라온 엘리베이터 안에는 수현과 지혁이 타고 있었다. 나란히 서서 이야기를 나누고 있던 두 사람은 보연을 보고 말을 멈췄다.

"어디 다녀오세요?"

"안녕하십니까."

엘리베이터에 오른 보연은 수현의 형식적인 인사에 아무런 대꾸도 없이, 자신에게 인사를 하는 지혁을 빤히 쳐다보며 물었다.

"호영이 친구라고 했죠? 또 보네요?"

"호영이랑 함께 살고 있습니다."

"아, 그래서 지난번에 같이 있었구나. 우리 수현이도 그렇고, 호영이도 그렇고 친구들 끼고 사는 거 참 좋아하네."

보연은 수현이 미간을 찌푸리는 것을 아랑곳하지 않고 말을 이었다.

"수현이랑도 친한가 봐요?"

지혁은 솔직히 말하고 싶었지만, 수현이 원하지 않는다는 걸 알기에 하고 싶은 말을 꾹 참았다.

"네. 친합니다."

그가 지금 할 수 있는 말은 그게 전부였다. 수현의 말에 따르고는 있어도 자존심이 상하는 건 어쩔 수 없었다. 언제나 동경의 대상으로 살아온 지혁에게 이런 대접은 낯설고 어색한 것이었다.

다음 날 오후, 호영은 보연으로부터 퇴근 후에 수현의 집에 들렀다 가라는 연락을 받았다.

"이모, 안녕하세요."

호영이 어색한 인사말과 함께 꾸벅 고개를 숙였다.

"넌 앞집 살면서 어쩜 코빼기를 안 비치니? 꼭 이모가 불러야만 오는 거야?"

"제가 일찍 나갔다가 늦게 들어와서…… 이모 주무실까 봐……."

호영은 보연이 불편했다. 원래부터 왕래가 잦았던 사이가 아닌 데다가, 그녀가 미국으로 간 이후에는 몇 년에 한 번 얼굴을 보는 게 전부였으니 서먹한 게 당연했다. 그리고 결정적으로, 그는 보연이 수현에게 하는 행동들이 마음에 들지 않았다.

"이리 와서 앉아 봐. 너한테 물어볼 말 있어."

주춤주춤 소파로 다가간 호영은 보연과 멀찍이 떨어져 앉았다.

"네 친구, 수현이한테 관심 있지?"

"지혁이요?"

"이름이 뭐라고?"

보연이 이맛살을 찡그리며 되물었다.

"류지혁이요."

“발음하기 어렵게 류 씨는 뭐야.”

호영은 다른 것도 아닌 성을 트집 잡을 정도면 지혁이 이모의 마음에 어지간히 안 들었다는 사실을 직감할 수 있었다. 그런데 그 이유는 도저히 알 수 없었다. 지혁은 인상이 차갑기는 해도 처음 본 사람에게 비호감으로 찍힐 만한 타입은 아니었다. 오히려 누가 봐도 매력을 느낄 수밖에 없는 외모였다.

“수현이한테 관심 있느냐고.”

보연은 고개를 갸웃거리고 있는 호영에게 대답을 재촉했다.

“지혁이만 수현이한테 관심이 있는 게 아니고 쌍방 간에…….”

보연이 더 들을 것 없다는 듯 그의 말을 잘랐다.

“뭐 하는 사람인데?”

“변호사요.”

나쁘지 않은 직업이라는 생각에 그녀의 찌푸린 미간이 조금 펴졌다.

“너랑 왜 같이 사는데?”

“로펌 오픈하는 데 개업 자금이 부족해서요.”

보연은 지혁에 대한 평가를 끝냈다.

“얼굴만 번지르르한 남자 별로야. 얼굴값 해.”

돈 없는 변호사…… 그녀에게는 고려해 볼 가치도 없는 사윗감이었다.

♪♩.♪♬

인화는 보연이 수현의 집에 오고 며칠이 지나서야 서울에 올라왔다. 보연은 제주도에서부터 먼 길을 온 동생을 반기기는커녕 기다렸다는 듯 불만을 토해냈다.

"넌 어떻게 내가 오 년 만에 한국에 나왔는데 이제야 보러 올 수가 있니?"

"호영이 아빠, 장염 도졌다고 말했잖아. 아픈 사람을 어떻게 혼자 두고 와."

싫은 소리가 나오리라는 걸 예상하고 온 인화는 대수롭지 않게 말을 넘기고 제 옆에 붙어 있는 수현을 바라보았다.

"감기 안 걸렸어?"

"응. 괜찮아."

"기침하길래 걱정했어."

"이모야말로 그새 살이 좀 빠진 거 같은데?"

얼굴을 본 지 얼마 되지도 않은 데다가 며칠에 한 번은 꼬박꼬박 통화를 함에도 불구하고 인화와 수현은 서로 안부를 챙기느라 바빴다. 보연은 애틋하기 그지없는 두 사람을 못마땅한 얼굴로 보았다.

"지혁이……."

인화는 수현의 표정이 미세하게 굳자, 아차 싶어 얼른 뒷말을 삼켰다. 수현과 지혁이 연인이 되었다는 건 그녀도 이미 알고 있었다. 그렇다면 수현의 반응은 지혁에 관한 말 자체를 하지 말라는 게 아니라, 이 자리에서 하지 말라는 의미일 터였다. 인화는 나중에 따로 물어보리라 마음먹고 슬며시 화제를 돌렸다.

"근데 언니는 진짜 무슨 일로 나온 거야? 수현이 집 주소 물어볼 때 한국에 나올 계획이 있었던 거야?"

보연이 워낙 예측하기 힘든 성격이라는 건 알고 있었지만, 인화는 이런 상황이 벌어질 때마다 매번 당혹스러웠다. 지난달에 통화를 할 때 갑자기 수현의 주소를 물어보기에 뭘 사서 보내려나 하고 생각했을 뿐, 이렇게 연락도 없이 들이닥칠 거라고는 상상도 하지 못했던 것이다. 인화는 미국에 간 이후로 단 한 번도 편지나 선물을 보내온 적 없던 보연에게 쓸데없는 기대를 한 자신이 한심하다는 생각이 들 정도였다.

"꼭 무슨 일이 있어야 나오니? 그냥 내 딸 얼굴이나 보러 온 거지."

보연이 짜증스럽다는 듯 인상을 찌푸렸다. 수현은 '내 딸'이라는 말에 속으로 헛웃음을 웃었다. 자신을 지칭한 말인지 의심스러울 정도였다.

수현과 인화, 보연은 저녁을 먹기 위해 한정식집으로 자리를 옮겼다. 오랜만에 제대로 된 한식을 먹고 싶다는 보연의 의지가 반영된 것이었다. 제니는 약속이 있다고 나가 버렸고, 시은은 점심을 먹은 게 체한 것 같다며 집에 남았다. 수현은 자신도 불편한 자리에 시은까지 불편하게 하고 싶지 않아서 재차 권유하지 않았다. 그렇게 세 사람만의 식사가 시작되었다. 상다리가 휘어진다는 말이 실감 날 만큼 수십 가지의 음식들이 빼곡히 차려졌다. 보연이 만족스러운 표정으로 상위를 쭉 훑어보는데, 수현이 갑자기 상 한가운데에 있던 갈비찜을 집어 들더니 인화의 가까이에 있던 간장게장과 자리를 바꿨다. 보연의 얼굴에 환한 미소가 걸렸다.

"엄마가 간장게장 제일 좋아하는 거 기억하고 있었어?"

수현이 아무런 표정 변화 없이 보연을 바라보며 입을 열었다.

"그러셨어요? 잘됐네요."

"……."

수현의 반응에 당황한 보연이 어리둥절한 눈으로 그녀를 바라보았다.

"이모는 비리다고 게장 안 먹어요. 그나마 갈비찜은 좋아하거든요."

수현은 엄마의 식성을 기억하고 있었던 게 아니라 이모가 좋아하는 걸 가까이 옮겨주었을 뿐이었다.

"많이 드세요."

보연은 기분이 상하긴 했지만 그렇다고 딱히 뭐라고 할 말도 없었다. 식사를 하는 내내 분위기는 썰렁했다. 인화가 보연에게 미국에서의 근황을 물으면 보연이 짧게 답하는 정도였다. 수현은 엄마에게 아무것도 묻지 않았다. 밥을 깨작거리던 보연은 새우의 껍질을 까서 접시 위에 쌓아두는 인화를 보고 퉁명스럽게 쏘아붙였다.

"밥이나 먹지 아무도 손도 안 대는 걸 열심히 까고 있니, 너는."

"수현이 새우 좋아해. 까기 귀찮아서 안 먹는 거야. 어려서부터 꼭 내가 까줘야 먹었어."

인화는 아이를 바라보듯 다정한 눈빛으로 옆에 앉은 수현을 돌아보았다. 입맛이 뚝 떨어진 보연은 아예 젓가락을 내려놓았다.

"다 먹었으면 일어나자."

보연은 집에 돌아와서도 내내 신경질을 부렸다. 하지만 수현은 물론이고, 인화도 보연의 히스테릭한 성격을 알기에 크게 개의치 않았다. 수현이 씻고 나온 인화에게 다가가 그녀의 머리카락을 만지작거리며 말했다.

"이모, 염색할 때 됐는데?"

"얼마 전부터 해야지, 해야지 하면서 깜빡했네."

"지난번에 두 개 산 염색약 아직 하나 남았어. 내가 내일 해줄게."

"그럴까?"

흰머리가 금방 생기는 인화는 적어도 한 달에 한 번은 염색을 해야 했다. 평소에는 인화가 직접 했지만, 오늘처럼 타이밍이 맞으면 수현이 해주는 일도 종종 있었다. 소파에 앉아서 두 사람이 하는 말을 듣고 있던 보연이 혀를 끌끌 차며 중얼거렸다.

“궁상, 궁상…….”

수현과 인화의 시선이 보연에게 향했다.

“미용실을 가지, 넌 왜 애를 귀찮게 하니?”

“안 귀찮아요.”

수현은 보연의 말문을 막고 인화를 돌아보았다.

“이모, 엄마랑 내 방에서 자.”

“너는?”

“난 시은이랑 잘게.”

인화가 먼저 수현의 방으로 들어갔고, 시은의 방으로 걸어가는 수현을 빤히 쳐다보던 보연이 입을 열었다.

“수현아, 넌 왜 이모한테는 반말하면서 엄마한테는 꼬박꼬박 존댓말을 쓰는 거니?”

멈춰 선 수현이 담담하게 대답했다.

“이모는 편한 사람이니까요.”

“엄마는 불편해?”

“그럼 편할 거라고 생각하셨어요?”

의아하다는 듯 반문한 수현은 멈췄던 걸음을 다시 옮겼다.

퇴근해서 집에 돌아온 지혁은 불이 켜져 있는 거실로 걸어 들어가며 당연히 호영이 있을 거라고 생각했다. 그런데 소파에 앉아서 웃고 있는 사람은 수현이었다. 엄마 때문에 집에 있고 싶지 않아서 시은의 방으로 가는 대신 이쪽으로 건너온 것이었다. 지혁이 회사에서 출발하면서 연락을 해준 덕분에 곧 도착할 거라는 걸 알고 있었기 때문이었다.

"주인도 없는 집에서 뭐 하지?"

순간적으로 당황했지만, 지혁의 얼굴에는 이내 미소가 감돌았다. 예상했든 예상하지 못했든, 수현의 얼굴을 보는 건 무조건 기분 좋은 일이었다.

"왜요? 또 주거침입으로 고소한다고 하게요?"

"억울한데? 난 그런 말 한 적 없어."

"왜 없어요. 했잖……."

지혁이 수현의 말을 자르고 끼어들었다.

"난 고소 말고 합의를 하자고 했었지. 고소하라던 건 너였고."

기억을 더듬어보니 그의 말이 맞는 것 같아 머쓱해진 수현이 모른 척 말을 돌렸다.

"오늘은 고소도 합의도 필요 없죠?"

"왜 없다고 생각하는데?"

"같이 사는 사람 중 한 명이 허락해도 다른 한 명이 허락하지 않으면 주거침입이라면서요?"

수현은 그에게 질 수 없다는 듯 기억력을 뽐냈다.

"그랬지."

지혁은 팔짱을 끼고 서서 더 해보라는 듯 맞장구를 쳐주었다.

"호영 오빠는 내가 이 집에 들어오는 걸 반대할 리 없어요. 인정하시죠?"

"인정해."

"지혁 씨는 반대는커녕 환영할 테니 주거침입이 성립할 리 없다는 거죠."

완벽한 결론이었지만, 수현을 놀리고 싶어진 그는 무덤덤한 표정으로 고개를 갸웃거렸다.

"무슨 근거로 내가 환영할 거라고 생각하는데?"
"지혁 씨 표정이 말해주고 있어요. 내가 와서 좋다고."
"나 포커페이스라는 말 많이 듣는데 송수현한테는 전혀 소용없는 건가?"
지혁이 피식 웃으며 두 팔을 벌리자, 수현은 그의 넓은 품에 폭 안겼다. 그녀를 가만히 안고 있던 지혁이 갑자기 휴대폰을 꺼내어 호영에게 전화를 걸었다.
"어디냐?"
[회사다. 왜?]
"언제 들어오는데?"
지혁은 제 품에서 빠져나가려고 바르작거리는 수현을 더 힘주어 끌어안았다.
[네가 언제부터 내 귀가에 관심을 가졌냐?]
"앞으로는 종종 관심을 가져볼까 하고."
낌새를 눈치챈 호영의 목소리가 커졌다.
[혹시 집에 수현이 와 있냐?]
"알았으면 되도록 늦게 와라."
[왜! 둘이서 뭐 하려고!]
"뭘 하든 우리가 알아서 할 테니까 넌 좀 빠져."
[알아서 한다고? 뭘? 하지 마. 아무것도 하지 마.]
"언제는 수현이가 한 다리라도 걸치는 거 보고 죽는 게 소원이라며? 소원 들어주고 있는데 왜 딴소리야?"
[그건 그때고. 난 세상의 모든 남자 놈들로부터 내 동생을 지켜야 할 의무가 있어.]
요새 호영은 다 큰 여동생을 과잉보호하는 오빠의 역할을 톡톡히

하고 있었다.

“나 빼고 다른 놈들로부터 지켜.”

지혁은 심드렁하게 대답하고 전화를 일방적으로 끊어버렸다.

“오빠는 왜 늦게 오래요. 할 게 뭐 있다고.”

“호영이 앞에서 할 수 없는 거 있잖아.”

그는 눈을 동그랗게 뜨고 자신을 올려다보고 있는 수현을 살짝 떼어내어 그녀의 두 뺨을 감쌌다. 그리고 천천히 다가가며 속삭였다.

“우선 이런 거…….”

수현은 그의 감미로운 목소리를 들으며 눈을 감았다.

유명하고 유서 깊은 법조인 가문

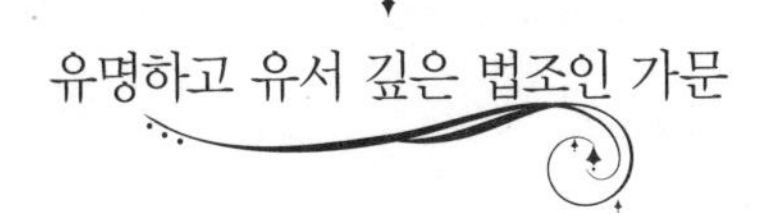

보연의 싫은 소리에 지친 인화는 다음 날 아침 부랴부랴 제주도로 내려갔다. 그날 오후, 시은과 함께 점심을 먹고 있던 수현은 문자 소리를 듣고 자리에서 일어났다. 소파 테이블 위에 있던 휴대폰을 가지고 도로 식탁으로 돌아온 그녀의 표정이 떨떠름해져 있었다.

"휴대폰 바꾸래? 아니면 대출해 주겠대?"

스팸이라고 생각한 시은이 장난스럽게 물었다.

"엄마."

시은은 수현의 표정만으로도 문자의 내용이 달갑지 않은 것이라는 사실을 눈치챘다.

"……뭐라셔?"

"오늘 저녁 7시까지 H 호텔 커피숍으로 오래."

아침부터 제니와 이렇다 할 말도 없이 휙 나가 버리더니 난데없이 호텔 커피숍으로 오라는 문자 하나만 덜렁 보내온 엄마가 수현은 못마땅하기 그지없었다.

"호텔 커피숍?"

"알잖아. 커피 한 잔도 비싼 데서 우아하게 드셔야 하는 거."

보연은 재혼해서 미국에 들어간 지 십오 년 동안 이번을 포함해서 딱 두 번 한국에 나왔다. 오 년 전 그녀가 한국에 나왔을 때, 수현은 고시원에 살고 있었다. 세진의 데뷔곡이 좋은 반응을 얻은 덕분에 학자금 대출을 다 갚고 원룸으로 옮기기 위해 돈을 모으던 시기였다. 보연은 한국에 머무는 동안 수현의 신용카드를 사용했다. 한 푼이라도 아끼던 때였기에 신용카드를 쓰는 일이 거의 없었던 수현은 결제 알림 문자를 신청해 놓지 않았었다. 그리고 그녀는 엄마가 미국으로 돌아간 뒤, 익월에 받게 된 카드 명세서를 보고 기함했다. 오백만 원 한도를 아주 알뜰히, 완벽하게 다 쓰고 들어갔다는 걸 뒤늦게 알게 되었기 때문이었다. 식사와 쇼핑이 결제 내역의 전부였다. 비좁은 고시원에서 수년째 살고 있는 딸의 고생 같은 건 보이지도 않았던 것이다. 그때 수현은 엄마에 대한 그리움을 한 자락도 남기지 않고 싹 버렸다.

"밖에서 따로 할 말이 있으신가?"

수현은 시은의 말에 아무런 대꾸도 하지 않고 엄마에게 전화를 걸었다. 하지만 지루한 신호음만 이어질 뿐이었다.

저녁 7시, 수현은 H 호텔 커피숍에 도착했다. 밀어붙이면 결국 자신이 따르기에 엄마가 이러는 것임을 알면서도 그냥 무시할 수가 없어서 고민 끝에 온 것이었다. 이런 일방적인 부름에 다시는 휘둘리지 않겠다고 다짐한 그녀는 커피숍 입구에 서서 안을 휘둘러보았다. 처음 와본 호텔 커피숍은 생각보다 훨씬 더 차분하고 엄숙한 분위기였다. 수현은 잔잔한 클래식 음악에 귀를 기울이며 천천히 걸음을 옮겼다.

엄마의 모습은 보이지 않았다. 전화를 걸어보기 위해 가방에서 휴대폰을 꺼내려는 그녀의 앞을 갑자기 누군가 막아섰다.

"송수현 씨?"

낯선 남자의 목소리가 제 이름을 부르자, 수현이 눈을 들어 올렸다. 하얀 피부에 전체적인 선이 고운 남자가 미소를 띠고 서 있었다. 짙은 회색 슈트에 티셔츠를 받쳐 입고 있는 그에게서 여유로움과 편안함이 느껴졌다. 여러모로 지혁과 정반대 이미지인 남자였다.

"누구시죠?"

"사진보다 실물이 훨씬 예쁘시네요."

그는 수현의 질문에 대한 대답 대신 제 소감을 말했다. 수현이 말없이 바라만 보고 있자, 그제야 남자가 제 신분을 밝혔다.

"오늘 맞선 보기로 한 사람입니다."

"맞선이요?"

수현이 실소를 터뜨렸다. 너무 어이없어서 화가 나지도 않았다. 어떻게 이런 일을 당사자인 자신에게 일언반구의 상의도 없이 저지를 수가 있는지 엄마를 이해할 수가 없을 뿐이었다. 대체 어디까지 실망시켜야 직성이 풀릴 건지 물어보고 싶은 심정이었다.

"모르고 나오셨나 봐요?"

분위기를 간파한 남자가 고개를 갸우뚱 기울였다.

"네."

수현은 엄마가 아닌 자신을 탓하기로 했다. 매정하게 끊지 못하고 여기까지 나온 제 잘못이었다.

"그래서 옷차림이 프리하시군요?"

수현은 수수한 면 스커트에 롱 카디건 차림이었다.

"이런 자리인 줄 몰랐습니다."

맞선이라는 걸 알았다면 나오지도 않았을 거였다.

"모르고 나왔든 알고 나왔든 일단 앉죠. 사람들이 쳐다보는데."

주위를 둘러본 수현은 그의 말에 따르기로 했다. 자리에 앉자마자 남자가 먼저 입을 열었다.

"박태신입니다."

그는 명함을 꺼내어 수현에게 내밀었다. 수현은 법무법인 「헌」의 파트너 변호사라고 쓰여 있는 명함을 보면서 그가 지혁을 아는지 궁금해졌다. 명함에서 시선을 뗀 그녀가 태신에게 물었다.

"맞선 보러 나오셨다고요?"

"네."

태신이 어깨를 가볍게 으쓱하며 대답했다.

"저희 엄마와 아는 사이신가요?"

"수현 씨 어머님은 본 적 없어요. 마담뚜…… 아, 요새는 커플 매니저라고 부르죠. 아무튼 그분들이 종종 사진을 보내오거든요. 사진이 마음에 들어서 나왔어요."

"……."

수현은 할 말을 잃었다. 그의 말에 따르면 엄마가 제 사진을 커플 매니저에게 넘기고 신랑감을 물색했다는 의미였다. 미간을 찌푸린 채 생각에 잠겨 있는 그녀를 빤히 바라보던 태신이 씩 웃으며 말했다.

"수현 씨 되게 예쁘게 생겼네요. 나 예쁜 여자 좋아해요."

대놓고 예쁜 여자를 좋아한다니…… 수현은 칭찬으로 들리는 게 아니라 불쾌했다.

"수현 씨도 보고 있으니 알겠지만, 내가 남자치고는 예쁘게 생긴 편이에요. 그래서 여자가 적어도 나보다는 예쁘게 생겼으면 좋겠어요. 여자보다 내가 예쁘다는 말을 더 많이 들으면 서로 피곤할 거 같아서요."

수현은 그가 지금 장난을 치고 있는 건지, 진지한 건지 판단이 서질 않았다. 조금만 덜 예쁘게 생겼다면 장난이라고 생각했겠지만, 태신은 그 말이 진담으로 들릴 만한 외모였다.

"사실 오늘 이 자리를 제안받고 얼마나 기분이 나빴는지 몰라요."

"왜요?"

수현은 자신이 기분 나쁜 상황이니 그라고 기분이 좋아야 할 필요는 없다고 생각하면서도, 자발적으로 나온 사람이 뭐가 그리 기분이 나빴는지 의아하기도 했다.

"재벌이나 정치인, 하다못해 고위 공직자 딸도 아니고, 의사나 판검사처럼 전문직도 아니고, 고작 작곡가를 누구한테 찍어다 붙이는 건가 했거든요."

수현은 말없이 그를 응시했다.

"기분 나빠요?"

"좋진 않네요."

태신이 차분하게 고개를 끄덕이는 수현을 신기하다는 얼굴로 바라보았다.

"나 방금 되게 기분 나빠야 정상인 말을 했어요."

"본인 생각이 그렇다는데 제가 뭘 어쩌겠어요. 정신 개조를 시킬 수도 없는 거고."

태신은 테이블에 팔을 올려놓고 상체를 앞으로 기울였다. 수현에게 관심이 커지면서 자연스럽게 나온 몸짓이었다.

"나오길 잘한 것 같네요."

"왜 갑자기 생각이 바뀌셨는데요?"

"수현 씨한테 첫눈에 반했다고나 할까요?"

"아, 네."

수현이 심드렁하게 대꾸했다. 그러든지 말든지 제 알 바 아니라는 투였다.

"수현 씨가 보기에는 저 어때요?"

"솔직한 분 같네요."

"칭찬이죠?"

제 입으로 한 말이었지만, 그녀는 자신도 칭찬인지 아닌지 명확히 정의 내릴 수 없었다. 그저 그가 마음속에 있는 말을 거침없이 입 밖으로 내놓는다는 의미였을 뿐이었다.

"칭찬이라기보다는 제가 느낀 바를 말씀드린 것뿐입니다."

수현은 하고 싶은 말은 다 해야 직성이 풀리는 그의 성격이 유나와 비슷하다는 생각이 들었다. 그러나 태신이 하는 말은 유나가 하는 말만큼 거슬리지는 않았다. 한마디로 비호감은 아니라는 의미였다.

"욕은 아닌 것 같아 다행이네요."

눈꼬리를 접어 웃은 그가 화제를 바꿨다.

"얼마 전에 가수 한세진이랑 열애설 나셨던데요?"

"연예계에 관심 가지실 만큼 한가하신가 봐요?"

수현은 세진의 이름조차 모르던 지혁을 떠올리며 반문했다. 영민에 이어 태신까지, 지혁을 제외한 모든 변호사가 제 열애설을 아는 게 아닌가 하는 생각이 들 정도였다.

"크게 바쁘지는 않아요. 저 말고도 일할 변호사는 많거든요. 그리고 맞선 보러 나오면서 알아볼 수 있는 건 다 알아봐야죠. 바쁘지는 않지만, 시간 낭비하는 것도 별로 안 좋아하는 성격이에요."

수현은 그의 입에서 나온 '시간 낭비'라는 말에 정신이 번쩍 들었다.

'내가 왜 이 사람이랑 쓸데없는 얘기를 하고 있는 거지?'

그녀는 앉음새를 바로 하고 진지하게 입을 열었다.

"일단 사과부터 드릴게요. 저희 엄마가 제 의사와는 상관없는 자리를 마련하신 것 같습니다. 이런 자리라는 걸 알았다면 나오지도 않았을 거예요."

"내가 마음에 안 들어요?"

"만나는 사람이 있습니다."

태신은 맞선 보러 나온 여자가 애인이 있다는데도 당황하거나 놀라는 기색이 전혀 없었다. 심지어 당연한 말을 들었다는 듯 고개까지 끄덕거렸다.

"수현 씨 정도의 미모에 애인이 없는 것도 이상하죠. 솔로라고 했으면 어딘가 결함이 있다고 생각했을 거예요."

불과 얼마 전까지 솔로였던, 심지어 모태 솔로였던 수현은 지혁을 만나기 전 이 자리에 나왔더라면 결함이 있는 여자가 될 뻔했던 것이다.

"말 나온 김에 다 하세요. 또 무슨 문제가 있습니까?"

수현은 애인 정도는 문제 될 게 없다는 여유 만만한 태신의 태도에 심기가 불편해졌다. 그래서 그가 식겁할 만한 말을 해주고 싶었다.

"빚이 많아요."

그의 미간이 눈에 띄게 좁아지는 것을 본 수현의 입가에 찰나의 순간 미소가 스쳤다.

"괜찮으시겠어요?"

"생각할 시간을 주시겠습니까?"

수현은 그가 딱 잘라 싫다는 말을 하는 타입이 아니라는 걸 짐작하고 있었다.

"그러세요. 그럼 전 이만 일어나 보겠습니다."

태신은 턱을 괴고 앉아, 왔던 길을 뒤돌아 걸어가는 그녀의 뒷모습을 물끄러미 바라보았다.

수현은 호텔 주차장에 세워놓은 제 차로 걸어가면서 엄마에게 전화를 걸었다. 하지만 여전히 신호만 갈 뿐이었다. 엄마가 온 이후로 하루도 마음 편한 날이 없었다. 무슨 말을 해도 넌 떠들어라, 난 내 갈 길을 가련다, 이러고 있으니 속이 터져 죽을 지경이었다. 운전석에 올라탄 수현은 잠시 망설이다가 조수석에 던져 놓은 휴대폰을 집어 들었다. 이번에는 엄마가 아닌 지혁에게 전화를 걸었다.

[그래, 수현아.]

"사무실이에요?"

[어. 왜?]

"지금 바빠요? 괜찮으면 나 잠깐 봐요."

[어딘데? 여기 왔어?]

"이제 출발할 거예요."

[아…….]

수현이 도착해서 전화한 줄 알았던 그의 목소리에 아쉬움이 짙게 묻어났다.

"도착해서 전화할게요."

[빨리 와.]

지혁은 곧바로 제 말을 정정했다.

[아니다. 조심해서 와.]

그의 당부에도 불구하고 수현은 다급하게 시동을 걸고 주차장을 빠져나갔다.

지혁의 회사 주차장에 도착한 수현은 그에게 전화를 걸었고, 일 분도 되지 않아 지혁이 뛰어 내려왔다.

"왜 뛰어와요?"
"조금이라도 오래 보게."
지혁은 수현의 얼굴이 발그레해진 것도 모르고 손목시계로 시선을 돌렸다.
"8시 반에 클라이언트하고 미팅 있어. 사십 분 남았다."
지혁이 수현의 손을 잡고 걸음을 옮겼다.
"무슨 미팅을 그렇게 늦게 해요? 퇴근도 못 하게?"
"어쩌겠어. 검찰에 있을 때는 피의자한테 출석 날짜를 정해서 통보하는 게 당연했지만, 이제 고객 만족도를 최우선으로 해야지."
"검사 그만둔 거 후회해요?"
수현은 그가 어떤 표정을 짓고 있는지 궁금해서 고개를 치켜들었다. 지혁은 웃고 있었다.
"아니. 그 일 계속했으면 너랑 이렇게 얼굴 보기도 힘들었을 거야."
살인적인 업무에 치여 살던 그때와 비교하면 지금은 신선놀음이라고 해도 될 정도였다. 회사의 규모가 커지게 되면 지금보다 바빠지겠지만, 아무리 바빠진다 한들 예전과는 비교할 수도 없을 터였다.
"그럼 그만두길 잘했네요."
지혁을 올려다보며 빙긋 웃어 보이고 다시 앞으로 고개를 돌린 수현이 순간적으로 멈칫했다. 몇 발자국 떨어진 곳에 여희가 냉랭한 표정을 짓고 서 있었기 때문이었다.
"어디 갔다 와?"
지혁이 먼저 물었다.
"엄마가 지나가다가 들렀다길래 차 한잔하고 왔어."
"사무실로 모시지 그랬어. 나도 오랜만에 인사 좀 드리게."
"다들 바쁜데 방해하기 싫다고 하셔서 밖에서 봤어."

지혁과 수현의 맞잡은 손을 보면서 괜한 짓을 했다는 생각을 하고 있던 여희에게 수현이 인사를 건넸다.

"안녕하세요, 홍 변호사님."

"네. 안녕하세요."

여희는 형식적으로 인사를 받고 지혁에게 눈을 돌렸다.

"어디 가? 미팅은 어쩌고?"

"안 늦어. 먼저 들어가라."

지혁은 제 할 말만 하고 수현과 함께 여희를 지나쳐 가버렸다. 뒤로 돌아선 여희는 바닥에 굴러다니는 쓰레기를 피해서 수현을 제 쪽으로 잡아끄는 지혁을 보고 눈살을 찌푸렸다. 두 사람의 다정한 모습을 지켜보고 서 있는 그녀의 얼굴에 냉기가 감돌았다.

근처 카페로 수현을 데려간 지혁은 그녀를 자리에 앉히며 물었다.

"뭐 마실래?"

수현은 갑자기 일 년에 한두 번 나올까 말까 한 장난기가 발동했다.

"그린티 프라푸치노 그란데 사이즈, 샷 추가, 휘핑크림은 초콜릿 크림, 초코 드리즐 추가, 우유 대신 두유로, 바닐라 시럽 빼고, 자바 칩은 반은 갈고 반은 통으로 부탁해요."

"……."

수현은 그가 알아들은 건지 넋이 나간 건지 알 수가 없었다. 그런데 아무런 표정의 변화 없이 서 있던 지혁이 갑자기 카운터를 향해 몸을 돌렸다. 당황한 수현이 그의 팔을 덥석 붙잡았다.

"내가 한 말, 다 알아듣고 가는 거예요?"

"그린티 프라푸치노, 사이즈는 그란데, 샷 추가, 휘핑크림은 초콜릿, 초코 드리즐 추가, 우유 대신 두유, 바닐라 시럽 제외, 자바 칩은 반만 갈고 반은 통으로. 뭐 빼먹은 거 있나?"

"……없어요."

완벽했다. 역시 그는 얕잡아 봐서는 안 되는 남자였다.

"방금 말한 거 취소요. 얼 그레이 티 마실래요."

"왜? 방금 길게 설명한 거 마시지."

그녀는 원래 아메리카노나 차 종류밖에 마시지 않았다. 시은이 주문하는 걸 옆에서 듣다 보니 저절로 외워진 것뿐이었다.

"단 음료 안 좋아해요. 그거 시은이가 좋아하는 거예요."

피식 웃으며 돌아선 그는 금세 주문을 마치고 돌아왔다.

"아까 내가 한 말 정말 다 알아들었어요?"

"아니. 외계어인 줄 알았어."

"그냥 무작정 외운 거예요?"

"내가 암기가 좀 되거든."

이건 잘난 척이라고 할 수 없었다. 그는 그냥 잘난 게 확실했다. 지혁은 감탄스러운 눈빛으로 자신을 바라보는 수현의 눈앞에서 엄지와 중지를 이용해 딱 소리를 만들어냈다. 묵직하면서도 경쾌한 소리가 그녀의 귓가에 감겨들었다. 수현은 작년에 곡 작업을 하면서 인트로 부분에 핑거 스냅 소리를 넣은 적이 있었는데, 마음에 쏙 드는 소리를 찾을 수 없어서 꽤 애를 먹었다. 주위에서는 하나같이 그 소리가 그 소리 같다고 했지만, 수현에게는 미묘한 차이가 있었고 끝내는 자신과 타협해서 개중에 가장 나은 소리를 사용할 수밖에 없었다. 수현은 불현듯 그때 지혁을 알았더라면 좋았겠다는 아쉬움이 들었다.

"자꾸 딴생각할 거야? 우리 시간 없는데?"

그녀는 그의 목소리를 듣고서야 쓸데없는 생각에서 빠져나올 수 있었다.

“딴생각은 집에 갈 때 혼자 하고, 여기까지 온 용건부터 듣자.”

수현이 어리둥절한 표정을 짓자, 지혁이 말을 이었다.

“나 보고 싶다고 오지는 않았을 거 아니야.”

“보고 싶어서 왔을 수도 있잖아요…….”

정곡을 찔린 수현이 볼멘소리를 했다.

“나 그 정도 눈치는 있는데?”

“…….”

“보고 싶어서 왔든 아니든 상관없어. 내가 보고 싶었으니까. 자, 본론으로 넘어가.”

그는 감미로운 말과 사무적인 말을 한 번에 하는 재주가 있었다. 수현은 잠시 망설이다가 말문을 열었다.

“나 오늘 선 봤어요.”

“선?”

“물론 모르고 나갔어요.”

지혁도 수현의 자의가 아니었으리라는 건 짐작하고 있었다. 그는 말을 계속하라는 듯 수현을 가만히 응시했다.

“낮에 엄마가 호텔 커피숍으로 나오라는 문자를 보내왔어요. 문자만 보내놓고 전화를 안 받아서 하는 수 없이 나갔는데, 선 자리였어요.”

이미 호영으로부터 보연이 했던 이야기를 전해 들어 알고 있었던 지혁은 자신이 얼마나 마음에 안 들었으면 이렇게 일방적으로 수현을 선 자리까지 내보냈을까 싶어 씁쓸해졌다. 그는 수현이 그 사실을 알게 되면 엄마와 사이가 더 안 좋아질지도 모른다는 생각에 호영의 입단속을 시켰다. 그래서 수현은 아무것도 모르고 있었다.

"지혁 씨한테 이 얘기를 해야 하나, 말아야 하나 고민했어요. 근데 혹시라도 다른 사람을 통해서 듣게 된다면 더 불쾌할 거 같아서 내가 직접 하는 거예요."

수현은 진심을 담아 한마디 덧붙였다.

"미안해요."

"네가 나한테 미안해야 할 이유 없어."

수현이 다른 남자와 선을 봤다는데 기분이 좋을 리 없었다. 하지만 뭣도 모르고 나갔다가 선을 보게 된 당사자가 더 기가 막힐 테니 그녀가 사과할 일은 아니었다.

"애프터 받았어?"

"당연하죠. 그새 잊어버렸어요? 나 연상연하, 남녀노소 할 거 없이 좋아하는 스타일이라니까요?"

수현의 목소리에는 장난기가 묻어나고 있었지만, 지혁은 심각했다.

"맞선남은 연상이었어, 연하였어?"

"글쎄요. 아마도 연상?"

변호사라는 직업으로 짐작건대 지혁과 비슷한 나이가 아닐까 싶었다. 제대로 맞선을 본 게 아니라서 나이를 물어볼 수도 없었고, 사실 그의 나이 같은 건 궁금하지도 않았다. 수현은 지혁에게 태신의 나이를 알려줄 수는 없어도, 자신이 했던 말은 알려줄 수 있었다.

"애인 있다고 했어요."

지혁의 좁아진 미간이 조금 펴지려다가 이어진 수현의 말에 다시 원래 상태로 돌아갔다.

"눈도 깜빡 않던데요?"

"……."

"그래서 빚이 있다고 했어요."

지혁이 의아하다는 눈으로 그녀를 바라보았다. 호영과 시은에게 들은 말도 있었고, 제 눈에도 수현의 씀씀이가 헤퍼 보이지는 않았기에 의외가 아닐 수 없었다.

"빚이 있어?"

"있다면 지금이라도 마음 돌릴래요?"

지혁은 짐짓 섭섭하다는 표정으로 반문하는 수현에게 어깨를 가볍게 으쓱여 보였다.

"아니. 지금보다 더 열심히 벌어야겠다고 생각했는데?"

그는 듣기 좋으라고 한 말이 아니었다. 수억의 빚을 대신 갚아줘야 한다고 해도 수현을 위해서라면 아깝지 않을 것 같았다. 지혁은 그녀의 말이 진담인지 농담인지 확신이 서지 않아서 다시 물었다.

"그래서 결론은 뭐야? 있다는 거야, 없다는 거야?"

"있어요."

수현이 재빨리 말을 이었다.

"당신에 대한 마음의 빚?"

자의는 아니었지만, 그를 두고 맞선을 본 것에 대한 마음의 빚이었다. 그제야 수현이 한 말의 의미를 이해한 지혁이 피식 웃음을 터뜨렸다.

"많이 쌓아둬. 그래야 무거워져서 아무 데도 도망 못 가지."

지혁은 미팅 시간에 맞춰 사무실로 들어갔고, 수현은 집으로 돌아왔다. 현관문을 열고 들어서니, 나갈 때만 해도 없었던 엄마와 제니의 신발이 보였다. 엄마의 얼굴을 보면 다시는 쓸데없는 자리를 만들지 말라고 화를 내려고 했는데 갑자기 모든 의욕이 사라져 버렸다. 어차피 통하지도 않을 말, 해서 뭐 하나 싶었다. 수현은 빠른 걸음으로 거실을 지나치려 했지만 보연은 그녀를 그냥 놓아주지 않았다.

"수현아, 이리 와서 앉아 봐."

보연의 목소리에는 즐거워하는 기색이 역력했다. 못 들은 척 방으로 들어가 버릴까 잠시 고민한 수현은 마음을 바꿔 보연이 앉아 있는 소파로 다가갔다.

"그 사람 어땠어? 엄마가 사정사정해서 힘들게 잡은 자리야."

보연의 공치사에 수현의 표정이 싸늘해졌다. 아직도 엄마는 본인이 뭘 잘못했는지, 지금 자신이 얼마나 화가 났는지 모르고 있는 듯했다.

"누가 사정하시라고 했어요?"

"……."

보연이 움찔하며 입을 다물었다. 수현에게 한마디 들으리라는 건 각오하고 있었지만, 생각보다 그 기세가 매서웠다.

"왜요? 기왕이면 좀 더 사정하셔서 재벌이라도 물어오시죠."

"엄마는 네가 호영이 친구처럼 뒷배 없는 사람보다는 번듯한 사람 만났으면 하는 마음밖에 없어."

"……알고 계셨어요?"

"그럼 엄마가 그런 것도 모르겠니?"

수현은 엄마가 모르는 줄 알았다. 만나는 사람이 없는 줄 알고 맞선 자리에 내보낸 것이었다고 생각했기에 차라리 지혁의 존재를 처음부터 말할 걸 그랬다는 후회도 들었다. 그런데 알면서 그런 자리를 만들었다니, 그나마 엄마를 이해해 보려고 애썼던 자신이 한심할 뿐이었다. 그 순간, 수현의 뇌리에 엊그제 엄마가 지나가는 말처럼 했던 말이 불현듯 떠올랐다.

"요새는 웬만한 중소기업 직원 월급만큼도 못 버는 변호사들도 많다던데, 호영이 친구는 일거리가 좀 있다니?"

지혁이 변호사라는 사실을 어떻게 알았을까 의아했지만, 굳이 물어보고 싶지 않아 그냥 못 들은 척 넘기고 말았는데 이제 물어보지 않을 수 없었다.

"지혁 씨도 변호사라는 거 알고 계시잖아요. 근데 왜 굳이 변호사예요?"

같은 변호사라는 직업을 가졌는데 왜 누구는 홀대하고, 누구는 환영하는 건지 정말 궁금했다.

"그 사람이 말 안 하든? 그냥 변호사가 아니라 로펌 대표 아들이야. 비교할 걸 해야지. 꾸역꾸역 대출받아서 코딱지만 한 사무실 낸 변호사하고 3대 로펌 대표 아들이랑 같니? 그것도 혼자 하는 것도 아니고 친구들이랑 같이 한다며? 셋이서 나누면 먹고 살 수는 있나 몰라?"

보연의 입에서 그동안 참아왔던 말이 봇물 터지듯 쏟아져 나왔다.

"엄마!"

수현이 소리를 빽 지르자, 보연은 다시 차분한 목소리로 설득에 나섰다.

"수현아, 엄마는 지금 엄마를 위해서 이러는 게 아니야."

"절 위하는 거라는 말씀은 하지 마세요. 제가 번듯한 남편을 만났으면 하는 게 아니라, 번듯한 사위를 갖고 싶으신 거겠죠."

"……."

정곡을 찔린 보연은 입술을 몇 번 달싹이다가 이내 딴청을 피웠다. 어차피 아니라고 부인해 봐야 수현에게는 통하지 않는다는 걸 알기 때문이었다. 수현은 그런 엄마의 모습을 바라보며 입술을 피가 나도록 깨물었다.

다음 날 아침, 호영은 시끄럽게 울리는 초인종 소리에 잠에서 깼다.

"아이씨……."

어떤 예의 없는 인간이 아침 댓바람부터 남의 집 초인종을 누르는 거냐고 짜증을 내며 거실로 나간 그의 눈이 둥그렇게 커졌다. 도어 모니터에 비친 얼굴은 보연이었다. 어리둥절한 얼굴로 현관문을 열어준 호영에게 보연이 다짜고짜 물었다.

"네 친구는?"

"……아마 자겠죠?"

"할 얘기가 있으니까 좀 나오라고 해."

호영은 쭈뼛쭈뼛 지혁의 방으로 걸음을 옮겼다. 어제 새벽까지 문틈으로 빛이 새어 나온 걸로 미루어 볼 때 지혁은 잠든 지 얼마 안 됐을 게 분명했다. 방문을 열고 들어간 호영은 지혁이 깊이 잠들어 있는 침대로 다가가 조심스럽게 말문을 뗐다.

"지혁아………."

미동이 없자, 이번에는 손가락으로 살짝 찔러보았다. 그제야 지혁이 꿈틀거리며 몸을 뒤척였다.

"이모가 너 좀 보재."

지혁의 눈이 번쩍 뜨였다. 자리에서 일어나 헝클어진 머리를 손가락으로 쓱쓱 빗어 내리는 그에게 호영이 나직한 어조로 말했다.

"듣기 좋은 얘기는 아닐 거다."

지혁은 아무 말 없이 새 티셔츠를 꺼내 입고, 입고 있던 반바지는 긴 바지로 갈아입었다. 그가 호영과 함께 거실로 나갔을 때, 보연은 소파에 앉아 있었다.

"안녕하십니까."

지혁이 인사를 하는 사이, 호영은 은근슬쩍 자리를 피했다.

"앉아요."

지혁은 보연이 눈으로 가리키는 곳에 앉았다.

"일요일 아침부터 미안해요. 내가 이따 나가봐야 하기도 하고, 출근하는 사람을 오늘이 아니면 언제 또 볼 수 있을까 싶어서 그냥 왔어요."

"괜찮습니다."

"용건만 간단히 말할게요. 우리 수현이랑 좋아 지낸다죠?"

그가 무슨 대답을 하기도 전에 보연이 말을 이었다.

"난 엄마로서 류지혁 씨가 별로 마음에 안 들어요."

"……."

그녀는 무례할 정도로 솔직했다.

"아마 수현이랑 내 사이 들었을 거예요. 엄마 노릇도 못 한 주제에 왜 이렇게 나서나 싶죠?"

"그런 생각 한 적 없습니다."

"아무리 열세 살 이후로는 내 손으로 안 키웠어도 엄마의 마음은 다 같아요. 자식이 잘되길 바라고, 좋은 사람 만나서 단란한 가정을 꾸리길 원해요. 수현이는 류지혁 씨보다 더 좋은 조건을 가진 사람을 만날 수 있어요."

대놓고 자신이 마음에 들지 않는다는데 기분이 좋을 리 없었다. 하지만 지혁은 자기 자식이 누구보다 좋은 조건을 가진 사람을 만나길 바라는 부모의 마음을 이해하려고 애썼다.

"어머니, 제가 많이 부족하다는 거 잘 압니다. 하지만……."

보연은 지혁이 말을 끝마칠 기회를 주지 않았다.

"안다니 다행이네요."
그 순간이었다.
"그만하세요."
보연과 지혁이 동시에 고개를 돌린 곳에는 수현이 인상을 찌푸리며 서 있었다. 보연은 본인의 말에 몰입해 있었고, 지혁은 그녀의 말에 집중하느라 수현이 온 것도 미처 모르고 있었던 것이다. 보연은 수현의 옆에 서 있는 호영을 보고서야 그가 몰래 나가서 수현을 데려왔다는 것을 알 수 있었다. 호영을 노려본 보연이 수현에게 시선을 옮겼다.
"엄마는 다 너 걱정돼서 하는 말이야."
"그런 걱정 안 해주셔도 되니까 일어나세요."
수현은 일어날 생각을 하지 않고 버티는 보연에게 다가가 그녀의 팔을 잡아 일으켜 세웠다.
"가자고요."
보연을 끌고 집으로 돌아온 수현은 아무 말도 하고 싶지 않아 그대로 방으로 들어와 버렸다. 손끝 하나 까딱할 힘이 없을 만큼 힘이 빠져 쓰러지듯 침대에 누웠다가 한참 만에 일어나 앉은 그녀는 지혁에게 전화를 걸었다.
"지혁 씨."
[미안하다고 할 거면 하지 마. 나 아무렇지 않아.]
수현은 분위기가 가라앉는 게 싫어서 일부러 장난스럽게 받아쳤다.
"미안하다고 하려던 거 아니었어요."
[그래? 나 이번에도 잘못 짚었어?]
"잘못 짚었어요."
[그럼 무슨 말 할 거였어?]
"고맙다는 말이요."

사실 미안하다는 말을 하려고 했다. 엄마가 한 말, 마음에 담아두지 말라고 사과하고 싶었다. 하지만 미안하다는 말을 자꾸 하면 정말 미안한 일이 생길까 봐 하지 않기로 했다. 대신 이제부터는 고맙다는 말을 많이 하기로 했다.

"고마워요."

[내가 고맙다는 말을 듣기 싫어하는 편은 아니지만, 오늘은 고맙다는 말을 들어야 할 이유가 전혀 없었던 것 같은데?]

"왜 없어요. 많아요."

[그 많은 거, 나도 좀 알자.]

"지혁 씨는 존재 자체만으로도 나한테 고마운 사람이에요."

수현은 휴대폰을 통해 들려오는 그의 듣기 좋은 웃음소리에 귀를 기울이다가, 차분한 목소리로 그를 불렀다.

"지혁 씨."

[그래.]

"내가 엄마한테 하는 거 보고 실망했죠?"

수현은 제 행동이 버릇없어 보일 거라는 걸 잘 알고 있었다. 남들이 어떻게 보든 크게 개의치는 않지만, 그에게만큼은 신경이 쓰였다.

[이런 말 어떻게 들릴지는 모르겠지만, 난 부모님 말씀이라고 무조건 따라야 한다는 생각 안 해. 틀린 건 틀린 거고, 아닌 건 아닌 거지. 물론 이해해 줄 필요가 없는 후레자식은 제외하고 이성적 사고를 할 수 있는 사람에 한해서.]

수현은 자신이 지금 이성적인 사고를 하고 있는지 되새겨 보았다.

[개인적인 견해야. 실망했어?]

"아니요."

실망은커녕 큰 위로가 되었다.

[그러니까 나 신경 쓸 거 없다고. 난 네가 하는 모든 일을 지지해. 네가 어떤 행동을 할 때는 깊게 생각하고 한 걸 테니까.]

"모든 행동을 깊게 생각하고 하지는 않아요."

[그래도 넌 기본적인 상식과 도덕이 있으니까 괜찮아.]

수현은 지혁의 말을 듣고 있노라면 자신이 꽤 괜찮은 사람이 된 듯한 기분이 들었다. 그런 기분을 느끼게 해준 그에게 다시 한 번 말하지 않을 수 없었다.

"고마워요."

♪♩♪♬

그날 이후 수현은 엄마와 마주치는 일을 최소화하기 위해 애썼다. 며칠이 지난 어느 날, 외출했다가 돌아온 수현은 소파에 앉아 있는 사람을 보고 깜짝 놀랐다.

"수현 씨, 이제 와요?"

반갑다는 듯 씩 웃고 있는 그는 맞선남, 박태신이었다. 당황한 수현이 말문을 떼려는데 부엌에서 보연의 목소리가 들렸다.

"수현이 왔니?"

부엌으로 고개를 돌려보니 보연이 다과를 준비하는 모습이 보였다.

"엄마 금방 나갈 테니까 박 변호사님이랑 얘기 좀 하고 있어."

수현은 간드러진 엄마의 목소리가 오늘만큼 듣기 싫은 적이 없었다. 어떻게 된 일이냐고 물어볼 필요도 없이 대번에 상황 파악을 마친 그녀는 태신에게 다가가 담담하게 물었다.

"여긴 어떻게 오셨어요?"

태신은 자신을 보자마자 순간적으로 당황하는가 싶더니 이내 평정심을 되찾은 수현의 얼굴에서 시선을 떼지 못했다. 감정을 통제하는 데에 익숙해 보이는 그녀가 흥미로웠다.

"생각할 시간을 주기로 해놓고 연락처도 안 알려주고 가버렸잖아요. 그래서 커플 매니저한테 연락해 봤더니 수현 씨 번호는 모른다고, 어머님께 전화해서 물어보고 알려주겠다고 하더라고요. 굳이 그럴 거 뭐 있나 싶어서 직접 전화 드렸더니 놀러 오라고 하시던데요? 그래서 놀러 왔어요."

수현은 어머님이라는 말을 천연덕스럽게 입에 올리는 그가 어이없었다. 변호사라 그런지 말도 상당히 많았다.

"제가 마음이 약해서 초대를 거절해 본 적이 없거든요."

수현은 마음이 약하지 않아서 자신이 초대한 손님이 아니면 과감히 무시할 수 있었다. 엄마가 놀러 오라고 불렀다니 엄마랑 놀든지 말든지 상관하고 싶지 않았다.

"그럼 놀다 가세요."

깍듯하게 인사를 하고 몸을 돌리려는 그녀에게 태신이 느긋한 어조로 말했다.

"생각이 끝났어요."

멈칫한 수현이 그를 향해 고개를 돌렸다.

"무슨 생각이요?"

"빚, 제가 감당하죠."

"……네?"

수현의 눈이 커지자, 태신은 그녀를 당황하게 했다는 데에 묘한 뿌듯함을 느꼈다. 다음엔 수현으로부터 다른 감정을 끌어내 보고 싶었다. 활짝 웃는 모습도, 반대로 펑펑 우는 모습도 궁금했다.

"빚이 많다면서요? 제가 대신 갚아드릴 테니까 정식으로 만나봐요.

우리.”

“눈치가 없으시네요.”

“그런 말 처음 듣는데요?”

태신이 과장되게 고개를 갸웃거렸다.

“빚이 있다고 한 말을 곧이곧대로 믿으실 줄은 몰랐습니다.”

“제가 의외로 순진한 면이 있어서요.”

그의 얼굴에 해맑은 미소가 걸렸다.

“그리고 제가 정말 빚이 있다고 해도 그걸 왜 변호사님께서 갚아주시겠다는 건지 모르겠네요. 돈으로 교제할 상대를 살 만큼 그렇게 절박하세요?”

수현이 그런 강수를 둔 건 빚을 갚아줘야 할지를 고민하라는 의미가 아니었다. 돈 문제가 엮이면 가족끼리도 등을 돌리는 마당에 맞선 상대로 나온 여자가 다짜고짜 빚이 있다는데 아무렇지 않아 할 남자는 없을 거라는 생각에서였다. 그런데 이 남자, 돈이 많아서 주체가 안 되는 모양이었다.

“그만큼 수현 씨가 마음에 든다고 생각해 주면 어때요?”

사실 태신은 어느 쪽으로도 확신하지 않았다. 그녀에게 정말로 빚이 있을 수도 있고, 없을 수도 있다고 생각했다. 빚이 있는 것보다야 없는 게 더 낫긴 하겠지만, 그런 건 그에게 그다지 중요한 문제가 아니었다. 빚이야 갚아주면 그만이었으니 말이다.

“지난번에 말씀드렸다시피, 전 만나는 사람이 있습니다.”

“어머님께서 그러시던데 별 볼 일 없는 변호사라면서요? 만난 지 얼마 되지도 않았다고 들었고요.”

“별 볼 일 없다는 말 듣기 거북하네요.”

“어머님의 표현이긴 하지만, 딱히 틀린 말도 아니잖아요?”

엄마가 지혁을 어떻게 보고 있는지는 이미 알고 있었기에 새삼 분노가 치밀지 않았다. 하지만 태신이 한 말은 상당히 불쾌했다. 수현은 마치 자신이 능멸당한 것 같은 기분이었다.

"변호사님께 별 볼 일 없다는 기준은 뭔가요?"

대체 자기는 얼마나 잘났기에 같은 직업을 가진 사람을 이렇게까지 무시하는 건지 들어보고 싶었다.

"대한변협에 등록된 변호사 수만 이만 명이 넘어요. 그 변호사들이 다 돈을 잘 벌까요?"

태신은 자신의 질문에 자신이 답했다.

"아니요. 사무실 임대료 내기도 빠듯한 변호사들이 수두룩해요. 그런 변호사들을 별 볼 일 없다고 말하죠."

수현은 확신에 차 있는 그에게 어떤 말을 해도 소용없다는 사실을 깨달았다. 본인의 기준이 그렇다면, 그렇게 생각하며 살라고 내버려 두면 되는 것이었다. 태신은 아무런 대꾸도 하지 않고 어떤 감정도 표출하지 않은 채 가만히 자신을 바라보고 있는 그녀가 신기했다. 이 여자를 만나는 남자는 누굴까 호기심이 일었다.

"그 변호사, 이름이 뭐예요? 누군지 되게 궁금하네."

"이름까지는 엄마한테 못 들으셨나 봐요?"

"안 그래도 여쭤봤는데 잊어버리셨대요."

'정말 잊어버렸을까? 아니면 이름조차 생각나지 않을 만큼 별 볼 일 없는 사람이라고 말하고 싶었던 걸까?'

어느 쪽이든 엄마가 지혁을 끝까지 무시했다는 건 마찬가지였다. 수현은 지혁의 이름을 입에 올리고 싶지 않았다. 아무리 좋은 대학을 나왔고 검사로서 이름을 날렸다 한들, 태신에게는 그저 변호사 사무실에 다니는 별 볼 일 없는 변호사에 불과할 테니 말이다.

"안녕히 가세요."

뒤에서 엄마가 부르는 소리가 들렸지만, 수현은 돌아보지 않고 조금 전 왔던 길을 그대로 걸어 밖으로 나갔다.

수현은 곧바로 서초동으로 달려왔다. 아무 생각 없이 운전대를 잡았는데 정신을 차리고 보니 지혁의 회사 주차장에 도착해 있었다. 그가 회사에 있는지 없는지도 모르고 왔지만, 기왕 온 김에 전화를 걸어보기로 했다. 신호음이 몇 번 울리기도 전에 전화를 받은 지혁이 다짜고짜 물었다.

[어디야?]

"……."

예상치 못한 질문에 수현의 말문이 막혀 버렸다.

[송수현 씨, 대답 안 합니까?]

지혁의 장난스러운 말투에 정신을 가다듬은 그녀가 뾰로통한 목소리로 되물었다.

"전화 건 사람은 난데 그걸 지혁 씨가 먼저 물어보면 어떡해요?"

[꼭 전화 건 사람이 먼저 물어보라는 법 있나? 더 궁금한 사람이 물어보는 거지. 그래서 어디라고?]

웃음을 터뜨린 수현이 이번에는 순순히 그의 질문에 답했다.

"지혁 씨네 회사 주차장이요. 지금 어디예요?"

그녀는 지혁이 회사라고 말해주길 바랐다. 얼굴만 잠깐 보고 가야 한다고 해도 지금 당장 그가 보고 싶었다.

[회사.]

원하는 대답을 들은 수현의 얼굴에 옅은 미소가 떠올랐다.

[나 십 분만. 지금 하던 것만 마무리하고 내려갈게.]

수현은 그제야 지혁이 요새 얼마나 바쁜지 뻔히 알면서 무작정 찾아오는 건 그를 곤란하게 하는 거라는 생각이 들었다. 동시에 자신이 아이처럼 굴고 있다는 사실도 자각했다.

"바쁘면 무리하지 말아요. 나 그냥 가도 돼요."

[십 분.]

지혁은 더 이상 아무 말도 하지 말라는 듯 잘라 말했다. 전화를 끊은 수현은 그가 내려올 때까지 바람을 쐬며 기다릴 생각으로 차에서 내렸다. 그렇게 몇 분쯤 지났을까, 누군가 그녀의 이름을 불렀다.

"수현 씨!"

고개를 돌려 보니, 태신이 시동 걸린 차 안에 앉아 운전석 창문에 팔을 걸친 채 웃고 있었다. 수현은 자신이 집에서 나오고 그도 금세 출발했다는 사실을 짐작할 수 있었다. 하필이면 목적지가 같은 동네였다니, 우연이라는 걸 알면서도 기분은 별로였다.

"여긴 어쩐 일이세요?"

"그건 제가 해야 할 질문이죠. 서초동은 제 구역입니다."

'서초동이 다 자기 땅이야, 뭐야.'

속으로 구시렁거리고 있는 수현에게 태신이 해맑게 물었다.

"갑자기 휙 나가더니 변호사 애인 만나러 왔나 봐요? 어디서 일해요? 일양? 우정? 정률?"

그는 주변을 휘둘러보며 근처에 있는 로펌들의 이름을 나열했다.

"뒤에 차 와요."

대꾸할 가치를 느끼지 못한 수현은 심드렁한 표정으로 그만 가라는 의사를 전달했다. 뒤차가 경적을 울리자, 태신은 운전석 창문 밖으로 내밀었던 고개를 도로 안으로 집어넣으며 말했다.

"나 주차하고 오 분 안에 올 테니까 어디 가지 말고 여기 있어요.

변호사 애인 소개시켜 줘요. 꼭이요."

재차 당부의 말을 남긴 그는 쏜살같이 차를 몰고 가버렸다. 태신이 사라진 직후, 지혁이 건물 안에서 걸어 나왔다. 수현이 그를 보자마자 선수를 쳤다.

"오늘은 할 말 있어서 온 거 아니에요."

"그럼?"

"보고 싶어서 왔어요."

그가 소리 내어 웃으며 수현에게 다가섰다.

"요새 왜 이렇게 예쁜 짓을 할까?"

"더 예쁜 짓 해줘요?"

지혁은 뭔지 묻지도 않고 망설임 없이 대답했다.

"해줘."

발꿈치를 들어 올린 수현은 그의 볼에 쪽 소리가 나게 뽀뽀를 하고 제자리로 돌아왔다. 예상치 못한 애정 표현에 잠시 당황하는가 싶던 지혁이 수현의 머리를 두 손으로 감싸고 그녀의 이마에 가볍게 입을 맞췄다.

"누가 보면 어쩌려고 이래요."

수현은 누가 보지는 않았는지 황급히 주위를 돌아보았다.

"누가 볼까 봐 걱정하는 사람이 먼저 한 거 같은데?"

"당하는 거랑 하는 건 좀 다르죠."

지혁은 어리둥절했다.

"어떻게 다른데?"

"당하는 건 상대가 나한테 매달리는 것 같지만, 하는 건 내가 매달리는 느낌? 여기 지혁 씨 아는 사람들 많을 거 아니에요. 누가 봤으면 어떡해요."

수현은 그의 강하고 냉철한 이미지가 자신으로 인해 흔들리는 걸 원치 않았다. 법정에 서는 사람에게 무엇보다 필요한 게 카리스마라고 생각하기 때문이었다.

"누가 봤으면 어때? 내가 매달리는 거 맞는데. 내가 내 여자 이마에 뽀뽀 좀 했기로서니 뭐가 대수야?"

지혁은 남의 눈을 신경 쓸 생각 같은 건 조금도 없었다. 자신을 아는 사람이 봤다면 놀랄 장면이긴 했으나, 그는 누가 놀라든 말든 개의치 않았다.

"그리고 내가 전에 말했을 텐데? 내 직장은 뭘 해도 괜찮다고. 여기까지 왔다는 건 모든 걸 감수하겠다는 의미 아니야?"

"아니거든요?"

새초롬하게 받아치는 수현에게 지혁이 합의를 시도했다.

"그렇다고 하자."

수현이 어이없다는 듯 흘겨보자, 그는 망설임 없이 방법을 바꿨다.

"그렇다고 해줘."

"부탁하는 사람이 뭐 이렇게 당당해요?"

명령이든 부탁이든 지혁의 입에서 나오는 모든 말은 늘 당당했다. 수현은 언제나 자신감이 넘치는 그가 보기 좋았다. 지혁은 자신을 바라보며 미소 짓고 있는 그녀의 손을 잡아끌었다.

"오늘은 이십 분 정도밖에 못 낼 것 같으니까 이 근처 한 바퀴 걷자."

"잠깐만요."

수현은 걸음을 떼려는 그의 팔을 잡아 멈춰 세웠다.

"왜?"

"지혁 씨를 소개해 달라는 사람이 있어요. 만나볼래요?"

"누구?"

"맞선 본 남자요."

지혜이 반사적으로 미간을 찌푸렸다.

"갑자기 그게 무슨 말이야? 그 남자가 왜?"

수현은 태신이 집에 와 있었다는 것과 조금 전 여기서 우연히 마주친 상황을 지혁에게 간단히 말해주었다.

"그 사람이 집에 찾아온 이유는?"

지혁은 묻지 않아도 한 가지 이유밖에 없다는 걸 알고 있었다. 그래도 맞선남이 무슨 말을 했는지 정확히 알아야 할 것 같아서 물은 것이었다.

"내가 마음에 든대요. 빚을 대신 갚아줄 테니까 정식으로 만나보자고 하네요."

수현이 웬만큼 마음에 들지 않고서야 할 수 없는 말이라는 걸 알기에 지혁의 표정이 더 심각해졌다.

"뭐라고 대답했어?"

"뭘 뭐라고 해요. 만나는 사람 있다고 다시 말했죠."

"그랬더니?"

"그 말만 하고 바로 나왔어요."

수현은 지혁을 무시한 태신의 말을 전할 생각이 추호도 없었다. 그녀가 두 사람의 만남을 주선해 보려 했던 건 태신에게 지혁이 얼마나 근사한 남자인지 보여주고 싶어서였다. 지혁을 직접 보면 태신의 생각이 달라질 거라는 확신이 있었기 때문이었다. 그런데 문득 그렇지 않을 수도 있겠다 싶었다. 지혁에게 대놓고 별 볼 일 없는 변호사 운운하면 어쩌나 하는 걱정이 들기도 했다.

"생각해 보니까 만날 필요 없을 것 같아요. 가요."

수현이 마음을 바꾼 것과 달리, 지혁은 애인이 있다는 여자에게 뻔뻔스럽게 찝쩍거리는 놈의 얼굴을 보고 싶었다.

"보자."

그 순간이었다.

"류지혁?"

수현과 지혁이 동시에 목소리가 들려온 쪽으로 고개를 돌렸다. 두 사람의 시선이 모인 곳에는 놀란 눈을 한 태신이 서 있었다.

"선배, 오랜만이에요."

태신은 지혁의 인사가 귀에 들어오지도 않았다. 수현의 별 볼 일 없는 변호사 애인이 류지혁이라는 사실이 얼떨떨할 뿐이었다.

"너였어?"

태신의 밑도 끝도 없는 질문을 받은 지혁이 의아하다는 듯 되물었다.

"뭐가요?"

"수현 씨랑 만난다는 남자."

이 근방은 로펌 밀집 지역이었기에 변호사들끼리 지나가다가 마주치는 게 드문 일도 아니었다. 그래서 지혁은 태신과의 만남이 우연인 줄 알았다. 그제야 수현이 만나보겠냐고 했던 맞선남이 태신이라는 사실을 깨달은 그가 수현을 돌아보았다. 태신의 눈도 그녀에게 향했다. 두 사람의 시선을 한 몸에 받은 수현이 말문을 열었다.

"두 분이…… 아시나 봐요."

친분이 있을지도 모른다는 생각을 아예 안 해본 건 아니었지만, 막상 사실로 밝혀지고 나니 당혹스러울 따름이었다.

"이 바닥에서 류지혁을 모르기가 쉽지 않죠."

세 사람 중에서 가장 당황한 사람은 태신이었다. 그는 보연이 대체 무슨 저의로 자신에게 지혁을 별 볼 일 없는 변호사라고 했는지 짐작도 가지 않았다. 그를 별 볼 일 없는 변호사라고 생각하면서 어떻게 자신을 마음에 들어 했는지는 더더욱 알 수가 없었다. 혹시 뭔가 착각하고 있는 게 아닐까 싶기도 했다. 갑작스러운 상황에 맞닥뜨린 세 사람은 아무 말도 없이 서로를 바라볼 뿐이었다. 어색한 정적이 이어지자, 참다못한 수현이 지혁에게 조심스럽게 물었다.

"……선후배 사이예요?"

조금 전 지혁이 태신을 선배라고 불렀던 게 생각나서 한 질문이었다.

"대학교 2년 선배."

지혁의 대답에 태신이 얼른 한마디 덧붙였다.

"연수원 동기고요."

그에게는 지혁보다 학번은 높으면서 사법 시험에 늦게 붙었다는 사실이 콤플렉스였다. 그래서 차라리 제 입으로 말하는 게 덜 민망할 것 같아 선수를 친 것이었다. 하지만 그건 태신의 자격지심이었을 뿐, 지혁은 그런 말까지 할 생각이 전혀 없었다. 그는 그런 식으로 우월감을 과시하는 성격이 아니었다.

"수현 씨, 아까 내가 한 말 잊어줘요."

요새 「혜윰」에 얼마나 사건이 몰리는지 잘 알고 있는 태신은 사무실 임대료를 내기도 빠듯한 변호사의 범주에 지혁을 끼워 넣었던 자신이 어처구니가 없었다.

"듣자마자 잊었어요."

태신의 태도가 돌변하자, 수현은 내심 뿌듯했다. 그러면서 한편으로는 모두가 지혁을 인정하는데 왜 엄마만 말도 안 되는 고집을 부리는 걸까 싶어 더 답답해졌다. 지혁은 뭘 잊어달라는 건지, 뭘 잊었다는 건지 두 사람이 하는 말을 알아들을 수 없었다. 하지만 수현과 태신이 무슨 대화를 나누었든 그다지 중요하지 않았다. 지금 그에게 중요한 건 태신에게 수현이 제 여자임을 일러주는 것이었다.

"선배."

지혁이 나직하게 태신을 불렀다.

"난 누가 내 여자 옆에서 치근대는 꼴 못 봐요. 이제 수현이한테 관심 끊어주세요."

노골적인 경고를 받은 태신은 일순간 눈살을 찌푸렸지만 이내 능글맞게 웃으며 받아쳤다.

"류지혁, 너 선배한테 너무 정색하는 거 아니냐?"

"우리가 지금 선후배 사이로 마주하고 있는 게 아닐 텐데요?"

지혁의 무미건조한 반문에 태신도 더는 가식적인 미소를 지을 수 없었다. 태신은 지혁을 인정하는 것과 별개로 그를 좋아하지 않았다. 잘난 남자가 자기보다 더 잘난 남자를 순수한 마음으로 인정하는 건 결코 쉬운 일이 아니었다. 그는 대학 때부터 사법연수원을 수료할 때까지 지혁과 끊임없이 비교당했다. 긍정적으로 생각하면 모든 면에서 군계일학인 지혁과 비교 대상이 된다는 것 자체가 가치를 인정받는 것이나 다름없다고도 볼 수 있었다. 그러나 어려서부터 늘 최고라는 말만 듣고 살아온 태신에게 그것이 달가울 리 없었다.

"자식, 뻣뻣한 건 여전하네."

태신은 능청스럽게 받아치고, 수현을 보며 씩 웃었다.

"수현 씨, 여기 더 있다가는 한 대 맞을 수도 있을 것 같아요. 그래서 전 얼른 도망가겠습니다."

제 할 말만 마치고 뒤돌아선 그는 금세 두 사람의 시야에서 사라져 버렸다. 수현이 지혁에게 고개를 돌렸을 때, 그는 태신이 사라진 곳을 물끄러미 바라보고 있었다.
"둘이 잘 알아요?"
"알긴 웬만큼 알지."
이제 지혁의 화법에 익숙해진 수현은 그 말에 함축된 의미를 대번에 알아차렸다.
"근데 친하지는 않다?"
"서당 개보다 내 애인 습득 속도가 훨씬 더 빠른데? 삼 년이 뭐야, 삼 개월도 안 걸렸어."
수현은 칭찬하듯 제 머리를 쓰다듬는 지혁을 향해 살포시 눈을 흘겼다.
"서당 개랑 동일 선상에 두기엔 내가 너무 아깝지 않아요?"
"내 애인을 하기에도 넌 너무 아깝지."
지혁이 장난스럽게 한 말에 수현의 눈이 휘둥그레졌다.
"어? 그건 좀 아닌데?"
"맞아."
"아니라고요."
수현이 눈에 힘을 주고 강하게 부인하자, 지혁은 그녀를 부드럽게 끌어안으며 속삭였다.
"맞다고."
그는 진심으로 수현이 자신에게 과분한 여자라고 생각하고 있었다.

수현은 지혁이 회사로 들어가는 것을 보고 집으로 돌아왔다. 비밀번호를 누르는 소리에 득달같이 달려온 보연이 그녀를 보자마자 호들갑을 떨었다.
"왜 얘기 안 했어?"

"뭘요?"

수현은 무심하게 되물으며 방으로 걸음을 재촉했다. 하루 이틀도 아닌 엄마의 호들갑에 일일이 반응할 필요가 없다는 걸 알기 때문이었다. 태신을 마음대로 집에 불러들이고, 그에게 지혁을 무시하는 발언을 서슴지 않은 엄마와 이야기를 나눌 기분은 더더욱 아니었다.

"지혁이네 집안."

방에 거의 다다른 순간 들려온 보연의 대답에 수현이 멈칫하며 뒤돌아섰다.

'지혁이?'

잘못 들은 게 아닐까 의심스러울 만큼 친근한 호칭이었다.

"지혁 씨네 집안이 왜 궁금하세요?"

자신이 아는 거라고는 그의 부모님이 공무원이라는 사실뿐인데, 그걸 엄마가 왜 알아야 하며 알게 되면 뭐가 달라지는 건지 이해가 되지 않았다.

"딸이 만나는 남자가 어떤 집안 자제인지 당연히 궁금하지."

"……."

당황한 수현은 할 말을 잃었다. '딸이 만나는 남자'와 '자제'라는 표현은 지금까지 보인 엄마의 태도와 전혀 어울리지 않는 것이었다.

"그렇게 대단한 집안 아들이라는 거 진작 말해줬으면 지혁이한테 싫은 소리 할 필요도 없었잖아."

보연은 수현의 당혹한 표정을 보고 고개를 갸웃거렸다.

"설마 너도 몰랐니?"

"제가 뭘 알아야 하는데요?"

기다렸다는 듯, 보연의 입에서 속사포 같은 말이 쏟아져 나오기 시작했다.

“지혁이네 아주 유명하고 유서 깊은 법조인 가문이야. 아버지는 대법원장이고, 어머니는 국립대 법학전문대학원 석좌교수라지 아마? 그뿐인 줄 아니? 친할머니는 우리나라 최초의 여성 판사래. 진짜 대단하지?”

대단하다는 사실을 인정하고 못 하고를 떠나서, 지금 수현은 지혁의 부모님이 자신이 생각한 공무원과 상당한 괴리가 있다는 데에 당황하고 있었다.

“외모, 능력, 집안까지 어디 한 군데 빠지는 데가 없다, 얘.”

잔뜩 들떠서 숨도 쉬지 않고 말을 잇는 보연을 바라보며 정신을 가다듬은 수현이 말문을 열었다.

“누구한테 들으셨어요?”

“박 변호사한테 전화 왔었어. 조금 전에 셋이 만났다며? 네가 만난다는 변호사가 지혁이라는 거 알고 깜짝 놀랐다면서 내 오해를 바로잡아주고 싶다더라.”

수현은 굳이 전화까지 해서 오해를 풀어준 태신이 달리 보였다. 반면, 지혁을 무시할 때는 언제고 별일 아니라는 듯 은근슬쩍 넘어가려는 엄마의 태도는 못마땅했다.

“엄마의 기준은 오로지 재력 아니었던가요? 언제 명예로 바뀌셨어요?”

“명예와 재력 둘 다 중요해. 둘 다 갖춘 집안을 찾기 어려우니까 굳이 둘 중의 하나를 선택하라면 재력에 무게를 두는 거지.”

보연은 말에 막힘이 없었고, 부끄러워하지도 않았다.

“아무리 지혁 씨네가 뼈대 있는 법조인 집안이라고 해도 엄마가 원하는 정도의 재력을 갖추지는 못했을 것 같은데요?”

보연은 빈정거리는 수현을 바라보며 빙그레 웃었다.

"아주 완벽하게 갖췄더라."

"……."

"지혁이 어머니가 국내 30대 기업에 속하는 연성 화학 창업주의 고명딸이야. 현 회장의 여동생이고. 물려받을 재산이 얼마겠니?"

수현은 그제야 모든 의문이 풀렸다. 재력이 뒷받침되지 않은 명예 따위에 연연할 리 없는 엄마의 태도가 왜 돌변한 건지 의아했는데 이걸로 모든 게 설명되었다.

"지혁이, 외아들이라며?"

엄마의 다정한 미소와 나긋한 호칭에 오싹 소름이 끼친 수현은 곧장 집에서 나와 호영의 집으로 향했다.

"지혁이 아직 안 들어왔는데?"

그녀가 당연히 지혁을 보러 왔다고 생각한 호영이 문을 열어주며 한 말이었다.

"오빠 보러 온 거야."

"난 또 네가 내 존재를 아예 잊은 줄 알았지? 드디어 이 오빠가 생각난 거냐?"

호영은 분위기 파악을 하지 못하고 연신 깐족거렸다.

"물어볼 게 있어."

앞장서서 걸어가 소파에 털썩 주저앉은 그는 그제야 수현의 안색이 평소와 다르다는 걸 알아차렸다.

"……뭔데?"

"나 방금 지혁 씨에 관해서 몰랐던 얘기를 들었어."

"무슨 얘기?"

"지혁 씨네 집안이 그렇게 유명해?"

엄마의 말을 믿지 못하는 건 아니었지만, 그래도 수현은 호영에게 확인을 받아야 실감이 날 것 같았다.

"지혁이네 가족들 전부 포털 사이트에 이름 석 자 치면 나오는 분들이니 유명하다고 해야겠지?"

수현은 막연하게, 지혁이 부유한 집 아들은 아니라고 생각했었다. 개업 자금이 부족해서 집을 팔았다는 말을 듣고 다른 생각을 하기는 어려웠다. 그래서 지금 더 당혹스러웠다.

"지혁이가 말 안 했냐? 난 네가 알고 있는 줄 알았지."

"부모님이 공무원이라는 말밖에 못 들었어."

"그놈이 아버지는 뭐 하시고, 어머니는 뭐 하시고 시시콜콜 떠들 성격은 아니지. 거짓말은 아니네, 뭐."

수현은 그의 말에 동의하면서도 한 가지 이해가 안 가는 게 있었다.

"오빠는 다 알면서 엄마가 지혁 씨 무시할 때 왜 가만히 있었어?"

지혁이 본인의 입으로 말하기는 뭐했을 테니 호영이 대신 말해줬으면 좋지 않았을까 하는 원망이 들기도 했다.

"이모 짜증 나서."

단호한 어조로 대답한 호영은 어깨를 으쓱하며 말을 이었다.

"지혁이 자체만으로도 모자랄 게 전혀 없는데 굳이 집안 얘기를 꺼낼 필요 없잖아."

그는 잠시 머뭇거리다가 슬쩍 진심을 털어놓았다.

"사실…… 그런 거 다 떠나서 이모가 나중에 알게 됐을 때 후회하라고 말 안 한 게 제일 컸다. 사람 함부로 무시하면 안 된다고 알려주고 싶었어."

그의 의도를 알게 된 수현이 픽 웃음을 터뜨렸다.

"어쩌지? 오빠의 바람은 전혀 이루어지지 않은 것 같은데?"

“왜? 이모 후회하는 기색 없어?”
“전혀.”
수현은 단언할 수 있었다. 엄마는 후회는커녕 세상을 다 가진 듯한 표정이었다.
“그럼 지혁이만 무시당하고 끝난 거야?”
“응.”
호영은 허탈한 얼굴로 한숨을 푹 내쉬고는 수현이 알지 못하는 사실을 털어놓았다.
“이모한테 말하지 않은 건, 전적으로 내 생각만은 아니었어. 지혁이도 말하지 말라고 했거든.”
“지혁 씨가? 왜……?”
“자기 자체만으로 인정받고 싶었겠지. 우리 집안이 이러이러하다 주절주절 떠들고 인정받으면 그것만큼 수치스러운 게 또 있겠냐? 나라도 절대 싫다.”
수현은 지혁의 마음을 이해할 수 있었다. 그건 누구보다 자존심이 강한 그가 할 수 있는 최소한의 것이었을 터였다.
“그래도 나한테는 말해줬어야지…….”
호영이 혼잣말을 하는 그녀에게 물었다.
“처음부터 알았다면 뭐가 달라졌어? 그럼 지혁이랑 여기까지 오지도 않았을까?”
‘달라졌을까? 달라지지 않았을까?’
한 가지 확실한 건, 달라지지 않았을 거라고 자신할 수 없다는 것이었다. 수현은 그가 너무 높은 곳에 있지 않길 바랐다. 손을 힘껏 뻗어야 닿을 수 있는, 아니 그마저도 불가능한 곳에 있다는 생각을 하고 싶지 않았다.

자정이 다 되었을 무렵, 지혁에게서 전화가 걸려왔다.

[자는 거 깨운 거야?]

"안 잤어요."

누워 있던 수현은 몸을 일으켜 침대 헤드 보드에 등을 기대앉았다.

[호영이한테 얘기 들었어. 곧바로 전화하지 그랬어.]

"일하는 사람, 방해하고 싶지 않았어요."

사실 그 이유가 전부는 아니었다. 그에게 왜 진작 말해주지 않았느냐고 섭섭함을 토로하게 될 것 같아서 생각을 정리할 시간이 필요했던 것도 있었다.

[나한테는 그런 배려 안 해도 돼. 전화하고 싶은 순간에 전화하고, 만나고 싶은 순간에 와. 전화를 못 받을 만한 상황일 수도 있고 만나지 못할 만한 상황일 수도 있어. 하지만 그건 닥쳐서 생각해 볼 문제고, 난 네가 그때그때 감정이 가는 대로 행동했으면 좋겠어.]

지혁은 수현이 자신에게만큼은 스스럼없이 대해주길 바랐다. 하지만 그녀는 가까워졌다고 생각하면 어느 순간 훌쩍 멀어진 것 같은 기분이 들게 했다. 특히 오늘은 더욱 그랬다. 호영으로부터 수현이 굉장히 당혹스러워하더라는 말을 전해 들은 지혁은 그녀가 자신이 전화를 할 때까지 아무런 반응도 보이지 않았다는 사실이 매우 신경 쓰였다.

"그럴게요."

그녀가 순순히 수긍할 뿐 별다른 질문을 할 기미를 보이지 않자, 하는 수 없이 지혁이 먼저 이야기를 꺼냈다.

[너한테 미리 말하지 않은 건 특별한 이유가 있어서는 아니었어. 네가 우리 가족들을 어려워할 것 같아서 아무런 사전 정보 없이 만났으면 하는 마음이었을 뿐이야. 내 입으로 말하기 좀 그렇기도 했고.]

수현도 그런 이유였을 거라고 짐작하고 있었다. 그가 나쁜 의도로 숨겼을 거라는 생각은 하지 않았다.

[기분 나빴다면 미안하다.]

"기분이 나빴다기보다는 당황했어요. 난 지혁 씨가 개업 자금에 보태려고 집을 팔았다길래 집에서 도움받을 형편이 아니라고 생각했거든요."

[대학에 들어가면서 독립했어. 외할아버지께서 입학 선물로 아파트를 한 채 사주셨고, 주식을 좀 주셨거든. 주신다는데 굳이 안 받을 이유가 없었지. 그게 지금까지 지원받은 전부야. 앞으로도 받을 생각은 전혀 없고.]

수현은 스케일이 다른 대학교 입학 선물에 깜짝 놀랐다. 새삼 지혁이 자신과는 다른 세계의 사람이라는 생각이 들었다.

"지혁 씨 말이 맞네요."

[뭐가?]

"지혁 씨네 부모님, 할아버님, 할머님…… 뵙기 전부터 어려워요."

[나도 너희 어머님 어려워. 공평하지?]

수현은 그의 말을 들으니 무거웠던 마음이 왠지 모르게 가벼워졌다. 이렇게 공평한 게 또 어디 있나 싶기도 했다. 그런데 곰곰이 생각해 보니 그게 아니었다.

"공평하지 않아요."

[어째서?]

"우리 엄마, 이제 지혁 씨 굉장히 마음에 들어 하거든요."

[아, 그래……?]

대수롭지 않다는 듯 말을 주고받은 두 사람은 서로의 목소리에서 배어나는 씁쓸함은 모른 척했다.

♪♩.♪♬

그날 이후, 보연은 틈만 나면 지혁과 식사 자리를 한번 마련하라고 수현을 들볶았지만 그녀는 묵묵히 버텼다. 핏줄인 자신도 엄마의 돌변한 태도를 받아들이기 힘든 마당에, 지혁에게 그것을 감수하라고 하고 싶지 않았기 때문이었다. 여기저기 어지르고만 다닐 뿐, 본인이 마신 물컵 하나 씻지 않는 제니를 참아주는 것도 점점 한계에 도달하고 있었다. 먹는 걸로 치사하게 굴고 싶지는 않았으나, 냉장고를 채워놓기 무섭게 먹어치우는 것도 얄미웠다. 수현은 엄마와 제니가 미국으로 돌아갈 날만을 손꼽아 기다리고 있었다. 그렇게 며칠이 지난 어느 날, 세진과 만나 그가 새로 만드는 회사에 대해 이런저런 논의를 하고 느지막이 집에 돌아온 수현에게 웬일로 제니가 먼저 말을 걸어왔다.

"늦었네?"

수현은 매일 뚱한 얼굴로 쳐다보는 게 다였던 그녀의 나긋나긋한 인사가 낯설었다. 고개를 끄덕이는 걸로 인사를 대신하고 방으로 들어가려는 수현을 제니가 불러 세웠다.

"언니."

수현의 고개가 소파에 앉아 있는 제니에게 향했다.

"형부 최고!"

"……형부?"

수현은 기가 막혔다. 제니의 입에서 나온 '형부'라는 낯선 호칭은 엄마가 다정하게 '지혁이'라고 부른 것만큼이나 가식적이라고밖에 표현할 방법이 없었다. 지혁의 배경이 알려지기 전, 그의 이야기가 나올 때마다 자신을 한심하다는 듯 바라보던 제니의 눈빛이 기억에 생생했다. 그런데 손바닥 뒤집듯 태도를 바꾸다니, 그 순발력과 적응력이 감탄스러울 정도였다. 하지만 제니는 수현이 무슨 생각을 하는지도 모르고 신이 나서 뭔가를 들어 올렸다. 그녀의 손에 들린 건 태블릿 PC였다.

"이거 형부가 사준 거다!"

수현은 굳은 표정으로 제니에게 다가갔다.

"지혁 씨가 너한테 그걸 왜 사줬는데?"

"내가 사달라고 했어."

"네가 왜?"

"갖고 싶어서."

제니의 뻔뻔스러운 대답에 순간적으로 할 말을 잃은 수현의 눈에 제니가 입고 있던 옷이 들어왔다.

"이거 시은이 옷 아니야?"

분명 자신이 작년 시은의 생일에 선물로 사준 트레이닝복이었다.

"이걸 왜 네가 입고 있어?"

"내가 입으면 안 돼?"

제니의 반문에 수현이 미간을 찌푸렸다.

"당연히 안 되지."

"왜?"

"네 소유가 아니니까."

수현은 제니가 자신의 옷을 마음대로 꺼내 입는 걸 알면서도 지금까지 한마디도 하지 않았다. 그런데 시은의 것까지 손을 대는 건 그냥 두고 볼 수 없었다. 어떻게 스물다섯 살이나 먹은 성인이 허락 없이 남의 물건을 사용하면 안 된다는 걸 모르는 건지 이해가 가지 않았다.

"앞으로 지혁 씨한테 뭐 사달라고 하지 마. 시은이 물건에 손대지 마. 내가 하지 말라는 거 한 번만 더 하면 넌 더 이상 이 집에 못 있어."

수현은 제니에게 싸늘하게 경고하고 몸을 돌렸다.

지혁은 지하 주차장에서 엘리베이터를 기다리며 수현에게 전화를 걸었다.

"어디야?"

[한 시간쯤 전에 집에 들어왔어요. 지혁 씨는요?]

그는 도착한 엘리베이터에 몸을 실으며 대답했다.

"주차장. 지금 엘리베이터 탔어."

[호영 오빠 출장 간 거 알아요?]

대기업 마케팅 부서에서 근무하는 호영은 종종 지방 출장을 가곤 했다.

"아까 문자로 출장 어쩌고 한 거 같은데 제대로 못 봤네."

[부산으로 갔고, 내일 오후에 온대요.]

지혁은 호영이 출장을 어디로 갔는지 언제 오는지 별 관심이 없었다. 그는 지금 수현의 청아한 목소리에 집중하고 있을 뿐이었다.

[지혁 씨 이사 온 이후에 호영 오빠 출장 간 거 처음이죠?]

"아마도?"

[혼자 자기 무섭거나, 외로울 거 같지 않아요?]

"둘 다일 거 같네. 무섭고, 외롭고."

다른 사람이 물었다면 미쳤냐고 받아쳤겠지만, 그는 수현의 장난에 맞장구를 쳐 주며 엘리베이터에서 내렸다.

[그럼 내가 안 무섭고, 안 외롭게 해줄게요.]

"어떻게?"

[나 하루만 재워줘요.]

복도를 걷던 지혁이 우뚝 걸음을 멈춘 것과 동시에 복도 끝에서 휴대폰을 귀에 댄 채 손을 흔들고 있는 수현의 모습이 보였다. 그는 한 걸음에 수현에게 다가갔다.

"방금 한 말 진심이야?"

"빨리 문이나 열어요."

일단 그녀가 시키는 대로 문을 연 지혁은 수현을 먼저 집 안으로 들여보내며 물었다.

"재워달라는 말에 내 사심을 섞어서 해석해도 되나?"

"안 돼요."

그녀가 단호하게 고개를 저었다.

"좋다 말았네."

실망해서 투덜거리는 그를 보며, 수현이 피식 웃음을 터뜨렸다.

"이불이나 갖다 줘요."

"이불은 왜? 설마 소파에서 자려고?"

소파로 걸어가던 수현은 걸음을 멈추고 지혁을 돌아보며 되물었다.

"그럼 어디서 자요? 호영 오빠 방에서 잘 생각은 추호도 없어요."

"나도 널 그런 돼지우리 같은 방에서 재울 생각 없어."

두 사람의 의견은 너무나 쉽게 일치했다.

"그럼 나 어디서 자요?"

"이 집에 침대가 하나 더 있을 텐데? 네가 이미 한 번 자본 적 있는 익숙한 침대."

"내가 지혁 씨 침대에서 자면 지혁 씨는요?"

"난 네 옆에서 자면 돼."

지혁의 천연덕스러운 대답에 수현이 헛웃음을 터뜨렸다.

"누구 맘대로요?"

"네 생각을 반영해서⋯⋯ 내 마음대로."

역시 그가 하는 말의 요지는 늘 맨 뒤에 나왔다. 결코 앞부분만 듣고 판단해서는 안 되는 거였다.

"결국 자기 마음대로 하겠다는 거잖아요."

"네 생각을 반영한다니까?"

"내 생각이 뭔데요?"

"넌 분명 날 소파에서 불편하게 자게 할 리가 없어."

"본인의 기대를 내 생각으로 포장하지 말아줄래요?"

지혁은 눈을 흘기는 수현을 돌려세워 제 방을 향해 밀었다.

"사심 드러내지 않을 테니까 내 침대에서 자."

수현은 눈 깜짝할 새에 그의 방까지 밀려 들어갔다.

"나 씻고 올게. 먼저 누워 있어."

지혁은 그녀를 침대 위에 앉히고 방을 휙 나가 버렸다. 그가 나가고도 한참을 침대 위에 걸터앉아 있던 수현은 이불을 들추고 침대 한쪽에 모로 누웠다. 처음 이 침대에서 잤을 때는 고열에 시달리느라 다른 걸 생각할 겨를이 없었는데 제정신으로 그의 체취가 고스란히 밴 침대에 누우니 기분이 묘했다. 그와의 첫 만남부터 오늘에 이르기까지 많은 일들이 머릿속을 스쳤다. 돌이켜 생각해 보니, 무엇 하나 소중하지 않은 기억이 없었다. 이런저런 생각에 푹 빠져 있던 그녀는 침대가 출렁거리는 느낌에 깜짝 놀랐다. 코앞에 지혁의 얼굴이 있었다. 수현이 본능적으로 고개를 뒤로 빼려 하자, 지혁은 팔을 뻗어 그녀의 머리를 베개 위에 지그시 눌렀다. 움직임을 저지당한 수현은 왠지 모를 어색함에 얼른 화제를 돌렸다.

"제니한테 태블릿 PC 사줬다면서요? 어떻게 된 거예요?"

"그저께 저녁때였나. 집에 들어오는 길에 우연히 마주쳤어. 대놓고 최신 태블릿 PC가 갖고 싶다고 사달라는데 당혹스럽긴 했지만 어쩌겠어, 사줘야지."

지혁이 제안이나 부탁 등을 거절하기 어려워하는 성격이 아니라는 걸 잘 아는 수현은 그가 제니의 뻔뻔한 요구를 받아준 것이 온전히 자신 때문이라는 걸 모르지 않았다. 그래서 더 부끄러웠다. 엄마와 제니로 인해 자꾸만 치부를 들키는 기분이었다. 그녀는 미안한 마음을 감추고 일부러 더 강하게 말했다.

"다음부터는 쓸데없는 데 돈 쓰지 말아요."

"혹시 그것 때문에 집 나온 거야?"

"……."

그렇긴 했지만 집을 나왔다는 표현이 민망해서 그렇다고 대답할 수 없었다.

"누가 친구 아니랄까 봐 가출 좋아하네."

"시은이는 타의에 의한 거였고, 난 자의에 의한 거거든요?"

수현이 발끈하자, 지혁이 그녀의 볼을 톡톡 건드리며 웃었다.

"집 나온 거 인정하는 거야?"

그에게 말려든 수현은 입술을 삐죽거리며 돌아누웠다. 그런데 갑자기 목 아래로 그의 오른팔이 쑥 들어오더니, 이내 그의 가슴이 등에 닿는 감촉이 느껴졌다. 지혁은 움찔하는 수현을 왼팔로 끌어안고 태연하게 말했다.

"나 약속 잘 지키는 남자야. 안 덮칠 테니까 안심하고 자."

"덮쳐도 돼요."

수현이 천연덕스럽게 말을 받았다.

"이 여자 봐라? 겁도 없이 도발하네?"

그녀는 한술 더 떴다.

"마음대로 해요."

"경계심이 이렇게 없어서 어쩌지?"

"지혁 씨한테만 없어요. 몰랐어요?"

수현의 솔직한 대답에 지혁의 얼굴에 미소가 번졌다.

'알아. 그래서 너라는 여자가 더 사랑스러워.'

하지만 그는 속내를 감추고 괜히 툴툴거렸다.

"그래도 이 남자가 진짜 덮치면 어쩌나 긴장하는 척이라도 좀 해 봐."

"지혁 씨를 믿어요. 그래서 긴장 안 해요."

"넌 진짜 사람 피 말리는 게 거의 마녀급이야."

휙 뒤돌아 누운 수현이 새초롬하게 지혁을 노려보았다.

"어머? 내가 뭘 어쨌다고 마녀래요?"

"그렇게 철석같이 믿어버리면 무슨 짓을 하고 싶어도 할 수가 없잖아."

"마음대로 하라니까요?"

"다음부터는 절대 약속 같은 거 안 한다."

지혁은 수현을 끌어안고 눈을 감았다. 퉁명스러운 말투와 달리, 그녀의 등을 쓸어내리는 그의 손길은 사뭇 다정했다.

다음 날 아침, 수현이 지혁의 침대에서 눈을 떴을 때 그는 곁에 없었다. 수현은 몽롱한 정신을 가다듬기 위해 눈을 깜빡이며 지난밤의 기억을 되짚어보려 애썼다. 그의 부드러운 손길에 어느 순간 잠이 들었다는 것까지만 생각났다. 예민한 탓에 푹 잠들지 못하는 그녀가 한 번도 깨지 않았다는 의미였다. 수현이 몸을 일으켜 침대에 앉은 순간, 방문이 조용히 열리더니 지혁이 안으로 들어섰다.

"일어났네?"

잔 근육으로 뒤덮인 상체를 고스란히 드러낸 채 수건으로 젖은 머리를 털고 있는 그는 오늘따라 더욱 치명적인 남성미를 발산하고 있었다. 수현은 저도 모르게 그의 맨몸을 뚫어지게 바라보다가 얼른 눈을 돌렸다.

"대놓고 벗은 몸, 안 좋아한다면서?"

"……누, 누가 뭐래요?"

"방금 좀 좋아한 거 같아서."

지혁의 짓궂은 장난에 수현의 얼굴이 붉게 달아올랐다.

"좋아하긴 누가……."

지혁은 기어들어 가는 목소리로 웅얼거리는 그녀가 귀여워서 더 놀려주고 싶었다. 그의 눈이 장난기로 반짝였다.

"푹 잤어?"

"네. 지혁 씨는요?"

"못 잤어."

'How are you?'에 'Fine. thank you. and you?'로 화답한 것이나 마찬가지였는데, 지혁의 입에서 예상치 못한 대답이 나오자 수현은 당황했다.

"네가 하도 품으로 파고들어서 잘 수가 있어야지."

"……그럴 리가 없는데."

"그럴 리가 없기는. 본인이 그걸 어떻게 장담해. 같이 자본 내가 그렇다면 그런 거지."

사실 수현이 그의 품으로 파고든 게 아니라, 그가 그녀를 꽉 끌어안고 잔 것이었다. 수현은 자는 내내 신기할 만큼 얌전했다. 대체 이 여자의 흐트러진 모습은 언제쯤 볼 수 있을까 궁금할 정도였다.

"같이 자본 지혁 씨가 그렇다면 그런 거겠죠."

지혁은 방금 전까지만 해도 당혹스러워하던 그녀가 왜 갑자기 순순히 인정하는 걸까 의아했다. 수현이 곧바로 그의 의문을 해소해 주었다.

"지혁 씨 잠 못 자게 하면 안 되니까 앞으로는 이런 일 없도록 할게요."

"그, 그건 좀 곤란한데……."

원치 않는 쪽으로 이야기가 흘러가자 난감해진 지혁이 그답지 않게 말을 더듬었다.

"나한테는 지혁 씨가 잠을 설치는 게 더 곤란해요."

"그게 사실……."

수현의 얼굴에 보일 듯 말 듯한 승리의 미소가 떠올랐다.

"출근 준비해야죠. 난 그만 건너갈게요."

"……."

그녀는 망연자실한 지혁을 지나쳐 방을 나왔다.

집으로 돌아온 수현은 아무도 없는 거실을 지나쳐 제 방으로 걸음을 옮겼다. 아침 7시가 조금 넘은 시간이라 아침잠이 많은 엄마와 제니가 거실에서 자고 있을 줄 알았는데 두 사람 모두 보이지 않았다. 반쯤 열려 있는 방문을 밀고 안으로 들어선 수현의 눈에 제니의 뒷모습이 들어왔다. 그녀는 제니가 이 방에서 대체 뭘 하는가 싶어 발소리를 죽이고 다가갔다. 제니는 책상 위에 놓인 지갑에서 돈을 꺼내고 있었다.

"손버릇이 나쁘구나?"

등 뒤에서 들려온 수현의 목소리에 흠칫 놀란 제니가 황급히 뒤를 돌아보았다.

"내가 남의 물건에 손대지 말라고 했지? 차라리 대놓고 달라고 해."

제니는 언제 놀랐는가 싶게 태연한 얼굴로 입을 열었다.

"돈 좀 줘, 언니."

수현은 제니가 얼마나 더 몰염치하게 구는지 보고 싶었다.

"얼마가 필요한데?"

"많이. 언니 돈 잘 번다며?"

"너 주려고 버는 거 아니야."

제니의 손에 들려 있던 오만 원짜리 지폐 두 장과 지갑을 빼앗은 수현은 지갑 안에서 만 원짜리 한 장을 꺼내어 내밀었다.

"내가 애야? 지금 나 놀려?"

"싫으면 관둬."

제니가 발끈하며 목청을 높이자, 수현은 담담한 얼굴로 내밀었던 만 원을 도로 지갑에 넣었다. 그리고 씩씩거리고 있는 제니를 향해 나직하게 경고했다.

"나 없을 때 내 방에 함부로 들어오지 마."

그 순간이었다.

"넌 언니가 돼서 동생한테 왜 그렇게 찬바람이 쌩쌩 부니?"

문을 향해 뒤돌아선 수현은 못마땅한 표정을 짓고 서 있는 보연에게 싸늘하게 되물었다.

"누가 제 동생이에요?"

"뭐?"

"정확히 짚고 넘어가요. 얘는 제 동생이 아니라 엄마랑 결혼하신 분의 딸이죠. 엄마의 딸이 됐는지는 몰라도 제 동생은 아니에요."

"그러니까 네 동생이지. 엄마랑 결혼한 사람이면 네 아빠나 마찬가지잖니."

수현의 입술 사이로 실소가 터져 나왔다.

"아빠요? 전 절대 데려오면 안 된다고 했다는 그 사람이 제 아빠요?"

보연은 미국으로 떠나면서 수현에게 사정이 있어서 데려가지 못하는 거라고 둘러댔었다. 언제가 됐든 꼭 데리러 오겠다는 약속의 말도 잊지 않았다. 하지만 수현은 진실을 알고 있었다.

"그 사람이 수현이는 절대 안 된다고 두고 오래. 네가 좀 맡아줘."

"언니가 다시 설득해 봐. 수현이 아직 엄마가 필요한 시기야."

"지금도 내가 많이 기우는 결혼인 거 몰라? 말하기 곤란해."

이모에게 딱 잘라 말하던 엄마의 목소리가 아직도 귓가에 아른거렸다. 그날, 열세 살의 수현은 이불을 뒤집어쓰고 많이도 울었다. 그리고 스물여덟 살이 된 지금까지 한 번도 울어본 적이 없었다.

"얼굴 한 번 본 적 없는 사람이 제 아빠인 줄은 몰랐네요."

수현이 알고 있으리라는 생각은 전혀 하지 못했던 보연은 당황한 나머지 저도 모르게 언성이 높아졌다.

"수현이 너, 엄마한테 꼭 이렇게까지 해야겠니?"

"배 아파 낳은 자식은 버려두고 남의 집 자식 금이야 옥이야 키워 놓고 이제 와서 저한테 엄마 노릇 하시려는 거예요?"

수현은 낳은 정보다 기른 정이 더 크다는 걸 엄마를 통해 알았다. 오 년 전에 엄마가 제니를 데리고 한국에 나왔을 때는 제니에게 잘해주려고 애썼다. 자신보다 나이도 어리고 친엄마가 교통사고로 돌아가셨다기에 안쓰러운 마음도 있었다. 하지만 엄마에게 사랑받는 건 자신이라는 걸 대놓고 과시하면서 안하무인으로 행동하는 것을 보고 생각을 고쳐먹었다. 수현은 그런 인성까지 품어줄 만큼 관대하지 않았다.

"수현아, 엄마도 그땐 어쩔 수 없었어……."

"엄마가 재혼한 게 섭섭했던 게 아니에요. 엄마는 젊고 예뻤으니까."

수현이 자신을 이해하는 듯한 뉘앙스를 풍기자 보연의 안색이 밝아졌다.

"그래도 그렇게까지 내팽개치지는 말지 그러셨어요. 형편이 넉넉지 않은 동생 집에 딸을 버리고 부잣집에 시집가셨으면 단돈 몇 푼이라도 도와주실 수는 없었어요? 열세 살 딸이 스스로를 밥만 축내는 존재라고 생각하지는 않게 해주셨어야죠."

그때, 제니의 코웃음 소리가 수현의 귓가에 스쳤다.

"왜 우리 아빠 돈을 탐내?"

수현은 고개를 돌려 제니를 바라보았다.

"왜 우리 아빠 돈으로 언니를 도와줘야 하는데?"

"제니!"

다급하게 달려온 보연이 그만하라는 듯 제니의 팔을 잡았다. 제니를 무표정한 얼굴로 보고 있던 수현이 담담하게 입을 열었다.

"그래. 피 한 방울 안 섞인 너희 아빠 돈을 탐냈던 내가 나빴어. 하지만 결과적으로 난 한 푼도 받은 적 없어. 그런데 넌 지금 내 집에서, 내 돈을 축내고 있네. 이건 어떻게 생각해?"

"……."

기세등등하던 제니가 아무 말도 하지 못하자, 수현의 시선이 보연에게 향했다.

"제니 데리고 나가세요."

"수현아."

당황해하는 보연을 보고도 눈도 깜빡하지 않은 수현은 제니에게 한 자, 한 자 힘주어 말했다.

"나가. 지금 당장."

수현이 진심이라는 것을 깨달은 보연이 벌컥 성을 냈다.

"얘가 갑자기 왜 이래? 어딜 가라는 거야, 지금?"

"어디 가실지는 마음대로 하세요. 그냥 이 집에서 나가주시기만 하면 돼요."

"호텔 갈 돈 없어, 얘."

수현은 당당하게 호텔을 언급하는 엄마가 놀랍지도 않았다. 그저 지금 두 사람이 제 눈앞에서 사라져 주기만을 바랄 뿐이었다. 그녀는 지갑에서 신용카드를 꺼내어 엄마에게 내밀었다. 쫓겨나는 순간이라는 것을 잊은 듯, 신용카드를 바라보는 보연의 얼굴에 은은한 미소가 감돌고 있었다.

보연과 제니가 짐을 챙겨서 수현의 집에서 나간 지 삼십여 분 뒤부터 결제 알림 문자가 시작되었다. 맨 처음은 택시였다. 다음은 호텔, 그리고 유명 브런치 카페를 거쳐 마사지 숍까지 다양하게 이어졌다. 수현은 두 사람의 동선을 알고 싶지 않아도 알 수밖에 없었다. 몇 시간 뒤 유명 의류 브랜드에서 백여 만 원이 결제되었다는 문자를 받은 순간 수현은 소리 내어 웃었다. 웃고 있어도, 그녀의 눈빛에 드리워진 허탈감은 숨겨지지 않았다.

보연과 제니는 빈틈없는 하루를 보냈다. 쉴 새 없이 돌아다녔지만, 오랜만에 기분 전환을 제대로 했다는 생각에 피곤하지도 않았다. 두 사람의 마지막 코스는 미용실이었다. 세 시간 가까이 걸린 염색과 클리닉을 마치고 결제를 기다리는데 계산대에 서 있던 직원이 받았던 카드를 도로 내밀며 물었다.

"정지된 카드입니다. 다른 카드 있으십니까?"

보연의 팽팽한 얼굴이 확 일그러졌다.

수현과 보연은 호텔 커피숍에 마주 앉았다. 수현이 태신과 맞선을 봤던 장소이자, 보연이 체크인한 호텔이었다.

"쓰라고 줘놓고 정지시키는 건 무슨 경우니?"

"그렇게까지 신이 나서 쓰실 줄은 몰랐거든요."

보연은 언짢은 감정을 노골적으로 드러냈지만, 수현의 표정은 담담하기 그지없었다.

"언제 들어가실 거예요?"

"빨리 들어가 버리라는 뜻이니?"

수현은 굳이 돌려 말하고 싶지 않았다.

"네. 빨리 들어가셨으면 좋겠어요."

"엄마도 빨리 들어가고 싶어. 근데 못 들어가."

"왜요?"

"사실 엄마 한국에 돈 구하러 나왔어. 빌린 돈이 좀 있는데 급하게 갚아야 할 상황이 됐거든……."

수현은 이모에게 들어서 알고 있었으면서도 아무런 내색도 하지 않았다. 엄마가 무슨 말을 하기 위해 말꼬리를 흐리는지 짐작이 갔기 때문이었다. 물론 수현의 짐작은 더할 나위 없이 정확했다.

"네가 좀 빌려줄래?"

기대감으로 충만한 보연의 얼굴을 물끄러미 보면서 수현은 생각했다.

'달라는 말이면서 왜 굳이 빌려달라는, 마음에도 없는 말을 하는 걸까?'

"엄마 지인들한테 다 부탁해 봤는데 형편이 되는 사람이 없네……."

'거짓말. 부탁할 수 있는 지인도 없으면서.'

수현은 제 입에서 무슨 말이 나올지 몰라 안절부절못하고 있는 보연에게 나직하게 물었다.

"얼마나 필요하신데요?"

"네가 융통할 수 있는 만큼."

보연은 수현이 가진 돈이 얼만큼인지 알 수가 없어서 선불리 금액을 제시할 수가 없었다.

"정확한 금액을 말씀해 보세요."

터무니없이 적은 금액을 말하면 큰 손해이니 여기서 말을 잘해야 했다. 하지만 보연은 히트곡이 많은 수현의 저작권료가 상당하리라고 짐작만 할 뿐, 그 상당하다는 게 어느 정도인지 감이 오지 않았다.

"한…… 이 억……?"

보연은 조심스럽게 액수를 말하면서 수현의 눈치를 살폈지만 도통 표정 변화가 없어서 수현이 무슨 생각을 하고 있는지 알 수가 없었다.

'너무 많이 불렀나?'

수현이 아무 말도 하지 않자, 조바심이 난 보연이 다시 물었다.

"이 억…… 없니?"

"있어요."

보연의 얼굴이 순식간에 환해졌다.

"정말?"

"근데 엄마한테는 안 드려요."

수현의 무미건조한 대답에 보연은 대놓고 인상을 찌푸렸다.

"돈 잘 버는 딸이 엄마가 곤란한 상황에 닥쳤는데 좀 도와주면 안 되는 거니?"

"재작년에 일 억 드렸잖아요."

물론 빌려달라는 엄마의 말을 믿은 건 아니었다. 그래도 열 달 동안 배 아파 낳아주었으니 그 보답을 한다는 생각에서 준 것이었다.

"……그건 그때고."

보연이 멋쩍게 수현의 시선을 피했다.

"엄마가 정말 절박하게 돈이 필요하셨다면 드렸을지도 몰라요."

"나 절박해!"

절박하다는 것을 보여주기라도 하려는 듯 보연의 목소리가 높아졌다.

"그런 분이 호텔에, 마사지 숍에, 쇼핑까지 참 여유롭게 즐기셨던데요?"

"그럼 방에 틀어박혀 있어야 하는 거니? 그럼 절박하다는 내 말, 믿어줄 거야?"

"그건 아니더라도 적어도 유유자적 놀러 다니지는 마셨어야죠."

"……."

보연은 자신이 생각해도 억지를 부리고 있다는 걸 알았다. 그래서 더는 받아칠 말을 찾을 수 없었다.

"이제 그만 미국으로 돌아가세요."

"수현아, 엄마는……."

수현은 간절한 표정으로 사정하는 보연의 말을 도중에 잘랐다.

"그래도 엄마니까, 낳아준 엄마니까…… 이제 그런 거 안 해요. 그만할래요."

그녀의 눈빛에서는 일말의 동요도 찾아볼 수 없었다.

보연은 말만 그렇게 했을 뿐, 수현이 못 이기는 척 돈을 줄 거라고 믿었다. 하지만 수현은 호텔 커피숍에서 헤어진 이후 아무런 연락도 없었다. 수현의 신용카드를 쓸 수 없었기에 숙소도 옮겨야만 했다. 보연은 5성급 호텔에서 저렴한 레지던스 호텔로 옮겨 며칠을 묵고 나서야 미국으로 돌아갈 결심이 섰다. 수현이 마음을 돌리지 않는다면 한국에 더 있어야 할 필요가 없기 때문이었다. 보연은 수현에게 전화를 걸었다.

"수현아, 엄마야."

[네.]

수현의 목소리는 혹시나 하는 기대를 가지고 있던 보연을 실망하게 하기 충분할 만큼 무뚝뚝했다.

"엄마 모레 미국 들어가."

[…….]

"이번에 들어가면 언제 또 나오게 될지 몰라. 다시는 안 나올 수도 있고."

[공항까지 제가 모셔다 드릴게요.]

"정말?"

예상치 못한 수현의 말에 보연의 안색이 밝아졌다. 그녀는 다시 기대감에 부풀기 시작했다.

보연과 제니는 레지던스 호텔 앞으로 데리러 온 수현의 차를 타고 인천 공항으로 향했다. 제니는 언짢은 기색이 역력한 얼굴로 침묵을 지켰고, 수현은 보연이 묻는 말에 짧게 대답만 할 뿐이었기에 차 안의 분위기는 냉랭하기 그지없었다. 보연은 수현이 혹시라도 무슨 말을 꺼내지 않을까 기다렸으나, 수현의 입에서는 별다른 말이 나오지 않았다. 출국 게이트 앞에서 헤어지기 직전, 수현은 보연을 가볍게 끌어안고 담담하게 입을 열었다.

"안녕히 가세요, 엄마."

보연은 그 말이 수현의 마지막 인사임을 직감했다.

결혼하자

수현과의 통화로 그녀가 십여 분 안에 도착할 거라는 걸 알게 된 지혁은 지하 주차장으로 내려갔다. 수현이 딱 잘라 거절했기에 공항에 함께 나가지는 못했지만, 단 몇 분이라도 빨리 그녀의 곁에 있어 주고 싶어서였다. 그는 아무렇지 않을 리 없는데 아무렇지 않아 하는 그녀가 애처로웠다. 몇 분 지나지 않아 수현의 차가 주차장으로 들어섰다. 지혁은 주차를 하고 차에서 내리는 수현에게 다가갔다.

"어머님은 잘 보내드렸어?"

수현이 말없이 고개를 끄덕였다. 사실 그녀는 마지막까지 마음이 흔들렸다. 이번이 정말 끝이라고 생각하고 엄마가 원하는 돈을 주는 게 옳은 걸까, 출국 게이트 앞에 서는 순간까지 고민했다. 하지만 그렇게 되면 또 같은 일이 반복될 것임을 알기에 이를 악물고 참았다. 엄마에게 인사를 건네고 뒤돌아서는데, 오래도록 짝사랑해 온 상대를 완전히 마음에서 떠나보내는 기분이 들었다. 그제야 엄마가 그립지 않은 척, 사랑받지 못해도 상관없는 척하며 자신을 속이고 살아왔다는 사실을 깨달았다. 수현은 오늘 생각보다 많이 아팠다.

"좀 걸을까?"

지혁의 미소 띤 얼굴을 보며 수현이 따라 웃었다. 그가 있어서 그나마 견딜 만했다.

"그래요."

지혁의 팔에 팔짱을 끼려는 순간, 그녀의 휴대폰이 울리기 시작했다. 발신자를 확인해 보니 모르는 휴대폰 번호였다. 수현은 고개를 갸웃거리며 통화 버튼을 눌렀다.

[송수현 씨 휴대폰인가요?]

젊은 여자의 목소리였다.

"네. 제가 송수현입니다. 누구시죠?"

[장선경이에요.]

"……."

들어본 적 없는 이름이었지만, 수현은 혹시 몰라 기억을 더듬었다. 그때 여자가 수현이 대번에 알 수 있는 설명을 덧붙였다.

[송재일 씨, 아내 되는 사람이에요.]

"……!"

수현은 오랜만에 듣는 이름 석 자에 흠칫 몸을 떨었다. 송재일…… 그녀의 아버지였다.

수현은 만나자는 선경의 제안을 받아들이고 전화를 끊었다.

"누구야?"

지혁은 전화를 걸어온 사람이 누구인지 짐작도 가지 않았다.

"아빠랑 바람나고, 살림 차리고, 임신하고, 마침내 결혼에 골인한 여자요."

"……."

당황한 나머지 할 말을 잃은 지혁과 달리, 수현은 그에게 처음으로 부모님에 관한 이야기를 했을 때만큼이나 차분하고 거침이 없었다.

"무슨 일로 만나자는데?"

"만나보면 알겠죠."

"왜 나가겠다고 했어?"

지혁은 수현이 무슨 생각을 하고 있는지 예측할 수가 없었다. 그녀의 입장이었다면 자신은 딱 잘라 거절했으리라.

"스무 살에 유부남과 바람난 여자가 그 남자의 딸에게 무슨 말을 하려는 건지 궁금해서요. 지혁 씨는 궁금하지 않아요?"

"어. 난 전혀 안 궁금해."

그는 다른 건 몰라도 들어서 기분 좋은 이야기가 아니리라는 것만큼은 확실히 알 수 있었다.

"걷자고 해놓고 내 마음대로 약속 잡아서 미안해요. 산책은 이따가 해요, 우리."

"나도 같이 가."

수현은 지혁이 왜 같이 가자는 건지 모르지 않았다.

"걱정할 거 없어요. 금방 갔다 올게요."

그는 오늘 같은 날 수현을 혼자 보내고 싶지 않았다. 눈앞에 두고 있는데도 왠지 모르게 불안하고 마음이 놓이지 않는데, 그녀 혼자는 절대 보낼 수 없었다.

"같이 가게 해줘."

수현은 지혁의 진지한 부탁을 거절할 수 없었다.

"같이 가요. 나 어차피 지혁 씨한테는 숨길 것도, 숨기고 싶은 것도 없어요."

그는 수현의 말이 듣기 좋았다. 본인에게는 치부일 수 있는 부분을 꺼내 보인다는 건 그만큼 자신을 가까운 사람이라고 인정해 주는 것일 테니 말이다.

'숨길 것도, 숨기고 싶은 것도 없다…….'

저도 모르게 그녀가 한 말을 곱씹고 있던 지혁의 귀에 수현의 듣기 좋은 목소리가 들렸다.

"오늘도 기사 해줄 거예요, 오빠?"

그가 정신을 차렸을 때, 그녀는 차 키를 흔들며 방긋 웃고 있었다. 지혁은 한 손으로는 차 키를 받아들고, 다른 한 손으로는 수현의 머리를 쓰다듬었다.

"말했잖아. 마음껏 쓰라고."

약속 장소는 차로 이십여 분 떨어져 있는 조용한 카페였다. 카페 안으로 들어선 수현은 주위를 휘둘러보았다. 얼굴을 본 적은 없지만 젊은 여자 혼자 앉은 자리를 찾으면 될 터였다. 그녀의 시선이 창가 자리로 향했을 때, 한 여자가 손을 들어 알은체를 해왔다. 수현은 지혁과 함께 그녀에게 다가갔다.

"장선경 씨?"

수현이 아빠의 아내인 자신에게 '씨'라는 호칭을 쓸 거라고는 생각지 못했던 선경의 미간이 살짝 좁아졌다. 하지만 수현은 아랑곳하지 않고 그녀의 맞은편에 앉았다. 선경은 수현의 옆자리에 앉는 지혁이 누군지 묻지 않았다. 막연하게 사촌 오빠가 아닐까 생각했다. 다시 시선을 옮겨 수현을 바라본 그녀가 말문을 열었다.

"어렸을 때 사진이랑 똑같네요. 우리 민이가 누나랑 많이 닮았어요."

선경과 재일 사이에 태어난 아들이자 수현에게는 배다른 남동생인

송민은 상간녀인 선경을 송씨 집안 안주인으로 만들어준 존재였다. 재일의 부모님은 아들을 원했고, 보연은 수현을 낳고 더는 아이를 낳을 수 없게 되었기 때문이었다.

"무슨 일로 보자고 하셨는지 용건을 듣고 싶은데요."

선경은 아무런 반응 없이 말을 돌려 버린 수현이 언짢았지만 꾹 참고 본론을 꺼냈다.

"민이 아빠가 몸이 많이 안 좋아요."

수현이 아무런 동요 없이 고개를 끄덕이자, 선경이 놀란 눈으로 물었다.

"알고 있었어요?"

"얼마 전에 이모에게 들었습니다."

사실 오늘 처음으로 알게 되었다고 해도 수현의 반응은 크게 다르지 않았을 거였다.

"그럼 돌릴 필요 없이 단도직입적으로 말할게요."

"하세요."

"신장 이식이 필요해요. 도와줘요."

무슨 의미인지는 굳이 물어볼 필요도 없었다. 만나서 할 말이라는 게 아빠의 건강 문제일 거라는 예상은 했지만, 수현은 이런 말이 나올 거라고는 미처 생각지도 못했다. 예상했던 것보다 더 최악이었다.

"수현 씨도 신장 이식이 가능한지 검사를 받아보면 좋겠어요. 혈연 간에는 확률이 아주 높대요."

숨을 깊게 들이마신 수현이 침착하게 말문을 열었다.

"검사를 받아서 이식이 가능하다는 결과가 나오면요?"

선경은 몰라서 묻느냐는 듯한 표정으로 대답했다.

"빨리 수술 날짜 잡아야죠."

"내가 왜요?"

"……."

"내가 왜 아빠한테 신장을 드려야 하나요?"

담담한 목소리와 달리, 수현의 눈빛에는 냉기가 감돌고 있었다. 하지만 선경은 물러서지 않았다. 이 정도로 포기하고 돌아갈 생각이었다면 처음부터 만나자는 말을 하지도 않았을 거였다.

"수현 씨 아빠잖아요."

"아, 십 년 동안 본 적 없던 아빠…… 지금까지 딸한테 생활비 한 번 안 보태주신 아빠 말씀하시는 거 맞죠? 그래도 아빠니까 신장 정도는 당연히 드려야 하는 거군요."

수현은 몰랐던 사실을 깨달았다는 듯 고개까지 끄덕여가며 빈정거렸다.

"그건 아빠 원망하지 말아요. 그 사람은 내 의견에 따라준 것뿐이에요."

"그게 무슨 말이죠?"

"내가 주지 말라고 했어요."

"아빠가 형편이 어려운 사람도 아니고…… 대체 왜요?"

수현에게 가장 힘들었던 건, 지역 유지나 다름없는 아빠가 자신이 어떻게 살든 말든 나 몰라라 했다는 사실이었다. 차라리 가난해서 보태줄 돈이 없는 형편이었으면 하고 바란 적도 있었다.

"돈이 문제가 아니라 그이가 전처와 전처 자식이랑 엮이는 게 싫었어요. 새 가정을 꾸렸으면 온전히 이쪽에 충실해야 한다고 생각했으니까요."

수현은 이런 내막이 있었다는 건 상상해 본 적도 없었다. 그러나 옆에서 누가 뭐라고 했건 간에 최종 결정은 아빠가 했다는 사실에는 변함이 없었으니 알게 되었어도 딱히 달라질 건 없었다.

"근데 이제는 엮이고 싶으신가 보네요?"

"수현 씨가 섭섭했다는 거 알아요. 이모네서 자랐다고 들었는데 먹고살 만한 집인 줄 알았어요. 미안해요. 앞으로는 내가 신경 쓸게요."

수현은 아무 말 없이 선경을 바라보았다. 사과만 하면 지금까지 있었던 일이 없었던 게 된다고 생각하는 건지, 신경을 쓴다는 게 이제 와서 생활비를 주겠다는 뜻인지, 여러모로 어이가 없을 뿐이었다.

"내가 얼마나 급하면 수현 씨한테 연락을 했겠어요. 좀 도와줘요."

"아빠 쪽 그 많은 친척들, 검사는 다 받아보셨나요? 큰아빠, 작은아빠, 고모들까지 다 안 된다고 해서 마지막으로 절 찾아오신 거겠죠?"

수현의 질문에 흠칫한 선경은 얼른 정신을 추스르고 변명을 늘어놓기 시작했다.

"다들 연세도 많으신 데다가 식구들도 반대하고……."

수현이 그녀의 말을 도중에 잘랐다.

"장선경 씨랑 장선경 씨 아드님도 물론 받아보셨을 거고요?"

"알잖아요. 우리 민이 아직 미성년자인 거. 그리고 난 아직 어린 민이를 돌보려면……."

"아, 그러니까 젊고 결혼도 안 해서 반대할 식구도 없는 제가 일 순위라는 거군요."

그때, 카페에 들어온 이후 한마디도 하지 않고 있던 지혁이 말문을 열었다.

"더 듣고 있을 필요 없을 것 같다. 그만 가자."

"수현이 사촌 오빠 되시나요?"

선경의 질문에 지혁이 싸늘한 어조로 답했다.

"수현이랑 사귀는 사이입니다."

"그럼 나서지 말아주세요. 이건 집안 문제예요."

지혁은 마음 깊이 후회하고 있었다. 수현이 이 자리에 나오겠다고 했을 때 막무가내로 우겨서라도 나오지 못하게 했거나, 말도 안 되는 이야기가 시작됐을 때 억지로 데리고 나갔거나 어느 쪽이라도 했어야 했다. 수현이 오늘 받은 상처를 얼마나 오래도록 가슴에 품고 살지 생각만 해도 화가 치밀었다.

"수현이 보호자는 이제 접니다. 제가 반대합니다."

"이것 보세요. 고작 사귀는 사이……."

"곧 결혼합니다."

"……."

선경의 입이 다물어지자, 지혁은 수현을 돌아보았다.

"가자."

순순히 일어선 수현은 선경을 무심한 눈으로 내려다보며 입을 열었다.

"저한테는 가장 마지막에 찾아오셨어야 했어요. 제가 조금 전에 말씀드린 사람들 모두 검사해 보고 다시 오세요. 물론 이식이 불가능하다는 검사 결과는 가지고 오셔야 할 거예요. 그럼 그때 다시 신중하게 생각해 보겠습니다."

마지막까지 흐트러짐 없는 표정으로 말을 마친 수현은 꼿꼿하게 걸어서 카페를 나갔다. 지혁은 한 발 뒤에서 그녀를 따랐다. 당혹스러운 상황에 맞닥뜨린 사람답지 않게 너무나 차분하고 당차서 대견하기까지 했다. 하지만 그는 이내 그것이 제 착각일 뿐이라는 걸 깨달았다. 가방을 들고 있는 수현의 손가락이 바르르 떨리고 있었다.

카페에서 나와 아파트에 도착할 때까지 두 사람은 아무 말도 하지 않았다. 지혁은 수현이 마음을 정리할 시간이 필요할 것 같아서 묵묵히 운전만 했고, 수현은 그의 배려를 조용히 받아들였다. 두 사람은 이제 침묵으로도 서로의 마음을 이해할 수 있었다. 현관 앞에 다다라서야 수현이 말문을 열었다.

"지혁 씨."

그는 몇 시간 사이에 부쩍 수척해진 그녀의 얼굴을 물끄러미 바라보았다.

"나 좀 혼자 있을게요."

지혁은 수현을 혼자 내버려 두고 싶지 않았지만 지금은 자신이 원하는 걸 할 때가 아니라, 그녀가 원하는 걸 들어줘야 할 때라는 걸 잘 알았다. 그래서 고집부리지 않고 고개를 끄덕였다.

"나 필요하면 언제든지 불러. 바로 올게."

"그럴게요."

그를 뒤로하고 집에 들어온 수현은 문을 닫자마자 맥이 풀려 버렸다. 필사적으로 붙들고 있던 무언가가 툭 하고 끊어져 버린 기분이었다. 상처받지 않기 위해 무심함이라는 벽을 쳤지만, 상처는 자신이 받고 싶지 않다고 피해갈 수 있는 게 아니라는 것만 깨달았을 뿐이었다. 그녀는 기대가 실망을 가져온다는 걸 알기에 어떤 것에도 기대를 갖지 않으려고 애쓰며 살아왔다. 그런데 오늘은 아무런 기대가 없었음에도 불구하고 실망을 넘어 절망을 느꼈다. 수현은 지혁의 눈에서 배어나던, 자신을 향한 연민을 떠올렸다. 그에게 숨길 것도, 숨기고 싶은 것도 없다고 했던 말을 취소하고 싶었다. 자신은 부모에게 사랑받는 존재가 아니라 쓸모 있는 존재일 뿐이라는 걸 확인받을 줄은 몰랐기에 할 수 있었던 말이었다. 그녀는 한 발자국도 움직일 기운이 없어서 벽에 몸을 기댄 채 한참을 서 있었다. 오늘은 수현에게 너무나 길고 고단한 하루였다.

지혁은 수현에게 연락이 올 거라는 기대를 하지 않았다. 부르라고 했고 그러겠다는 대답도 들었지만, 혼자서 삭이는 데에 익숙한 그녀는 자신을 부르지 않을 게 분명했다. 그런데 알면서도 기다려졌다. 그의 시선이 자꾸만 휴대폰으로 향했다. 그는 전전긍긍하며 몇 시간을 보낸 끝에 시은에게 전화를 걸었다. 수현이 지금 어떤지, 뭘 하고 있는지 걱정스러워서 더 이상 참을 수가 없었다. 괜찮다는 말이라도 들어야 안심이 될 것 같았다.

[여보세요.]

시은이 전화를 받자, 지혁은 거두절미하고 물었다.

"수현이 어때?"

[네? 뭐가요?]

당황한 목소리로 짐작건대 시은은 오늘 수현에게 무슨 일이 있었는지 모르고 있는 듯했다.

"지금 집 아니야?"

[나갔다가 방금 들어왔어요. 수현이가 전화 안 받아서 저한테 하신 거예요? 안 그래도 휴대폰도 두고 어딜 갔는지 궁금해하던 참이었는데.]

"수현이 집에 없어?"

심상치 않은 분위기를 감지한 시은의 목소리가 조심스러워졌다.

[네. 왜요? 무슨 일 있어요?]

"그건 나중에 수현이한테 들어."

[비도 오는데 어딜 간 거야…….]

시은의 혼잣말에 지혁이 반사적으로 거실 창을 향해 고개를 돌렸다. 언제부터 쏟아졌는지, 빗줄기가 창문을 세차게 두드리고 있었다. 다른 생각을 하느라 비가 오는 줄도 모르고 있었던 것이다.

"수현이 들어오면 나한테 연락 좀 해줘."

전화를 끊은 그는 곧장 밖으로 나갔다. 집에 앉아서 수현이 돌아오기만을 기다릴 수는 없었기에 무작정 나오긴 했지만 어디로 가야 할지 판단이 서질 않았다. 엘리베이터가 도착할 때까지 차분하게 생각을 정리한 지혁은 일단 지하 주차장으로 내려가기로 했다. 차를 가지고 나갔는지 아닌지에 따라 행동 방향을 결정해야 할 것 같아서였다.

수현의 차는 얌전히 주차되어 있었다. 차를 가지고 나가지 않았다는 건 멀리 가지 않았을 확률이 높다는 의미였다. 지혁은 아파트 단지 이곳저곳을 뛰어다니며 그녀를 찾았다. 우산을 쓰고 있는 게 무색하게 그의 온몸은 금세 빗물에 젖어버렸다. 하지만 수현을 찾는 데에 모든 신경을 집중하고 있는 그에게는 전혀 중요한 것이 아니었다. 지혁은 자신이 비를 맞고 있다는 인식조차 없었다. 아파트 단지를 샅샅이 뒤졌지만, 끝내 수현의 모습은 보이지 않았다.

지혁은 숨도 고르고 생각도 정리할 겸 아파트 입구를 향해 걷기 시작했다. 바깥으로 나가게 되면 수현과 길이 엇갈릴지도 모르니 최대한 가능성이 큰 방향부터 공략하는 게 나을 터였다. 함께 자주 가던 공원 쪽으로 가보기로 하고서 다시 속도를 내려던 그의 눈에 익숙한 인영이 들어왔다. 저 멀리서 터벅터벅 걸어오고 있는 건 분명 수현이었다. 그녀는 우산도 없이 세찬 비를 그대로 맞고 있었다.

"수현아!"

한달음에 달려간 지혁은 그녀를 그대로 감싸 안았다.

"어디 갔다 왔어?"

"그냥…… 답답해서요."

"우산도 없이 이게 뭐야."

수현은 그의 품에서 변명하듯 웅얼거렸다.

"나갈 때까지만 해도 안 왔어요……."

집에 있기가 답답해서 바람을 쐬려고 밖으로 나왔는데 갑자기 비가 쏟아진 것뿐, 의도하고 비를 맞으려던 건 아니었다. 일부러 비를 피하지 않고 천천히, 오래 걸었다는 건 지혁에게 말하지 않기로 했다.

"옷이라도 따뜻하게 입고 나가지. 감기 걸리겠다."

그는 호들갑을 떨지도, 왜 사람을 걱정시키느냐고 언성을 높이지도 않았다. 그저 내가 여기 있다고, 너한테는 내가 있다고 말하는 듯 그녀를 더 꽉 끌어안았다. 수현은 그에게 온몸을 맡겼다. 코끝을 스치는 그의 체취가 심신을 안정시켜 주는 것 같았다. 수현의 몸이 차갑다는 걸 뒤늦게 알아차린 지혁은 그녀를 황급히 아파트 입구로 이끌었다. 십일월 중순, 비가 오는 밤은 겨울 못지않게 추웠다.

"시은이한테 너 집에 없다는 얘기 듣고 걱정했어."

"걱정시켜서 미안해요……."

"꽁꽁 얼었다. 얼른 올라가자."

수현이 걸음을 재촉하는 그의 팔을 잡아 멈춰 세웠다.

"호영 오빠…… 집에 있어요?"

"있어."

수현의 얼굴에 아쉬움이 스쳤다. 지혁은 그녀가 지금 자신과 단둘이 있고 싶어 한다는 사실을 알 수 있었다. 시은과 호영이 집에 있어서 양쪽 집 어디로도 갈 수 없다면 지금 갈 만한 데는 한 곳뿐이었다.

"차로 가자."

두 사람은 지하 주차장에 세워놓은 지혁의 차로 향했다. 수현을 뒷자리에 태우고 옆에 따라 앉은 지혁은 히터를 틀고 차 안을 두리번거렸다. 하지만 아무리 둘러본들 차 안에 수건 같은 게 있을 리가 없었다.

"잠깐 기다려. 올라가서 덮을 거라도 가져올게."

수현이 간절한 눈으로 고개를 저었다. 지금 그녀에게 필요한 건 덮을 게 아니라 그였다. 품이 따뜻한, 눈빛은 더 따뜻한 류지혁이라는 남자였다. 지혁은 고개를 끄덕이고서 수현이 입고 있는 젖은 카디건을 내려다보았다. 얼마나 비를 맞았는지 흠뻑 젖어서 몸에 달라붙어 있었다.

"일단 벗자."

체온이 더 내려가기 전에 젖은 옷을 벗기는 게 그가 지금 할 수 있는 최선이었다.

"……벗어요?"

그는 당황한 수현을 아랑곳하지 않고 직접 그녀의 카디건을 벗겨냈다. 안에 받쳐 입은 민소매 티셔츠도 젖은 건 마찬가지였지만, 팔까지 감겨 있는 카디건을 입고 있는 것보다는 낫겠다 싶어서였다.

"왜 이렇게 얇게 입고 다니는데……."

상처 입은 작은 새처럼 오들오들 떨고 있는 그녀를 안타까운 시선으로 바라본 그는 그녀의 카디건을 뒤편으로 밀어놓고 얼른 자신이 입고 있던 스웨터를 벗었다. 스웨터는 젖었어도, 그나마 우산을 쓰고 있었던 덕분에 안에 입고 있던 반소매 티셔츠는 젖지 않은 상태였다. 그는 망설임 없이 티셔츠까지 벗었다. 그러고는 휘둥그레진 눈을 깜빡거리고 있는 그녀에게 벗은 티셔츠를 입혔다.

"팔 빼지 마."

지혁은 본능적으로 팔을 빼려고 꿈틀거리는 수현을 와락 끌어안았다. 온기가 가득한 티셔츠에 그의 품이 이중으로 감싸자, 수현의 떨림이 잦아들었다. 하지만 이대로 있을 수는 없었다.

"누가 보면 어쩌려고 이래요……."

수현이 그의 품에서 몸을 바르작거렸다. 지나가다가 누가 보기라도 하면 큰일이었다. 그냥 안고 있는 것만 봐도 눈살을 찌푸릴 게 뻔한데, 심지어 그는 상의를 탈의한 채였다. 따뜻하게 해주려는 순수한 의도 같은 건 두 사람만 알 뿐, 남들이 보기에는 차 안에서 이상한 짓을 하는 것으로밖에 보이지 않을 거였다.

"선팅 진해서 잘 안 보여. 위치도 사람들 많이 안 오는 데고."

지혁은 엘리베이터와 가까운 곳에 주차할 곳이 마땅치 않아 외진 곳에 주차해 둔 게 이렇게 도움이 될 거라고는 생각하지 못했다. 그도 사람들의 왕래가 잦은 곳이었다면 이렇게까지는 하지 않았을 거였다. 자신은 별 상관없지만, 수현까지 함께 욕을 먹게 할 생각은 없었다.

"그래도……."

"나 시력 좋아. 누구라도 보이면 바로 떨어질 테니까 걱정하지 마."

그제야 긴장을 푼 수현은 지혁에게 몸을 기대고 스르르 눈을 감았다. 그의 품은 평온하고 따뜻했다. 이가 딱딱 부딪칠 만큼 추울 때는 뇌 속까지 얼어붙은 것처럼 아무 생각도 들지 않았는데, 추위가 가시고 나니 다시 이런저런 생각들이 머릿속을 가득 메웠다. 그녀는 그에게 안긴 자세 그대로 누구에게도 해본 적 없는 말을 시작했다.

"난 남들한테는 없는 게 참 많아요. 아빠의 아내, 엄마의 남편…… 아 참, 동생들도 있지……."

지혁은 그녀의 말을 듣기만 했다. 혼자서 끙끙 앓지 말고 이렇게라도 입 밖으로 꺼내놓고 훌훌 털어버리길 바라는 마음에서였다.

"내가 가진 게 많아서 그런가? 다들 나한테 뭘 달래요."

수현의 눈에는 초점이 없었다.

"난 아무것도 달라고 하지 않았어요. 울지도 않고, 불평도 하지 않고 그냥 있었어요. 그런데 이제 와서 엄마니까, 아빠니까…… 그럼 난 뭐든지 줘야 하는 거예요? 돈도 주고…… 장기도 주고…… 낳아줬으니까……."

지혁은 그녀의 머리카락에 입을 맞췄다. 이 가여운 여자가 더는 상처받지 않기를 바라는 마음을 담아 다정하고 또 다정하게 그녀의 등을 쓸어내렸다. 그런데 수현이 갑자기 몸을 뒤로 뺐다.

"그게 모든 걸 가능하게 하는 이유가 되나? 된다고 생각해요?"

"안 돼."

지혁은 자신을 똑바로 쳐다보며 묻는 그녀에게 단호하게 고개를 저었다.

"안 되죠?"

다시 그의 품으로 파고든 수현은 혼잣말처럼 중얼거렸다.

"근데 나 왜 이렇게 기분이 거지 같지? 왜 죄책감이 느껴지지……?"

매정하게 엄마를 떠나보냈고, 아프다는 아빠의 사정을 듣고도 덤덤하게 넘겼다. 스스로에게 괜찮다고 끊임없이 암시를 걸었지만, 사실은 하나도 안 괜찮았다. 괜찮은 척하려 해도 더는 할 수가 없었다.

"그런 생각 하지 마. 넌 잘못한 거 없어."

"그렇죠? 나 잘못한 거 없죠?"

다짐받듯 재차 되묻는 수현에게 지혁은 그 어느 때보다 힘주어 말했다.

"없어."

수현이 작게 고개를 끄덕이자, 그가 다시 한 번 못을 박았다.

"넌 내 말만 믿으면 돼."

"믿어요. 믿는데……."

얹혀사는 처지에 징징대면 안 된다고, 어른스럽게 행동해야 한다고 다짐하며 살다가 어느새 우는 법을 잊어버렸던 그녀의 눈에서 굵은 눈물방울이 뚝 떨어졌다. 처음엔 눈물이 나는 줄도 몰랐다. 슬프지 않은데 왜 눈물이 나는지 모를 일이었다. 수현은 십오 년 만에 처음으로 울었다. 그동안 쌓아두었던 눈물이 한꺼번에 터져 나온 것처럼 펑펑 울었다. 지혁은 그런 그녀에게 울지 말라고 하지 않았다.

"울어. 참지 말고 울어도 돼……."

그는 이 가냘픈 여자가, 힘주어 안으면 깨져 버릴 것 같은 여자가 그동안 얼마나 마음에 상처를 입고 살아왔는지 느껴져서 가슴이 먹먹했다. 지혁은 수현이 감정을 내보이길 주저하며 새로운 인연을 만들길 꺼린 이유를 지금까지는 머리로 이해했다면 오늘은 가슴으로 이해할 수 있었다. 그는 살면서 누군가의 감정에 제 감정을 이입해 본 적이 없었다. 그런데 오늘은 달랐다. 수현의 마음이 고스란히 전해져서 마치 자신이 겪은 일처럼 괴롭고, 허탈하고, 야속했다. 그 순간, 그의 머릿속을 떠다니던 생각이 말로 터져 나왔다.

"결혼하자."

제 어깨에 기대어 있던 수현이 고개를 들자, 지혁은 다시 한 번 말했다.

"결혼하자, 수현아."

첫 번째는 저도 모르게 튀어나온 말이었지만, 두 번째는 신중하게 생각해서 한 말이었다. 하지만 수현에게는 전혀 신중해 보이지 않는다는 게 문제였다.

"어디…… 아…… 파요……?"

수현은 눈물범벅이 된 얼굴로 간신히 입술을 달싹였다.

"아니. 멀쩡해."

그녀의 눈에서 흐르던 눈물은 어느새 멈춰 있었다. 너무나 당혹스러운 말을 들어서 다른 생각과 행동을 할 겨를이 없었다.

"그럼…… 즉흥적인 성격이에요?"

수현이 그렇게 물은 건 정말로 그가 즉흥적인 성격이라고 생각해서가 아니라 마땅히 다른 표현이 생각나지 않았기 때문이었다.

"아니. 삼십 년 넘게 사는 동안 이렇게 중차대한 일을 두고 즉흥적으로 행동해 본 적 없어."

"그럼 오늘이 처음이겠네요."

"아니. 신중하게 생각하고 한 말이야."

지혁은 '아니'라는 말을 세 번이나 되풀이했다. 말도 안 된다는 반응을 보이는 수현에게 말이 된다고 분명히 알려주고 싶어서였으나, 그녀는 설득당하지 않았다.

"갑자기 무슨 결혼이에요. 우리 만난 지 고작 두 달밖에 안 됐어요."

그가 선경의 앞에서 곧 결혼할 거라는 말을 한 건 자신을 감싸주려는 의도였음을 알고 있었기에 대수롭지 않게 넘길 수 있었다. 그런데 지금은 그럴 수 없었다. 지혁은 분명 진심이었다.

"얼마나 만났는지가 중요해?"

"……."

당혹스러운 마음에 들먹인 핑계였을 뿐, 사실 그녀도 누군가에게 빠져드는 데에 얼마나 오래 만났는지가 중요하다고 생각하지는 않았다. 만난 지 두 달밖에 안 됐어도, 수현은 그를 마음 깊이 신뢰하고 좋아했다. 그렇지만 결혼은 엄연히 다른 문제였다. 게다가 다른 날도 아니고 오늘 같은 날 결혼하자는 건 동정으로밖에 볼 수 없었다. 수현의 앙다문 입술이 열릴 생각을 하지 않자, 지혁이 말문을 열었다.

“그동안 만났던 여자가 몇 명 돼. 제일 오래 만난 건 육 개월 정도였던 것 같아.”

“지혁 씨가 누굴 얼마나 오래 만났는지 듣고 싶은 마음 없어요.”

수현은 느닷없이 본인의 연애사를 털어놓는 그에게 딱 잘라 말했다. 자신을 만나기 전이었다고는 해도 그가 다른 여자와 만났다는 건 듣기 좋은 이야기는 아니었다. 이름도, 얼굴도 모르는 여자를 질투하고 싶지 않았다.

“그래도 들어.”

귀를 막는다고 해서 안 들릴 리도 없고, 이대로 차에서 내릴 수도 없으니 듣는 수밖에 없었지만 수현은 못마땅하다는 의미로 눈을 내리깔았다.

“근데 누구를 만나면서도 결혼하고 싶다는 생각을 해본 적 없었어, 단 한 번도. 근데 네 말마따나 만난 지 고작 두 달 된 너랑 결혼하고 싶어. 그럼 된 거 아니야?”

지혁은 복잡한 심경이 드러난 수현의 얼굴에서 시선을 떼지 않으며 말을 이었다.

“사계절은 만나봐야 한다는 말 들은 적 있어. 일 년 후에 결혼하자고 하면 승낙할 거야? 그럼 기다릴게.”

수현은 말도 안 된다는 식으로 반응할 게 아니라 진지하게 제 의사를 밝히는 게 이 어이없는 상황을 빨리 끝낼 수 있는 최선이라고 판단했다.

“아니요. 기다리지 말아요. 난 결혼 같은 거 안 해요.”

“수현아.”

그녀는 지혁의 목소리에 담긴 애틋함을 모른 척하며 냉랭하게 물었다.

"왜 하필이면 오늘이에요?"

"……."

"왜 지금 갑자기 결혼 얘기를 꺼내는 건지 묻는 거예요."

지혁은 수현이 왜 날 선 반응을 보이는지 모르지 않았다. 타이밍이 좋지 않았다는 것도 인정했다. 그래서 솔직하게 말하는 게 더 낫겠다는 생각이 들었다.

"집안 문제라고 나서지 말라잖아. 내가 나설 자격이 안 된다잖아. 그래서 갖추겠다고, 그 자격."

예상했던 대로 오늘 선경과의 만남이 시발점이었다는 사실을 확인받은 수현은 씁쓸해졌다. 그의 마음이 어떤지 알기에 더 받아들일 수 없었다.

"그래서 안 해요. 동정하지 말아요."

"내가 동정으로 결혼을 결심할 만큼 측은지심이 있는 놈으로 보여? 네가 힘든 게 싫고, 네가 내 앞에서만 울었으면 좋겠고, 너 아니면 결혼 생각 같은 거 없어. 그래서 결혼하자는 거야."

지혁은 그녀의 두 손을 모아서 제 손으로 감쌌다.

"너에 대한 내 마음을 깨닫기 시작했을 때부터 난 너와의 결혼을 생각했어. 오늘 일이 없었다고 해도 가까운 시일 내에 결혼하자고 했을 거야. 그 시기가 아주 조금 빨라졌을 뿐이야."

"……."

그의 깊고 진실한 눈빛에 마음이 약해진 수현의 말문이 막혔다.

"난 누가, 혹여 그게 네 부모님이라고 해도 널 흔드는 게 싫어. 아무도 널 못 건드리게 하고 싶어. 네 아빠, 엄마, 남편, 다 내가 할게. 그렇게 할 수 있게 해줘."

그녀는 심장이 쿵 하고 떨어져 내리는 기분이었다. 가족이 되어주겠다는 그가, 자신을 지켜주겠다는 그가 고마웠다. 하지만 지금 이 순간의 감정이 진실하다고 해도 사람의 감정은 언제 변할지 모른다는 걸 알기에, 지혁의 청혼을 받아들일 수 없었다.

"다시 한 번 확실히 말할게요. 난 결혼 안 해요."

여기서 더 밀어붙이면 수현이 아예 자신과 거리를 둘지도 모른다고 생각한 지혁은 한발 물러서기로 했다. 굳건했던 그녀가 자신에게 마음을 열었던 것처럼 조금 더 노력하며 기다리면 청혼을 받아들일 것이라고 믿기 때문이었다.

"그래. 일단 알았어."

수현은 상심한 듯한 지혁의 얼굴을 보니 갑자기 그에게 미안해졌다.

"미안해요……."

"내가 더 미안해."

지혁은 가뜩이나 힘든 그녀를 괴롭힌 것 같아 오히려 미안했다. 사과를 주고받은 두 사람은 아무 말 없이 서로의 눈을 응시했다. 그 고요한 분위기를 깬 건 지혁의 웃음소리였다.

"큭……."

그가 난데없이 웃음을 터뜨리자, 수현의 고개가 갸우뚱 기울었다.

"왜 웃어요?"

"우리 지금 되게 심각한 얘기 하고 있었던 거 맞지?"

그녀는 그제야 그가 뭘 보고 웃는 건지 알아차렸다.

"진작 말해주지!"

빽 소리를 지른 수현은 황급히 티셔츠 소매에서 팔을 빼며 머릿속으로 제 모습을 그려보았다.

'누에고치처럼 보였을까? 설마 두루마리 화장지를 온몸에 두르고

있는 것처럼 보이지는 않았겠지?'

사실 어느 쪽이든 흉하기는 매한가지였다. 도도하고 당차게 청혼을 거절하면서 이런 꼴을 하고 있었다니…… 얼굴이 화끈거렸다.

"……그만 올라가요."

그러고 보니 팔을 뺄 일이 아니라, 벗어야 하는 거였다. 밖으로 뺀 팔을 다시 안으로 집어넣고 티셔츠를 벗은 수현은 지혁의 어깨 너머로 시선을 돌렸다.

"옷 주세요."

지혁은 그녀가 눈으로 가리키는 카디건을 집어주는 대신 제 스웨터를 수현의 머리 위로 씌웠다.

"젖은 거 도로 입으면 감기 걸려. 그나마 이게 덜 젖었다."

수현은 반항하지 않고 그가 하는 대로 내버려 두었다. 마치 어린아이 다루듯 조심조심 그녀에게 옷을 입힌 그는 흡족한 얼굴로 수현이 벗어둔 제 티셔츠를 도로 입었다.

"그것만 입고 나가게요? 추운데."

"괜찮아. 안 추워."

"아쉬운 대로 내 카디건이라도……."

그녀의 농담에 지혁이 눈을 부라렸다.

"혼날래?"

저 작은 옷을 지금 누구보고 입으란 말인가. 게다가 카디건은 분홍색이었다. 그걸 입는다는 상상만으로도 끔찍했다. 웃음을 참는 수현을 못 본 척하며 차에서 내린 지혁은 반대쪽으로 걸어가 차 문을 열었다.

"내리자."

수현은 그가 내민 손을 잡고 차에서 내렸다. 지혁은 평소에도 말만 무심하지 행동은 전혀 그렇지 않았다. 그런데 오늘은 그보다도 더해서, 흡사 바람 불면 날아갈까 걱정하는 사람처럼 굴고 있으니 그녀로서는 멋쩍지 않을 수 없었다. 수현은 그가 이끄는 대로 따라 걸으면서 조심스럽게 말했다.

"지혁 씨, 나 좀 부담스러운데……."

"혼자 비 맞고 다닌 벌이야. 부담스러워도 참아."

"……."

벌이라고 하기엔 그는 너무나 친절하고 다정했다. 물론 그런 걸 별로 좋아하지 않는 수현에게는 충분히 벌이 되었지만 말이다. 지혁은 수현을 현관 앞까지 에스코트하면서 계속 그녀의 상태를 살폈다. 조금 나아졌나 했더니 오히려 아까보다 더 추워하는 것 같았다. 입술은 새파랬고 몸을 사시나무 떨듯 떨고 있었다.

"병원 가자."

"괜찮아요. 이 정도로 병원 가면 왜 왔냐고 욕먹어요."

"누가 욕하면 내가 두 배로 욕해줄게."

수현은 심각한 표정을 짓고 있는 그를 보며 피식 웃었다.

"점점 넉살이 느는 거 알아요?"

"진담이야."

그라면 본인의 말을 실행에 옮길 수도 있을 것 같다는 생각이 든 그녀는 얼른 말을 돌렸다.

"좀 추운 것뿐이에요. 따뜻한 물에 샤워하고 자면 돼요."

수현은 재차 그를 안심시키고 집으로 들어갔다. 그녀가 지혁의 고집을 아는 것처럼, 그도 수현의 고집을 알기에 더는 권하지 않았다. 지혁은 걱정스러운 얼굴로 닫힌 문을 물끄러미 바라보다가 몸을 돌렸다.

문이 열리는 소리를 듣고 달려온 시은이 수현을 보고 눈을 크게 떴다.

"이 물에 빠진 생쥐는 뭐야."

수현은 아무 말도 못 들은 척 욕실로 걸음을 옮겼다. 시은이 그녀의 옆을 바짝 따라붙으며 쉴 새 없이 조잘거렸다.

"어디 갔다 와? 무슨 일 있었어? 지혁 오빠가 너 들어오면 연락해 달라고 했어. 되게 걱정하는 거 같던데 전화부터 해주는 게 어때?"

"만났어."

수현의 얼굴을 연신 흘끔거리던 시은이 욕실 문 앞을 가로막았다.

"너 울었냐? 지혁 오빠랑 싸웠어?"

"울기는. 물에 젖어서 불은 거야."

누가 봐도 울었다는 걸 알 수 있을 만큼 눈이 부어 있는데도, 수현은 어이없는 핑계를 댔다.

"눈만?"

"어. 눈만."

시은은 무슨 일이 있었던 건지 묻고 싶은 마음이 굴뚝같았으나, 더 이상 채근하지 않기로 했다.

"궁금해 죽겠다만 모른 척 해주겠다. 난 눈치 빠른 여자니까."

"내가 그거 하나 때문에 여태 너를 보고 산다."

수현은 문 앞을 막고 서 있는 시은을 옆으로 밀고 욕실 안으로 들어가 버렸다. 시은은 눈치 빠르다고 우쭐댔던 것이 무색하게 수현이 한 말이 칭찬인지 욕인지 파악하기 위해 열심히 머리를 굴려야만 했다.

다음 날, 지혁은 일요일임에도 불구하고 급하게 재판 준비 서면을 작성할 일이 생겨서 사무실에 나왔다. 밤새 수현이 걱정됐지만 자는 걸 깨울까 봐 연락하지 못했다. 정오까지 기다려 보고 연락이 없으면 전화를 걸어볼 참이었다. 그런데 11시가 조금 지났을 때쯤, 시은에게 전화가 걸려왔다.

[오빠, 시은이에요.]

지혁은 왠지 모를 불길함을 감지했다.

"수현이한테 무슨 일 있어?"

[수현이가 좀 아픈 것 같아요.]

"……."

둘러업고서라도 병원에 데려갔어야 했다는 후회가 밀려든 지혁이 일순간 말을 잃었다.

[확실치는 않아요. 전 아침 일찍 일하러 나왔거든요. 어제 비 맞고 들어온 게 걱정돼서 좀 전에 전화를 해봤는데 목소리가 많이 안 좋더라고요. 오빠는 어디세요?]

"사무실."

[일요일이라 집에 계시면 좀 건너가 보시라고 전화한 건데 안 되겠네요. 호영 오빠는 집에 있나…….]

"아니야. 내가 갈게. 끊자."

삼십 분도 채 걸리지 않아 아파트에 도착한 지혁은 1202호의 초인종을 눌렀다. 하지만 아무런 반응이 없었다. 두 번, 세 번, 아무리 눌러도 수현이 나오지 않자, 그는 시은에게 전화를 걸었다.

"수현이가 문을 안 열어. 비밀번호 좀 알려줘."

그는 시은이 불러준 비밀번호를 누르고 문을 열었다. 집 안에는 무거운 정적만 감돌고 있었다. 급하게 신발을 벗고 올라가 거실 쪽으로 몸을 튼 지혁이 뭔가를 발견하고 우뚝 걸음을 멈췄다. 그의 눈에 들어온 건 거실 바닥에 쓰러져 있는 수현이었다.

"수현아!"

지혁은 그녀에게 달려가 무릎을 굽히고 앉았다. 온몸이 불덩이 같았고 낯빛은 창백했다. 문을 열어주러 나오다가 기절한 듯, 정신을 차리지 못하고 있었다. 그는 수현을 번쩍 안아 들었다. 원래도 마른 편이었지만, 최근 들어 더 핼쑥해진 그녀는 마음이 아플 만큼 가벼웠다. 지혁은 초조함이 묻어나는 얼굴로 다급하게 집을 나섰다.

수현은 흉부 엑스레이 촬영과 혈액 검사를 통해 폐렴 진단을 받고 병원에 입원했다. 고열과 기침, 근육통으로 초주검 상태이던 그녀가 웬만큼 컨디션을 회복한 건 항생제 투여를 시작한 지 만 이틀이 지났을 무렵이었다. 수현의 옆에 앉아 있던 지혁은 침대에 누워 수액을 맞고 있는 그녀의 이마를 짚어보며 고개를 갸웃거렸다.

"열이 좀 올랐나?"

수현은 간호사를 부르러 나가려고 일어서는 그의 팔을 붙잡았다.

"지혁 씨……."

지혁은 제 이름이 불린 것만으로도 그녀가 무슨 말을 하려는 건지 알고 있었다. 간호사가 열을 재고 나간 지 채 삼십 분도 되지 않았다는 말을 하려는 것일 터였다.

"아까는 아까고 지금은 지금이지."

수현은 볼멘소리를 중얼거리면서도 자신을 걱정스럽게 내려다보고 있는 그를 향해 엷게 웃어 보였다.

"나 이제…… 괜찮아요……."

그녀의 목소리는 기운이 없는 건 둘째 치고, 잔뜩 갈라져 있었다.

"얼굴부터 목소리까지 괜찮은 구석이 한 군데도 없는데 괜찮기는."

지혁이 이렇게 툴툴거릴 수 있는 건 조금 전 회진을 돌던 의사로부터 수현이 열도 많이 내렸고 빠르게 좋아지고 있다는 말을 들었기에 가능한 것이었다. 그녀가 정신을 차리지 못하고 있는 동안, 그는 굳은 표정으로 수현을 지켜보는 것밖에 하지 못했다. 지혁은 말이 나온 김에 참고 있던 불만을 터뜨렸다.

"넌 너무 독립적이야."

독립적이라는 말은 칭찬으로 사용되는 게 일반적이었다. 하지만 수현은 지혁의 꿈틀대는 눈썹과 좁아진 미간으로 미루어 짐작할 수 있었다. 그는 지금 그게 불만이라는 의미였다. 표정과 말이 따로 놀고 있으니 어느 장단에 춤을 춰야 할지 종잡을 수가 없었지만, 그녀는 일단 가장 궁금한 것부터 물어보기로 했다.

"의존적인 여자…… 좋아해요?"

"아니. 딱 질색이야."

"……."

수현은 그의 모순적인 말을 어떻게 받아들여야 할지 막막했다. 독립적인 것도 싫고, 의존적인 것도 싫다면 대체 뭘 어쩌라는 건지 난감할 따름이었다. 그녀의 의문에 지혁이 답을 해주었다.

"독립적인 네가 나한테는 의존적이 됐으면 좋겠어."

수현은 뭘 어떻게 해야 의존적이 되는 건지 감이 잡히지 않았다. 그렇게 살아본 적이 없으니 모르는 게 당연했다.

"……어렵네요."

한숨을 내쉬는 그녀에게 지혁이 명쾌한 방법을 알려주었다.

"쉬워. 힘들 때, 아플 때 날 부르면 돼."

그의 말은 결국 연락도 없이 혼자 나가서 비를 맞고 다닌 것과 열이

펄펄 끓는데도 자신을 부르지 않은 것에 대한 불만이었다. 무슨 일이 있을 때 누군가를 부른다는 게 익숙하지 않은 수현은 그러겠노라고 선뜻 확답할 수가 없었다.

"잘 될지 장담할 수는 없지만…… 노력해 볼게요."

지금 당장은 그것이 그녀의 최선이라는 걸 알기에 지혁은 수현을 더 다그치지 않고 화제를 돌렸다.

"언제부터 아팠어?"

정신을 차리지 못하고 끙끙 앓는 환자에게 물어볼 수 없어서 미뤄 뒀던 질문이었다.

"새벽쯤이었나……."

"집에 약 없어? 정신을 잃을 때까지 무식하게 버티기만 한 거야?"

수현이 못마땅한 표정을 짓고 있는 지혁에게 눈을 흘겼다.

"안정을 취해야 하는 환자한테…… 무식하다고 한 거예요, 지금?"

쉰 목소리가 제 귀에도 듣기 싫긴 했지만, 수현은 말을 하는 데 큰 무리는 없어서 천천히 제 할 말을 마쳤다. 그래도 아직 완전히 회복한 게 아니라 말을 많이 하면 숨이 찼다.

"넌 몸의 안정만 취하면 되니까 정신교육은 해도 돼."

"치…… 자기가 의사야……."

그녀는 혼잣말처럼 구시렁거리고서 해명하듯 말을 이었다.

"한숨 자고 일어나면 괜찮을 줄 알았는데 안 괜찮았어요. 시은이가 집에 있었다면 약이라도 챙겨줬겠지만, 하필이면 나가는 바람에……."

지혁이 인상을 찌푸리자, 수현의 눈이 가늘어졌다.

"설마 나 아픈 것도 모르고 나간 시은이한테 뭐라고 할 건 아니죠?"

"뭐라고 하지는 않을 거지만, 뭐라고 하고는 싶어."

"나 언제 아플지 모르니까 시은이한테 꼼짝 말고 집에만 있으라는 말이에요?"

수현이 어이없다는 듯 되묻거나 말거나 그는 당당했다.

"그건 아니지만, 같이 사는 사람에 대한 최소한의 주의 의무와 보호 의무는 소홀히 하지 말아야지."

"지금 본인이 말도 안 되는 걸 우기고 있다는 건 알죠?"

"알아."

모를 리가 있겠는가. 그도 엄연히 사리분별을 할 수 있는 사람이었다. 다만 수현의 상태가 심상치 않다는 걸 알면서 병원에 데려가지 않고 그냥 집으로 들여보낸 자신에게 화가 나서 괜히 애꿎은 시은을 끌어들인 것뿐이었다. 지혁은 어처구니없을 만큼 당당한 대답도 모자라 한마디 덧붙였다.

"그래서 뭐라고 하지는 않을 거라고 말했잖아."

수현이 헛웃음을 쳤지만, 그는 전혀 위축되지 않았다.

"네가 나랑 같이 살았다면 이번처럼 혼자 앓는 일은 없었을 거야."

이야기가 이상한 쪽으로 흐를 기미가 보이자, 수현은 비실비실 자리에서 몸을 일으켰다. 지혁이 얼른 그녀를 부축했다.

"왜 일어나?"

"화장실 가고 싶어요."

그는 수액을 빼서 수액거치대에 끼우고 수현을 향해 허리를 굽혔다. 제 목에 팔을 두르라는 의미였다.

"나 다리 다친 거 아니에요. 걸어갈 수 있어요."

하정이 간호사로 일하고 있는 병원에 입원한 수현은 지금까지 하정이 병실에 들르면 그녀의 부축을 받아 화장실에 다녀오곤 했다. 지혁이 자신이 데려다줄 테니 화장실에 가고 싶거든 주저하지 말고 말하라고 했지만, 그가 화장실 근처를 서성이고 있을 걸 생각하니 차마 입이 떨어지지 않았던 것이다. 그런데 지금은 열이 많이 내려서 혼자 움직여도 무리가 없으니 굳이 도움을 받지 않아도 될 것 같았다. 하지만 그건 수현의 생각일 뿐, 지혁은 그렇게 생각하지 않았다. 그는 기력을 차리지 못한 그녀가 쓰러지기라도 할까 봐 불안했다.

"말 들어. 팔."

수현이 체념하듯 자신의 목에 팔을 두르자, 그는 그녀의 무릎 뒤와 목 뒤에 팔을 넣고 안아 올렸다.

"아프니까 별 호강을 다 해보네요."

"호강이라고 생각해 줘서 고마워."

지혁은 수현이 빈정거리고 있다는 걸 알면서 능청스럽게 받아쳤다.

"공주님이 된 기분이 어때?"

수현은 대체 누가 공주님이냐는 듯한 눈으로 그를 바라보았다.

"이 자세, 공주님 안기라고 부른다면서?"

"이 몰골로 공주님이 된 기분을 느낀다면 너무 뻔뻔스러운 게 아닐까요?"

"몰골이라니, 예쁘기만 한데. 넌 겸손이 지나쳐."

지혁은 그녀를 나무라듯 고개를 가로저으며 화장실로 걸음을 옮겼다.

"……겸손이 아니라 주제 파악과 현실 직시예요."

그에게 안겨 있는 수현의 표정은 떨떠름하기 그지없었다. 입원한 이후 거울을 제대로 본 적이 없어서 잘은 몰라도, 민낯에 환자복을 입고 머리도 이틀이나 감지 못했는데 예쁠 리가 없었다.

"자기 자신을 객관적으로 보기는 힘든 법이지."

"……."

객관성을 잃은 사람이 대체 누구냐고 받아치려던 수현은 그를 설득할 자신이 없어서 가만히 입을 다물었다.

수현이 입원한 지 나흘째 되는 날이었다. 지혁은 곤히 잠들어 있는 수현에게 다가가 작은 목소리로 그녀를 불렀다. 잠귀가 밝은 수현이 스르르 눈을 떴다.

"깨워서 미안. 집에 들러서 씻고 출근했다가 이따 오후에 다시 올게."

지혁은 수현이 입원한 이후 줄곧 병원과 회사를 왔다 갔다 하면서 지냈다. 집에 들어가는 건 하루에 한 번, 씻고 옷을 갈아입기 위한 게 전부였다. 회사 일도 자신이 꼭 가야 하는 일이 아니면 이메일과 전화로 처리하면서 가능한 한 수현의 곁에 있기 위해 애썼다. 병실을 비우게 되더라도 꼭 시은이나 호영을 불러다 놓고 가곤 했다. 근무 중인 하정은 전적으로 수현만을 돌봐줄 수 없다는 이유에서였다. 두 사람은 수현의 상태가 별로 좋지 않았던 이틀 동안은 성가시다면서 자신들을 쫓아내듯 보내놓고 아쉬울 때만 찾는 거냐며 어이없어 했지만, 지혁은 개의치 않았다.

"오늘은 퇴근하고 바로 집으로 가요. 며칠째 잠도 제대로 못 잤잖아요."

지혁은 병원에 있으면서도 일을 하느라 잠 잘 시간이 별로 없었을 뿐만 아니라, 그나마 자더라도 좁디좁은 보호자용 침대에서 쪽잠을 자야만 했다. 보호자용 침대는 훤칠한 키를 가진 그가 똑바로 누우면 다리가 허공에 뜰 정도로 짧았다. 수현은 지극정성으로 자신을 보살피는 그에게 미안해 죽을 지경이었다.

"아주 잘 잤어."

"……."

단호한 그의 대답에 그녀가 잠시 할 말을 잃은 사이, 지혁은 허리를 굽혀 수현의 입술에 살짝 입을 맞췄다.

"더 자."

그는 눈만 깜빡거리고 있는 수현을 향해 미소를 지어 보이고 병실을 나섰다.

지혁이 가고 난 뒤 한 시간쯤 지난 오전 8시, 수현은 병실 안으로 터벅터벅 걸어 들어오는 시은을 보고 깜짝 놀랐다.

"꼭두새벽부터 웬일이야?"

"웬일이긴. 네 남친님께서 꼭두새벽부터 전화하셔서지."

시은은 입술을 삐죽거리며 소파에 가방을 털썩 내려놓았다.

"지혁 씨가 병원에 가보라고 했어?"

"아니. 자기는 출근해야 한다면서 너 혼자 심심해할 거라는 말밖에 안 했어."

병원에 가보라는 말과 다를 게 없다는 걸 알면서도 수현은 모른 척 시치미를 뚝 뗐다.

"그럼 자발적으로 온 거네."

"그렇지. 시키지도 않았는데 이 아침에 여기까지 온 내가 미친년이지."

시은이 째려보는 것도 아랑곳하지 않고, 수현의 얼굴에는 흐뭇한 미소가 번졌다. 누구에게도 자상하지 않은 지혁이 자신에게만은 더할 나위 없이 자상하니 기분이 좋지 않을 수 없었다. 두 사람이 극과 극의 표정을 짓고 있던 그때, 나이트 근무를 마친 하정이 병실로 들어섰다. 그녀는 병실을 한 바퀴 둘러보고 수현에게 물었다.

"변호사님은?"

"출근."

하정의 눈이 시은에게 향했다.

"아, 변호사님이 불러다 놓고 가셨구나."

"아니거든? 난 누가 시키지도 않았는데 이 아침에, 아주 멀쩡한 친구의 간호를 위해, 자발적으로 온 거거든?"

두 눈을 부릅뜨고 목청을 높이는 시은을 어리둥절하게 바라보던 하정의 시선이 수현에게 옮겨갔다.

"……얘 왜 이래?"

"글쎄다?"

웃음을 참으며 어깨를 으쓱거린 수현은 시은의 눈치를 살피며 슬쩍 화제를 돌렸다.

"나 다 나았는데 왜 퇴원 안 시켜줘?"

"내과 환자가 왜 외과 간호사한테 물어. 주치의 선생님께 물어봐야지."

"물어봐도 정확히 말을 안 해주니까 그렇지. 고작 폐렴으로 며칠째 입원해 있는 거야, 대체……."

"고작 폐렴이라니. 한국인의 입원 원인 1위가 폐렴이야. 폐렴 우습게 보지 마."

"……."

투덜거리는 수현의 말문을 막은 하정이 갑자기 픽 웃음을 터뜨렸다.

"너 퇴원하면 아쉬워할 사람 많은데 어쩌냐."

"너 말고 또 누가?"

"무슨 소리야. 난 너 퇴원하는 거 하나도 안 아쉬워."

하정은 누구보다 수현의 퇴원을 바라는 사람이었다. 아파서 입원한 친구의 퇴원은 반가운 것이지, 결코 아쉬운 일이 아니었다.

"같이 일하는 쌤들이 너 퇴원하면 변호사님 못 본다고 벌써 아쉬워하더라."

"지혁 씨를 못 보는 게 왜 서운한데?"

수현이 고개를 갸웃거리자, 하정의 눈이 휘둥그레졌다.

"넌 네 애인이 얼마나 인기가 많은지 전혀 모르는구나?"

"……."

수현의 침묵은 몰랐다는 대답이 되기에 충분했다.

"예전에 입원했을 때도 인기 폭발이었는데 지금은 더 난리야. 환자복 입고 있을 때도 멋있더니 더 멋있어졌다고, 대시해 볼까 하는 쌤들이 얼마나 많은데."

시은이 불쑥 끼어들어 물었다.

"애인 간호하는지 몰라?"

"왜 몰라. 다 알지."

"알면서 대시를 해볼까 한다고?"

하정은 침대 위에 앉아 있는 수현을 바라보며 시은에게 말했다.

"쟤 정도면 이길 수 있다고 생각하는 거 아닐까?"

수현에게 눈을 돌린 시은이 동의한다는 듯 고개를 끄덕였다.

"아……."

"내가 뭐 어떻다고……."

뾰로통한 얼굴로 침대를 내려가 화장실로 향한 수현은 거울 앞에 서서 제 모습을 훑어보았다. 이제 특별히 아픈 데는 없었지만, 얼굴에는 여전히 병색이 남아 있었다. 눈은 퀭했고 안색은 창백했으며 촉촉했던 입술은 말라서 군데군데 피가 맺혀 있기도 했다.

"누구랑 붙어도 지겠는데……?"

지금보다 더 상태가 안 좋았을 때 예쁘다고 했던 지혁의 말을 떠올린 수현은 그의 입에서 나오는 예쁘다는 말은 절대 믿지 않겠노라고 다시 한 번 다짐했다.

오후에 오겠다던 말대로 2시쯤 병원으로 돌아온 지혁은 오자마자 테이블에 노트북과 서류들을 펼쳐 놓고 일을 시작했다. 셔츠 단추를 하나 풀고 넥타이를 느슨하게 맨 그에게서는 일하는 남자의 섹시미가 물씬 풍겼다. 걷어 올린 소매 아래로 드러난 핏줄은 그의 남성적 매력을 돋보이게 하는 데에 일조하고 있었다. 여심을 뒤흔들기에 충분한 모습임에도, 침대에 걸터앉아 팔짱을 끼고 있는 수현의 얼굴에는 불만이 가득했다.

"제발 회사 가서 일해요."

지혁은 못 들었는지, 못 들은 척하는 건지 아무런 대답 없이 노트북을 들여다보고 있을 뿐이었다.

"여기가 사무실인지 병실인지 모르겠어요."

수현이 조금 더 목소리를 높였지만 여전히 그는 묵묵부답이었다.

"환자는 안정을 취해야 하는 거 몰라요?"

그제야 눈을 들어 올린 지혁이 능청스럽게 되물었다.

"나랑 같이 있으니까 안정적이지?"

수현의 눈초리가 가늘어졌다.

"지금까지 내가 한 말을 다 들었다면 그런 결론이 나올 수 없을 텐데요?"

"미안. 안 듣고 있었어."

그의 당당한 사과에 잠시 할 말을 잃은 수현은 얼른 정신을 가다듬고 오늘은 기필코 물러서지 않으리라는 다짐을 마음에 새겼다.

"내가 보살핌이 필요한 애도 아니고, 회사 일 내팽개치고 병원에 있는 지혁 씨를 보고 김 변호사님이랑 홍 변호사님이 뭐라고 하겠어요?"

지혁이 미간을 찌푸리며 반문했다.

"나 회사 일 내팽개친 적 없는데? 내가 지금 놀고 있는 걸로 보여?"

물론 일하고 있는 걸로 보였다. 하지만 수현의 불만은 그 일을 왜 여기서 하느냐는 것이었다.

"일하는 장소가 달라졌을 뿐, 회사 일에 지장 준 거 전혀 없어. 클라이언트들과의 미팅도 차질 없이 참석했고, 다른 건 메일이나 전화로 충분히 진행 가능해."

지혁이 사적인 일 때문에 회사 일에 지장을 줄 만큼 무책임한 사람이 아니라는 걸 알면서도 수현으로서는 마음이 불편하지 않을 수 없었다.

"그래도 난 민망하단 말이에요. 마치 내가 바쁜 사람 일도 못 하게 잡아두고 있는 것 같고……."

"말은 똑바로 하자."

수현의 말을 끊고 끼어든 그가 한 마디, 한 마디 힘주어 말했다.

"네가 잡아두는 게 아니라 내가 붙어 있는 거야."

"……."

누구에게도 자신을 낮춘 적 없던 그였지만 그녀에게만큼은 아무런 거리낌도 없었다. 예상치 못한 말을 들은 수현은 조금 전의 다짐이 무색하게 말문이 막혀 버리고 말았다.

수현은 입원한 지 일주일 만에 퇴원이 결정되었다. 지혁은 아침 일찍 출근했다가 퇴원 시간에 맞춰서 다시 병원으로 돌아왔다.

"어쩜 이렇게 말을 안 들을까……."

집으로 돌아가는 차 안에서 수현이 혼잣말처럼 중얼거렸다. 이제 멀쩡하니까 데리러 오지 않아도 된다고 거의 사정을 했건만 지혁의 고집을 꺾기에는 역부족이었다. 그의 행동만 보면 자신이 흡사 거동이 불편한 중환자가 아닐까 하는 착각이 들 정도였다.

"말을 안 듣는 게 아니라 소신이 있는 거라고 해줘."

고집이라고 생각하는 그녀에게 지혁은 소신이라는 말로 선을 그었다. 유난을 떠는 걸로 보일지 몰라도, 일주일 만에 집에 가는 수현을 직접 바래다주는 것만큼은 양보할 수 없었다.

"무슨 소신이요?"

어리둥절해하는 수현과 달리 지혁의 대답은 일말의 망설임도 없었다.

"네 안전은 내가 책임지겠다는 생각."

"누가 들으면 전시 상태이거나 내 목숨이 경각에 달린 줄 알겠어요. 지혁 씨가 안 데려다줘도 나 안전하거든요?"

'안전'과 '책임'은 현 상황과 전혀 어울리지 않는 말이었다.

"그렇게 큰소리칠 입장이 아닐 텐데? 내가 쓰러져 있는 널 발견하지 못했다면 어떻게 됐을지 생각 안 해 봤어?"

"설마 죽었겠어요?"

"장담할 수 없지."

"금방 정신 차리고 119라도 불렀을 거예요."

"지나친 낙관이야."

"……."

핑퐁 게임과도 같았던 두 사람의 대화는 수현이 일주일 전 그날을 상기함으로써 막을 내렸다. 다 나아서 잠시 잊고 있었을 뿐, 그의 말대로 자신은 당시 꽤 위중한 상태였다. 수현은 지혁이 논리적으로 말할 때든 막무가내로 우길 때든 간에 그를 이길 수 없었다. 현실을 받아들이고 이제 쓸데없는 입씨름을 자제하기로 마음먹은 그녀의 귀에 낯익은 말이 감겨들었다.

"결혼하자."

당황한 수현이 고개를 돌려 지혁을 바라보았다. 그는 별다른 표정 변화 없이 전방을 주시하며 운전 중이었다.

"이 맥락 없는 말은 뭐예요? 끝난 얘기 아니었어요?"

"끝나다니. 네가 동의할 때까지 끝날 수 없는 얘기야."

"……."

"네가 끝내주면 고맙겠다."

지혁은 수현이 동의할 때까지 결혼하자는 말을 할 거라는 의지를 대놓고 피력하고 있었다.

"알았다고 해놓고 이렇게 딴말할 거예요?"

"본인이 듣고 싶은 말만 들은 거 아니야? 난 분명히 '일단' 알았다고 했어. '일단'이라는 단어가 어떤 때 쓰이는지는 알지?"

"지혁 씨, 사기꾼 기질 농후한 거 알아요?"

그는 헛웃음을 치는 수현을 돌아보며 씩 웃었다.

"사기꾼이 아니라 사랑꾼이라고 해주면 좋겠네."

'사…… 사랑꾼…….'

수현은 대체 이 남자가 어디까지 갈 건가 싶었다. 지혁은 그녀의 기대에 부응하려는 것처럼, 무심한 듯 감미로운 목소리로 말을 이었다.

"나 다른 사람하고 한 침대 못 써. 옆에서 누가 걸리적거리는 거 질색이야. 근데 넌 괜찮았어. 걸리적거리기는커녕 네가 내 옆에서 벗어나려고 하는 게 싫었어."

수현과 한 침대에서 잤던 날, 그는 누군가와 살을 맞대고 잠든다는 게 그토록 기분 좋은 일이라는 걸 처음 알았다. 수현의 숨소리, 체온, 향기까지 모두 제 것이 된 것만 같은 충만감이 느껴졌다. 인고의 시간을 견뎌야만 했지만, 그녀와 결혼을 하면 그럴 필요도 없었다.

"아침에 눈을 떴을 때 네가 내 곁에 있었으면 좋겠다."

"……말도 안 되는 말, 하지 말아요."

그의 품에서 잠들었던 날을 떠올린 수현의 얼굴이 홍조로 물들었다.

"왜 안 되는지 말해봐. 너 스물여덟, 나 서른셋. 결혼 적령기 남녀가 만나서 결혼하는 게 뭐가 이상해?"

"지금 그런 원론적인 얘기가 아니잖아요. 우린 아직 서로에 대해 모르는 게 많아요."

"나에 대해 궁금한 거 있으면 물어봐. 전부 대답해 줄게."

"……."

서로에 대해 모르는 게 많다는 건 진심으로 한 말이었으나, 수현은 막상 그가 판을 깔아주니 뭘 물어봐야 할지 난감해졌다. 고민에 빠진 그녀를 대신해 지혁이 나섰다.

"키 185cm. 몸무게 70kg. 혈액형 B형. 사자자리. 무교. 주사는 없어. 특별히 좋아하는 음식도 없고, 싫어하는 음식도 없어."

'B형이었구나. 사자자리라면 생일이 여름이겠네…….'

하나라도 놓칠세라 귀를 쫑긋 세우고 그가 하는 말에 집중하는 수현에게 지혁이 불시에 질문을 던졌다.

"넌 나와의 결혼, 한 번도 생각해 본 적 없어?"

물론 해본 적은 있었다. 생각 속에서는 결혼도 하고 애도 열 명쯤 낳고 검은 머리 파뿌리 될 때까지 행복하게 살다가 한날한시에 죽는,

모든 판타지가 가능했다. 하지만 수현에게 결혼이란, 현실이 되는 순간 불행에 한 걸음 가까이 다가가는 것 이상의 의미는 없었다. 그녀는 그와 적당한 거리를 두고 지내는 지금이 좋았다.

"넌 류지혁의 아내가 될 운명이야. 받아들여."

지혁의 말을 듣는 순간, 수현은 저도 모르게 그와 나란히 결혼식장에 서 있는 장면을 상상해 버리고 말았다. 그녀는 오늘 청혼을 받은 건지, 세뇌를 당한 건지 알 수가 없었다. 한 가지 확실한 건 막연했던 그와의 결혼이 구체적으로 머릿속에 그려지기 시작했다는 것이었다. 수현이 골똘한 생각에 빠져 있던 그때, 지혁의 휴대폰이 울리기 시작했다. 그는 블루투스 이어폰을 끼고 전화를 받았다.

"네. 네. 알겠습니다."

수현은 조금 전까지 사랑꾼 운운했던 사람이 맞는지 의심스러울 만큼 무뚝뚝하게 전화를 받는 지혁을 물끄러미 바라보았다. 이런 사람이 어떻게 자신에게만큼은 다정한지 신기할 정도였다.

사실 그래서 더 좋았다. 그는 언제나 자신을 특별한 사람이라고 느끼게 해주었으니 말이다. 전화를 끊은 지혁이 수현의 시선을 느끼고 고개를 돌렸다. 웃고 있는 그녀의 얼굴이 눈에 들어왔다.

"내가 웃기게 생겼어?"

딴생각 중이던 수현은 그의 목소리에 한 번 놀랐고, 그의 질문을 뒤늦게 알아듣고 두 번 놀랐다.

"내가 올해 들은 말 중에 가장 웃기는 말이에요."

"얼굴로는 못 웃겼지만 말로라도 웃겼으니 다행이네."

지혁이 능청스럽게 어깨를 으쓱이자, 수현이 소리 내어 웃었다. 그는 하루가 다르게 넉살이 늘어가고 있었다.

"그럼 왜 내 얼굴 보면서 웃고 있었어?"

"누구 전화길래 저렇게 무뚝뚝하게 받을까 싶어서요."

"반갑게 받은 건데?"

수현은 얼토당토않은 그의 반응에 대꾸해 줄 가치도 없다는 듯 말을 돌렸다.

"누구 전화였어요?"

"어머니."

어머니와의 통화라고는 짐작도 하지 못했던 그녀의 눈이 휘둥그레졌다.

"저녁때 집에 좀 들르라고 하시네. 갔다 와도 되지?"

"그걸 왜 나한테 물어요? 지혁 씨가 언제부터 내 허락받고 행동했다고."

"이제부터는 모든 일을 결혼할 여자한테 허락받고 하려고."

"……."

잠시 방심하고 있었던 그녀는 지혁의 세뇌가 다시 시작될 기미를 보이자 은근슬쩍 창문으로 고개를 돌렸다. 그는 포기를 모르는 남자였다.

수현을 집에 데려다주고 곧바로 회사로 돌아간 지혁은 저녁 시간에 맞춰서 본가인 한남동에 도착했다. 그는 집 앞에 주차를 하고 차에서 내려, 한옥과 양옥을 접목해서 지은 2층 단독주택을 올려다보았다. 할머니와 부모님이 사시는 본가에 마지막으로 온 게 검찰청을 그만둔 직후였으니 거의 사 개월여 만이었다. 집에는 지혁의 아버지인 류홍상 대법원장과 어머니인 안경자 교수뿐이었다. 류 원장이 먼저 나서서 서정순 여사의 부재를 설명했다.

"어머니는 친구분들이랑 온천 여행 가셨다."

지혁은 할머니가 여든넷이라는 나이가 무색하게 활동적이라는 것을 잘 알기에 놀랍지도 않았다.

"무슨 일로 부르셨어요?"

류 원장의 하얗게 센 눈썹이 못마땅하게 꿈틀거렸다. 그는 환갑이 지난 지 이 년밖에 되지 않은 나이임에도 불구하고 머리카락과 눈썹이 온통 하얬다. 그래서 오히려 더 중후하면서도 위엄이 느껴졌다.

"하도 얼굴 보기 힘들어서 오랜만에 밥이나 먹자고 부른 거다."

원래도 친근한 부자간은 아니었지만, 지혁이 아무런 상의도 없이 사직서를 내고 난 다음부터 두 사람의 사이는 더욱 냉랭해졌다. 분위기가 싸늘해지자 안 교수가 중재에 나섰다.

"밥부터 먹자."

지혁은 부모님이 자신을 부른 건 분명 할 말이 있어서라는 걸 알면서도 더는 따지지 않고 부엌으로 걸음을 옮겼다. 역시 그의 예상은 빗나가지 않았다. 류 원장은 식사가 시작되자마자 본론을 꺼냈다.

"어제 홍 원장하고 술 한잔했다."

홍 원장은 국내 굴지의 대학병원장인 여희의 아버지였다.

"여희 어떠냐."

젓가락질을 멈춘 지혁이 아버지를 돌아보며 물었다.

"뭐가요?"

"결혼 상대자로 어떠냐는 말이다. 너희 두 사람만 괜찮다면 우리는 반대할 생각 없다."

부모님이 여희를 염두에 두고 있을 거라는 생각을 해본 적이 없었던 지혁으로서는 당혹스러울 따름이었다.

"안 괜찮습니다."

"결혼 생각이 없는 거니?"

지혁의 시선이 어머니에게로 향했다.

"만나는 사람이 있어요. 결혼은 그 사람이랑 할 겁니다."

지혁의 입에서 만나는 사람이 있다는 말을 처음 들어본 두 사람은 놀라지 않을 수 없었다. 혹시 지혁이 독신주의가 아닐까 하는 걱정도 하고 있던 참이었다.

"네가 교제하는 아가씨가 있는 줄 알았다면 여희 얘기는 꺼내지도 않았을 거다. 우리가 아는 아가씨냐?"

지혁은 눈에 띄게 안색이 밝아진 아버지를 바라보며 말했다.

"곧 인사시키겠습니다."

우리 여기까지만 해요

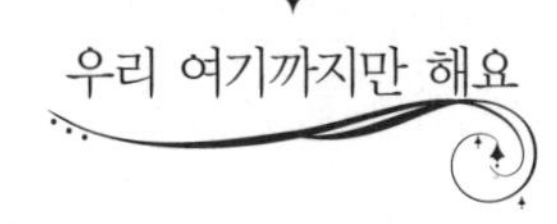

수현에게 모르는 번호로 전화가 걸려온 건 지혁이 본가에 다녀온지 이틀이 지난 날이었다.

"여보세요."

[홍여희예요.]

반가울 것 없는 이름을 듣는 순간 수현의 머릿속에는 여희가 자신의 번호를 어떻게 알았는지, 무슨 일로 전화를 했는지 등등 많은 생각이 스쳤다. 하지만 겉으로는 아무런 내색도 하지 않고 담담하게 말을 받았다.

"네, 홍 변호사님."

[할 말이 있는데 잠깐 시간 좀 내줄래요?]

수현은 할 말이 뭐냐고 물어보려다가 전화로 할 말이었다면 굳이 만나자고 하지도 않았을 거라는 생각에 질문을 바꿨다.

"어디서 뵐까요?"

수현보다 먼저 약속 장소에 도착해서 기다리고 있던 여희는 수현이 자리에 앉자마자 거두절미하고 용건을 꺼냈다.
"지혁이 부모님으로부터 전언이 있어요."
"지혁 씨 부모님이요?"
예상치 못한 말에 수현의 눈이 커졌다. 인생을 달관한 사람처럼 어지간해서는 제 감정을 드러내지 않는 그녀가 못마땅했던 여희는 수현이 놀란 기색을 내비치자 흡족했다. 아무리 옆에서 연기를 피워도 기침 한 번 하지 않으면 흥이 나지 않는 법이니 말이다.
"이런 일로 직접 나서기 싫으시다고 저한테 대신 전하라는 말씀이 있어요."
수현은 이미 '이런 일로'라는 말에서 감을 잡았다. 여희의 입에서 무슨 말이 나올지 더 듣지 않아도 알 수 있었다.
"수현 씨가 지혁이 만나는 거 탐탁지 않아 하세요."
"......"
불과 얼마 전 그가 겪은 일을 똑같이 겪게 된 수현은 오늘에서야 비로소 당시 지혁의 심경을 실감할 수 있었다. 그도 지금의 자신만큼 마음이 심란하고 머릿속이 복잡했을 거라고 생각하니 지혁에게 또다시 미안해졌다.
"지혁이 부모님은 지혁이가 나랑 잘되길 바라고 계세요."
수현은 여희가 지혁을 좋아한다는 걸 알고 있기도 했고, 그녀가 단순한 심부름으로 이런 말을 전달하러 나왔을 거라고 생각할 만큼 바보도 아니었기에 당황하지 않았다.
"그러시군요."
여희는 안색 하나 달라지지 않고 더 해보라는 듯한 표정을 짓고 있는 수현을 바라보며 자분자분 말을 이었다.

"수현 씨 세상 물정 모르는 소녀 아니잖아요. 지혁이네 집에서 수현 씨를 받아들여 줄 거라고 생각한 건 아니죠?"

여희가 갑자기 멋쩍다는 듯 어깨를 으쓱였다.

"내 입으로 이런 말 하기는 뭐 하지만, 우리 아빠, 대한민국 사람이라면 다 아는 병원의 병원장이세요. 나에 대한 건 굳이 말 안 해도 되겠죠? 웬만한 집안에서는 나 정도면 버선발로 뛰어나와 맞을 거예요. 그런데 지혁이네 집에서는 내 조건이 그저 나쁘지 않다는 정도일 뿐이에요. 그런 분들께서 수현 씨를? 어림도 없어요."

수현은 그저 지혁이 좋아서 만난 것일 뿐, 다른 건 깊게 생각해 본 적이 없었다. 그런데 제 상황이 어림도 없다는 말을 들을 정도였다고 생각하니 갑자기 씁쓸해졌다. 수현은 요즘 지혁으로 인해 극단적인 감정을 경험하고 있었다. 류지혁이라는 남자는 자신을 높여주지만, 그의 주변인들로 인해 자신의 가치가 낮아지는 기분이었다. 하지만 제 조건이 어떻든 지금 당장은 눈앞의 오만한 여자에게 지고 싶지 않았다.

"지혁 씨는 홍 변호사님을 친구로만 생각하는 걸로 아는데요."

"상관없어요. 난 누가 나를 좋아해 주는 것보다 내가 좋아하는 게 더 중요하거든요."

"상대방의 감정은 안중에도 없으신가 보네요."

"감정보다 현실을 우선시하는 거라고 해두죠."

여희가 여유로운 표정으로 수현에게 물었다.

"수현 씨는 사랑이라는 감정이 얼마나 오래갈 거라고 생각해요? 결혼은 두 사람만 좋다고 끝나는 게 아니라 집안과 집안의 결합이에요. 모든 사람의 축복을 받고 결혼해도 실패하기 쉬운데 처음부터 반대로 시작하는 건 너무 무모하지 않겠어요? 사랑한다는 말 한마디에 인생을 걸지 말아요."

"……."

수현은 지혁으로부터 사랑한다는 말을 들어본 적이 없었다. 그녀의 표정을 유심히 살피고 있던 여희가 슬쩍 수현을 떠보았다.

"설마 지혁이한테 사랑한다는 말을 들어본 적이 없는 건 아니죠?"

수현이 아무런 대답도 하지 않자, 여희가 비웃듯 입꼬리를 말아 올렸다.

"없군요."

수현은 사랑한다는 말이 사랑의 증명이라고 생각하지 않았다. 사랑해서 사랑한다는 말을 하는 건 자연스러운 것일지 몰라도, 반대로 사랑한다는 말을 하지 않는 게 사랑하지 않는다는 뜻은 아니라고 생각했다. 말로 하고, 하지 않고는 그녀에게 전혀 중요한 게 아니었다. 지혁의 눈이, 손길이, 행동이…… 그가 자신을 사랑하고 있다는 걸 충분히 느끼게 해주니 말이다.

"지혁 씨가 홍 변호사님한테 '여희야'라고 부른 적이 있나요?"

"……."

이번에는 여희의 말문이 막혔다. 그는 단 한 번도 이름만 불러준 적이 없었으며 '홍여희'와 '홍 변'이 그녀가 들은 전부였다. 지혁이 자신에게만 그러는 게 아니라는 걸 위안 삼고 지내온 여희에게 수현의 질문은 굴욕적이기까지 했다.

"없군요."

조금 전 여희의 말을 그대로 따라 한 수현이 갑자기 가방에서 휴대폰을 꺼냈다. 그러고는 지혁에게 전화를 걸고 스피커 버튼을 누른 채로 휴대폰을 테이블 위에 올려놓았다. 여희는 어리둥절한 얼굴로 수현의 행동을 바라볼 뿐이었다. 신호음이 몇 번 울리고 전화가 연결되자마자, 지혁의 중후한 저음이 스피커를 통해 흘러나왔다.

[어, 수현아.]

그제야 수현의 행동이 무슨 의미인지 알게 된 여희가 인상을 찌푸렸다. 보란 듯이 지혁에게 전화를 걸 줄은 생각지도 못했던 것이다.

"지금 어디예요?"

수현은 여희의 얼굴에서 시선을 떼지 않고 지혁에게 물었다.

[사무실. 왜?]

"나 잠깐 들러도 돼요? 보고 싶은데."

[내가 하고 싶은 말 대신 해줘서 고맙네.]

"지혁 씨, 사실 지금 스피커폰이에요. 지혁 씨가 하는 말 누구랑 같이 듣고 있어요."

[누구?]

"홍여희 변호사님이요."

[홍 변?]

당황하는가 싶던 지혁의 목소리가 돌변했다.

[홍여희, 네가 왜 수현이를 만나고 있는데?]

여희가 짜증스럽게 대꾸했다.

"할 말이 있어서."

[수현아.]

그는 여희에게 더 이상 아무것도 묻지 않고 수현을 불렀다.

[지금 당장 일어나서 나한테 와.]

"알았어요."

전화를 끊은 수현은 조금 전 여희가 자신을 향해 웃었던 것처럼 싱긋 웃으며 자리에서 일어났다.

"들으셨다시피 지혁 씨를 만나러 가야 해서요. 먼저 실례하겠습니다."

지혁은 수현이 도착했다는 전화를 받고 주차장으로 내려갔다. 차 밖에 나와 있는 그녀에게 한달음에 달려간 그가 곤란한 표정으로 입을 열었다.

"어쩌지? 갑자기 회의가 잡혀서 십 분 정도밖에 같이 못 있을 것 같은데."

"충분해요. 잠깐 얼굴만 보고 가려고 했어요."

"눈은 내 얼굴 보고, 입은 내 질문에 대답해 줘."

수현이 피식 웃음을 터뜨리며 고개를 끄덕였다.

"홍 변은 왜 만났어?"

"만나자는 연락이 왔어요."

"무슨 말 했어?"

지혁은 여희가 수현을 찾아간 이유가 자신과의 결혼과 관련이 있으리라는 짐작만 할 뿐 구체적으로 무슨 말이 오고 갔는지는 알지 못했다.

"지혁 씨 부모님께서 우리 사이 탐탁지 않아 하신대요."

"……."

지혁은 뒤통수를 한 대 얻어맞은 기분이었다. 수현을 곧 인사시키겠다고 했을 때 부모님은 기대에 찬 표정이었고, 그날 이후 그녀에 대해 한마디도 한 적이 없건만 이게 대체 무슨 일인지 이해할 수가 없었다. 그리고 더 이해할 수 없는 건 그걸 왜 여희가 나서서 수현에게 알렸느냐 하는 것이었다. 그의 의문은 이어진 수현의 말로 해소되었다.

"홍 변호사님이 지혁 씨 부모님의 전언이라고 했어요."

수현은 지혁을 만나러 오면서 그에게 어디까지 말을 하는 게 좋을지 고민했다. 그녀의 결론은 사실대로 말하는 것이었다. 어차피 그가 알게 되는 건 시간문제일 텐데 굳이 숨길 필요가 없다고 생각했기 때문이었다.

"그밖에 다른 얘기는?"

지혁이 굳은 표정으로 물었다.

"지혁 씨가 홍 변호사님이랑 잘되길 바라신다고 들었어요."

"또?"

"그게 다예요."

수현은 말을 아꼈지만, 지혁은 그녀가 자신에게 스피커폰으로 전화를 걸 정도면 여희로 인해 얼마나 기분이 상했는지 알 수 있었다.

"미안해."

"지혁 씨가 왜요."

"나 때문에 벌어진 일이니까."

"그런 생각 하지 말아요. 나 아무렇지도 않아요."

사실 거짓말이었다. 수현은 오늘 무척 자존심이 상했다. 어린아이처럼 그에게 징징거리고 싶지 않아서 참고 있는 것뿐이었다.

"그저께 집에 갔을 때 어머니, 아버지한테 만나는 사람이 있으니 곧 인사시키겠다고 말씀드렸어."

지혁이 그런 말을 하고 왔을 거라고는 생각하지 못했던 그녀는 당혹스러웠다.

"너랑 상의도 없이 내 맘대로 얘기하고 온 건 미안. 내가 만나는 사람이 없다고 생각하시고 홍 변이랑 엮으려고 하셔서 네 말을 하지 않을 수 없었어."

수현은 자신이 모르는 곳에서 많은 일이 벌어졌다는 것을 알게 되었다.
"네가 내 청혼을 받아들여 주면 부모님께 소개할 생각이었는데 왜 갑자기 이런 얘기가 나왔는지 도무지 모르겠다. 별다른 말씀은 안 하셨지만 분명 기대하는 눈치셨는데……."
수현이 태연하게 말을 받았다.
"나에 대해 뭔가 알게 되셨나 보죠."
지혁도 내심 그 이유밖에 없다는 생각을 하고 있었기에 아니라는 말을 하지 못했다.
"그만 올라가세요. 갈게요."
그가 손목시계로 시간을 확인했다.
"아직 십 분 안 됐는데?"
"나중에 쓸 테니까 남은 시간은 킵."
아무렇지 않은 척 빙긋 웃으며 뒤돌아선 수현은 운전석에 올라탔다. 그녀의 차가 시야에서 완전히 사라질 때까지 제자리에 서 있던 지혁은 여희에게 전화를 걸었다. 그리고 다짜고짜 물었다.
"약속 있다고 칼퇴근하더니 수현이 만나러 나간 거였어?"
[거짓말한 거 없잖아?]
지혁의 목소리만큼이나 여희의 목소리도 냉랭했다.
"지금 어딘데?"
[집.]
"나 좀 보자."
[피곤해. 할 얘기 있으면 내일 회사에서 해.]
"오늘 보자고."
그가 물러설 기미를 보이지 않자 여희가 한발 물러섰다.
[나가기 귀찮아. 네가 우리 집으로 오든지.]

"기다려. 미팅 끝나고 바로 갈 테니까."
전화를 끊은 지혁의 얼굴에서 온기라고는 찾아볼 수 없었다.

지혁은 여희의 아파트 지하 주차장에 도착해서 그녀에게 전화를 걸었다.
"주차장이야."
[올라와.]
"네가 내려와."
그는 처음부터 여희의 집에 올라갈 생각이 없었다. 아무리 십 년 넘게 알아온 사이라고 해도 여자 혼자 사는 집에 들어가는 게 내키지 않았기 때문이었다. 몇 분 뒤 어슬렁어슬렁 주차장에 모습을 드러낸 여희의 얼굴에는 귀찮다는 기색이 역력했다.
"올라오라니까."
"길게 할 얘기 아니야. 여기서 간단히 하자."
여희는 지혁이 왜 화가 났는지 알면서도 자신의 기분도 별로였기에 그의 비위를 맞춰주고 싶지 않았다.
"어떻게 된 상황인지 말해."
"어제 엄마랑 밥 먹으러 갔다가 식당에서 우연히 너희 어머니를 뵀어. 너한테 만나는 사람이 있는 줄 모르셨다면서 우리 결혼 얘기 없었던 걸로 하자고 하시더라? 네가 어떤 여자 만나는지 궁금해하시길래 나도 아는 사람이라고 말했을 뿐이야."
지혁은 여희가 일부러 수현의 이야기를 꺼냈다는 걸 눈치챘지만 내색하지 않고 듣기만 했다.
"누군지 꼬치꼬치 물으시는데 입 다물고 있을 수도 없고 해서 아는 대로 말씀드린 거고. 어차피 알게 되실 거 내가 조금 먼저 말씀드린 게 그렇게 큰 잘못이야? 숨겨야 하는 존재였어?”

“아니. 너 같은 제삼자가 아닌 내가 직접 소개하고 싶었던 소중한 존재야.”

“…….”

여희는 ‘너 같은 제삼자’라는 말에 말문이 막혔다. 불쾌하지만 반박할 수 없는 말이었다.

“사전 정보 없이 송수현이라는 사람 자체를 먼저 보셨으면 했어.”

“그건 네 바람이지. 사람 자체만 보실 분들 아니야, 너희 부모님.”

지혁은 그녀의 말을 부인하지 못했다. 여희가 말한 대로 그건 제 바람이었을지도 몰랐다.

“너 나랑 결혼하고 싶어?”

지금 이 상황이 부모님들만의 바람인지 여희의 의사도 포함되어 있는지부터 확인하는 게 우선이라는 생각에 지혁은 단도직입적으로 물었다. 갑작스러운 질문에 당황할 법도 한데, 그녀는 망설임 없이 대답했다.

“하고 싶어.”

그는 여희가 자신을 마음에 두고 있다는 사실을 알지 못했다. 아무리 눈치가 빠르다 한들 별다른 내색을 하지 않는 여자의 마음을 알 수는 없는 노릇이었다. 여희는 지혁을 향한 제 감정을 수현에게만 말했고, 수현은 지혁에게 그 말을 전하지 않았으니 그가 모르는 건 당연했다. 그러니 지금까지 여희와 남녀로서의 교감이 조금도 없었던 그로서는 의아할 수밖에 없었다.

“어째서?”

“너 정도면 신랑감으로 손색없잖아. 너도 나랑 결혼하면 손해 보는 거 없을 텐데?”

그게 다는 아니었지만, 여희는 자존심을 내팽개칠 만큼 그에 대한 감정이 절실하지는 않았다.

"사랑 없이도?"

"사랑? 그런 게 중요해?"

지혁은 그녀가 어이없어 하는 걸 이해 못 하는 건 아니었다. 자신의 입에서 나오긴 했지만 스스로도 어색하기 그지없는 말이었다. 그러나 사실은 사실이었다.

"예전에는 안 중요했는데 이제 중요해."

여희는 마치 그의 말을 못 들은 사람처럼 말을 돌렸다.

"나 너 좋아해. 너랑 결혼하면 잘 살 수 있을 것 같아."

"난 사랑하는 여자랑 할 거야, 결혼."

지혁은 언짢은 표정으로 자신을 바라보고 있는 여희에게 다시 한 번 쐐기를 박았다.

"그러니까 너랑은 안 한다고."

여희의 표정이 눈에 띄게 살벌해졌다.

"우리 더는 껄끄러워지지 말자."

"이미 껄끄러워진 거 같은데?"

"그럼 하는 수 없고."

지혁은 여희가 이 정도면 알아들었으리라고 믿었다. 그녀는 남들보다 유난히 자존심이 셌고, 자존심을 굽히면서까지 자신과 결혼하려고 하지는 않으리라는 것을 알기에 일부러 더 강하게 말한 것이었다.

"올라가라. 간다."

용건을 마친 그는 미련 없이 그곳을 떠났다.

지혁의 회사를 출발해 집으로 돌아온 수현을 기다리고 있던 건 시은이었다. 그녀는 수현의 팔을 잡아끌어 소파에 앉히고 그 옆에 붙어 앉았다.

"자, 오늘 있었던 일을 말해봐. 내가 다 들어줄게."

"무슨 일?"

수현이 어리둥절한 눈으로 되물었다.

"지혁 오빠 전화 받았어."

지혁은 수현이 가고 난 뒤 여희와 통화를 마치고 시은에게 전화를 걸었다. 수현이 혼자서 심란하게 있을까 봐 걱정스러운 마음에서였다. 그는 항상 주위 사람들을 유쾌하게 만들어 주는 시은이 오늘도 제 몫을 해주길 바라고 있었다.

"지혁 씨가 뭐라고 했는데?"

"너 오늘 기분 별로일 거라고 위로와 감시를 하라신다."

그제야 무슨 상황인지 알게 된 수현이 피식 웃음을 터뜨렸다.

"위로는 알겠는데 감시는 뭐야?"

"너 또 비 맞고 돌아다니면서 궁상떨다가 아파서 입원이라도 하면 어쩌나 싶어서 그러는 거 아니겠냐?"

시은은 지혁의 생각을 가장하여 제 생각을 조목조목 나열했다. 한 번만 더 그런 짓을 하면 가만두지 않겠다는 경고의 의미도 담겨 있었다. 자신이 여러 사람을 걱정시켰다는 것을 알기에 할 말이 없어진 수현은 괜히 마음에도 없는 말을 들먹이며 투덜거렸다.

"……난 네가 지혁 씨랑 내통하는 사이가 될 줄은 미처 몰랐다."

"내통이라니. 좀 고급스러운 단어를 써주지 않으련?"

"이 상황에서 딱히 고급스러운 단어가 떠오르지 않는다만?"

"음……."

인상을 찌푸리고 잠시 고민하는가 싶던 시은이 의기양양하게 입을 열었다.
"큐피드 어떠냐, 큐피드."
"엄청 고급스럽다……."
시은은 수현의 떨떠름한 반응에 미련 없이 말을 돌렸다.
"본질을 흐리지 말고 본론으로 들어가자. 왜 기분이 별로야?"
원래 수현은 시은에게까지 여희와의 만남을 이야기할 생각이 없었다. 제 입으로 말하기 껄끄러운 내용이기도 했고 시은이 들으면 분명 분노하리라는 걸 알기 때문이었다. 하지만 이렇게까지 물어보는데 숨길 수도 없어 하는 수 없이 자초지종을 털어놓을 수밖에 없었다. 그녀의 예상대로 이야기를 다 듣고 난 시은이 목에 핏대를 세우며 소리쳤다.
"빨간 똥, 미친 거 아니야?"
수현은 움찔 몸을 떨었다.
"……빠, 빨간 똥?"
"홍 변이니까 빨간 똥."
뭐가 문제냐는 듯 친절하게 설명을 덧붙이는 시은과 달리 수현은 쥐구멍에라도 숨고 싶었다. 이건 성인들의 대화에 등장해서는 안 될 말이었다.
"우리 제발 이성적인 대화를 나누자. 이건 아니잖아."
"아닌 거 좋아하시네. 뭐라고 부르든 내 마음이지."
"……."
부끄러움은, 쓸데없이 당당한 시은도 자신이 뭐라고 불리는지 알 리 없는 여희도 아닌, 수현의 몫이었다.

다음 날 오후, 수현에게 전화가 한 통 걸려왔다. 휴대폰 액정에 찍힌 모르는 번호를 보면서 수현은 왠지 모를 불안감에 사로잡혔다.

"여보세요……."

[지혁이 엄마예요.]

"……."

수현의 불안감은 현실이 되었다.

첫 만남에서 어른보다 늦고 싶지 않았던 수현은 지혁의 어머니와 만나기로 한 카페에 삼십 분이나 먼저 나갔다. 지혁이 아무 말도 하지 않고 있는 걸로 볼 때 그는 이 만남을 모르고 있는 게 분명했고, 그렇다면 오늘 지혁의 어머니가 하려는 말은 듣기 좋은 말은 아닐 터였다. 자신과 지혁의 사이를 탐탁지 않아 한다는 말까지 전해 들은 마당에 감히 다른 기대를 품을 수는 없었다. 여간해서는 긴장하는 일이 드문 그녀도 오늘만큼은 바짝 긴장해 있었다. 일 분이 한 시간처럼 느껴져서 연신 시간을 확인하며 초조해하고 있던 수현에게 누군가 다가온 건 약속 시각 십 분 전이었다.

"송수현 씨?"

고개를 치켜든 그녀의 눈에 단아하고 지적인 용모의 중년 여성이 들어왔다. 인상 자체가 날카롭지는 않았으나 무표정한 얼굴이 냉랭한 이미지를 풍기고 있었다.

"반가워요."

수현은 자리에서 일어나 깍듯하게 인사했다.

"안녕하세요. 송수현입니다."

"앉아요."

담담한 얼굴로 자리에 앉은 안 교수는 수현이 앉기를 기다렸다가 말을 이었다.

"지혁이가 어떤 아가씨를 만나는지 궁금해서 보자고 했어요. 내가 따로 할 말도 있고."

수현은 지혁의 어머니도 그와 마찬가지로 말을 빙빙 돌리는 걸 싫어하는 성격이라는 걸 대번에 파악했다. 형식적으로라도 이런저런 말을 할 법도 한데 앉자마자 본론으로 들어가려는 눈치였다.

"먼저 미안하다는 말부터 할게요."

난데없는 사과를 받은 수현이 눈을 동그랗게 떴다.

"지혁이가 묻는다고 시시콜콜 답해줄 성격도 아니고, 지혁이도 수현 씨에 대해서 모든 것을 알고 있을 것 같지는 않아서 내가 따로 좀 알아봤어요."

"……."

수현은 스스럼없이 자신의 뒷조사를 했다고 말하는 안 교수를 말없이 바라보았다. 심기가 불편했지만 있을 수 없는 일이라고 생각하지는 않았기에 크게 동요하지는 않았다.

"얼마 전에 떠들썩한 스캔들이 있었더군요?"

성가신 일 정도로만 생각했던 세진과의 열애설은 잊을 만하면 한 번씩 튀어나와 수현을 곤란하게 만들었다.

"그건 아니라는 게 밝혀진……."

"소용없어요. 이미 보도가 됐고 사람들의 입방아에 오르내린 이상 이미지는 나빠진 거예요."

안 교수는 수현의 해명을 일축했다. 보수적인 집안에서는 사실이 아니라고 밝혀진 것까지 문제시하는구나 싶어, 수현은 씁쓸해졌다.

"고루하다고 생각해도 할 수 없어요. 우리 생각이 그렇다면 우리 집안에 들어올 사람이 맞추는 수밖에. 아니면 들어오길 포기하거나."

안 교수는 수현이 후자를 택해주길 바랐지만, 수현의 선택은 전자였다. 고작 이 정도 압박으로 지혁을 포기할 거였다면 이 자리에 나오지도 않았을 거였다.

"다시는 이런 일 없도록 조심하겠습니다."

그럴 줄 알았다는 듯 안 교수가 곧바로 말을 이었다.

"문제가 또 있던데요?"

긴장한 수현은 입술 안쪽 여린 살을 지그시 깨물었다.

"회사 내에 불륜 관련한 소문도 돌았고?"

깜짝 놀란 수현이 저도 모르게 상체를 앞으로 기울이며 입을 열었다.

"어머님."

"그렇게 부르지 말아요."

안 교수가 불쾌하다는 듯 딱 잘라 선을 긋자, 수현은 가만히 숨을 고르고 제 말을 정정했다.

"……사모님."

"말해요."

"그건 제 잘못이 아닙니다."

수현은 억울했다. 파란 불에 건널목을 건너다가 차에 치였는데 왜 그 순간에 거기에 있었느냐는 말을 들은 기분이었다.

"알아요."

안 교수는 할 말을 잃고 굳어 있는 수현에게 물었다.

"근데 내막을 모르는 사람들을 일일이 찾아다니면서 해명할 수는 없지 않겠어요? 어떻게 생각해요?"

진심으로 제 생각을 듣고 싶어서 묻는 게 아니라는 걸 알기에 수현은 아무 말도 할 수 없었다. 안 교수는 지금 내 아들 옆에 얼씬도 하지 말라는 통보를 하는 것이었다. 지혁이 보연에게 수모를 당한 것과 별반 다르지 않은 상황이었다. 두 사람은 서로의 어머니에게 같은 취급을 받고 있었다.

"여희가 수현 씨 회사에 다니는 지인을 통해 들은 말이라면서 전해줬어요. 지혁이도 알고 있는 얘기죠?"

"……네. 지혁 씨도 알고 있습니다."

"이제부터 내가 할 말은 여희는 물론이고 지혁이도 모르는 일일 거예요. 어쩌면 수현 씨도."

수현은 저도 모르게 마른침을 꿀꺽 삼켰다. 본격적인 이야기가 시작되려 하고 있었다.

"일단 미국에 있는 어머니 얘기부터 하죠."

수현이 본능적으로 움찔했다.

"얼마 전에 한국에 나왔다가 들어가셨다면서요? 왜인지 알고 있어요?"

"……잘 모릅니다."

수현은 차마 제 입으로 돈 때문이라는 말을 할 수 없었다.

"재혼한 분 사업이 잘 안 되는 모양이에요. 그래서 여기저기에서 돈을 빌렸고, 수습하기가 힘들어지니까 도피하듯 한국에 나온 거라고 들었어요. 그런데 미국에 돌아가서 이상한 얘기를 하고 다니신다네요."

수현은 제발 머릿속에 떠오른 그것만은 아니길 마음속으로 빌고 또 빌었다. 하지만 제발 아니길 바란 것 중에 아닌 것은 거의 없었다. 그건 오늘도 마찬가지였다.

"예비 사위가 물려받을 재산이 많고 한국에서 유명한 변호사라면서 지혁이 팔아서 투자금 모으고 있다는 거 몰랐어요?"

"몰랐습니다……."

수현은 고개를 들 수 없을 만큼 수치스러웠다. 의연했던 수현이 흔들리고 있다는 걸 눈치챈 안 교수는 공세를 늦추지 않았다.

"아버지는 부산에서 여러 사업체를 운영하고 계시네요?"

아빠의 이야기까지 나올 줄은 몰랐던 수현의 얼굴에 긴장감이 감돌았다.

"여기저기 뒷돈 대가면서 불법적인 일을 많이 하셨더군요. 언제 터져도 이상할 게 없을 만큼."

"저는 아빠와 연락을 하지 않……."

"알고 있어요."

안 교수가 말허리를 잘랐다.

"하지만 수현 씨가 원하든 원치 않든 언제 어떤 식으로 엮일지 아무도 장담할 수 없는 거예요. 어머니 일만 해도 수현 씨는 모르고 있었잖아요?"

수현은 한마디도 부인할 수 없었다.

"우리 지혁이 큰일 할 사람이에요. 수현 씨가 지혁이 앞길에 걸림돌이 되지 말아줬으면 해요."

안 교수의 말투는 이제 설득에 가까웠다. 수현은 지금까지 살아오면서 누구에게도 사정해 본 적이 없었다. 그런데 지금은 하고 싶었다. 어떻게 하면 되겠느냐고 사정하고 싶었다. 하지만 그럴 수 없는 건, 자신이 지혁의 앞길에 걸림돌이 된다는 걸 스스로 인정하기 때문이었다. 결점 없는 그가 자신으로 인해 흠집이 난다면 그와 헤어지는 것보다 훨씬 더 괴로울 것 같았다.

"내 말에 따라주겠어요?"

한참 만에 수현의 입이 열렸다.

"그렇게…… 하겠습니다……."

그제야 안 교수의 얼굴에 엷은 미소가 번졌다. 수현과 마주하고 처음 보이는 미소였다.

"오늘 우리가 만나서 나눈 얘기, 지혁이한테 해도 괜찮아요. 숨긴다고 숨겨질 얘기도 아니고, 지혁이가 눈치도 빨라요."

그녀는 자기 아들이 어설픈 핑계가 통할 만큼 어수룩하거나 호락호락하지 않았다는 사실을 잘 알고 있었다.

"난 나쁜 엄마가 돼도 상관없어요. 내가 바라는 건 수현 씨가 나랑 한 약속을 지켜주는 것뿐이에요."

그 말인즉 무슨 이유를 대든 헤어져 주기만 하면 된다는 뜻이었다.

"……알겠습니다."

수현은 울컥 복받치는 설움을 참으며 입술을 깨물었다.

수현은 안 교수가 가고 난 뒤에도 한참을 그 자리에 우두커니 앉아 있었다. 꿈을 꾼 것처럼 머릿속이 멍했다.

'나…… 잘한 건가……?'

그녀는 자신이 진심으로 지혁을 위한 결정을 한 건지 확신할 수가 없었다. 그를 위해서가 아니라 제 자존심을 지키기 위한 선택은 아니었는지 판단이 서지 않을 만큼 혼란스러웠다. 너무 쉽게 대답했다는 생각도 들었지만, 또다시 같은 상황을 맞는다고 해도 같은 선택을 했을 거라는 것만은 분명했다. 수현은 살면서 오늘만큼 누군가에게 잘 보이고 싶다는 생각을 해본 적이 없었다. 그런데 잘 보이기는커녕 지혁의 곁에 있으면 안 된다는 사실만 확인받았을 뿐이었다. 아직 그와의 이별이 실감 나지 않아서인지 슬프다기보다는 허무했다. 가슴이 텅 비어버린 기분이었다. 수현이 초점 없는 눈으로 테이블 어딘가를 물끄러미 바라보고 있을 때였다.

"수현 씨."

반사적으로 고개를 치켜든 그녀의 시야에 태신의 웃는 얼굴이 들어왔다.

"어떻게 여기서 보네요."

"……."

수현은 태신을 올려다보며 그가 왜 여기에 있는 걸까 생각했다.

"여기서 맞선 봤어요."

그는 수현의 속내를 읽기라도 한 것처럼, 묻지도 않은 말을 하며 자연스럽게 그녀의 맞은편에 앉았다.

"수현 씨 때문에 눈이 너무 높아져서 큰일이에요. 어떤 여자도 마음에 안 들어요. 수현 씨가 책임져요."

지혁과 수현의 사이를 알게 되었으니 껄끄럽고 어색할 법도 하건만 그는 여전히 장난스러웠다. 하지만 그녀는 지금 그의 농담을 들어줄 기분이 아니었다.

"박 변호사님, 죄송하지만 지금 제가……."

"울적할 것 같아서 위로해 주고 있는 건데 눈치 못 챘어요?"

"……."

수현이 무슨 말이냐는 듯한 표정으로 자신을 바라보자 태신은 능청스럽게 어깨를 추어올렸다.

"아까 그분, 지혁이 어머니 맞죠? 안경자 교수님. 고의는 아니었지만, 두 분이 하는 얘기 들었어요. 아니, 들렸어요."

그는 일부러 엿들은 게 아니라는 걸 해명하기 위해 자신이 맞선을 보며 앉아 있었던 자리를 가리켰다. 태신의 손가락은 지금 그가 앉아 있는 자리이자, 조금 전 안 교수가 앉았던 자리의 뒤편을 향해 있었다. 수현은 그에게 치부를 적나라하게 들켰는데도 그다지 부끄럽지 않았다. 태신이 자신을 어떻게 생각하든지 별 관심도 없었다.

"위로, 사양할게요."
그녀는 그가 그만 가주길 바랄 뿐이었다. 그러나 태신은 수현의 바람을 들어주지 않았다.
"그럼 위로 말고 다른 건 어때요?"
그는 어리둥절해하는 그녀에게 씩 웃으며 말했다.
"내가 도와줄게요."
수현은 태신의 말을 도무지 알아들을 수가 없었다.
"뭘 도와주시겠다는 거죠?
"지혁이랑 헤어지겠다면서요?"
"……그런데요?"
"지혁이가 순순히 헤어져 줄까요? 수현 씨를 엄청 좋아하는 거 같던데."
수현은 그가 안 교수와 자신의 대화를 들은 것까지는 아무렇지 않았다. 그런데 이건 도를 넘어선 것이었다. 아무런 상관도 없는 사람이 왜 나서는 건지 어이가 없었다.
"그래서요?"
그녀의 목소리가 날카로워졌다.
"두 사람 헤어지는 거 내가 도와주겠다는 말입니다."
"……."
"지혁이 버리고 나한테 와요. 아니, 오는 척해요."
수현이 헛웃음을 터뜨렸다. 그녀는 어이없는 걸 넘어서서 그가 왜 이러는 건지 궁금해졌다.
"왜 그런 수고를 자처하시겠다는 건지 모르겠네요. 박 변호사님께 득이 될 게 전혀 없지 않나요?"
"홍익인간 이념이랄까?"

태신이 과장되게 눈썹을 으쓱거렸다.

"널리 사람을 이롭게 하라잖아요. 수현 씨를 이롭게 하려고요. 그럼 혹시 수현 씨가 나한테 진짜 관심이 생길지도 모르니까요."

"그럴 일 없어요."

"에이, 있을 수도 있어요."

그의 너스레를 수현이 칼같이 잘랐다.

"없습니다."

"그럼 잘난 류지혁의 애인을 뺏었다는 우월감이라도 느껴보죠, 뭐. 난 나보다 잘난 놈들이 행복해하는 거 배 아파하는 성격이거든요."

"지혁 씨는 적이 많은가 보네요."

"편도 많을 걸요?"

수현은 태신의 말에 안도함과 동시에 앞으로도 쭉 지혁에게 적보다는 편이 많기를 마음속으로 간절히 바랐다.

"어때요? 내 제안 받아들일 생각 있어요?"

"아니요."

수현은 저의를 알 수 없는 호의를 덥석 받을 만큼 어리숙하지 않았다.

"아, 처음이자 마지막으로 지혁이를 한번 꺾어보고 싶었는데……."

좌절한 시늉을 하는 그의 눈에는 장난기가 가득했다. 수현은 태신이 지혁에게 적개심을 갖고 있다기보다는 이 상황을 재미있어 한다는 걸 알 수 있었다.

"그래도 다시 한 번 잘 생각해 봐요. 그리고 내가 필요하다고 생각되면 연락해요."

그는 명함을 꺼내어 수현의 앞으로 쓱 밀었다.

"맞선 보던 날 드린 명함은 두고 갔더라고요."

수현은 말을 마치고 자리를 벗어나는 태신의 뒷모습과 테이블 위에 놓인 명함을 번갈아 바라보며 생각에 잠겼다.

수현은 집으로 돌아오는 차 안에서 호영의 전화를 받았다.

[어디 나갔다며? 들어오면서 우리 집에 좀 들렀다 가라.]

그녀가 지친 몸을 이끌고 그의 집에 갔을 때, 집에는 호영 혼자뿐이었다. 오늘 재판에, 미팅에, 회의까지 정신없이 바쁠 것 같다던 지혁은 지금 아무것도 모르고 있을 터였다. 수현은 자신이 지금 누구를 만나고 왔는지, 무슨 이야기를 하고 왔는지 그가 알게 된다면 어떤 반응을 보일지 생각만 해도 가슴이 조여왔다. 장담할 수 있는 건 그가 절대 받아들이지 않으리라는 것이었다.

"지혁이네 부모님이 너랑 지혁이 사이 반대하신다며?"

시은에게 들었으리라 짐작한 수현이 담담하게 고개를 끄덕였다.

"지혁이, 부모님 말씀에 휘둘릴 놈 아니야. 믿어봐."

그녀의 얼굴에 씁쓸한 미소가 번졌다.

"난 그런 걸 걱정하는 게 아니야. 지혁 씨가 부모님 대신 날 선택하고 후회할까 봐 두려운 거지. 우리 아빠가 그랬던 것처럼."

아빠의 집안에서 엄마를 반대했던 건, 엄마가 신분 상승을 꿈꾸는 가난한 단역 배우 출신이기 때문이었다. 부모님의 반대를 무릅쓰고 혼인신고를 해버린 아빠는 맨몸으로 집에서 쫓겨났다. 평생 사랑만 가지고도 살 수 있을 줄 알았던 두 사람의 현실은 녹록하지 않았다. 아빠는 시간이 흐를수록 엄마를 선택함으로써 잃게 된 것들이 억울해졌고, 엄마는 군색한 생활을 견디기 힘들어했다. 그 결과 자연스럽게 다툼이 잦아지게 되면서 결국 서로에게 상처만 남긴 채 파국을 맞게 된 것이었다. 오래전, 수현이 이모로부터 전해 들은 이야기였다.

“그래서 네가 먼저 지혁이를 포기하겠다는 건 아니지?”

호영은 그녀가 왜 그런 말을 하는 건지 모르지 않았기에 더 안타까웠다.

“이미 포기했어.”

수현은 부모님의 전철을 밟게 될까 봐 두려웠다.

“……뭐라고?”

호영이 믿을 수 없다는 얼굴로 수현을 바라보고 있던 그때, 현관문이 열리는 소리가 들렸다. 두 사람의 시선이 동시에 현관 쪽으로 향했다. 거실로 걸어 들어오던 지혁이 수현을 발견하고 눈을 크게 떴다.

“나 기다린 거야?”

수현은 그의 웃는 얼굴을 외면하며 호영을 돌아보았다.

“오빠, 잠깐 자리 좀 피해줄래?”

호영은 별말 없이 지혁의 옆을 지나쳐 밖으로 나갔다. 심상치 않은 분위기를 감지한 지혁이 걱정스러운 표정으로 수현에게 다가왔다.

“무슨 일 있었어?”

“할 말이 있어요. 앉아서 얘기해요.”

두 사람은 식탁을 사이에 두고 마주 앉았다.

“오늘 어머님을 뵀어요.”

“어머님?”

“지혁 씨 어머니요.”

불길함을 감지한 지혁의 얼굴이 딱딱하게 굳었다.

“어머니를 왜?”

“만나자고 하셔서요.”

지혁은 어젯밤 여희의 아파트를 떠나 곧장 한남동 본가로 향했다. 그러나 집에는 아무도 없었다. 전화보다는 직접 얼굴을 보고 말을 하는 게 나을 것 같아서 오늘 다시 가보려다가 시간이 늦어지는 바람에 내일로 미루고 집으로 돌아온 것이었다. 여희가 수현을 만난 지 하루 만에 어머니까지 나설 줄 알았더라면 결코 여유를 부리지 않았을 텐데 뒤늦은 후회가 밀려들었다.

"어머니가 무슨 말씀 하셨어?"

"내가 지혁 씨한테 얼마나 부족한 사람인지 알려주셨어요."

지혁은 어머니가 수현에게 어떤 식으로 말을 했을지 짐작이 갔다. 감정이라고는 느껴지지 않는 얼굴로 우아하지만 매정하게…… 그게 사람을 대하는 어머니의 방식이었다.

"어머니가 무슨 말씀을 하셨는지는 몰라도 못 들은 걸로 해."

"들은 걸 어떻게 못 들은 걸로 할 수 있겠어요."

이제 가장 하기 어려운 말을 꺼내놓아야 하는 수현은 다시 한 번 마음을 다잡고 말을 이었다.

"어머님께 헤어지겠다고 했어요."

지혁이 인상을 확 찌푸렸다.

"누구 맘대로?"

"내 맘대로요. 지혁 씨가 동의해 줬으면 좋겠어요."

"동의 안 해."

수현은 그가 어떻게 나올지 예상했기에 당황하지 않았다. 그녀의 표정은 고요했고 목소리는 담담했다.

"지혁 씨, 날 더는 비참하게 만들지 말아요. 난 내 자존심이 중요해요."

거짓말이었다. 자존심 따위 그를 위해 얼마든지 버릴 수 있었다. 하지만 그녀는 그를 위해서가 아니라 자신을 위해서 헤어지겠다는 결심을 굳힌 것으로 밀고 나갈 작정이었다. 그렇지 않으면 지혁이 이별을 받아들이지 않을 거라는 걸 알기 때문이었다.
"나보다 더?"
"네. 지혁 씨보다 더요."
지혁은 자신이 수현을 더 많이 좋아한다는 사실을 인정하면서도, 무심한 얼굴로 이별을 말하고 있는 그녀에게 서운한 마음도 들었다. 그렇지만 수현의 말에 따라줄 생각은 조금도 없었다.
"다시는 오늘 같은 일 없도록 할게."
"다시 이런 일이 없으리라는 보장은 없어요."
"우리 사이, 인정받았다면 좋았겠지만 아니어도 상관없어. 부모님 허락이 필요한 나이 아니야."
"난 상관있어요."
수현은 집으로 돌아오는 내내 그에게 할 말을 준비했기에 막힘없이 받아칠 수 있었다.
"난 지금까지 나 자신을 특별히 부족하다고 생각해 본 적이 없어요. 누구랑도 비교하지 않고 나는 나라고 생각하면서 살았어요. 그런데 지혁 씨 때문에 내가 너무 초라하게 느껴져요. 송수현이라는 사람으로는 당당하게 살 수 있지만, 류지혁의 여자로는 그럴 수 없잖아요."
수현은 마지막까지 할까 말까 고민했던 말을 하기로 했다. 그를 단념시키기 위해서는 어쩔 수 없었다.
"난 지혁 씨의 앞길에 걸림돌이 된다는 말까지 들으면서 지혁 씨를 만나고 싶지 않아요."
저도 모르게 말아 쥐고 있던 지혁의 손등에 핏줄이 불끈 솟아올랐다.
"어머니가 그래? 네가 내 앞길에 걸림돌이 된다고?"

"네. 나도 딱히 아니라는 말은 못 했어요. 그게 사실이니까."
"난 그렇게 생각하지 않아."
"지혁 씨를 제외한 모두가 그렇게 생각해요."
그는 수현이 왜 걸림돌이라는 말까지 들어야 하는지, 그녀가 왜 그 말을 인정하는 건지 이해할 수가 없었다. 지혁이 무슨 생각을 하는지 눈치챈 수현이 말을 덧붙였다.
"지혁 씨가 우리 엄마와 아빠에 대해 모르는 사실이 있어요. 내 입으로 말하고 싶지는 않으니까 어머님께 들으세요."
"……."
"우리 여기까지만 해요. 내 한계는 여기까지예요."
그녀가 무슨 말을 해도 그의 생각은 달라지지 않았다.
"네가 얼마나 상처를 받았는지 알겠어. 미안해. 하지만 난 받아들일 수 없어. 절대 너랑 헤어지지 않아."
지혁은 그 말만 남기고 자리에서 일어났다.
수현을 뒤로하고 집을 나온 지혁이 엘리베이터 호출 버튼을 누른 순간이었다.
"어디 가게?"
고개를 돌린 그의 눈에 비상구 계단에 앉아 있는 호영이 보였다. 지혁은 엉덩이를 툭툭 털며 다가오는 호영에게 메마른 목소리로 대답했다.
"한남동."
"한남동에는 갑자기 왜?"
지혁이 아무런 대답 없이 엘리베이터 표시등으로 눈을 돌리자 호영이 다시 물었다.
"부모님이 수현이 반대하신다며?"

"……"

"괜찮겠냐?"

부모님의 반대를 이겨낼 수 있겠느냐는 의미였다.

"어."

지혁의 대답은 무심하기 이를 데 없었지만, 호영은 구구절절한 백마디 말보다 지혁의 단호한 한마디를 더 믿었다.

"다녀와라."

호영의 얼굴에 그제야 안도의 빛이 떠올랐다.

지혁이 나가 버린 뒤, 수현은 무거운 마음으로 집에 돌아왔다. 헤어지자는 말을 선뜻 받아들이지 않을 줄은 알고 있었지만, 그는 생각보다 더 완강했다. 그와 헤어진다는 사실 자체만으로도 버거운 상황에서 어떻게 하면 그를 밀어낼 수 있을까를 고민해야만 하는 제 처지가 어이없기까지 했다. 그녀는 옷도 갈아입지 못하고 침대에 우두커니 앉아 있다가 휴대폰 벨소리를 듣고 정신을 차렸다. '엄마'라는 두 글자를 보고 순간적으로 멈칫한 수현이 망설임 끝에 통화 버튼을 눌렀다.

[정말이니?]

수현에게는 엄마의 밑도 끝도 없는 말을 알아들을 재주가 없었다.

"뭐가요?"

[너 지혁이랑 헤어졌다며?]

수현은 자신도 불과 몇 시간 전에 결심했고 당사자인 지혁도 불과 이십여 분 전에 알게 된 사실을 미국에 있는 엄마가 어떻게 알았는지 당혹스러웠다.

"……누구한테 들으셨어요?"

[정말이야? 진짜 헤어진 거야?]

"어떻게 아신 거냐고요."

[방금 모르는 번호로 전화가 왔었어. 지혁이 엄마라더라.]

"……!"

수현이 움찔 몸을 떨었다.

[너랑 지혁이, 헤어졌으니까 이상한 소문내고 다니지 말래. 내가 무슨 소문을 냈다고 그런 말을 하는지 모르겠다.]

수현은 안 교수가 없는 말을 지어서 했을 거라고는 생각하지 않았다. 엄마는 충분히 그럴 수 있는 사람이라는 걸 알기 때문이었다.

[헤어진 거 맞아? 그냥 좀 다툰 거 아니고?]

"헤어졌어요."

[왜? 무슨 일 때문인데?]

수현은 '엄마 때문에요'라고 말하려다가 관뒀다. 말을 해봤자 왜 그게 나 때문이냐는 대답이 돌아올 게 뻔한데 굳이 예견 가능한 일에 감정 소모를 하고 싶지 않아서였다. 그러나 엄마가 더 이상 그의 이름을 들먹이고 다니지 않게끔 확실히 못을 박아야 했다.

"이제 나랑 지혁 씨 아무 사이도 아니에요. 엄마의 예비 사위는 더더욱 아니고요. 그러니까 앞으로는 누구한테도 지혁 씨 얘기 꺼내지 마세요."

[…….]

보연은 수현이 뭔가 알고 있다는 걸 눈치채고 입을 다물었다.

"엄마."

내색하지 않으려 애썼지만, 수현의 목소리는 가늘게 떨리고 있었다.

"나 오늘…… 엄마가 많이 미워요……."

울컥 치밀어 오르는 슬픔을 가슴으로 삼킨 수현은 조용히 전화를 끊었다. 그리고 지금까지 그래왔듯 원망도 내려놓고, 설움도 흘려보내려 애썼다. 그녀는 엄마와의 통화로 제 삶 속에 지혁을 끌어들이면 안 된다는 생각이 더욱 확고해졌다. 자신은 낳아준 부모이기에 인내해야 하는 부분이 있었지만, 지혁은 그럴 필요가 전혀 없었다. 수현은 혹시라도 그가 자신과 엮여서 감당하지 않아도 될 일을 겪게 될까 봐 겁이 났다. 그렇게 되기 전에 지혁을 보내야만 했다. 문득 한 사람을 떠올린 수현은 가방에 대충 던져 넣었던 명함을 꺼내어 거기에 적힌 휴대폰 번호로 전화를 걸었다.

"송수현이에요."

명함에 적힌 이름은 '박태신'이었다.

지혁이 찾아오리라는 걸 짐작하고 있었던 안 교수는 늦은 시간에 들이닥친 그를 보고도 놀라지 않았다.

"자려던 참이었다."

문을 열어준 그녀는 집에 들어선 그에게 나무라듯 한마디 하고는 몸을 돌렸다. 지혁이 안 교수의 뒤를 따르며 물었다.

"수현이 만나셨다면서요?"

"그래."

방으로 들어간 안 교수는 침대 위에 등을 기대고 앉아 책을 읽고 있는 류 원장의 옆에 앉았다. 류 원장은 아들이 온 걸 뻔히 알면서도 책의 마지막 단락까지 다 읽고서야 고개를 들었다.

"이렇게 늦은 시간에 웬일이냐."

"어머니께 드릴 말씀이 있습니다. 물론 아버지께서도 아시는 일이겠지만요."

지혁은 어머니에게 눈을 돌렸다.

"하실 말씀이 있으시면 저한테 하셨어야죠."

안 교수는 미적거리지 않고 곧바로 실행에 옮겨준 수현이 내심 고마웠다. 사실 그녀는 부모만 어지간했다면 수현을 못 이기는 척 받아주고 싶은 마음도 조금은 있었다. 어린 나이부터 제 분야에서 자리를 잡은 것도 인정해 줄 만했고, 알랑거리지 않고 차분한 성격도 나쁘지 않았다. 하지만 아무리 많은 장점이 있다 한들 치명적인 단점 하나를 이길 수는 없는 법이었다.

"너한테 해봐야 소용없을 걸 아니까."

'원하는 걸 얻기 위한 가장 빠르고 효율적인 방법을 아는 분…….'

지혁의 눈에 비친 어머니의 모습이었다.

"수현이 부모님에 대해 뭘 알게 되신 건지 말씀해 주세요."

"아주 지뢰밭이더라."

안 교수가 수현의 뒷조사를 통해 알아낸 사실들을 말하는 동안 가만히 듣고만 있던 류 원장이 그녀의 말이 끝나기 무섭게 말문을 열었다.

"이혼한 부모가 각자 재혼한 것도 어디 내보이기 민망한 마당에 배다른 동생에, 불법적 사업 확장에, 벌써부터 네 이름까지 팔고 다니는데 무슨 말이 더 필요하겠냐? 그런 지저분한 집안이랑 엮인다는 것 자체가 수치다."

지혁은 부모님의 생각에 동의할 수 없었다.

"그건 수현이 잘못이 아닙니다."

"그런 부모를 둔 것도 잘못이다."

"아버지!"

"그 피, 어디 안 간다."

류 원장이 그의 항변을 일축했다.

"그럼 저도 아버지의 말씀에서 자유로울 수 없겠네요."

"그게 무슨 말이냐."

지혁은 아버지의 사나운 시선을 피하지 않으며 입을 열었다.

"나는 이 순간 국가와 국민의 부름을 받고 영광스러운 대한민국 검사의 직에 나섭니다."

그는 부모님이 어리둥절해하는 것을 보면서도 멈추지 않았다.

"공익의 대표자로서 정의와 인권을 바로 세우고 범죄로부터 내 이웃과 공동체를 지키라는 막중한 사명을 부여받은 것입니다. 나는 불의의 어둠을 걷어내는 용기 있는 검사, 힘없고 소외된 사람들을 돌보는 따뜻한 검사, 오로지 진실만을 따라가는 공평한 검사, 스스로에게 더 엄격한 바른 검사로서 처음부터 끝까지 혼신의 힘을 다해 국민을 섬기고 국가에 봉사할 것을 나의 명예를 걸고 굳게 다짐합니다."

한 마디도 막히지 않고 말을 마친 지혁의 얼굴에는 자조 섞인 미소가 감돌고 있었다.

"검사 임관식 때 했던 선서예요."

두 사람이 그걸 모를 리 없었다. 대표 선서를 하던 지혁의 모습이 아직도 그들의 눈에 선했다.

"남들은 이 선서가 감동적이고 멋있다는데 전 아니에요. 정의, 진실, 엄격…… 제가 입에 올리면 안 될 말이니까요."

지혁의 시선이 류 원장에게 향했다.

"검찰청을 왜 그만뒀냐고 물으셨죠?"

류 원장은 사직서를 냈다는 지혁의 말을 듣고 노발대발하며 했던 제 질문을 기억하고 있었다.

"현실과 이상의 괴리를 좁힐 수 없어서 그만뒀습니다."

지혁은 숨을 고르고 말을 이었다.

"수현이에게 잘못이 있다면 저도 마찬가지예요. 그럼 아버지, 어머니의 피를 물려받은 저 역시 법조문이 아니라 돈과 권력에 기준점을 두면서 사회적 약자보다는 재벌이 잘사는 세상을 위해 혼신의 힘을 다하는 게 맞겠죠."

그는 서로 끌어주고 밀어주며 그들이 사는 세상을 공고히 하기 위해 애써온 부모님을 속으로는 비난하면서도 겉으로는 모른척한 자신의 비겁함을 반성하며, 그동안 마음속에만 쌓아왔던 것들을 남김없이 쏟아냈다.

"두 분은 그런 말씀을 하실 자격 없으십니다. 제가 두 분께 더는 실망하지 않게 해주세요."

류 원장과 안 교수는 멍하게 앉아 있을 뿐 아무 말도 하지 못했다.

"전 무슨 일이 있어도 수현이 안 놓습니다. 그러니까 쓸데없는 데에 힘 빼지 마세요."

말을 마친 지혁은 뒤도 돌아보지 않고 방을 나갔다.

지혁이 본가에 있던 그 시각, 수현은 자신의 전화를 받고 한달음에 달려온 태신을 만나고 있었다. 그녀가 지하 주차장으로 내려갔을 때 그는 차 밖에 나와서 서성이고 있었다.

"여기까지 오시게 해서 죄송합니다."

"내가 굳이 오겠다고 우긴 건데 왜 수현 씨가 죄송해요."

태신은 웃으며 수현에게 조수석 문을 열어주었다.

"뭐라도 마시러 갈까요? 차도 좋고 술도 좋고, 전 아무거나 오케이입니다."

"죄송하지만 오늘은 제가 좀 피곤해서요."

"그럼 차에 타서 얘기나 해요."

수현은 늦은 시간에 잘 모르는 남자의 차에 타기가 껄끄러웠지만,

자신이 먼저 연락해서 보자고 한 마당에 싫다고 할 수도 없어 아무 말 없이 차에 올랐다. 그녀를 태우고 차 앞을 돌아 운전석에 탄 태신이 눈을 빛내며 물었다.

"결심이 선 거예요?"

"박 변호사님께서 도와주시겠다면요."

수현은 지혁을 떠나보내는 데에 그를 이용하기로 했다.

"물론이죠."

"감사합니다."

아무런 영혼이 느껴지지 않는 그녀의 사무적인 대답에 태신의 미간이 좁아졌다.

"우리 이제 굉장히 친한 척해야 하는 거 알죠? 이대로는 곤란해요."

수현은 뭘 어쩌자는 건지 몰라 말없이 그를 바라보았다.

"호칭부터 바꿉시다."

"호칭이요?"

"앞으로 태신 씨라고 불러요."

그녀는 반사적으로 지혁이 자신을 '지혁 씨'라고 부르라고 했던 날을 떠올렸다. 그때만 해도 그를 좋아하게 될 줄도, 그와 이렇게 헤어지게 될 줄도 몰랐는데…… 세상일은 참 예측할 수 없는 것이라는 생각밖에 들지 않았다.

"그럴게요."

수현의 얼굴에는 만감이 교차하고 있었다.

아파트에 도착한 지혁은 주차를 하고 수현에게 전화를 걸었다. 그는 그녀를 이대로 내버려 둘 수 없었다. 다른 생각을 하지 못하도록, 헤어지는 건 있을 수 없는 일이라고 다시 한 번 못을 박아야만 했다.

필요하다면 으름장이라도 놓을 생각이었다.

"잠깐 보자. 주차장으로 좀 내려올래?"

[지금 집 아니에요.]

"어딘데?"

[주차장이요.]

"주차장?"

[태신 씨 만나고 있어요.]

지혁은 수현이 당연히 집에 있을 줄 알았기에 집이 아니라는 그녀의 대답이 의외였고, 수현이 주차장에서 뭘 하고 있는지 의아했으며, 그녀의 입에서 나온 '태신 씨'가 누구인지 단숨에 알아듣지 못했다. 그래서 계속 되물을 수밖에 없었다.

"태신 씨?"

[박태신 변호사님이요.]

그는 수현이 태신을 만나고 있는 것도 이해할 수 없었지만, 왜 그런 친근한 호칭으로 부르는지는 더더욱 이해할 수 없었다. 문을 벌컥 열고 차에서 내린 지혁이 사방을 둘러보며 물었다.

"지금 어디야?"

[얘기 끝나면 전화할게요.]

다급한 그와 달리 수현의 대답은 야속할 만큼 느릿했다. 당황한 기색도 전혀 없었다.

"둘이 이 시간에 만나서 할 얘기가 뭔데?"

지금은 밤 11시가 넘은 시각이었다.

[태신 씨한테 부탁할 게 있어서요.]

"선배가 들어줄 수 있는 거면 나도 들어줄 수 있어. 나한테 부탁해."

[지혁 씨가 들어줄 수 없는 거예요.]
"지금 어디냐고. 얼굴 보고 얘기해."
그는 빠른 걸음으로 걸으며 주차된 차들을 살피기 시작했다.

수현과 지혁의 통화를 듣고 있던 태신은 그녀가 전화를 끊자마자 호들갑스레 말문을 열었다.
"타이밍 죽이네요."
수현은 말없이 휴대폰을 두 손으로 꼭 쥐고 마음을 가다듬었다. 냉정하게 잘 대처했다는 생각은 들면서도 한편으로는 지혁에 대한 죄책감으로 마음이 무거웠다.
"류지혁 등장."
태신의 말에 시선을 들어 올린 그녀는 주위를 두리번거리며 빠르게 다가오는 지혁의 모습을 발견했다.
"이렇게 빨리 삼자대면을 하게 될 줄은 몰랐는데요?"
운전석으로 고개를 돌린 수현이 태신을 불렀다.
"박 변호사님."
태신이 의아하다는 듯 고개를 갸웃거렸다.
"호칭 바꾸기로 했잖아요."
"지혁 씨가 듣지 않는다면 굳이 그렇게 불러야 할 필요 없으니까요."
조금 섭섭하긴 했지만 이제 그도 얼추 수현의 성격을 파악했기에 더는 강요하지 않았다. 그녀는 강요한다고 통할 상대도 아니었다.
"편한 대로 해요."
"내리지 마시고 오늘은 그냥 가세요."
태신은 이번에도 순순히 수현의 말에 따랐다.

"오케이. 그럼 본격적인 작전은 다음 기회로 미루죠."
"다시 한 번 감사드립니다."
"뭘요."
그녀의 지극히 예의 바른 인사에 태신이 멋쩍게 웃었다.
"안녕히 가세요."
수현이 말을 마치고 정면을 바라보았을 때 차 앞에는 지혁이 굳은 표정으로 서 있었다. 수현이 조수석에서 내리자마자 태신의 차에 시동이 걸렸다. 지혁은 자신이 비켜줘야 차가 빠져나갈 수 있다는 걸 알면서 꼼짝도 하지 않았다. 지혁과 태신의 시선이 허공에서 얽혔다. 넉살 좋게 웃으며 비키라는 듯 손짓을 하는 태신을 빤히 쳐다보고 있던 지혁이 한참 만에 옆으로 한 걸음 물러났다. 그는 태신의 차가 사라지고 나서야 수현을 돌아보았다.
"인사라도 할까 했는데 왜 같이 안 내리고?"
수현은 지혁의 가시 돋친 말이 지나치다고 생각하지 않았다. 자신이 그의 입장이라면 그보다 더 언짢았을 테니 말이다.
"우리가 같이 있는 걸 보면 지혁 씨가 기분 나빠할 것 같아서요."
"우리?"
지혁의 눈썹이 신경질적으로 꿈틀거렸다.
"우리라는 말은 너랑 나를 두고 하는 말이야. 아무 상관도 없는 사람한테 그런 말 쓰지 마."
"아무 상관도 없는 사람 아니에요."
"그게 무슨 뜻이지?"
수현은 부디 그에게 제 본심을 들키지 않길 빌며 태연하게 받아쳤다.
"태신 씨를 만나볼까 해요."

"만난다는 의미가 뭔데?"

"지혁 씨가 짐작하고 있는 그거요."

지혁의 눈빛이 차갑게 얼어붙었다.

"왜?"

목소리에서는 냉기가 뚝뚝 떨어졌다.

'당신을 보내야 하니까…….'

수현은 애절한 속마음을 숨기고 담담하게 대답했다.

"솔직하고 좋은 사람 같아서요."

그가 헛웃음을 터뜨렸다.

"그걸 지금 나보고 믿으라는 거야? 지금까지 아무런 관심도 없던 박태신을 만나보겠다는 말을 믿으라고?"

"믿으세요."

"아니. 안 믿어."

"내가 언제 태신 씨를 좋아한다고 했어요? 만나다 보면 좋아질 수도 있으니까 지금부터 만나보겠다는 말이에요."

지혁은 강경한 태도로 일관하는 수현에게 나직하게 물었다.

"양다리라도 걸치겠다는 건가?"

"아니요. 양다리는 취미 없어요."

"그럼?"

"지혁 씨랑 헤어지고 만나보겠다는 말이에요."

"하아……."

그의 입술 사이로 한숨이 흘러나왔다. 지혁은 수현이 왜 이러는지 모르지 않았다. 하지만 그녀의 심정을 이해하면서도 화가 났다. 다른 남자를 만나보겠다고 통보하는 제 여자의 말을 어떻게 이해할 수 있을까.

"말 같지도 않은 소리 하지 마."

"나도 이런 말 같지 않은 말을 하게 될 날이 올 줄은 몰랐어요."

수현은 한 가지는 확실히 알고 있었다. 아름다운 이별은 없다는 것. 그녀는 지혁이 자신에게 부정적인 감정을 가지고 떠날 수만 있다면 뭐라도 할 참이었다. 미움, 분노, 실망, 원망…… 뭐라도 상관없었다. 그가 믿는지 안 믿는지도 중요하지 않았다. 그녀의 목적은 단 하나, 그와의 이별뿐이었다. 그게 수현이 바라는 전부였다.

"네가 왜 이러는지 알아."

"알면 내가 원하는 대로 해줘요. 난 지혁 씨 못지않게 괜찮은 남자를 만날 수 있다는 걸 지혁 씨 부모님께 보여드리고 싶어요."

조건이 아무리 좋다 한들 수현의 눈에는 지혁이 아닌 그 누구도 들어오지 않았다. 그렇지만 자존심이 상해서 오기를 부리는 것으로 보여야만 자신이 그를 위해서 떠나려고 한다는 생각을 지혁의 머릿속에서 지울 수 있을 거였다. 그녀는 지금 그가 정을 떼고 떠날 수 있도록 최선을 다하고 있었다.

"절대 그럴 수 없어."

수현은 그가 너무나 완강해서 무슨 말을 더 해야 할지 알 수 없었다. 지친 표정으로 시선을 내리깨는 그녀를 보며 지혁이 말을 이었다.

"난 너희 부모님 일, 개의치 않아. 혹시 무슨 일이 생기게 된다고 해도 내가 감수할게."

수현이 눈을 들어 올리며 단호하게 말했다.

"싫어요."

"……."

"지혁 씨가 감수하겠다고 해도 내가 싫다고요. 난 지혁 씨한테 미안함을 느끼면서 살고 싶지 않아요. 나한테 그런 삶을 강요하지 말아요."

"네가 무슨 말을 해도 난 너 못 놔줘."

그가 일말의 흔들림도 없자, 오히려 그녀가 평정심을 잃었다.

"그만 좀 해요. 대체 나한테 왜 이래요?"

지혁은 목소리를 높이는 수현에게 담담하게 말했다.

"몰라서 물어? 내가 널 사랑한다는 거잖아."

"……."

이런 상황에서 사랑한다는 말을 들을 줄은 미처 몰랐던 그녀는 당혹스러우면서도 그의 고백에 가슴이 떨렸다. 헤어지자고 애걸하는 것이나 다름없는 와중이었음에도 심장이 쿵쾅거렸다.

"그러니까 그냥 내 옆에, 내 여자로 있으라고. 다른 남자한테 너 못 준다고."

수현은 제 심장 소리가 그에게 들리지는 않을까 걱정하면서도 겉으로는 냉정하게 받아쳤다.

"사랑은 언젠가 변해요. 끝을 알면서 시작하고 싶지 않아요."

처음 지혁의 마음을 받아들일 때는 그라면 끝을 모른 채 시작해봐도 괜찮지 않을까 하는 마음이었다. 그런데 그에 대한 마음이 깊어지면서 생각이 달라졌다. 변한다고 해도, 변할 때까지만이라고 해도 그와 사랑이라는 걸 하고 싶었다. 그 끝이 어디든 그와 함께이고 싶었다. 하지만 이제 그럴 수 없게 되어버렸다. 그렇게 되면 안 되는 거였다.

"아니. 사랑은 이미 시작됐어. 부인하려고 하지 마."

"……."

"난 너도 날 사랑한다는 걸 알아."

수현은 그의 확신에 찬 말을 반박할 수 없었다. 고스란히 들켜 버린 제 마음을 조금이라도 숨기기 위해 그의 눈을 피하는 것밖에는 할 수 있는 게 없었다. 시선을 발끝에 두고 있던 그녀의 귓가에 지혁의 나직한 목소리가 감겨들었다.

"우리는 죽을 때까지 행복하게 살 거야. 그게 내 끝이야."

그는 그녀를 위해, 그녀는 그를 위해

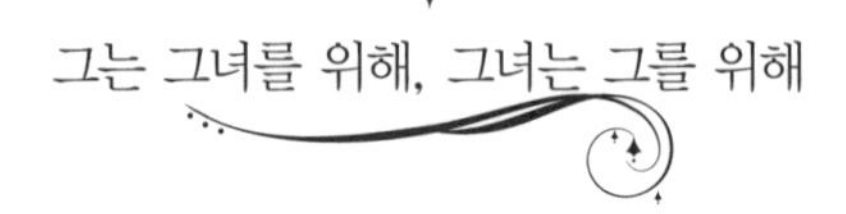

수현은 그날 이후 지혁을 피하려고 애썼다. 그의 얼굴을 보면 결심이 무너질 것 같아서 차마 만날 수 없었다. 그래서 해도 뜨지 않은 새벽에 집을 나가서 자정을 넘겨서 들어오거나 집에 있어도 없는 척했고, 전화가 와도 받지 않았다. 지혁은 그녀가 자신이 제풀에 지쳐 나가떨어지길 바라고 있다는 걸 알기에 더 힘들었고, 수현이 홧김에 고집을 피우는 게 아니라는 걸 알기에 더 괴로웠다. 그는 문득문득 수현이 원하는 대로 해주는 게 맞지 않을까, 그녀가 자신으로 인해 더 고통받고 있는 건 아닐까 하는 생각도 들었다. 머릿속은 뒤죽박죽이고 온몸은 천근만근이었다.

며칠 동안 수현의 일에, 회사 일까지 겹쳐져 숨 쉴 틈 없을 만큼 심신을 혹사당한 지혁은 중요한 재판을 마치고서야 한숨 돌릴 수 있게 되었다. 저녁 7시가 조금 넘어서 방을 나온 그는 영민의 방으로 향했다. 영민은 여희와 함께 있었다. 지혁과 여희는 껄끄러운 대화가 오고 간 날 이후 데면데면하게 지냈다. 일과 관련된 것이 아니면 어떤 이야기도 나누지 않았다. 지혁은 문가에 선 채로 여희를 흘긋 보고서 영민에게 시선을 옮겼다.

"나 들어간다."

"집으로 갈 거야?"

"어. 일찍 들어가서 쉬려고."

"그래. 들어가라. 피곤해 보인다."

지혁은 비상구 계단을 통해 1층으로 걸어 내려가면서 수현에게 전화를 걸어볼까 생각하다가 관뒀다. 얼굴을 보고 다시 한 번 진지하게 말을 하는 게 나을 것 같아서였다. 혹시라도 집에 없다면 들어올 때까지 문 앞에서 기다리기라도 할 참이었다. 그는 자신이 누군가에게 이렇게 필사적일 수 있다는 게 신기했다. 여자의 집 앞에서 기약 없이 기다릴 각오까지 하는 날이 올 거라고는 생각해 본 적도 없었다. 그래서 지혁은 그 모든 걸 가능하게 만든 수현을 놓아줄 수 없었다.

아파트 지하 주차장에 도착해서 주차를 마친 지혁은 제 차 앞을 지나가는, 눈에 익은 파란색 스포츠카를 보고 인상을 찌푸렸다. 그의 차 근처에 주차한 스포츠카에서 내린 사람은 예상대로 태신이었다. 지혁은 그가 여기에 있을 이유는 한 가지뿐이라는 걸 잘 알았다. 자신을 만나러 오지는 않았을 테니 태신의 목적은 수현일 거였다. 아니나 다를까, 그의 시야에 저만치에서 걸어오고 있는 수현이 들어왔다. 지혁은 굳은 얼굴로 차에서 내렸다. 그를 발견한 수현은 순간적으로 멈칫했으나 이내 담담한 표정으로 그에게 다가갔다.

"퇴근이 빠르네요."

지혁은 그녀의 일상적인 인사말이 거슬렸다.

“어디 가?”
“저녁 먹으러요.”
“누구랑?”
대답은 앞에 있는 수현이 아닌 뒤에서 들려왔다.
“나랑.”
지혁은 태신의 목소리를 아주 똑똑히 들었으면서 마치 아무 말도 듣지 못한 사람처럼 수현에게 재차 물었다.
“누구랑 저녁 먹으러 가는 거냐고 묻잖아.”
“태신 씨랑요.”
수현의 옆에 와서 선 태신이 불만스러운 표정으로 툴툴거렸다.
“류지혁, 선배 대접은 좀 해 주라. 너무 개무시하는 거 아니냐?”
그제야 지혁의 눈이 태신에게 향했다.
“선배 대접을 바라면서 후배 여자한테 지금 뭐 하시는 겁니까?”
“골키퍼 있는 골대에 공 넣기.”
태신이 빙그레 웃으며 천연덕스럽게 대답했다. 그와 달리 지혁은 소름 끼칠 만큼 차가운 눈빛으로 말을 받았다.
“그 공을 밟아서 터뜨려 버리고 싶은 마음이 들지 않게 해주십시오, 선배님.”
“그래. 그 눈빛.”
태신은 지혁이 검사였던 시절에 그와 법정에서 마주친 적이 있었다. 무고한 여대생을 납치해서 윤간 후 살해한 조직폭력배 무리를 변호했던 사건이었다. 그런 놈들을 변호하는 게 떳떳했던 건 아니었다. 그러나 세상에는 싫어도 할 수밖에 없는 일이 있게 마련이었고, 태신에게는 그 사건이 그랬다. 최대한 형량을 낮춰보라는 아버지의 지엄한 분부가 있었기에 하는 수 없이 변호를 맡은 것이었다. 아버지는 결코 막대한 수임료를 마다하지 않는 분이었다. 태신은 재판이 있던 날, 이따위 인간 말종들을 변호하느냐는 듯한 지혁의 눈빛을 마주하고 자신이 인간 말종이 된 것 같은 기분을 느꼈다. 그는 그날 느낀 모멸감이 아직도 생생했다.

"넌 그런 눈빛이 어울려."

수현이 두 사람 사이에 흐르는 위험한 분위기를 감지하고 끼어들었다.

"올라가세요."

지혁이 그녀를 돌아보며 말했다.

"가지 마."

"갈 거예요."

수현은 그가 무슨 말을 더 하기 전에 자리를 피하는 게 나을 것 같아서 얼른 태신을 바라보았다.

"가요."

태신은 제 차가 주차된 방향으로 팔을 뻗어 수현을 앞세우고 지혁에게 씩 웃어 보였다.

"또 보자."

지혁은 두 사람이 제 옆을 스쳐 지나가는 것을 보면서도 아무런 말을 하지 않았다. 태신의 차에 탄 수현은 사이드미러로 시선을 옮겼다. 차를 등진 채 우두커니 서 있는 지혁의 뒷모습을 애틋한 눈빛으로 응시하고 있는 그녀에게 태신이 조심스레 물었다.

"괜찮아요?"

"안 괜찮아요."

수현은 머리가 깨질 듯 아팠다. 그런데 그보다 가슴이 더 많이 아팠다. 태신은 그녀가 괴로워하고 있다는 걸 알기에 묵묵히 운전만 했다. 조용히 창밖을 내다보고 있던 수현이 한참 만에 입을 열었다.

"지혁 씨가 이 시간에 집에 오는 줄은 어떻게 아셨어요?"

수현은 불과 삼십여 분 전에 태신의 전화를 받았다. 그는 지혁이 집으로 가고 있으니 외출 준비를 하고 주차장으로 내려오라면서 이제 지혁에게 둘이 함께 있는 모습을 보여줘야 하지 않겠냐고 했다. 이것이 우연을 가장한 삼자대면이 가능했던 이유였다.

"정보원이 있어요."

"정보원이요?"

수현이 놀란 기색을 내비치자 태신의 장난기가 발동했다.

"힌트 줄 테니까 맞춰봐요. 지혁이의 동선을 알려줄 수 있을 만큼 가까이에 있으면서 수현 씨랑 지혁이가 헤어지길 바라는 사람."

수현은 반사적으로 누군가의 얼굴이 떠올랐지만 입 밖으로 꺼내지는 않았다. 참다못한 태신이 알아서 답을 내놓았다.

"홍여희."

지혁과 마찬가지로 태신과 여희도 대학 선후배임과 동시에 사법연수원 동기였다. 속내를 털어놓을 만큼 친분이 두터운 두 사람은 얼마 전 함께 술을 마시다가 지혁의 이야기를 하게 되었고, 그날 여희는 자신이 도울 일이 있으면 돕겠다고 나섰다. 그리고 오늘, 지혁이 집으로 출발했다는 사실을 알려준 그녀 덕분에 적절한 타이밍에 지혁의 눈에 띌 수 있었던 것이었다.

"완벽한 정보원을 포섭하셨네요."

세 사람은 지금 같은 목적, 다른 생각으로 뭉친 것이나 다름없었다.

수현이 태신의 전화를 받은 건 이튿날 저녁이었다.

[오늘 혜윰 회식이래요. 어디서 하는지 알아놨으니까 같이 가요.]

수현은 여희의 열성적인 조력에 감탄을 금할 수가 없었다. 얼마나 자신과 지혁이 헤어지기를 바라면 이렇게 발 벗고 나서는 걸까 싶어 웃음이 나올 지경이었다.

"회식 자리까지 따라갈 필요는 없을 것 같아요."

그녀는 다른 사람들과 함께 있을 때까지 지혁의 심기를 어지럽히고 싶지 않았다.

[아니죠. 이렇게라도 하지 않으면 자연스럽게 마주치기가 쉽지 않아요.]

수현은 태신의 말을 듣고 나니 지혁과 헤어지겠다고 마음먹어 놓고 이런저런 생각들로 미적거리고 있는 자신이 못마땅해졌다.

"그러네요. 갈게요."

그녀는 느슨해진 마음을 다시 한 번 다잡았다. 수현은 데리러 오겠다는 태신을 만류하고서 택시를 타고 강남으로 향했다. 그와는 건물 입구에서 만나 함께 지하로 내려갔다. 「혜윰」의 회식 장소는 중세 유럽을 옮겨다 놓은 듯한 앤티크풍의 칵테일 바였는데, 내부가 1, 2층으로 나뉘어 있는 구조였다. 은은한 조명과 테이블마다 놓여 있는 촛불이 아늑한 분위기를 자아내고 있었다. 내부를 쭉 훑어본 태신이 평소보다 한층 목소리를 낮춰 말했다.

"회식은 왁자지껄한 맛이 있어야 하는데 여긴 떠들면 큰일 날 것 같은데요?"

"그러네요."

"딱 여희 취향이에요. 여희가 고급스럽고 고즈넉한, 이런 분위기를 좋아하거든요."

그는 묻지도 않은 말을 주절주절 늘어놓으며 주위를 둘러보다가 어딘가를 가리켰다.

"위층에서 잘 보이는 바에 앉을까요?"

지혜이 위층에 있다는 사실을 깨달은 수현은 태신이 이끄는 대로 계단에서 가까운 자리에 앉았다. 이제 지혁의 눈에 띄기만 하면 되는 것이었다.

개업 후 처음으로 갖는 전체 회식에 대표 변호사인 자신만 불참할 수 없어서 하는 수 없이 따라온 지혁은 칵테일을 마시는 다른 직원들과 달리 도수 높은 위스키를 택했다. 그동안 일에 지장을 줄까 봐 술 한잔 제대로 마시지 못한 한을 풀기라도 하려는 듯, 그는 조용히 앉아 술을 들이켰다. 어차피 지혁이 남들과 화기애애하게 어울려 노는 사람이 아니라는 것을 아는 직원들은 개의치 않고 칵테일을 즐겼다. 자초지종을 빠삭하게 꿰고 있는 여희와 자세한 건 몰라도 무슨 일이 있다는 건 짐작하고 있는 영민만 그를 남다른 눈으로 바라볼 뿐이었다. 잠시 자리를 비웠다가 돌아온 여희가 나란히 앉아 있는 지혁과 영민의 맞은편에 앉으며 넌지시 운을 뗐다.

"아래층에 태신 선배 와 있네?"

그녀는 눈을 내리깔고 있던 지혁이 자신을 바라보는 걸 느끼면서 일부러 모른 척했다.

"그래? 인사나 하고 와야겠다."

의자에서 반쯤 엉덩이를 뗀 영민에게 여희가 빙긋 웃었다.

"네가 보면 반가워할 사람이랑 같이 왔더라."

"내가 반가워할 사람? 누구?"

"수현 씨."

여희의 입에서 익숙한 이름이 나오자, 지혁은 저도 모르게 실소를 터뜨렸다. 그새 단련이 된 건지 화가 나는 대신 웃음이 나왔다. 영민은 그가 왜 웃는지 알지 못하고 고개를 갸웃거렸다.

"박 선배랑 수현 씨랑 아는 사이야? 근데 넌 왜 여기 있어? 안 내려가 봐? 혹시 싸웠냐?"

영민이 옆에서 쉴 새 없이 질문을 쏟아내는데도 지혁은 묵묵히 술잔만 기울일 뿐이었다. 그는 조금씩 지쳐 가고 있었다.

수현은 영민이 인사를 하러 온 순간부터 괜한 짓을 저질렀다는 후회가 들기 시작했다. 어차피 여희는 내막을 다 알고 있고, 다른 직원들은 제 존재를 모르니 크게 신경 써야 할 사람이 없다고 생각했다. 지혁만 자극하면 되는 줄 알았다. 지혁과 자신의 사이를 알고 있는 영민을 까맣게 잊고 있었던 것이다. 지혁의 분위기가 심상치 않아 그의 눈치를 보다가 한참 만에 내려온 영민은 인사를 마치고 자리를 벗어나며 수현에게만 들릴 정도로 나직하게 말했다.

"지혁이 많이 취했어요."

그의 말이 끝나기 무섭게, 수현의 눈에 계단에서 비틀거리면서 내려오는 지혁이 들어왔다. 영민은 그녀가 제 어깨 너머를 보며 움찔하자 반사적으로 뒤를 돌아보았다. 휘청거리는 지혁에게 재빨리 다가간 영민이 그의 팔을 부축했다. 영민은 지혁과 수십 번도 넘게 술을 마셔 보았지만 지혁의 흐트러진 모습을 본 건 오늘이 처음이었다.

"어디 가려고?"

"바람 쐬러."

지혁은 영민의 팔을 털어내고 다시 걸음을 옮겼다. 영민은 위태한 그의 뒷모습을 바라볼 수밖에 없었다. 지혁이 밖으로 나가는 것을 확인하고 뒤돌아선 영민은 굳은 표정으로 수현에게 묵례를 하고 위층으로 올라갔다. 그제야 안절부절못하고 있던 그녀가 자리를 박차고 일어났다. 수현이 지혁을 따라 나가려고 하는 걸 눈치챈 태신이 그녀의 팔을 잡으며 고개를 가로저었다.

"참아요."

수현도 그래야 한다는 걸 잘 알고 있었다. 이제 조금이나마 자신이 원하는 대로 되어가는 마당에 일을 그르치면 안 된다는 것을 모르지 않았다. 하지만 지금은 누가 뭐라고 해도 지혁에게 가야만 했다.

"가봐야겠어요."

태신의 손을 뿌리치고 지혁을 뒤따른 그녀는 황급히 계단을 뛰어 올라갔다. 지혁은 건물 입구에서 조금 떨어진 화단 턱에 고개를 푹 수그린 채 앉아 있었다. 수현은 그에게 조심스럽게 다가갔다.

"지혁 씨……."

그녀의 목소리를 알아듣고 천천히 고개를 든 지혁이 초점이 흐려진 눈빛으로 수현을 물끄러미 쳐다보았다. 수현은 가슴이 옥죄어왔다. 자신이 지금 그를 얼마나 힘들게 하고 있는지 절절히 느껴졌다. 그녀가 그를 안타까운 눈으로 내려다보고 있는 사이, 갑자기 몸을 일으킨 지혁이 수현을 두 팔로 감싸 안았다.

"수현아…… 이러지 마라……."

그는 애원하듯 애절하게 중얼거렸다. 저도 모르게 그의 허리를 끌어안으려다가 멈칫한 수현은 가만히 손을 내리고 그대로 서 있었다. 지혁의 강한 힘에 괴로웠지만 그는 이보다 더 괴로울 거라는 생각에 꾹 참았다. 자신은 지혁에게 아프다고 말할 자격도 없는 사람이었다.

"수현아……."

그녀의 이름을 연신 부르던 지혁은 무너져 내리듯 스르르 바닥에 주저앉았다. 얼마나 취했는지 정신을 차리지 못했다. 수현은 일단 그를 화단에 기대게 하고 어떻게 해야 할지를 고민했다. 제 힘으로는 도저히 그를 부축해서 집까지 데려갈 수 없었다. 가장 가까이에 있는 태신과 영민이 떠올랐으나 두 사람 다 부탁하기 껄끄러운 상대였고, 번거롭더라도 호영을 부르는 게 나을 것 같았다. 코트 주머니에서 휴대폰을 꺼낸 수현은 호영에게 전화를 걸었다.

"오빠, 지금 어디야? 지금 나한테 좀 와줄 수……."

"지혁이 내가 데려다줄게요."

목소리가 들린 쪽으로 고개를 돌린 수현의 눈에 냉랭한 표정으로 서 있는 여희가 들어왔다.

"내가 다시 전화할게."

수현은 전화를 끊고 여희를 향해 몸을 돌렸다.

"그러실 거 없어요."

"수현 씨는 태신 선배한테나 가봐요. 일행 놔두고 여기 있으면 안 되죠."

여희는 수현이 태신을 왜 만나는지 뻔히 알면서 이기죽거렸다.

"지혁이랑 헤어지겠다고 마음먹었으면 우유부단하게 굴지 말고 행동 똑바로 해요."

수현은 자신이 왜 여희에게 이런 말을 들어야 하는지 어처구니가 없었다.

"홍 변호사님께서 참견하실 일이 아닌 거 같은데요?"

"난 지혁이 친구로서 말하는 거예요. 헤어지면 그걸로 끝인 수현 씨랑 친구이자 동료로서 평생 보고 지낼 나랑 지혁이한테 누가 더 가까운 사람이겠어요?"

요새는 지혁이 자신을 친구로 생각하는지도 의심스럽긴 했지만, 여희는 수현의 앞에서 구겨진 자존심을 회복하고 싶은 마음밖에 없었다. 그러나 수현은 여희의 도발에 넘어가지 않았다.

"말씀 잘하셨네요. '헤어지면'이죠. 우린 아직 헤어지지 않았어요."
"……."
"아직은 내가 지혁 씨한테 홍 변호사님보다 더 가까운 사람이에요."
아직은……. 수현은 울컥하는 감정을 누르며 싸늘하게 말했다.
"알아들으셨으면 그만 가세요."
"……조, 좋아요. 어차피 두 사람 오래 갈 거 같지도 않은데 오늘은 내가 빠져주죠."
여희는 자신이 졌다는 걸 인정하고 싶지 않아 애써 입꼬리를 끌어 올리고 뒤돌아섰다.
"홍여희 씨."
멈칫한 여희가 수현을 돌아보았다.
"어차피 지혁 씨랑 홍여희 씨는 친구이자 동료 이상이 될 수 없어요. 그러니까 오늘만이 아니라 영원히 빠져 주세요."
"뭐라고요?"
"지혁 씨가 나랑 헤어져도 홍여희 씨랑 잘될 일은 없을 거라고요. 모르겠어요?"
사실 여희는 이제 지혁과의 결혼은 물론이거니와 그에게도 아무런 미련이 없었다. 다만 자신을 무시한 지혁과 수현이 고까웠고, 두 사람이 헤어지는 걸 보고 싶을 뿐이었다. 그런데 대답은 속마음과 달리 나왔다.
"사람 일 장담하는 거 아니에요."
"장담해요."
"……."
수현의 얼굴은 고요하고 차분했다. 짐작이 아니라 사실을 말하는 사람 같았다. 받아칠 말을 찾지 못한 여희는 이를 악물고 돌아섰다.

여희가 보이지 않을 때까지 꼿꼿하게 서 있던 수현의 어깨가 힘없이 처졌다. 그제야 자신이 주제넘은 말을 했다는 생각에 마음이 무거워졌던 것이다. 지혁이 부모님의 강요에 굴할 수도 있고, 사람 마음이라는 게 언제든 달라질 수 있으니 그의 눈에 여희가 갑자기 이성으로 보일 수도 있을 거였다. 그 사실을 다 알면서도 장담한다고 못을 박은 건 진심으로 그렇게 되지 않기를 바라서였고, 여희에게만큼은 초라한 이미지로 남고 싶지 않아서였다. 수현이 지키고 싶은 마지막 자존심이었다.

수현의 전화를 받고 곧바로 달려온 호영은 간신히 지혁을 집까지 데려왔다. 자신보다 10cm는 더 큰 그를 낑낑거리며 끌고 오느라 한겨울인데도 온몸이 땀에 흠뻑 젖어버렸다. 지혁을 침대에 무사히 눕힌 것을 확인한 수현은 안심하고 거실로 나갔다.

"고생했어, 오빠. 쉬어."

호영이 현관을 향해 발걸음을 떼려는 그녀를 불러 세웠다.

"수현아."

수현은 호영이 무슨 말을 하려는 건지 눈치채고 선수를 쳤다.

"오빠, 나 피곤해."

호영은 시은에게 전해 들어 속사정을 다 알고 있으면서도 인사불성이 된 지혁을 보니 도저히 한마디 하지 않을 수 없었다.

"꼭 이렇게까지 해야겠냐?"

"다른 방법이 있으면 말해줘. 내 의지로도 어쩔 수 없는 엄마, 아빠랑 완벽하게 인연을 끊을 방법이 있어? 내가 지혁 씨한테 짐이 되지 않을 수 있는 확실한 방법이 있어?"

"……."

있을 리 없었다. 그런 방법 같은 게 있었다면 입 다물고 지켜보지도 않았을 거였다.

"내가 노력해서 되는 거면 죽도록 노력할게. 제발 알려줘, 오빠……."

호영은 그동안 너무도 담담하게 지내는 수현이 내심 못마땅했다. 지혁에 대한 마음이 고작 이 정도였던 거냐고 물어보고 싶었던 적도 있었다. 그런데 눈물이 그렁그렁한 수현의 눈을 보니 오히려 자신이 눈물이 날 것만 같았다. 호영은 수현을 누구보다 잘 알면서 그녀의 마음을 헤아리지 못했던 스스로를 반성하며 말을 돌렸다.

"그 변호사는 언제까지 만날 건데?"

"지혁 씨가 헤어져 줄 때까지."

어느새 평정심을 되찾은 수현이 담담하게 말을 이었다.

"나 오늘 부동산에 집 내놨어. 팔리는 대로 이사 갈 거야."

놀란 호영의 눈이 번쩍 커졌다. 그러나 그는 이내 체념하듯 씁쓸하게 웃었다.

"무슨 상황인지 다 아는 내 눈에도 너 되게 독해 보이는 거 아냐?"

"나 잘하고 있구나."

"너무 잘해서 문제지."

잘한다는 말이 이토록 마음 아픈 의미인 줄은 미처 몰랐다.

"……갈게."

수현은 갑자기 치밀어 오르는 슬픔을 호영에게 들키지 않기 위해 얼른 몸을 돌렸다. 그리고 피가 날 때까지 입술을 깨물며 터지려는 눈물을 꾹꾹 눌러 참았다. 울고 싶어질 때마다 자기 앞에서만 울었으면 좋겠다는 지혁의 말이 떠올라 매일매일 속으로만 울었다. 그런데 이제 그것도 버거웠다. 지혁이 지쳐 가고 있는 것처럼 수현도 하루하루를 힘겹게 버텨내고 있었다.

심란한 마음에 밤새도록 잠을 설친 호영은 퀭한 눈으로 거실로 나왔다. 아무리 고단해도 출근을 해야만 하는 직장인의 비애에 잠겨 터벅터벅 욕실로 걸어가던 그는 샤워를 마치고 나온 지혁과 마주쳤다.

"괜찮냐?"

"어."

지혁은 술이라고는 입에도 대지 않은 사람처럼 아주 멀끔했다. 평소와 다름없이 눈빛도 형형했고 안색도 나쁘지 않았다.

"어제 일 기억나냐?"

"드문드문."

그는 자신을 걱정스럽게 내려다보던 수현의 얼굴과 그녀의 부드럽고 가냘픈 몸을 안았다는 것만 확실히 기억날 뿐 다른 건 모두 흐릿했다. 지혁이 술을 마시고 기억을 잃어본 건 이번이 태어나서 처음이었다.

"씻어라."

호영은 자신을 지나쳐 방으로 걸음을 옮기는 지혁을 돌아보며 말했다.

"수현이 그만 놔줘."

멈칫한 지혁이 천천히 뒤돌아섰다. 그의 표정은 차갑게 굳어 있었다.

"네가 나설 문제가 아니야."

"수현이가 원해."

지혁은 수현이 원하는 건 뭐든지 들어주고 싶었다. 하지만 이것만큼은 절대 들어줄 수 없었다.

"난 원하지 않아."

호영이 한숨을 푹 내쉬었다.

"상처가 많은 아이야. 난 수현이가 사랑받고 살았으면 좋겠어. 엄마, 아빠한테 못 받은 사랑까지. 네가 아닌 다른 사람을 만나면 충분히 그럴 수 있어. 그러니까 수현이가 하자는 대로 해줘."

"……."

지혁도 누구와 견주어도 모자라지 않은 수현이 자신으로 인해 보잘것없는 여자 취급을 받는다는 걸 모르지 않았다. 눈부시게 빛나는 그녀가 제 옆에서는 빛을 잃는다는 것도 잘 알았다. 그러나 그는 그걸 알면서도 수현을 놓아줄 수가 없었다. 모두가 자신을 이기적이라고 욕해도 그녀를 잡고 싶었다.

"알지? 너랑 수현이 중 한 사람을 선택해야 한다면 난 망설임 없이 수현이야."

"……알아."

지혁은 자신을 제외한 모두가 한마음 한뜻으로 수현과의 이별을 종용하는 기분이었다.

♪♩.♪♬

지혁은 그날 이후 수현에게 아무런 연락도 하지 않았다. 덕분에 그녀는 바짝 조이고 있던 감정의 끈을 내려놓고 쉴 수 있었다. 회식 이후 며칠이 지나고 태신이 전화를 걸어왔다.

[할 말이 있어요. 도착해서 전화할 테니까 잠깐 내려와요.]

그의 전화를 받고 지하 주차장으로 내려간 수현은 태신으로부터 당혹스러운 말을 듣게 되었다.

"나 이제 재미가 없어졌어요."

"뭐가요?"

"수현 씨 도와주는 거요."

"……."

"지지부진하니까 흥이 안 나네요. 슬슬 그만할까 하고요."

수현은 태신으로 인해 지혁이 자극을 받긴 했어도 결론적으로는 헤어지지도 못한 채 지혁을 힘들게만 한 꼴이 되어버렸다는 회의가 들던 참이었다. 그래서 그를 잡을 생각이 없었다.

"그동안 감사했어요."

그녀는 목적을 달성하지도 못했고, 태신이 자신에게 도움을 주려는 순수한 의도로 나선 게 아니라는 것을 알면서도 그가 바쁜 시간을 내주었다는 것만큼은 고마웠다.

"잠깐만요. 내 얘기 다 안 끝났어요."

태신은 의아해하는 수현에게 씩 웃어 보였다.

"나 그렇게 무책임한 사람 아닙니다. 오늘 짧고 굵게 마무리해요."

"……네?"

"난 슬슬 그만할까 한다고 했지, 지금 바로 그만한다고는 안 했어요."

수현은 그의 말을 도통 알아들을 수가 없었다.

"무슨 말씀을 하시는 건지 모르겠어요."

"지혁이 자극하는 거, 오늘 확실히 하고 끝내자고요."

"……어떻게요?"

"나 지금 여희 연락받고 달려온 거예요."

수현이 헛웃음을 터뜨렸다. 자신이 그 정도까지 말을 했으면 아니꼬워서라도 나서지 않을 법도 하건만 여희는 놀랍도록 집요했다.

"지혁 씨가 지금 집에 오는 길인가 보네요."

"맞아요. 난 마침 근처에 있었던 덕분에 빨리 왔고 지혁이도 곧 도착할 거예요."

"구체적으로 뭘 어떻게 하자는 말씀이시죠? 지난번과 똑같은 상황을 만들어봐야 별 소용이 없을 것 같은데요."

태신은 질문에 대한 대답 대신 주위를 빙 둘러보며 되물었다.

"엘리베이터는 여기밖에 없는 거 맞아요?"

"네."

태신의 차는 엘리베이터 근처에 주차되어 있었고 집으로 올라가려면 두 사람이 지금 서 있는 곳을 반드시 지나쳐야 했다.

"여기서 지난번이랑 다른 모습을 보여주면 되겠네요."

"……."

수현은 그가 뭘 어쩌자는 건지 몰라 선뜻 대답할 수가 없었다.

"수현 씨는 가만히만 있으면 돼요."

수현이 무슨 말을 하려는 순간, 태신이 그녀에게 성큼 다가서며 입술을 달싹였다.

"지혁이 도착. 돌아보지 말아요."

수현에게만 들리게 속삭인 그는 다정하게 그녀의 머리칼을 등 뒤로 쓸어 넘겨주었다. 그의 행동에 놀란 수현은 그대로 굳어버렸다.

"그렇게 추행당하는 사람 같은 표정을 하고 있으면 어떡해요. 웃지는 못해도 인상은 좀 풀죠?"

수현은 그제야 제 미간이 저도 모르게 좁아져 있다는 것을 깨닫고 표정을 풀었다.

"자, 다음 단계 갑니다."

태신은 말이 끝나기 무섭게 수현을 사뿐히 끌어안았다. 흠칫한 수현이 본능적으로 그를 밀어내려 했으나 태신이 팔에 힘을 주어 그녀의 움직임을 저지했다.

"쉬…… 가만히 있어요."

태신은 아이를 달래듯 수현의 귓가에 대고 소곤거렸다. 언제까지나 제자리걸음만 할 수는 없으니 이렇게라도 끝을 낼 수 있다면 좋겠다고 생각한 수현은 몸에 힘을 뺐다. 그녀의 귀로 다급한 구둣발 소리가 들려왔다. 그리고 수현은 강한 힘에 의해 태신에게서 떨어져 나왔다. 휘청한 그녀를 지혁이 팔로 감싸 제 쪽으로 끌어당겼다.

"적당히 하시죠."

지혁의 싸늘한 시선은 태신에게 향해 있었다.

"지금 선배랑 수현이가 왜 이러는지 알아서 참는 겁니다. 진짜였다면 가만 안 뒀어요."

그의 반응을 예상했던 태신은 여유만만이었다.

"가짜라고 누가 그래? 수현 씨는 가짜라고 해도 난 진짜일 수도 있잖아?"

지혁은 아무 말도 하지 않았으나 그가 온몸으로 발산하는 냉기는 주위를 압도할 정도였다. 태신은 이제 물러설 때라는 걸 직감했다.

"너한테 맞으면 어디 한 군데 나갈 것 같아서 난 이만 빠진다. 수현 씨, 연락할게요."

끝까지 장난기 가득한 얼굴로 돌아선 그는 차에 올라탔다. 태신의 차가 사라지고 나서야 지혁의 말문이 열렸다.

"이렇게까지 해야겠어?"

수현은 대답 대신 반문했다.

"내가 어디까지 하길 원해요?"

"그만하길 원해."

"다음번엔 더한 걸 할 수도 있어요."

인상을 확 찌푸리는 지혁을 보면서 그녀가 말을 이었다.
"다시 한 번 말할게요. 그만해요, 우리."
"……."
수현은 이별이 코앞에 다가왔음을 느꼈다. 부쩍 공허해진 그의 눈빛이 이별을 알려주고 있었다.

다음 날 오후, 수현은 지혁의 문자를 받고 아파트 근처 카페로 나갔다. 그가 무슨 말을 할지 예감한 그녀의 발걸음이 무거웠다. 수현이 카페에 도착했을 때 지혁은 창가 자리에 앉아 있었다. 세련된 블랙 슈트를 입고 긴 다리를 우아하게 꼬고 앉아 창밖을 바라보고 있는 그에게서 범접할 수 없는 아우라가 느껴졌다. 지혁은 그녀가 맞은편에 앉고서야 고개를 돌렸다. 그의 눈빛은 평소보다 차갑게, 끝이 어딘지 알 수 없을 만큼 깊게 가라앉아 있었다. 그는 수현에게 단도직입적으로 말했다.
"네가 하자는 대로 할게."
수현은 지금 이 기분을 뭐라고 설명해야 좋을지 알 수가 없었다. 마치 터져 버릴 것처럼 부풀었던 고무공에 바람이 빠진 듯도 하고, 잔뜩 졸라매고 있던 끈이 툭 하고 끊어져 버린 것 같은 기분도 들었다. 지혁이 헤어질 수 없다고 버틸 때는 힘들었다. 그런데 지금 이 순간은 그보다 수배는 더 힘들었다. 그녀는 지금까지 자신이 그의 마음이 얼마나 굳건한지 시험해 본 건 아닐까 하는 생각이 들었다. 무슨 일이 있어도 잡아달라는 투정이었나 싶기도 했다. 수현은 제 이중성에 구역질이 났지만 그에게는 제 속에서 들끓고 있는 어떤 혼란도 들키고 싶지 않았다. 자신은 아무렇지도 않다는 걸 보여주고 싶었다.
"고마워요."

지혁이 피식 실소를 터뜨렸다.

"내가 헤어져 주는 게 너한테 고맙기까지 한 일이었어?"

빈정거리는 말투와 달리 그의 눈빛에는 상실감이 짙게 배어나고 있었다.

"고마울 것까지 없어. 나도 조건이 있으니까."

이별 합의에 조건이라…… 수현은 마지막도 참 그답다고 생각했다.

"박태신 만나지 마. 이제 그만해."

"……."

"네가 다른 놈이랑 함께 있는 거 더는 못 보겠어. 정말 딴 놈이 좋아졌다고 해도 참을 수 없지만, 좋아하지도 않는 놈이랑 억지로 만나는 것도 그만큼 싫어."

"알았어요."

수현은 순순히 대답했다. 지혁이 만나지 말라고 하지 않았어도 어차피 태신과는 더 이상 만나지 않을 거였다.

"나도 부탁 한 가지 해도 돼요?"

"조건이 아니라?"

"부탁이에요."

그녀는 그에게 상처를 주면서까지 제 마음대로 하는 이 상황에서 조건까지 내걸 만큼 염치가 없지 않았다.

"말해."

"홍여희 씨는 아니었으면 좋겠어요."

"뭐가 아니었으면 좋겠다는 건데?"

지혁은 알아들어 놓고서 굳이 물었다.

"홍여희 씨랑 친구나 동료가 아닌 남녀 사이가 되지는 않았으면 좋겠어요."

이제 아무런 상관도 없는 사이에 이런 부탁을 하는 게 얼마나 우스운지 알면서도, 수현은 지혁이 당당하게 태신을 만나지 말라고 한 말에 용기를 낸 것이었다.

"왜?"

수현은 언젠가 그가 유나를 두고 했던 말을 떠올렸다.

"네가 싫어하는 사람, 나도 싫다고."

"싫어서요."

"부탁이면 안 들어줘도 상관없는 거지?"

지금까지 마음속에 떠오른 감정들을 숨기기 위해 애써온 것이 무색하게 수현의 얼굴이 당혹감으로 물들었다. 당연히 그렇게 하겠다는 대답이 나올 거라는 그녀의 기대가 한 방에 무너졌다.

'내 부탁을 들어줘야 할 이유는 없지.'

수현은 끝까지 이기적이었던 자신을 반성하며 무겁게 고개를 끄덕였다.

"네. 상관없어요."

지혁은 수현이 눈을 내리깔고 있는 사이 그녀의 얼굴을 뚫어지게 바라보았다. 다시는 볼 수 없을지도 모르기에 조금이라도 더 보고 싶은 마음에서였다. 눈도 깜빡하지 않고 수현을 응시하던 그가 입을 열었다.

"회사 근처에 오피스텔 얻었어. 그러니까 나랑 마주칠까 봐 신경 쓰지 않아도 돼. 여기 오는 길에 집에 잠깐 들러서 간단한 짐은 챙겨서 나왔고, 나머지는 내일 사람 불러서 실어갈 거야."

지혁은 눈을 들어 올린 그녀에게 무뚝뚝하게 말했다.

"네가 부동산에 집 내놓은 거 내가 취소했어. 호영이 옆에서 살아."
그래야 내가 안심할 수 있으니까. 그는 뒷말은 수현이 들을 수 없도록 속으로 삼켰다.
"네."
그녀의 눈에 비친 그는 죽어도 헤어질 수 없다고 버티던 사람이 맞는지 의아할 만큼 냉정하고 거침이 없었다. 그러나 수현은 서운한 마음보다는 지혁의 의연한 모습을 볼 수 있어 다행이라는 생각이 훨씬 컸다. 그녀의 얼굴에 안도의 미소가 떠올랐다.
두 사람은 함께 카페를 나왔다. 지혁이 먼저 마지막 인사를 건넸다.
"잘 지내."
"지혁 씨도요."
먼저 돌아선 건 수현이었다. 남겨지는 게 싫어서 인연을 만드는 걸 꺼리며 살아왔던 그녀는 그의 뒷모습을 보고 싶지 않았다. 수현은 지혁을 떠올렸을 때 그의 얼굴이 아니라 그의 뒷모습이 기억나는 게 싫었다. 그래서 마지막 순간만큼은 먼저 돌아서고 싶었다.
지혁은 수현이 눈앞에서 완전히 사라질 때까지 자리를 뜨지 않았다. 마치 눈에 새기기라도 하려는 듯, 그대로 서서 그녀의 뒷모습을 묵묵히 바라보았다. 앞모습이든 뒷모습이든 수현과 관련된 모든 것을 기억하고 싶어서였다. 그는 수현의 머리카락 한 올도 보이지 않게 되자, 그제야 몸을 돌려 차로 향했다.
차에 탄 그는 시트에 머리를 기대고 눈을 감았다. 지혁은 자신이 이렇게까지 형편없는 놈이었는지 오늘에서야 알게 되었다. 어차피 여희를 여자로 본 적은 한 번도 없었고, 앞으로도 없을 거라고 자신 있게 말할 수 있으면서 수현에게 괜한 말로 상처를 주었다는 게 이제 와 후회스러웠다. 엄밀히 따지면 이 모든 상황은 자신으로 말미암은 것이었다. 수현은 자신을 위해 필사적으로 떠나준 것뿐이었다. 지혁은 그걸 알면서도 피해자인 척하는 스스로가 역겨웠다. 그는 수현이 더는 애쓰지 않기를, 자신으로 인해 초라해지지 않기를 바라는 마음에서 그녀의 뜻에 따르기로 했지만 생살을 잘라낸 기분이었다.

그는 그녀를 위해, 그녀는 그를 위해…… 두 사람은 서로를 위해 그렇게 이별했다.

그립고 또 그립던

지혁과 헤어진 지 삼 주차에 접어들었지만, 수현의 일상은 크게 달라진 게 없었다. 힘들다고 울지도 않았고 이별의 아픔을 술로 달래지도 않았다. 이전과 똑같이, 류지혁이라는 남자를 만난 적이 없었던 것처럼 그저 담담하게 시간을 흘려보냈다. 그녀의 생활 속에 그의 존재만 가위로 도려낸 듯 사라져 버렸다. 그런데 희한하게도 다른 무엇보다 가장 견디기 힘든 건 그에게 연락하던 시간들이 비어버린 것이었다. 하루 24시간, 1440분 중에서 불과 몇 분이었을 뿐인데 뭔가 텅 비어버린 기분이었다. 수현은 그 허전함을 참지 못하고 지혁에게 연락하게 될까 봐 휴대폰을 일부러 멀리했다. 원래도 가까이하지 않던 휴대폰이 더 멀어졌다.

수현은 그와 헤어진 이후 TV를 켜놓고 거실 소파에서 자기 시작했다. 어두운 방 안에 우두커니 누워 있으면 어둠이 그의 얼굴을, 정적이 그의 목소리를 떠올리게 했기에 의식적으로 어둡고 조용한 곳을 피하게 되었다. 그나마 다행인 건, 세진이 회사 설립을 일사천리로 진행한 덕분에 예상치 못하게 바빠졌다는 것이었다. 그는 그녀가 전문적인 장비로 작곡과 편곡 작업을 할 수 있도록 모든 걸 제쳐 두고 녹음실부터 세팅해 주었고, 수현은 낮에는 거의 녹음실에 들어박혀 있을 수 있었다. 세진은 수현의 사정을 모르고 있었으나, 어쨌든 그녀는 세진 덕분에 잠들기 전 밀려드는 그리움과 외로움만 이를 악물고 버티면 됐다. 수현은 그렇게 혼자서 아픔을 삭여가고 있었다.

수현은 무심한 표정으로 부스를 바라보며 토크 백 스위치를 눌렀다.

"애드리브 촌스러워. 하지 마."

세진은 수현에게 연신 지적을 받아 주눅 들어 있는 부스 안의 신인 가수가 슬슬 안쓰러워지기 시작했다. 그녀가 완벽주의적 성향이 강하다는 건 알고 있었지만 오늘은 유난스러울 정도였다.

"음정 떨어졌어."

수현의 연이은 지적을 보다 못한 세진이 불쌍한 어린 양을 구제해 준다는 심정으로 나섰다.

"쫑, 오늘은 그만하자."

그는 부스를 바라보며 나오라고 손짓했다.

"한세진."

수현이 언짢은 표정으로 그를 올려다보는 사이, 부스에서 잽싸게 뛰어나온 어린 양은 꾸벅 인사를 하고 줄행랑을 쳤다. 세진은 엔지니어를 비롯한 다른 스태프들을 내보내고 수현의 곁으로 의자를 끌어와 앉았다.

"너 요새 까칠해. 무슨 일 있어?"

"사람 이상하게 만들래? 내가 괜한 트집 잡았어? 부족한 부분이 있으니까 지적한 거잖아."

물론 무슨 일이 있기는 했지만, 수현은 자신의 개인적 감정을 일에 투영하는 성격은 아니었다. 마음이 어수선한 시기에 참담한 가창력을 가진 신인 가수의 녹음을 맡은 건 우연의 일치였고, 뭔가에 몰입하지 않으면 안 될 것 같아 필사적으로 일에 매달리다 보니 더 꼼꼼해진 것뿐이었다.

"지적하는 것까지는 좋은데 너답지가 않잖아."

"뭐가?"

"넌 시큰둥하고 심드렁할지언정 까칠하지는 않았단 말이야. 나를 제외한 다른 사람들한테는."

세진이 갑자기 미간을 찌푸리며 툴툴거렸다.

"말하고 보니까 억울하네. 사람을 이렇게 차별할 수가 있나?"

"왜 차별당하는지는 본인이 더 잘 아실 테고?"

괜한 말을 꺼냈다는 생각에 멋쩍어진 세진이 얼렁뚱땅 말을 넘겼다.

"혹시 류 변호사님이랑 싸웠어?"

그는 수현에 대한 마음을 접은 이후 지혁을 꼬박꼬박 류 변호사님이라고 부르고 있었다.

"아니."

수현은 거짓말을 하고 싶지 않았다. 지혁과 아무 일도 없는 척하는 건 자신이 아직 그에게 미련이 남았음을 인정하는 꼴이라는 생각이 들어서였다. 숨겨야 할 필요도 없거니와 언젠가는 알려질 일이었기에 그녀는 말이 나온 김에 솔직하게 털어놓기로 했다.

"헤어졌어."

세진의 눈이 튀어나올 듯 커졌다.

"헤어져? 왜?"

"그것까지는 네가 알 거 없고."

당황한 마음을 진정시킨 그가 눈을 가늘게 뜨고 혼잣말을 중얼거렸다.

"그렇다면…… 나한테도 다시 기회가 온 건가……?"

수현이 헛웃음을 터뜨리며 고개를 절레절레 내저었다.

"내가 왜 너한테만 까칠한지 알겠지?"

그날 저녁, 시은은 수현이 작업하는 방에 쳐들어와 최근에 만든 곡을 들려 달라고 조르며 분위기를 띄웠다.

"대체 어떤 명곡을 뽑느라 얼굴 보기도 힘들 만큼 일만 한 건지 내 귀로 들어봐야겠어."

원래도 말이 많은 편은 아니었으나 최근 들어 급격히 말수가 줄어든 수현이 걱정된 시은이 작정하고 나선 것이었다.

"얼른 틀어봐."

수현은 군소리 없이 세 곡을 연달아 틀어주었고, 마지막 곡이 끝났을 때 시은의 얼굴은 볼썽사납게 일그러져 있었다.

"장송곡 전문으로 나서보길 추천한다."

"뭐래……."

"색깔로 표현하라면 세 곡 다 죄다 그레이야. 아니다, 다크그레이. 우중충하기 짝이 없다고!"

"……."

정곡을 찔린 수현의 말문이 막혔다.

"난 분홍분홍한 노래가 듣고 싶단 말이다!"

"웬 분홍 타령이야. 내가 언제 그런 노래를 만들어봤다고……."

수현은 지금까지 이 정도로 우중충한 노래를 만든 적은 없었지만, 그렇다고 상큼하고 발랄한 노래를 만들어본 적도 없었다.

"널 위해서 죽기 전에 한 곡 정도는 만들어볼게."

시은은 나날이 야위어가는 얼굴로 '죽기 전'이라는 말을 입에 올리는 수현을 보니 갑자기 화가 벌컥 났다.

"죽긴 왜 죽어!"

"……그, 그럼 안 죽어?"

시은의 불같은 기세에 움찔한 수현이 말을 더듬었다.

"언제 죽을 건데!"

"한…… 팔십쯤……."

"백 살까지 살아."

수현의 수명까지 제멋대로 정해주고도 성에 차지 않은 시은이 다시 버럭 소리를 질렀다.

"넌 대체 왜 내 앞에서까지 괜찮은 척하는 건데?"

시은은 왜 수현이 모든 사정을 뻔히 아는 자신 앞에서까지 아무 일도 없었던 것처럼 구는 건지 답답했다. 친구가 맞는 건지 회의가 들 만큼 섭섭했다.

"남들 앞에서만 괜찮은 척하는 거 아니야."

수현은 씩씩거리고 있는 시은을 향해 빙긋 웃어 보였다.

"나한테도 괜찮은 척하고 있어."

시은은 수현의 웃는 얼굴이 슬퍼 보인다고 생각하며 조용히 그녀의 말을 들었다.

"괜찮다, 괜찮다 하다 보면 정말 괜찮아질 것 같아서."

수현의 청아한 목소리가 오늘은 처연하게 들렸다.

"보고 싶다, 보고 싶다 하면…… 더 보고 싶어질까 봐……."

시은은 자신이 할 수 있는 거라고는 수현이 잘 버텨내기를 기도하는 것 외에는 없다는 것을 다시 한 번 깨달았다. 안타까워하는 시은의 시선이 창밖 어딘가를 물끄러미 바라보고 있는 수현의 얼굴로 향했다.

♪♩.♪♬

지혁은 자정을 넘기고서야 사무실을 나섰다. 걸어서 오 분 거리에 오피스텔을 얻은 덕분에 오며 가며 바람을 쐬는 기분이 썩 괜찮았다. 차가운 바람이 얼굴을 얼얼하게 만들었지만, 그는 걸음을 재촉하지 않았다. 습관처럼 머릿속으로 수현의 얼굴을 그리며 천천히 걸었다. 깊은 눈매, 매끈하게 뻗은 콧날, 색을 입힌 듯한 붉은 입술…….

'눈썹 모양은 어땠지? 얼굴에 점이 있었나?'

눈 감고도 그릴 수 있을 줄 알았는데 그게 아니었다.

"사진이라도 한 장 찍어둘걸……."

사진은커녕 그녀를 추억할 만한 게 아무것도 없었다. 수현이 남기고 간 흔적이라고는 가슴에 새겨진 그리움이 전부였다. 돌이켜 생각해 보면 그녀와 마땅히 한 것도 없었다. 한 게 없으니 기억할 것도 없어야 하는데 왜 함께했던 사소하기 짝이 없는 것들까지 생생하게 기억나는지 모를 일이었다. 지혁은 모든 것을 잃어버린 것 같았다. 제 인생에서 빠진 건 송수현이라는 여자 하나뿐인데, 인생 자체가 흔들리는 기분이었다.

"하아……."

그가 내뱉은 무거운 한숨이 공기 중에 흩어졌다. 하지만 무언가 내리누르고 있는 듯한 속은 조금도 가벼워지지 않았다. 오피스텔에 거의 다다랐을 무렵, 지혁은 진동을 느끼고 바지 주머니에서 휴대폰을 꺼냈다. 걸음을 멈춘 그의 시선이 '김호영'이라는 세 글자에 고정되었다. 한참을 미동 없이 서 있던 지혁은 휴대폰을 도로 주머니에 넣어버리고 다시 걸음을 옮겼다. 그는 수현과 헤어진 이후 호영과도 만나지 않았다. 바쁘다는 건 핑계였을 뿐이고 그녀를 아는, 그녀와 닮은 호영을 일부러 피한 거였다. 수현이 생각날까 봐, 보고 싶은 마음을 참지 못할까 봐 만날 수가 없었다. 지혁은 사람의 감정이 자기 마음대로 되지 않는다는 걸 이번에 제대로 실감했다. 이별을 하고 힘들어하는 이들을 보면서 한심하다고 비웃었던 지난날을 반성했다. 무슨 일이든 끝이라고 마음먹으면 끝인 줄 알고 살아왔는데 그건 자신의 오만이었다. 머리로는 끝냈는데 가슴이 따라주질 않았다. 그는 지금 수현이 미치도록 보고 싶었다.

♪♩.♪♬

까맣게 잊고 있던 태신의 연락을 받은 수현은 만나자는 그의 제안에 순순히 응했다. 그에게 정식으로 마지막 인사를 하는 게 도리일 것 같아서였다. 카페에서 기다리고 있던 태신이 수현을 보자마자 흥미로운 표정으로 물었다.

"지혁이랑은 어떻게 됐어요?"

그는 여희로부터 지혁이 주야장천 일에만 파묻혀 지내고 있다는 소식을 듣고 있었기에 두 사람이 헤어졌으리라는 짐작은 하고 있었다.

"헤어졌어요."

"내가 위로를 참 잘하는데, 오늘은 안 할게요."

태신의 너스레에 수현이 피식 웃음을 터뜨렸다.
"우리 가끔 만나서 밥이라도 먹어요."
수현은 침묵으로 거절의 의사를 전달했다.
"친구나 지인 정도로 지내는 것도 안 되겠어요?"
"박 변호사님을 앞세워서 지혁 씨랑 헤어졌어요. 그런데 제가 박 변호사님을 계속 만난다면 지혁 씨가 기분 나쁠 것 같아요."
태신은 자신의 제안은 단칼에 거절하는 그녀가 헤어진 옛 연인의 기분까지 배려한다는 것이 괜히 고깝게 느껴졌다.
"이미 헤어진 마당에 왜 지혁이 기분 나쁜 것까지 신경 써요?"
"헤어지기 전이나 지금이나 제 감정은 같으니까요. 지혁 씨가 싫어하는 행동, 굳이 하고 싶지 않아요."
수현이 자신에게 일말의 관심도 없다는 걸 또다시 확인받은 그는 씁쓸한 마음을 숨기고 씩 웃었다.
"그래도 우리 어디서라도 우연히 만나게 되면 웃으면서 인사해요."
"그래요."
수현이 웃으며 고개를 끄덕였다.
"근데 그 짐은 뭐예요?"
태신의 눈은 그녀의 의자 옆에 놓여 있는 캐리어에 가 있었다.
"공항으로 출발하려던 길에 전화를 받았던 거였어요."
"어디 가요?"
"네. 어디 가요."
그는 더 이상 묻지 말라는 의미임을 알아듣고 자연스럽게 말을 돌렸다.
"잘 다녀와요. 잘 지내고요."
"그동안 감사했어요."

수현은 오늘에서야 비로소 태신과의 짧은 인연을 마무리할 수 있었다.

♪♩.♪♬

밤늦게까지 회사에 남아 일을 하고 있던 지혁에게 손님이 찾아왔다.

"나랑 인연 끊게?"

그는 노크도 없이 문을 열고 들어온 호영을 보고 순간적으로 당황했지만 이내 태연한 어조로 대꾸했다.

"아니."

"그럼 뭔데? 전화도 안 받고 문자도 씹고."

인상을 구기고 있는 호영과 달리 지혁은 담담했다.

"널 봐도 수현이 생각이 안 날 때까지 피하는 거야. 넌 왜 이렇게 눈치가 없냐."

지혁의 너무나 솔직한 대답에 호영의 기세가 한풀 꺾였다.

"……가능은 한 거고?"

"글쎄. 두 번 다시 못 볼 수도 있지 않을까?"

농담이 아니라 진심으로 그럴 수도 있겠다는 생각을 하면서 의자에서 일어난 지혁은 소파로 옮겨앉았다. 그리고 자신의 맞은편에 앉는 호영에게 지나가는 말처럼 물었다.

"수현이는?"

"나 수현이 얘기하러 온 거 아니거든?"

지혁은 그의 말을 못 들은 척 다시 물었다.

"수현이는 어떻게 지내?"

"그건 왜?"

연락이 되지 않아 답답한 마음에 찾아왔을 뿐, 호영은 지혁에게 수현에 관한 말을 하고 싶지 않았다. 들어봐야 마음을 정리하는 데에 방해만 되리라는 걸 알기 때문이었다.

"궁금해서."

아픈 데는 없는지, 밥은 잘 먹는지, 나 없이도 잘 지내는지…….

"알아서 뭐 하게?"

어차피 헤어진 거라면 두 사람이 빨리 현실을 받아들이고 각자의 길을 가길 바라는 마음에 호영은 일부러 더 매정하게 선을 그었다.

"안심하게."

"……."

"그리고 포기하게. 나 없이도 잘 지낸다면 그만 놓아주게……."

호영은 안타까운 심경을 감추고 짐짓 무뚝뚝하게 말했다.

"수현이 아주 잘 있으니까 걱정하지 마라."

지혁은 걱정을 내려놓으면서도 한편으로는 허탈했다.

'난 아직도 네가 보고 싶어 미치겠는데 넌 벌써 날 잊었니?'

하지만 내색할 수는 없었다.

"다행이네……."

그의 얼굴에 씁쓸한 미소가 번졌다.

♪♩♪♬

아르바이트를 마치고 밤늦게 집에 돌아온 시은은 현관문 옆 벽에 기대어 서 있는 지혁을 보고 흠칫 놀랐다.

"……여기서 뭐 하세요?"

고개를 떨어뜨리고 있던 지혁이 그녀의 목소리를 듣고 천천히 고개를 들었다. 진동하는 술 냄새와 흐릿한 눈빛이 그가 술에 취했다는 사실을 알려 주고 있었다.

"그냥……."

지혁은 술을 마시다가 수현이 생각났다. 아니, 늘 수현을 생각하고 있지만 취기가 도니 그녀가 보고 싶다는 생각이 더 간절해졌다는 말이 맞을 것이다. 그리고 정신을 차리고 보니 이미 여기에 와 있었다. 수현의 얼굴을 보려던 게 아니라, 발걸음이 떨어지지 않아서 그냥 있었을 뿐이었다.

"호영 오빠 집에 없어요?"

"글쎄……."

시은은 지혁이 호영의 집에는 아예 가보지도 않았다는 걸 눈치챘다.

"수현이는 집에 없어요."

"어디 갔는데?"

그는 괜한 말을 물었다고 자책했다. 이제 자신에게는 수현이 어디에 갔는지 물어볼 자격이 없었다. 그녀가 어디를 가든 궁금해할 필요도 없었고, 궁금해해서도 안 되는 거였다.

'우리는 이제 아무런 상관도 없는 사이니까…….'

지혁의 얼굴에 공허한 미소가 걸리자, 시은은 순간적으로 마음이 약해졌다.

"여행…… 갔어요."

"어디로?"

이번에도 그의 입에서 반사적인 질문이 튀어나왔다. 혼자 갔는지, 안전한 곳으로 간 건지, 언제 올 건지 묻고 싶은 게 많았지만 나머지 질문은 꾹 참았다. 시은은 걱정스러운 얼굴로 대답을 기다리는 지혁을 보면서 자신이 쓸데없는 말을 꺼냈다는 것을 깨달았다. 더는 어떤 말도 하지 않는 게 그를 위해서도, 수현을 위해서도 나을 것 같았다.

"오빠는 모르셔도 돼요."

그녀는 그 말을 끝으로 입을 다물었다.

지혁이 터덜터덜 돌아가는 것을 확인하고 집으로 들어온 시은은 수현에게 이 사실을 알려야 하나 말아야 하나 고민하다가 한참 만에 휴대폰을 집어 들었다.

[나 보고 싶어서 전화했어?]

통화가 연결되자마자 수현이 너스레를 부렸다.

"되지도 않는 애교 떨지 말고."

[야, 이번엔 좀 됐어. 마음을 열고 들어봐.]

"택도 없거든?"

두 사람은 통화할 때마다 이렇게 옥신각신하면서 안부를 대신했다. 이건 그들에게, 잘 지내느냐는 말이나 잘 지낸다는 말보다 더 어울리는 인사였다. 뒤늦게 용건을 기억해 낸 시은이 장난기를 거두고 진지하게 말을 꺼냈다.

"방금 지혁 오빠 만났어. 집 앞에서 기다리고 있더라."

[……그래?]

수현의 목소리가 대번에 가라앉았다.

"좀 취해 보였어."

[…….]

"너 여행 갔다고 했어. 어디로 갔느냐고 해서 몰라도 된다고 했고."

[잘했어.]

시은은 자신이 괜한 말을 전해서 수현을 들쑤신다는 생각을 하면서도 지혁이 여전히 그녀를 못 잊고 있다는 걸 알려주고 싶은 마음이 더 컸다. 수현에게, 넌 누군가에게 쉽게 잊히지 않는 존재라고 말해주고 싶었다. 한편으로는 두 사람이 다시 잘될 수 있을지도 모른다는 막연한 희망도 놓지 않고 있었다. 어차피 지혁은 수현의 고집을 꺾지 못했던 거였고, 그의 마음은 여전한 듯하니 수현만 마음을 돌리면 모든 게 원래대로 돌아갈 수 있지 않을까 하는 기대를 버릴 수 없었다. 정적이 이어지자, 시은이 밝은 목소리로 화제를 돌렸다.

"별일 없지?"

[우리 그저께 통화했잖아. 그새 무슨 별일이 있어.]

"별일이 시간 따지고 생기냐?"

[별일 있으라고 아주 고사를 지내라.]

"별일이라는 게 꼭 나쁜 일만 말하는 건 아니거든? 특별한 일이 생길지 누가 알아?"

[그런 거 생길 일 없어. 여긴 아주 조용하고 심심해.]

"그럼 빨리 올라오든가. 나도 심심해."

[별일 생기면 올라갈 테니까 그때까지 집 잘 지키고 있어.]

수현은 장난스럽게 웃으며 전화를 끊었다.

수현과 함께 TV를 보고 있던 인화가 고개를 갸웃거리며 말문을 열었다.

"시은이가 뭐래? 중간에 무슨 심각한 얘기 하는 거 같던데?"

"이모는 이렇게 눈치가 빠른데 이모 아들은 왜 그래?"

수현이 장난스럽게 말을 넘겼다.

"이모 아들이 어떤데?"

"진짜 눈치 없어."

"호영이가 좀 그렇긴 하지?"

인화는 아들의 험담에 맞장구를 치며 깔깔거렸다.

"다행히 시은이는 오빠랑 다르게 눈치가 빨라."

"나는 둘이 어떻게 눈이 맞았는지 아직도 신기해."

호영과 시은이 교제하기 시작했다는 사실을 알게 된 인화는 잠시 당황하는가 싶더니 이내 환영하며 축하해 주었다. 수현은 흐뭇하면서도 한편으로는 조금 씁쓸했다. 좋아하는 사람의 부모님에게 인정받는다는 건 그녀에게는 참으로 어려운 일이었으니 말이다.

"자주 마주치게 되면서 서로를 이성으로 보게 될 기회가 많아진 게 아닐까?"

말을 마치고 잠시 뭔가를 생각하던 그녀가 인화를 돌아보며 물었다.

"그럼 반대로 자주 안 보면 금방 잊게 되겠지? 몸이 멀어지면 마음도 멀어진다는 말처럼……."

수현이 무슨 뜻으로 하는 말인지 대번에 알아들은 인화는 마음이 아팠다.

"이모, 누군가를 잊으려면 그 사람을 만났던 시간의 두 배가 필요하대. 난 지혁 씨랑 두 달 넘게 만났으니까 넉넉잡고 반년이면 그 사람을 잊을 수 있을까?"

인화가 수현의 얼굴을 다정하게 어루만지며 미소 지었다.

"수현아, 그건 계산기를 두드려서 얻을 수 있는 답이 아니야."

"알아. 하지만 그랬으면 좋겠어……."

수현은 어느 날 갑자기 그가 기억나지 않는 기적이 일어나길 간절히 바랐다.

♪♩.♪♬

세진은 갑작스럽게 수현의 메일을 받았다. 제주도에 내려간 이후 아무 연락도 없더니 뜬금없이 그동안 작업한 곡들을 보내온 것이었다. 그는 수현이 보내온 곡들을 다 듣고 나서 곧장 그녀에게 전화를 걸었다.

"대박! 다 좋아! 역시 넌 천재야!"

[설레발치지 좀 말고.]

"진짜 좋다니까? 아주 많이 다크하긴 해도."

세진은 요새 수현의 심경이 노래에 고스란히 묻어나 있다는 걸 눈치챘다. 그러나 분위기가 밝든 어둡든 상관없이 그녀가 만든 노래들은 다 만족스러웠다.

"다른 것도 다 좋았지만 그중에서 R은 독보적으로 좋던데? 너무 어둡지도 않고 적절히 심금을 울릴 정도? 근데 왜 그것만 가이드 녹음까지 했어?"

쉴 새 없이 질문을 퍼붓는 세진에게 수현이 나직한 한마디로 답을 대신했다.

[잘못 보냈다.]

"……뭐?"

잘못 보냈다니, 이 무슨 맥 빠지는 소리란 말인가. 세진은 망연자실할 수밖에 없었다.

[그건 너한테 보낼 거 아니었다고. 내가 실수로 그것까지 같이 보냈나 보네.]

"그럼 누구한테 보낼 거였는데?"

제일 좋은 곡을 다른 사람에게 뺏길지도 모른다는 위기감에 그의 목소리가 뾰족해졌다.

[아무한테도 안 보낼 거였어. 그냥 심심해서 만들어본 것뿐이야.]

날카롭게 반응하고 뒤늦게 무안해진 세진이 은근슬쩍 말을 돌렸다.

"근데 제목이 왜 R이야?"

[마땅한 제목이 생각나지 않아서 아무 알파벳이나 그냥 붙여둔 거야.]

갑자기 그의 목소리가 은근해졌다.

"기왕 보낸 거 나 주라, 쑹. 이번 콘서트에서 깜짝 발표하면 딱일 거 같은데."

여심을 녹일만한 세진의 애교에도 수현의 대답은 단호했다.

[싫어.]

"왜 싫은데!"

다른 사람에게 줄 게 아니라면 왜 싫다는 건지 세진은 이해할 수 없었다.

[그 곡은 다른 사람한테 부르게 하고 싶지 않아.]

그의 머릿속에 언젠가 수현이 했던 말이 번뜩 떠올랐다.

"난 사실 노래를 가슴이 아니라 머리로 만들어. 하지만 언젠가 가슴으로 만든 곡이 생기면 그건 내가 간직할 거야. 다른 사람의 목소리로 부르게 하고 싶지 않아."

술김에 한 말이긴 해도 원래 자신에 대한 말을 거의 하지 않는 수현의 입에서 나온 말이라, 그의 기억에 또렷이 남아 있었다. 세진은 그 노래가 수현이 가슴으로 만든 곡이라는 사실을 대번에 알아차렸다.

"그럼 우리 쑹을 위해서 내가 양보하지, 뭐."

[웬일로 포기가 빠르다?]

"포기가 아니라 배려야."

[뭐라는 건지…….]

수현은 자신이 예전에 했던 말을 잊은 것은 물론이거니와 지금 세진의 머리가 엉뚱한 생각으로 바삐 돌아가고 있다는 것도 전혀 모르고 있었다.

♪♩.♪♬

연락도 없이 집으로 찾아온 지혁을 보고 호영의 눈이 휘둥그레졌다.

"뭐냐, 갑자기?"

"제주도 집 주소가 어떻게 돼?"

"……그, 그건 왜?"

갑작스러운 지혁의 질문에 당황한 호영이 말을 더듬었다.

"수현이 얼굴 좀 보고 오려고."

호영은 그제야 유도 신문에 넘어갔다는 걸 깨닫고 인상을 찌푸렸다.

"이제 와서 뭘 어쩌자고? 마음 정리 다 됐을 텐데 그냥 내버려 둬."

그의 냉랭한 말투에도 지혁은 물러서지 않았다.

"뭘 어쩌자는 게 아니라 얼굴 좀 보겠다는 거라고. 주소 안 알려줄 거야?"

"……."

호영은 절대 말하지 않겠다는 듯 입을 꾹 다물었다.

"알았다. 제주도 정도야, 뭐. 오래 걸리지는 않겠네."

지혁이 마음만 먹으면 제주도가 아니라 다른 나라를 뒤져서라도 수현을 찾아내리라는 걸 알고 있는 호영은 자신이 버티는 게 의미가 없다는 것을 인정해야만 했다. 어차피 결과가 같을 거라면 지혁에게 괜한 고생을 시키고 싶지 않았다. 그제야 호영의 입에서 지혁이 원하는 답이 나왔다.

"제주도 서귀포시……."

제주도에는 아침부터 비가 내렸다. 비는 오후가 되었는데도 그칠 기미가 보이지 않았다. 매일 점심을 먹고 나가서 근처 올레길을 걷다가 돌아오는 일과를 보내던 수현은 아쉬움 가득한 얼굴로 베란다에서서 바깥을 내다보았다. 운동과는 담을 쌓고 살다가 뒤늦게 바람직한 취미를 발견했건만 날씨가 도움을 안 주고 있었던 것이다.

"이제 그만 그쳐라……."

비를 맞고 있는 마당 내 나무들 너머로 우뚝 솟아 있는 산방산을 바라보며 혼잣말을 중얼거리던 그녀는 아쉬운 대로 마당에라도 나가서 거닐어보기로 했다. 제주도는 겨울에도 기온이 영하로 떨어지는 일이 드물었기에 수현은 입고 있던 티셔츠 차림 그대로 현관으로 향했다. 차가운 공기를 쐬고 싶기도 했고, 나갔다가 추우면 금세 들어오면 될 거라고 생각했다. 돌발 상황이 벌어지기 전까지는 말이다. 수현이 우산을 챙겨 들고 현관문을 연 순간 어디선가 갑자기 튀어나온, 인화의 반려견 초코가 열린 문틈 사이로 잽싸게 빠져나갔다.

"초코!"

초코는 수현의 애타는 외침에도 아랑곳하지 않고 널찍한 마당을 가로질러 쏜살같이 밖으로 내달렸다. 낮은 담벼락만 있을 뿐 대문이 없는 구조였기에 초코를 저지할 수 있는 건 아무것도 없었다. 수현은 우산을 바닥에 던져두고 초코의 뒤를 쫓았다.

"초코!"

쏟아지는 비 때문에 옷이 흠뻑 젖었지만 그녀는 그런 것에 신경 쓸 겨를이 없었다. 며칠 전에도 몰래 집을 나간 초코를 몇 시간 만에 간신히 찾았던지라 더욱 조바심이 났다. 얼마나 달렸을까, 잡힐 듯하면서도 잡히지 않는 초코 때문에 숨이 턱 끝까지 차오른 수현은 갑자기 다리가 꼬이면서 중심을 잃고 앞으로 고꾸라졌다.

"악!"

넘어지면서 본능적으로 두 손을 앞으로 내뻗은 바람에 손바닥이 거친 시멘트 바닥에 긁혀서 피가 났다. 두툼한 바지를 입은 덕분에 무릎이 까진 것 같지는 않았으나 발목을 접질렸는지 발을 땅에 디디기가 고통스러웠다. 한쪽 발목에 힘을 줄 수 없으니 손바닥으로 바닥을 짚고 다른 한쪽 다리에 힘을 주어서 일어서야 하는데 양 손바닥이 다 까져서 그것도 쉽지 않았다. 주위를 둘러보았지만 이미 초코는 흔적도 보이지 않았다. 수현은 비를 쫄딱 맞은 데다가 제대로 일어서지도 못하는 제 처지가 한심했다.

"하아……."

그녀의 입에서 한숨이 새어 나온 순간이었다.

"괜찮아?"

걱정이 배어나는 익숙한 저음에 그녀가 흠칫 몸을 떨었다.

'설마……'

수현은 천천히 고개를 들었다. 뒤통수가 등에 닿을 정도로 한껏 고개를 쳐들고서야 그의 얼굴이 눈에 들어왔다. 그립고 또 그립던 이가 눈앞에 서 있었다.

공항에서 차를 렌트한 지혁은 호영이 알려준 주소로 차를 몰았다. 호영에게 말한 대로 정말 수현의 얼굴만 보고 돌아올 생각이었다. 시간이 흐르면 조금이라도 잊을 수 있을 줄 알았는데 전혀 잊히지 않았다. 그동안 조금이라도 수현의 흔적이 희미해졌다면, 언젠가 완전히 잊어버릴 수 있다는 희망이라도 있다면 죽을힘을 다해 참아볼 수도 있었을 거였다. 하지만 그럴 수 없다는 걸 알았다. 그는 이제 온종일 수현의 얼굴이 눈앞에서 맴돌아 어떤 것에도 집중할 수가 없었다. 보고 싶은 걸 억지로 참느라 더 벗어나지 못하는 건 아닐까, 이루어지지 못한 사랑에 스스로 지나친 의미를 부여하는 건 아닐까, 여러 가지 생각들이 머리를 어지럽혔다. 그래서 이렇게 지낼 바에는 얼굴이라도 봐야겠다 싶어서 찾아온 건데 수현을 보자마자 모든 계획이 틀어져 버렸다.

눈에 덜 띄기 위해 멀찌감치에 차를 세워두고 걸어서 호영의 본가로 가고 있던 지혁의 눈에 미친 듯이 달려오는 갈색 털의 강아지가 보였다. 그리고 곧이어 비를 맞으며 달리는 여자의 모습이 눈에 들어왔다. 그는 그 여자가 수현이라는 걸 한눈에 알아보았다. 그녀가 강아지를 뒤쫓고 있다는 것도 쉽게 짐작할 수 있었다. 느닷없는 상황에 당황한 지혁이 몸을 숨겨야 하는지 고민하고 있던 그때, 수현이 바닥에 철퍼덕 넘어졌다.

"……!"

본능적으로 그녀에게 달려가려던 그의 두 다리가 멈칫했다. 이성이 수현의 앞에 나서지 말라고, 그녀의 삶에 더는 끼어들지 말라고 경고해 준 덕분에 가까스로 참아낼 수 있었다. 그녀를 먼발치에서 안타까운 눈으로 바라보던 것도 잠시, 지혁은 수현에게 한달음에 달려갈 수밖에 없었다. 발을 다쳤는지 제대로 일어서지도 못하는 그녀를 본 순간 본능이 이성을 압도해 버리고 말았던 것이다.

"괜찮아?"

지혁은 어깨를 파르르 떨면서 고개를 들어 올린 수현의 얼굴을 보고 숨이 막혔다. 사무치게 그리웠던 그녀가 눈앞에 있는데도 말이 쉽사리 나오지 않았다. 두 사람은 침묵 속에서 서로를 응시했다. 말없이 그녀를 내려다보던 지혁은 별안간 정신이 번쩍 들었다. 여전히 바닥에 주저앉은 채 비를 맞고 있는 수현을 두고 지금 자신이 뭘 하고 있는 건가 싶었다. 그는 무릎을 굽히고 앉아 수현에게 자신이 쓰고 있던 우산을 내밀었다.

"들고 있어."

그녀는 우산을 쓰는 의미가 없을 만큼 완전히 젖어 있었다. 그래도 우산이 있는 마당에 굳이 비를 더 맞게 할 필요는 없으니, 지혁은 수현이 우산을 들면 자신이 그녀를 부축할 생각이었다.

"아!"

손바닥의 상처를 생각하지 못하고 엉겁결에 우산을 건네받은 수현은 손잡이에 닿은 살갗이 쓰라려 우산을 놓치고 말았다. 그녀가 발목을 삐끗했다는 것만 알았지 손바닥이 까졌다는 것까지는 미처 몰랐던 지혁은 어디를 얼마나 다쳤는지 먼저 확인하지 않은 제 경솔함을 자책하며 미간을 찌푸렸다.

"어디 또 다친 데 없어? 무릎은 괜찮아?"

그는 수현의 손목을 덥석 잡고 손바닥의 상처를 들여다보고는 무릎을 살핀 다음 그녀의 바짓단을 들추고 발목을 쓰다듬었다.

"부은 것 같지는 않은데……."

수현은 예전과 다름없는, 그의 스스럼없는 행동에 당황했다.

"다른 데는 괜찮아요……."

그녀가 다리를 슬며시 뒤로 빼는 걸 눈치채고 얼른 수현의 몸에서 손을 뗀 지혁은 어색한 분위기를 환기하기 위해 말을 돌렸다.

"왜 자꾸 비를 맞고 다녀."

수현이 비를 맞은 다음 날 폐렴으로 입원했던 것을 떠올린 그의 목소리에 걱정이 담겼다. 지혁은 그녀가 자신이 없는 곳에서 아프지 않기를 바랐다. 잘 지내고 있다고 생각해도 늘 불안한데 혹시 아프지는 않은지 걱정까지 해야 한다면 정말 아무것도 손에 잡히지 않을 것 같았다.

"일부러 맞은 건 아니에요. 초코가 갑자기 뛰쳐나가는 바람에……."

그제야 잊고 있던 초코가 생각난 수현이 초조한 표정으로 주위를 살폈다.

"일단 일어나자."

수현의 팔을 잡고 일으킨 그는 그녀의 어깨에 우산대를 기대어 주고 우산이 뒤로 넘어가지 않도록 손잡이 부분을 손목으로 누르게 했다.

"손바닥 닿지 않게 여기로 받치고 있어."

수현은 그가 하라는 대로 말없이 따랐다.

"강아지 찾아올 테니까 기다려."

지혁은 그녀가 무슨 말을 할 새도 없이 비를 맞으며 어디론가 뛰어갔다. 수현은 제자리에 우두커니 서서 언젠가 그가 했던 말을 떠올렸다.

"내가 찾아줄게."

물증을 찾아주겠다고 했을 때도 지혁은 자신의 말을 완벽히 지켰다. 초코가 어디로 가버렸는지는 알 수 없지만, 수현은 그라면 찾아서 데려오리라는 것을 믿어 의심치 않았다.

지혁은 몇 분 후 돌아왔다. 물론 초코와 함께였다.

"아주 사람 애먹이는 녀석이야."

어찌나 날쌔게 도망을 다니는지 잡기가 여간 힘든 게 아니었다. 멀리 가지 않아서 금세 발견할 수 있었던 건 운이 좋았다고밖에 볼 수 없었다. 아무리 못 하는 게 없어 보이는 그라도 눈에 보이지 않는 강아지를 단숨에 찾아낼 재간은 없었으니 말이다. 지혁은 수현의 품에 초코를 안겨주고 그녀에게 등을 보이며 앉았다.

"업혀."

순간적으로 그에게 업히고 싶다는 생각을 한 수현은 애써 정신을 가다듬고 입을 열었다.

"……괜찮아요."

지혁은 뒤돌아 앉은 자세 그대로 그녀를 설득했다.

"친한 남자 등에는 업힐 수 있다며?"

"……."

"우리 친했잖아. 친했으니까…… 한 번쯤은 그냥 업혀도 돼."

수현은 울컥 솟구치는 눈물을 참기 위해 입술을 깨물었다.

"정 싫으면…… 안 친한 남자지만 급한 상황이니까 업힌다고 생각해."

그녀는 '싫으면'이라는 지혁의 말에 가슴이 미어지는 것 같았다.

'차라리 당신을 싫어할 수 있다면 좋겠어요.'

그래서 그를 잊을 수만 있다면 그렇게 하고 싶었다. 수현은 조심스럽게 지혁에게 업혔다. 그의 등은 눈물 나게 편안하고 따뜻했다. 지혁은 한 손으로는 그녀를 받치고 다른 한 손으로는 우산을 든 채로 걷기 시작했다. 그의 손에 들려 있는 우산은 뒤쪽으로 한껏 쏠려 있었기에 지혁은 그냥 비를 맞는 것이나 다름없었다.

"여긴…… 어떻게 왔어요?"

그는 대답하지 않았고 수현도 더는 묻지 않았다. 사실 지혁이 이곳에 있는 이유가 한 가지뿐이라는 건 그의 대답을 듣지 않아도 알 수 있었다.

"다 젖어서 어떡해요……."

"괜찮아."

수현이 알려준 길을 따라 집 앞에 도착한 지혁은 그녀가 내리기 쉽도록 바닥에 무릎을 대고 한껏 몸을 낮춰주었다. 수현의 감촉이 사라지자, 그는 등뿐만 아니라 마음까지 허전함을 느끼며 몸을 일으켰다. 지혁의 시선이 깔끔하고 세련되게 지어진 2층집으로 향했다.

"집이 예쁘네. 효녀야."

수현은 호영이 지혁에게 무슨 말을 했는지 알 길이 없었기에 어리둥절할 따름이었다.

"들어가."

"가세요."

"아프지 말고."

수현의 얼굴을 지그시 바라본 지혁은 떨어지지 않는 발걸음을 돌렸다.

♪♩♪♬

목욕탕에 다녀온 시은은 현관에 놓인 수현의 신발을 보고 깜짝 놀랐다. 부리나케 집 안으로 들어간 그녀의 눈에 수현의 방문이 활짝 열려 있는 게 보였다. 시은이 방에 들어갔을 때 수현은 짐을 풀고 있었다.

"연락 좀 하고 오지."

"오면 오는 거지, 연락은 무슨. 별일 생기면 올라온다고 했잖아."

"별일? 무슨 별일?"

수현에게 쪼르르 달려간 시은의 눈이 호기심으로 반짝이고 있었다.

"어제 지혁 씨가 제주도에 왔다 갔어."

"정말?"

시은은 수현이 자신을 빤히 쳐다보는 이유를 깨닫고 손사래를 쳤다.

"나 아니야! 진짜 아니야!"

지혁에게 주소를 알려준 사람이 호영과 시은 중 한 사람일 거라고 예상했던 수현은 시은이 이 정도로 펄쩍 뛸 때는 정말 억울하다는 의미라는 걸 잘 알았다. 그녀는 뭔가 켕기는 게 있을 때 입을 다물고 있을지언정 거짓말을 하지는 않았다. 그렇다면 남은 건 한 사람뿐이었다.

"그럼 호영 오빠겠네."

"그렇겠네."

시은이 동의한다는 듯 고개를 끄덕이고서 수현에게 바짝 붙어 앉았다.

"지혁 오빠가 뭐래?"

수현은 지혁이 했던 말들을 돌이켜 생각해 보았다.

"우리 친했다고……."

시은은 제주도까지 찾아간 사람이 한 말이라기엔 뭔가 의아했지만 본론은 아직 나오지 않았겠거니 생각하며 다시 물었다.

"또?"

"집이 예쁘다고…… 효녀라고……."

시은은 지혁이 눈앞에 있다면 집이 예쁘든 말든 무슨 상관이냐고, 효녀가 무슨 대수냐고, 그런 걸 물을 시간에 중요한 얘기나 좀 하지 그랬느냐고 소리치고 싶었다. 그녀는 흥분을 가라앉히고 입을 열었다.

"그리고?"

"그리고…… 갔어."

기대가 무너진 시은이 벌컥 성을 냈다.

"그런 시답잖은 말만 할 거면서 대체 왜 찾아간 거래?"

시은은 두 사람을 보고 있기가 답답해 죽을 지경이었다. 서로를 그리워하면서 왜 헤어져야만 하는 건지 이해할 수가 없었다. 부모님이 반대하든, 나중에 어떤 일이 닥치든 지금은 어떤 것도 신경 쓰지 말고 그저 마음 가는 대로 살면 안 되는 건가 싶어 안타까웠다.

"비행기 타고 거기까지 갔으면 뭔가 중요한 말이라도 했어야지!"

"지혁 씨가 별말 안 해줘서 고마웠어."

"……."

수현의 씁쓸한 미소에 시은의 말문이 막혔다.

"사실 나 많이 흔들렸거든……."

♪♩♪♬

회사에 있던 지혁에게 저녁 6시쯤 한 통의 전화가 걸려왔다.

"류지혁입니다."

[한세진입니다.]
지혁의 얼굴에 이채가 스쳤다.
"어쩐 일이십니까?"
[긴히 드릴 말씀이 있어서요.]
"제 번호는 어떻게 아셨습니까?"
지혁은 세진이 자신의 휴대폰 번호를 누구를 통해서 알았는지 궁금했다.
[제가 인맥이 상당하거든요.]
지혁이 어이없다는 듯 미간을 찌푸렸다. 그는 세진의 잘난 척을 들어줄 만큼 한가하지 않았다.
"하실 말씀이 뭔지 들어보죠."
[콘서트를 합니다.]
"아, 네."
지혁이 건성으로 대꾸했다.
'설마 초대라도 하겠다는 건가?'
그가 설마라고 생각한 건 설마가 아니었다.
[무대가 아주 잘 보이는 자리 빼놓을 테니까 보러 오세요.]
"절 왜 초대하는 겁니까?"
지혁은 세진의 저의가 뭔지 의심할 수밖에 없었다. 그런데 문득 자신과 수현이 헤어졌다는 걸 알게 된 그가 그녀에게 다시 들이대는 중일 수도 있겠다는 생각이 뇌리를 스쳤다. 그 생각은 두 사람이 연인 사이로 발전했을지도 모른다는 추측으로까지 이어졌다. 콘서트 초대의 목적이 자신에게 수현과 함께 있는 모습을 과시하기 위한 건 아닐까 싶기도 했다. 다른 경우의 수를 찾아보려 해도 세진의 갑작스러운 행동은 달리 설명할 길이 없었다.

[콘서트에 초대하는 이유가 뭐겠습니까? 노래 들으러 오시라는 거죠.]

지혁은 말 같지도 않은 이유를 들먹이는 그의 태도가 상당히 언짢았다.

"바쁩니다."

[아직 콘서트가 언제라고 말씀드리지 않았는데요?]

"항상 바쁩니다."

바쁘다는 건 거짓말이 아니었다. 물론 바쁘지 않다고 해도 콘서트에 갈 생각은 없었다. 콘서트 같은 건 태어나서 한 번도 가본 적 없었을 뿐만 아니라 친하지도 않은 그의 콘서트는 더더욱 관심이 없었다. 하지만 세진은 막무가내에 집요하기까지 했다.

[안 오시면 후회하실지도 모릅니다. 오늘 저녁 8시 올림픽 공원입니다.]

지혁은 끊긴 전화를 바라보며 헛웃음을 터뜨렸다.

"오늘?"

초대 자체도 황당하기 그지없는 마당에 심지어 오늘, 그것도 두 시간도 채 남지 않은 콘서트에 초대한다는 걸 대체 어떻게 받아들여야 한단 말인가. 그런데 세진이 한 말 중에 신경 쓰이는 단어가 있었다.

"후회……?"

본인의 콘서트에 대한 자신감이라고 치부하기엔 뭔가 개운하지 않았지만, 지혁은 그가 한 말의 의미를 곱씹고 싶지도 않았다. 그의 말에 휘둘리고 있는 자신이 짜증스러울 따름이었다. 지혁은 세진과의 통화를 머릿속에서 털어내려 애쓰며 보고 있던 서류로 다시 눈을 돌렸다.

수현은 세진의 콘서트장에 시은과 동행했다. 시은이 연예인을 따라다니는 열성 팬을 주인공으로 한 작품을 쓰고 싶다면서 자신을 데려가 달라고 성화를 부리는 통에 하는 수 없이 끌려온 거였다. 콘서트가 시작되려면 아직 두 시간이 넘게 남았음에도 불구하고 콘서트장은 이미 인산인해를 이루고 있었다. 야광봉, 야광 팔찌, 망원경, LED 플래카드 등을 들고 있는 팬들의 얼굴에는 벌써부터 흥분한 기색이 역력했다.

"세진이랑 인사라도 할래?"

"여기까지 왔는데 당연한 거 아니야?"

시은의 뻔뻔한 대답에 수현이 실소를 터뜨렸다.

"누가 들으면 네가 만나주는 줄 알겠다. 세진이랑 따로 인사하는 거 쉽지 않아."

시은은 수현이 하도 세진을 스스럼없이 대하다 보니 그의 인기가 얼마나 대단한지 체감하지 못하고 있었다. 은연중에 그와 자신이 친하다는 착각까지 하고 있었던 그녀는 오로지 한세진이라는 가수 한 사람만을 보기 위해 이 많은 사람들이 한자리에 모였다는 사실을 뒤늦게 깨닫고 말을 바꿨다.

"네가 만나주러 가는 거잖아. 나는 너한테 묻어가는 걸로 하자."

"그냥 가면 되지 묻어갈 건 또 뭔데?"

"겸손의 표현이었어."

"네가 언제부터 겸손했는데?"

두 사람은 옥신각신하면서 세진의 대기실로 향했다. 머리 손질을 하고 있던 세진이 수현을 보자마자 반색하며 다가왔다.

"쑹! 왜 이렇게 늦게 와?"

"두 시간이나 전에 왔는데 뭘 늦어. 안 오려다가 온 건데."

"나 독립하고 처음 하는 콘서트잖아. 그런데 안 오려고 했다고? 리얼리?"

사람들로 북적대는 곳을 꺼리는 수현이 콘서트 현장에 나타나는 일은 극히 드물었다. 오늘만 해도 그녀와 마주친 다른 스태프들은 한 목소리로 무슨 바람이 불어서 온 거냐고 물었건만 세진 혼자만 유별난 반응을 보이고 있는 것이었다. 수현은 그의 부릅뜬 눈을 외면하며 시은에게 고개를 돌렸다.

"여긴 같이 사는 친구. 내가 말한 적 있었지?"

"아! 시은 씨! 수현이한테 얘기 많이 들었어요."

'어떻게 저 작은 얼굴에 눈, 코, 입이 다 들어가 있지?'

세진의 실물을 처음 본 시은은 저도 모르게 입을 헤벌리고 있다가 그의 목소리에 정신을 차렸다.

"……아, 안녕하세요."

시은은 수현이 세진에게 자신에 대해 뭐라고 말했을지 매우 궁금했다. 모르긴 몰라도 그가 얼굴도 모르는 자신의 이름을 기억할 정도면 상당히 인상적인 이야기일 거라는 예감이 들었다. 세진은 아무도 묻지 않았는데도 자발적으로 나서서 그녀의 궁금증을 해소시켜 주었다.

"폐인 모드가 생활화돼서 어떤 열악한 환경에서도 꿋꿋이 살아남을 수 있는 비위 좋은 친구라길래 꼭 한번 보고 싶었어요."

'송수현, 이걸 그냥……'

시은의 매서운 시선이 수현에게 향했지만, 수현은 세진이 신나게 입을 놀리기 시작했을 때부터 딴청을 피우고 있었다. 그런데 갑자기 세진이 수현을 옆으로 쓱 밀고 시은의 옆에 서더니 은근한 어조로 말했다.

"시은 씨한테 물어보고 싶은 게 있는데 둘이 오붓하게 얘기 좀 할까요?"

"물어보고 싶은 거요?"

그가 장난스럽게 눈을 찡긋거렸다.

"예를 들면…… 비위를 강하게 만드는 방법 같은 거?"

이미지 관리를 빠르게 포기한 시은의 목소리가 한껏 시큰둥해졌다.

"그런 방법 몰라요. 전 타고난 거라서요."

"……그, 그거 말고 다른 질문도 있어요. 일단 조용한 데 가서 얘기해요."

두 사람의 대화를 가만히 듣고 있던 수현이 불쑥 끼어들었다.

"콘서트 앞둔 사람이 너무 여유만만인 거 아니야?"

"난 프로잖아."

씩 웃으며 그녀의 말문을 막은 세진은 시은의 등을 가볍게 밀어 앞장세웠다.

"가요, 시은 씨."

시은은 어리둥절한 얼굴로 세진에게 밀려 대기실을 나갔다. 수현은 세진이 낯가리는 성격이 아니라는 걸 알면서도 처음 본 시은에게 왜 이렇게 친한 척을 하는 건지 의아할 따름이었다.

"설마 시은이한테 관심 있나……?"

시은을 데리고 대기실을 나온 세진은 비어 있는 옆방으로 들어갔다.

"시은 씨, 나 궁금한 게 있어요."

시은이 새침한 얼굴로 선수를 쳤다.

"열악한 환경에서 살아남는 법이라도 알려 드려요?"

"그런 거 아니에요."

조금 전과 달리 그의 표정이 사뭇 진지해 보여 그녀는 생각을 달리 하지 않을 수 없었다.

'저 눈빛은 뭐지? 혹시 나한테 첫눈에 반했나? 남친 있냐고 물어보려는 건가? 휴대폰 번호를 알려달라고 하면 어쩌지?'

누가 친구 아니랄까 봐 시은과 수현은 같은 생각을 하고 있었다. 그런데 세진의 입에서 나온 질문은 그녀가 전혀 생각지도 못한 것이었다.

"수현이랑 류 변호사님 왜 헤어졌어요?"

망상에서 벗어난 시은이 경계심 가득한 눈초리로 세진을 바라보며 되물었다.

"그걸 왜 저한테 물어보세요?"

그녀는 오늘 처음 본 사람이 친구의 사생활을 까발리라는데 그 말을 덥석 따를 만큼 입이 가볍지 않았다.

"수현이가 알 거 없다고 안 알려줘서요."

"수현이가 말하고 싶지 않아 하는 걸 저한테 물으시면 곤란하죠."

시은이 불쾌하다는 듯 미간을 찌푸리자, 세진이 얼른 해명에 나섰다.

"오해하지 말아요. 단순한 호기심 때문이 아니라 수현이가 걱정돼서 물은 거니까."

시은은 여전히 경계를 늦추지 않았다.

"무슨 걱정이요?"

"시은 씨가 이 노래를 들어봤는지 모르겠는데……."

세진은 먼저 휴대폰에 저장해둔 'R'을 그녀에게 들려준 다음 자신이 느낀 바를 솔직히 털어놓았다. 그리고 시은의 의견을 구했다.

"어떻게 생각해요?"

"……"

시은은 어떤 말도 섣불리 꺼낼 수 없었다. 당사자인 수현이 없는 곳에서 이런 이야기를 주고받는다는 것 자체가 껄끄러웠기 때문이었다. 그녀가 입을 열 기미를 보이지 않자 세진이 조심스럽게 다시 물었다.

"무슨 일인지 잘은 몰라도 내 예감으로는 서로 싫어져서 헤어진 것 같지는 않은데…… 이것만 대답해 주면 안 돼요?"

시은은 그가 정말로 수현을 많이 걱정하고 있다는 게 느껴져서 고심 끝에 대답했다.

"생각하시는 게 맞아요."

"그럼 내가 오지랖을 좀 부려볼까 하는데 어떻게 생각해요?"

시은의 눈이 동그래졌다.

"어떤 오지랖이요?"

"두 사람에게 다시 만날지 말지를 선택할 기회를 마련해 주는 거죠."

시은은 제삼자가 나설 일이 아니라고 잘라 말해야 한다는 걸 알면서도 그의 말에 흔들렸다. 그렇지만 세진과 달리, 두 사람이 얼마나 어렵게 헤어졌는지 알고 있기에 쉽게 입을 뗄 수도 없었다. 수현과 지혁이 여전히 서로를 잊지 못하고 있다는 건 제 눈으로 보기도 했고, 호영을 통해 들은 것도 있으니 의심할 여지가 없었다. 하지만 신중해야만 했다.

"난 자세한 내막은 몰라요. 그래서 시은 씨한테 물어보는 거예요. 내가 뭔가를 해도 되는지."

"……"

"사실 조금 전까지만 해도 그냥 확 저질러 버릴 생각이었어요. 그런데 생각지도 않게 시은 씨가 나타나는 바람에 마음을 바꿨어요. 시은 씨가 반대하면 아무것도 안 하기로."

시은은 콘서트를 목전에 둔 사람이 대체 왜 이러고 있는 건지 궁금했다.

"이러시는 이유가 뭐예요?"

세진의 대답은 망설임이 없었다.

"수현이를 좋아해요. 그래서 수현이가 행복했으면 좋겠어요."

자신이 좋아하는 여자의 행복을 빌어주는 남자…… 시은은 세진의 순애보에 감탄하지 않을 수 없었다. 그러나 그녀의 감탄은 오래가지 못했다.

"아무리 생각해도 수현이는 남자 보는 눈이 참 없어요."

"……네?"

수현이 남자 보는 눈이 없다는 건 지혁이 별로라는 의미와 다를 바 없는데, 그럼 왜 별로라고 생각하는 남자와 수현을 다시 엮어주려 하는 건지 시은으로서는 의아하지 않을 수 없었다.

"나처럼 멋진 남자를 못 알아보잖아요."

"……."

지혁을 깎아내리는 게 아니라 그가 자기 스스로를 추켜세운 것이었음을 깨달은 시은의 표정이 떨떠름해졌다. 세진이 어느새 진중해진 얼굴로 그녀에게 물었다.

"어떻게 할까요? 판을 깔까요, 말까요?"

수현을 더 힘들게 만드는 것일지 몰라도 시은은 미친 척하고 세진의 오지랖에 동참해 보기로 했다. 그녀가 마음을 굳힌 이유는 수현이 했던 말 때문이었다.

"사실 나 많이 흔들렸거든……."

"깔아요."

시은의 당찬 대답에 세진이 빙긋 웃었다.

"오케이."

"근데 뭘 어떻게 하려고요?"

"일단 류 변호사님 휴대폰 번호 좀 알려줘요. 변호사 사무실로 직접 전화해 보려던 참이었어요."

사실 세진이 지혁에게 인맥이 상당하다고 한 건 시은을 두고 한 말이었다.

모의를 마치고 대기실로 돌아온 두 사람은 곧바로 계획에 착수했다. 시은은 수현이 앉아 있는 의자로 다가가 옆에 앉았고, 세진은 먹거리를 모아놓은 테이블로 가서 주스를 하나 집어 들었다. 수현의 의혹 어린 눈초리가 시은에게 향했다.

"둘이 무슨 얘기 했어?"

"네 욕."

시은은 태연하게 대답하며, 세진이 주스의 뚜껑을 따면서 걸어오는 모습을 흘긋 바라보았다. 그 순간이었다.

"시은 씨, 이거 마셔…… 어이쿠!"

두 사람 곁으로 다가온 세진이 갑자기 비틀거리며 수현의 팔에 주스를 쏟아 부었다.

"꺄!"

그의 연기는 누가 봐도 어색했지만 수현은 그런 것까지 눈치챌 겨를이 없었다.

"미안. 리허설을 너무 열심히 했는지 갑자기 다리가 풀렸다. 옷 다

버렸네. 어쩌지?"

수현은 그의 말을 곧이곧대로 믿고 치미는 짜증을 꾹 참았다.

"……괜찮아."

시뻘건 토마토 주스가 묻은 크림색 앙고라 니트를 내려다보며, 블루베리 주스를 뒤집어썼던 성혜의 모습을 떠올린 그녀는 그나마 건더기는 없는 것을 위안 삼기로 했다. 그런데 세진이 수현의 평정심을 또다시 무너뜨렸다.

"괜찮긴 뭐가 괜찮아. 너 지금 되게 흉해."

"날 되게 흉하게 만든 사람이 지껄일 말은 아닌 것 같은데?"

수현이 어금니를 꽉 깨물고 노려보자 세진이 한 발짝 뒤로 물러서며 어색하게 웃었다.

"……가, 갈아입을 옷 줄게."

"됐어. 패딩 입으면 안 보여."

이번에는 시은이 나섰다.

"되긴 뭐가 돼. 그 위에 바로 패딩 입으면 패딩 다 버려."

"그렇겠네."

수현은 그녀의 말에 순순히 수긍했다.

"근데 너희들 왠지 말투가 비슷해진 거 같다?"

당황한 시은은 부산스럽게 말을 돌렸다.

"우선 입고 있는 옷부터 벗고 좀 닦고 있어. 옷은 내가 받아서 갖다 줄게. 여기 물티슈 없나?"

"물티슈 여기 있네, 여기."

세진이 건네준 물티슈를 받아든 수현은 어수선하게 구는 두 사람을 의아하게 바라보다가 대기실 한쪽에 파티션으로 구분해 놓은 탈의실로 걸음을 옮겼다. 눈치 빠른 수현이 자신들의 계획을 눈치챌까 봐

잔뜩 긴장하고 있던 시은과 세진은 서로를 마주 보며 안도의 한숨을 내쉬었다. 세진이 미리 준비해 두었던 옷을 받아든 시은이 뜨악한 얼굴로 속삭였다.

"전혀 수현이 취향이 아닌데요?"

"내 취향이에요."

당당한 세진의 대답에 할 말을 잊은 그녀는 떨떠름하게 돌아서서 탈의실로 향했다.

"이거 입으래. 벗은 옷은 나 줘. 챙겨놓을게."

수현은 파티션을 살짝 젖히고 고개를 디민 시은에게 벗은 니트를 별생각 없이 건네주고 그녀가 내민 옷을 받았다.

"이게 뭐야……?"

옷을 펼쳐본 수현이 당황한 얼굴로 눈을 들었을 때 시은은 이미 사라지고 없었다. 수현은 자신의 손에 들린 옷으로 다시 시선을 돌렸다. 시은이 가져다준 옷은 보고만 있어도 청순가련해질 것만 같은 레이스 소재의 화이트 미디 원피스였다. 스태프용 티셔츠를 줄 거라고 예상했던 수현은 뭔가 착오가 있었겠거니 생각하며 시은을 불렀다.

"시은아."

그러나 시은은 이미 멀리 가버렸는지 아무런 대답도 없었다. 다른 방도가 없었던 수현은 하는 수 없이 주섬주섬 원피스를 입었다. 원래는 윗옷만 갈아입으려고 했으나 원피스 아래에 바지를 입고 있는 것도 이상할 것 같아서 바지까지 벗을 수밖에 없었다. 그녀는 본의 아니게 시은과 세진의 계획에 따라 착착 움직이고 있었다. 옷을 갈아입고 나온 수현은 뭔가를 숙덕거리고 있는 세진과 시은에게 다가갔다.

"이 옷 뭐야? 제대로 준 거 맞아?"

"응. 맞아."

세진은 수현을 위아래로 훑어보며 흡족하게 웃었다. 그녀의 취향은 아닐지라도, 원피스가 아주 잘 어울리는 것만은 분명했다. 수현은 그가 속으로 본인의 안목에 감탄하고 있는 줄도 모르고 다시 물었다.

"누구 옷인데?"

"친구."

"친구 걸 나한테 막 빌려줘도 돼?"

'그 친구가 너거든.'

세진은 속내를 감추고 천연덕스럽게 대답했다.

"괜찮아. 네가 입어도 돼."

'내 선물이야.'

그가 자신을 위해 고심해서 산 옷이라는 사실을 알 리 없는 수현은 세진이 말한 '친구'를 '여자친구'라고 오해했다.

"너 요새 누구 만나지?"

"만나긴 누굴 만나. 나 요새 실연의 아픔을 이겨내는 중인 거 몰라?"

"실연의 아픔?"

"나 너한테 차였잖아."

"……."

대꾸할 가치도 없다는 듯 매몰차게 고개를 돌려 버린 수현의 눈에 테이블 위에 놓여 있던 큐시트가 들어왔다. 공연 순서를 확인하던 그녀가 고개를 갸웃거리며 세진을 돌아보았다.

"특별 게스트는 누구야?"

다른 게스트들과 달리 공연 후반부에 나올 특별 게스트만 이름이 적혀 있지 않았다.

"비밀."

"나한테도 비밀이야? 왜?"
"그것도 비밀."
세진의 얼굴에 의미심장한 미소가 감돌았다.

운전을 하는 지혁의 얼굴에 불만이 가득했다. 그는 세진의 콘서트장으로 달려가고 있는 자신이 짜증스러웠다. 일방적인 초대 따위 무시하면 그만이라는 걸 알면서도 굳이 하던 일까지 내팽개치고 회사를 나온 이유는 하나였다. 후회할지도 모르는 일이 뭔지 제 눈으로 확인하지 않으면 그거야말로 평생 후회로 남을 것 같아서였다. 콘서트장에 거의 도착했을 무렵, 지혁은 세진의 매니저인 동욱으로부터 전화를 받았다.
[세진이 형이 연락해 보라고 하셔서요. 지금 어디쯤이세요?]
"십 분 안에 도착합니다."
동욱은 콘서트장 입구에서 기다리겠다는 말을 남기고 전화를 끊었다.
"내가 당연히 갈 거라고 생각했다는 거지……?"
지혁은 왠지 세진의 손바닥에서 놀아나는 듯한 기분이 들었지만 이미 목적지에 다 와가는 마당에 그만둘 생각은 없었다. 동욱은 콘서트장에 도착한 지혁을 무대가 가장 잘 보이는 자리로 안내해 주고 돌아갔다. 무대를 마주 본 상태에서 오른쪽에 있는 VIP석에 앉은 그는 왼쪽 VIP석에 수현이 있다는 건 꿈에도 모르고 있었다.

수현과 시은은 현장의 열기를 온몸으로 느끼며 콘서트를 관람했다. 공연이 시작되자 세진은 다른 데에 정신이 팔려 있던 사람이 맞는지 의심스러울 만큼 완벽한 집중을 보여주며 좌중을 휘어잡았다. 동욱이 수현을 찾아온 건 2부의 후반부에 접어들었을 때였다.

"형이 누나 좀 모시고 오래요."

"어디로?"

"무대 뒤로요."

수현은 콘서트 중인 세진이 왜 뜬금없이 자신을 부르는 건지 의아했다.

"날 왜?"

동욱이 머리를 긁적이며 말끝을 흐렸다.

"전 잘……."

'……알지만 말씀드릴 수가 없어요.'

동욱은 뒷말을 속으로 삼키고 먼저 돌아섰다. 수현은 자신을 제외한 모두가 한통속이 되어 은밀한 작전을 수행하는 줄도 모르고, 어리둥절한 얼굴로 그의 뒤를 따랐다.

수현이 무대 뒤에 도착했을 때, 세진이 직접 다음 순서를 소개하고 있었다.

[마지막 게스트는 데뷔 때부터 쭉 함께해 온 친구이자 동료입니다. 제 대표곡들이 거의 다 이 친구 작품이죠. 얼마 전 대한민국을 떠들썩하게 했던…… 아니, 했다고 믿고 싶은 열애설의 주인공이기도 합니다.]

모니터를 통해 그를 보고 있던 수현의 얼굴이 당혹감으로 물들었다.

"재 지금 뭐라는 거야……?"

아니라고 믿고 싶었지만 지금 그가 소개하는 사람은 분명 자신이었다.

[단언컨대, 저스트 프렌드입니다. 제가 농담은 해도 거짓말은 안 한다는 거 다들 아시죠?]

세진이 장난스럽게 눈을 찡긋거리자 관객석에서 웃음이 터져 나왔다. 그와 수현이 단순한 작곡가와 가수를 넘어선 각별한 친구 사이라는 건 그의 열성 팬이라면 대부분 아는 사실이었고, 두 사람의 열애설도 잘 수습되었기에 별다른 동요는 없었다. 팬들은 오히려 그동안 베일에 싸여 있던 스타 작곡가를 볼 수 있다는 기대를 가지고 있었다.

[자, 그럼 불러보겠습니다. 나와라, 쏭.]

수현은 경악을 금치 못했다.

'불러보겠다니? 나오라니?'

그녀의 시선이 자신을 여기까지 데려온 동욱에게 향했다.

"지금 이게 무슨 상황이야?"

은근슬쩍 시선을 회피하는 동욱을 대신해 시은이 나섰다.

"무슨 상황이긴. 무대로 나오라는 거지."

수현은 시은의 태연한 대답을 듣고서야 돌아가는 분위기를 눈치챘다.

"아까부터 뭔가 이상하다 했다. 주스 쏟은 거, 이런 옷 준 거, 다 계획이었다는 거지?"

"세진 씨 연기 되게 어색했는데 너 전혀 모르더라?"

적반하장도 유분수라는 말을 시은을 통해 제대로 실감한 수현이 뾰족하게 쏘아붙였다.

"둘이 이런 수작을 부린 이유가 뭔데?"

"……."

시은이 입을 꾹 다물고 딴청을 피우는 사이, 무대 위 세진의 말이 이어졌다.

[하하! 안 나오네요. 이 친구가 낯도 가리고 사람들 앞에 나서는 걸 싫어합니다. 제가 가서 데려오겠습니다.]

지혁은 열광하는 팬들 사이에서 목석처럼 두 시간 반을 버틴 끝에, 본인이 얼마나 대단한 인기를 누리고 있는지 보여주려는 세진의 계획에 넘어가 시간 낭비를 했다는 결론을 내릴 수 있었다. 콘서트가 거의 끝날 때까지 자리를 지킨 자신이 한심할 따름이었다. 더는 남아 있어야 할 이유가 없다고 생각한 그가 의자에서 일어나려는 순간, 세진의 입에서 수현에 관한 이야기가 나오기 시작했다. 지혁은 세진이 자신을 부른 이유가 지금부터 밝혀지리라는 것을 직감했다.

세진은 한달음에 무대 뒤로 달려왔다.

"콘서트 망칠 셈이야? 나오라는데 안 나오고 여기서 뭐 해?"

수현은 시은 못지않게 적반하장으로 나오는 그를 매섭게 노려보며 반문했다.

"네가 자초한 건데 왜 나한테 이래?"

"내가 자초했어도 네가 수습해 주면 되잖아."

그녀의 입에서 실소가 터져 나왔다.

"미친 거지?"

그는 미쳐도 단단히 미친 게 틀림없었다. 그렇지 않고서야 사람이 이렇게 뻔뻔스러울 수는 없는 거였다.

"안 미쳤어."

"그럼 뭘 어쩌자는 건데?"

"별거 없어. 네 노래 한 곡 듣자는 것뿐이야."

"……노래?"
"네가 류 변호사님 생각하면서 만든 곡 한 번만 불러줘."
"……."
수현은 제 귀를 의심하지 않을 수 없었다.

수현은 세진과 함께 무대에 올랐다. 몇 분이나 무대를 비워두고도 그가 고집을 꺾을 생각을 하지 않았기에, 보다 못한 그녀가 백기를 들 수밖에 없었던 것이다.
"이 친구가 부를 노래, 기대하셔도 좋습니다."
세진은 그 말을 끝으로 곧장 들어가 버렸고, 스태프들은 부리나케 의자와 스탠딩 마이크, 그리고 기타를 세팅해 놓고 사라졌다. 작게 숨을 고르고 의자에 앉은 수현이 마이크에 입술을 갖다 댔다.
"송수현입니다."
콘서트장을 가득 메운 팬들은 그녀의 목소리에 조용히 귀를 기울였다. 크지도, 강하지도 않았지만 수현의 목소리에는 사람을 잡아끄는 힘이 있었다.
"그럼 시작하겠습니다."
맑은 기타 선율이 노래의 시작을 알렸다.
"날 슬픔으로 기억하지 말아요."
청아하고 호소력 짙은 목소리가 울림을 자아냈다.
"날 아픔으로 추억하지 말아요. 이별했지만 내겐 이별이 아닌, 사랑했지만 그댄 잊어주길…… 슬픈, 아픈, 서글픈 이 사랑…… 나 혼자 기억할게요."
서정적이고 감각적인 멜로디에 기교 없이 차분한 음색이 더해져 애틋하고 먹먹한 감정을 불러일으켰다. 담담해서 더 안타까운, 말로 형용할 수 없는 묘한 기분에 사로잡힌 이들은 숨 쉬는 것조차 잊을 정도로 노래에 몰입했다.

"한 번도 해보지 못한 말…… 영원히 하지 못할 말…… 사랑…… 해요……."

수현의 목소리와 기타 소리만으로 채워진 무대는 감동의 여운을 남기고 끝났다.

수현이 무대에서 내려가고 난 뒤에도 지혁의 귓가에는 그녀의 목소리가 하염없이 맴돌았다.

'사랑해요…….'

지혁은 세진이 왜 안 오면 후회할 거라고 했는지 확실히 알게 되었다. 여기에 온 건 자신이 최근 들어 한 선택 중 가장 잘한 일이 분명했다.

무대를 내려온 수현은 뒤늦게 얼굴이 화끈거렸다. 지금 자신이 뭘 한 건지 얼떨떨함과 동시에 세진과 시은에게 분노가 치밀었다. 하지만 공연이 다 끝나지 않은 세진은 곧장 무대로 올라갔고, 시은은 어디에 숨었는지 코빼기도 보이지 않아 화를 낼 대상이 없었다. 수현은 대기실에서 두 사람을 기다렸다. 피날레 곡을 마치고 시은과 함께 나타난 세진은 대기실에 들어오자마자 다른 사람들을 모두 내보냈다. 세 사람만 남게 되자 수현이 말문을 열었다.

"이런 어이없는 일을 꾸민 이유가 뭐야?"

처음부터 욕먹을 각오를 하고 시작한 세진과 시은은 눈을 내리깔고 꿀 먹은 벙어리처럼 가만히 있었다. 두 사람 모두 마음의 준비도 없이 노래를 해야만 했던 수현이 화를 내는 건 당연하다고 생각했다.

"오늘 네 콘서트야. 콘서트에 집중해도 모자랄 마당에 제정신이야?"

세진은 흥분해서 쏘아붙이는 수현에게 진지하게 대답했다.

"말했잖아. 나 프로라고. 나 오늘 실수한 거 하나도 없어."

"그래. 그건 그렇다고 치고, 대체 무슨 생각으로 이런 일을 벌인 건데?"

"네 생각."

"내 생각이라니?"

전후 사정을 아무것도 모르는 수현은 세진의 말을 전혀 이해할 수 없었다.

"여기 류 변호사님 와 있어."

"……뭐?"

"너랑 류 변호사님 사이에 어떤 오해가 있어서 헤어진 거라면 풀길 바랐어. 내가 널 위해서 뭘 할 수 있을까 고심한 끝에 판을 깐 것뿐이야."

"네가 뭘 안다고? 내가 언제 너한테 이런 거 부탁했어? 네가 왜 나서는데?"

수현의 목소리가 높아졌지만 세진은 반박할 말이 없었다. 스스로도 오지랖이라고 생각하면서 벌인 일이었으니 그녀의 질책이 과하다고는 생각하지 않았다. 그가 멋쩍게 시선을 바닥으로 떨구자 수현은 시은에게 눈을 돌렸다.

"너라도 세진이를 말렸어야지. 넌 이러면 안 되는 거잖아."

"등신처럼 속에 있는 말도 제대로 못 하는 네가 답답해서 그랬다! 이렇게라도 하면 둘이 다시 만날 수 있지 않을까 싶어서 그랬다고!"

시은은 저도 모르게 발끈해 놓고 금세 꼬리를 내렸다.

"……미안하다. 잘못했다."

그 순간이었다.

똑똑.

대기실 문을 두드리는 소리에 세 사람이 동시에 고개를 돌렸다. 문을 열고 들어온 사람은 다름 아닌 지혁이었다.

"어? 오빠!"

"변호사님 오셨네. 그럼 얘기들 나눠."

시은과 세진은 굳어 있는 수현을 뒤로하고 누가 먼저랄 것도 없이 문을 향해 걸음을 옮겼다. 눈 깜짝할 사이에 대기실에는 수현과 지혁만 남게 되었다. 그제야 정신을 가다듬은 수현이 선수를 쳤다.

"세진이랑 시은이가 쓸데없는 일을 벌였어요."

"쓸데없는 일이라고 생각하지 않아."

그녀는 숨을 몰아쉬고 말을 이었다.

"의미 두지 마세요. 그냥 돈 벌려고 만든 곡이에요."

"그래."

지혁이 순순히 고개를 끄덕였다. 그는 수현의 진심이 무엇인지 알기에 그녀가 무슨 말을 해도 상관없었다. 지금 두 사람은 서로의 마음을 몰라서, 서로의 진심을 오해해서 헤어진 게 아니었다. 그래서 입 밖으로 내뱉는 말은 그들에게 중요하지 않았다. 그저 한 사람은 아닌 척하고, 다른 한 사람은 모른 척할 뿐이었다. 세진과 시은의 노력이 무색하게 수현과 지혁은 여전히 서로의 거리를 좁힐 수 없었다.

시은은 대기실을 나온 지혁의 쓸쓸한 표정과 수현의 그늘진 얼굴을 보면서 자신의 경솔함을 자책했다. 세진과 자신이 오늘 벌인 일은 두 사람을 단순히 사랑싸움을 한 연인으로 치부하고 화해를 주선한 것과 다를 바 없다는 것을 깨달았기 때문이었다. 하지만 이미 벌어진 일을 되돌릴 수는 없었으니, 시은은 수현의 눈치를 살피는 것 외에는 할 수 있는 게 없었다.

수현은 콘서트장을 출발해서 집에 도착할 때까지 한마디도 하지 않았다. 시은에게 화가 나서가 아니라 지혁에게 자꾸만 여지를 남기는 것 같아 마음이 불편해서였다. 겉으로 아무리 아니라고 한들 그가 자신의 마음을 모를 거라고 생각하지는 않았으나, 수현이 원하는 건 결코 이런 게 아니었다. 그녀는 지혁을 마음에 담고 살아가는 건 제 몫이라 생각했고, 그는 자신을 잊어주길 진심으로 바랐다.

수현이 지혁의 소식을 들은 건 그로부터 이틀이 지나서였다.

[지혁이 지금 병원에 입원해 있대. 술자리에서 예전부터 지혁이한테 원한을 가지고 있던 깡패 새끼들하고 시비가 붙었다나 봐. 많이 다친 것 같아.]

호영의 전화를 받은 그녀는 곧장 병원으로 달려갔다. 이성이 남아 있었다면 가지 말아야 한다는 사실을 인지했겠지만 지혁이 다쳤다는 말을 듣는 순간 머릿속이 새하얘져서 아무 생각도 나지 않았다. 수현은 어떻게 운전을 했는지, 어떻게 주차를 했는지 생각도 나지 않을 만큼 정신없이 병원에 도착해서 호영이 알려준 병실로 향했다. 그런데 지혁의 병실에서 나오는 영민을 보고 정신이 번쩍 들었다.

'내가 왜 여길…….'

지혁의 주변 사람들도 이제 자신과 그가 헤어졌다는 사실을 알고 있을 텐데 여기까지 헐레벌떡 달려왔다는 것이 알려져 봐야 좋을 게 없을 터였다. 들키기 전에 돌아가야겠다고 마음먹은 수현은 허둥지둥 몸을 돌렸다. 그러나 한발 늦고 말았다. 다급한 발소리와 함께 나타난 영민이 그녀의 앞을 불쑥 막아섰던 것이다.
"수현 씨!"
"……."
"지혁이 보러 온 거죠? 근데 왜 안 보고 그냥 가요."
수현은 어설픈 변명을 하고 싶지 않았다. 영민이 바보가 아니고서야 자신이 왜 여기에 왔는지 모를 리 없을 테니 그냥 솔직히 말하는 게 더 나을 것 같았다.
"지혁 씨 보러 온 건 맞는데 마음이 바뀌었어요. 그냥 갈게요."
영민은 지혁의 입으로 직접 들은 건 아니었지만 두 사람이 헤어졌다는 것을 짐작하고 있었다. 지혁이 힘들어한다는 건 눈치채고 있었고, 수현의 얼굴을 보니 그녀도 별반 다르지 않아 보였다.
"지혁 씨한테는 아무 말도 하지 말아주세요."
"수현 씨……."
"그럼 가보겠습니다."
영민의 말문을 막은 수현은 그를 지나쳐 엘리베이터로 걸음을 옮겼다. 잠시 망설이다가 황급히 뒤돌아 달려간 영민은 지혁의 병실 문을 벌컥 열어젖히며 소리쳤다.
"지혁아!"
침대 헤드에 등을 기대고 앉아 있던 지혁이 고개를 돌렸다. 그의 얼굴 여기저기에는 피딱지와 멍 자국이 선명했고 한쪽 팔에는 붕대가 감겨 있었다.
"나 방금 복도에서 수현 씨 봤어! 근데 그냥 갔어!"
허리를 곧추세운 지혁은 다급하게 침대에서 내려갔다. 슬리퍼를 대충 꿰고 발걸음을 떼려는데 뭔가가 그의 움직임을 저지했다. 돌아보니 수액 줄이 팽팽하게 당겨져 있었다. 거치대에서 수액병을 뺄 여유가 없어서 손등에 꽂힌 바늘을 아예 뽑아버린 그는 피가 흐르는 것도 개의치 않고 병실을 달려 나갔다. 지혁은 절뚝거리면서 복도를 지나쳐 엘리베이터로 향했다. 그의 눈에 엘리베이터를 기다리고 있는 수현의 뒷모습이 보였다. 이별하던 날 뒤돌아 걸어가던 그녀의 뒷모습을 한참 동안 보며 서 있었던 순간이 떠올랐다. 수현이 멀어져 가는 걸 보면서도 아무것도 할 수 없었던 그날의 무기력함이 가슴속을 꽉 메웠다. 지혁은 지금에서야 자신은 수현을 잊을 수 없으리라는 것을 확실히 깨달았다. 그건 그녀도 마찬가지일 거라고 확신할 수 있었다. 그렇다면 서로를 잊기 위해 발버둥 치고 있는 이 시간들이 아무런 소용도 없다는 의미였다. 그는 오랜만에 머리가 맑아지는 기분이었다.

"수현아."

도착한 엘리베이터에 타려던 수현은 지혁의 나직한 목소리를 듣고 멈칫했다. 천천히 돌아선 그녀는 엉망이 된 그의 얼굴을 보자마자 숨이 턱 막혔다.

"이, 이게…… 뭐예요……."

수현은 그렁그렁한 눈으로 그에게 한 걸음 다가섰다.

"피…… 나잖아요."

지혁의 손등에서 피가 흐르고 있었다. 그가 억지로 바늘을 뽑고 달려왔다는 걸 알아차린 그녀의 목소리에 물기가 배어났다.

"얼른 들어가요."

"너도 같이."

수현은 자신이 거절하면 그가 한 발짝도 움직이지 않으리라는 걸 직감하고 고개를 끄덕였다. 먼발치에서 두 사람을 보고 있던 영민은 눈치껏 자리를 피해주었다. 지혁과 함께 병실로 들어온 수현은 그를 침대 위에 앉혀놓고 병실을 나갔다가 간호사와 함께 돌아왔다. 간호사가 바늘을 다시 꽂아주고 나가자 병실 안에는 두 사람만 남게 되었다.

"어딜, 얼마나 다친 거예요?"

"전신의 타박상, 가벼운 뇌진탕, 팔 인대 파열 등등."

지혁이 아무렇지 않은 척하고 있을 뿐 가벼운 상태가 아니라는 것을 확인한 수현이 안타까운 눈빛으로 그를 바라보았다.

"많이…… 아파요?"

그녀는 자신이 얼마나 바보 같은 질문을 하고 있는지 알면서도 그것밖에 할 말이 없었다.

"아파, 많이."

"……."

"그러니까 나 병원에 있는 동안 옆에 있어줘."

수현은 잠시 흔들렸지만, 느슨해진 마음을 다잡으며 고개를 저었다.

"그럴 수 없어요."

"네가 아팠을 때 난 네 옆에 있었잖아. 더도 말고 덜도 말고 내가 해준 만큼만 해달라는 건데 그것도 안 돼?"

지혁은 지금 자신이 얼마나 치사하게 굴고 있는지 충분히 알고 있었다. 그렇지만 이렇게라도 우기지 않으면 그녀를 잡아둘 수 없다는 걸 알기에 도리가 없었다.

"정말 안 돼?"

수현은 난감하면서도 한편으로는 그가 고집을 부려줘서 고맙기도 했다. 단호하게 거절해야 한다는 걸 알면서도 이런 식으로라도 그의 곁에 있고 싶고, 못 이기는 척 끌려가고 싶은 모순된 감정이 그녀를 더 괴롭혔다. 해야 하는 일과 하고 싶은 일 사이에서 갈팡질팡하던 수현이 고민 끝에 입을 열었다.
"옆에…… 있을게요."

두 사람은 한 공간에 있으면서도 많은 말을 하지 않았다. 오랜만에 찾아온 평화를 깨뜨리지 않기 위해 그들은 그저 서로의 얼굴을 보고, 서로의 존재에 감사하는 걸로 만족하고 있었다.

그렇게 사흘이 지났다. 늦은 밤, 지혁이 잠든 걸 확인하고 병실을 나온 수현은 옥상 정원으로 향했다. 여전히 혼란스러운 마음을 추스르기 위해 그가 없는 곳에서 혼자만의 시간을 가질 생각이었다. 밤하늘을 올려다보며 생각에 잠겨 있던 그녀는 등 뒤에서 느껴지는 인기척에 흠칫 놀랐다. 그런데 뒤를 돌아볼 새도 없이 누군가의 팔 안에 갇혀 버렸다.

"내 옆에 있으랬잖아……."

귓가를 간질이는 지혁의 속삭임에 수현이 잔뜩 움츠렸던 몸에서 힘을 뺐다.

"잠깐 바람 쐬러 나온 거예요."

지혁은 자신에게서 벗어나기 위해 몸을 비트는 그녀를 더 꽉 끌어안았다. 헛된 몸부림을 몇 번 더 한 끝에 수현의 움직임이 멎었다. 그녀는 체념하듯 그에게 몸을 내맡긴 채 가만히 있었다.

"수현아, 넌 행복하니?"

지혁의 품에 안겨 있는 이 순간만큼은 행복했다. 하지만 언제까지나 그의 품 안에 있을 수 없다는 걸 생각하면 행복하지 않았다.

"어디서 들었는데 행복해지려면 힘들고 괴로운 일들을 잊으면 된대. 혹은 무뎌지거나."

수현은 그의 말을 마음속으로 곱씹었다.

'잊거나, 무뎌지거나…….'

"난 둘 다 못 했어. 널 잊지도 못했고 무뎌지지도 못했어. 그래서 행복하지 않아."

"……."

"너 없이는 앞으로도 행복할 것 같지가 않아."

수현의 생각도 지혁과 같았다. 자신도 역시 그가 없다면 행복할 것 같지 않았다. 수현은 그의 목소리에서 느껴지는 애절함과 그의 손길에서 느껴지는 절박함에 눈물이 핑 돌았다. 자신을 이토록 원하는 사람에게서 왜 벗어나려고만 하는지, 이게 진정 그를 위하는 길인지 회의가 들었다. 이렇게 가슴이 미어질 것 같은데 그를 떠나보내는 것만이 최선인지 확신할 수가 없었다. 머릿속이 뒤죽박죽인 와중에도 한 가지 사실만은 명확했다. 그를 사랑한다는 것. 더는 그를 밀어낼 자신도 없고, 그러고 싶지도 않다는 것…….

수현은 그의 팔을 풀고 뒤로 돌아섰다. 그녀가 또 무슨 말로 자신을 밀어내려고 할까 싶어, 지혁의 얼굴에 긴장감이 감돌았다. 하지만 그의 예상과 달리 수현은 그의 까칠해진 얼굴을 부드럽게 어루만졌다.

"어떤 남자가 자기 앞에서만 울었으면 좋겠다고 해서 그동안 울지도 못했어요."

그녀의 눈에서는 눈물이 흐르고 있었다.

"평생 울지 못할 뻔했어요……."

지혁은 가슴이 벅차올라 그녀를 와락 껴안았다.

"앞으로도 내 앞에서만 울어. 슬퍼서가 아니라 기뻐서 우는 일만 있게 할게. 내가 꼭 그렇게 할게."

수현은 그의 품에서 작게 고개를 끄덕였다.

"일어나지도 않은, 일어나지 않을지도 모르는 일에 우리의 아까운 시간을 낭비하지 말자. 혹시 네가 우려하는 일이 벌어진다고 해도 내가 해결할 수 있어. 그러니까 날 믿어줘."

"……."

"그 침묵은 날 믿지 못하겠다는 의미로 받아들이면 되나?"

"……아니요."

지혁은 그녀에게 굳이 대답을 요구했다.

"그럼?"

"믿어요."

수현을 제 품에서 떼어낸 그는 촉촉이 젖어 있는 그녀의 눈에 다정하게 입을 맞췄다. 수현의 뺨을 스치듯 지나친 그의 입술은 이내 그녀의 따뜻한 입술에 내려앉았다. 맞댄 입술 사이로 숨결이 뜨겁게 얽혔다. 두 사람은 그동안의 그리움을 보상받기라도 하려는 듯 서로를 느끼고 또 느꼈다. 그들에게는 단순한 입맞춤이 아니라 힘들었던 지난날에 대한 위로였다.

이튿날 저녁, 지혁의 부모님이 병실에 찾아왔다. 갑작스러운 두 사람의 등장에 지혁과 수현의 얼굴이 동시에 굳었다. 류 원장과 안 교수는 수현을 보고 당황한 것도 잠시 동시에 인상을 찌푸렸다.

"여긴 어떻게 알고 오셨어요?"

지혁이 입원해 있는 병원은 여희의 아버지가 병원장으로 있는 곳이었다. 영민을 통해 미리 여희의 입단속을 시켜놓은 그는 부모님이 올 거라는 생각을 하지 못하고 있었다.

"아들이 입원한 병원에 부모가 오는 게 뭐가 이상하냐?"

언짢은 얼굴로 되묻는 류 원장에 이어 안 교수가 무뚝뚝하게 대답했다.

“홍 원장님한테 들었다.”

여희는 아무 말도 하지 않았으나, 그녀의 아버지인 홍 원장이 류 원장에게 전화를 걸어 지혁의 상태를 전한 덕분에 류 원장과 안 교수가 알게 된 것이었다. 지혁은 살벌한 분위기 속에서 이러지도 저러지도 못하고 서 있는 수현에게 시선을 옮겼다.

“수현아, 잠깐만 자리 좀 비켜줄래?”

그는 부모님이 상처 주는 말을 하기 전에 그녀를 내보내는 게 낫겠다고 판단했다. 부모님의 입을 틀어막을 수는 없으니 차라리 부모님과 수현의 사이를 차단하고 제 선에서 해결하는 게 최선이라고 생각한 것이다.

“나가보겠습니다.”

수현은 류 원장과 안 교수에게 허리를 굽혀 인사하고 밖으로 나갔다. 그의 곁에 있기로 마음먹은 이상 모든 걸 감수할 준비가 되어 있었지만, 자신이 버티면 지혁이 곤란할 것 같아 순순히 그의 말을 따른 것이었다. 지혁은 병실 문이 닫히는 소리를 듣고서야 말문을 열었다.

“떠난 수현이에게 죽도록 매달린 건 접니다. 그러니까 하실 말씀 있으시면 저한테 하세요. 한 번만 더 수현이를 따로 만나시면 저도 어쩔 수 없는 선택을 할 수밖에 없습니다.”

“고작 여자 하나 때문에 우리랑 안 보고 살기라도 하겠다는 말이냐?”

그는 수현을 보호할 수만 있다면 어떤 것도 마다하지 않을 작정이었다. 그럴 각오가 없었다면 시작도 하지 않았을 거였다.

“필요하다면요.”

"뭐라고?"

"제가 그런 선택을 하지 않게 해주십시오."

지혁은 부모님에게 선택권을 넘겼다. 수현에게 다시 한 번 상처를 준다면 인연을 끊는 것도 불사하겠다는 뜻이었다. 류 원장과 안 교수는 지혁이라면 충분히 그러고도 남으리라는 것을 누구보다 잘 알고 있었다. 붉으락푸르락 달아오른 얼굴로 씩씩거리고 있던 류 원장이 갑자기 성질을 벌컥 내며 삿대질을 했다.

"고얀 놈. 끝까지 부모를 이겨 먹으려고 들어?"

류 원장은 그 말을 끝으로 병실을 나가 버렸고 안 교수가 냉랭한 표정으로 그의 뒤를 따랐다. 아버지와 어머니가 나간 병실 문을 바라보는 지혁의 얼굴에는 수심이 가득했다. 단호하게 말하긴 했지만 그의 마음이 편할 리는 없었다. 지혁은 지금 수현을 두고 부모님과 힘겨루기를 하는 게 아니었다. 이건 누가 이기고 지는 문제가 될 수 없었다. 다만 부모님께 애걸복걸하고 싶지 않을 뿐이었다. 애원해 봐야 소용없다는 것을 알기도 했고, 수현을 그렇게까지 비참하게 만들고 싶지 않았기 때문이었다. 그는 아무도 그녀를 흔들 수 없도록 제 뒤에 세워둘 작정이었다.

잠시 뒤, 수현이 다시 병실로 들어왔다.

"괜찮아요?"

"내가 묻고 싶은 말인데?"

수현은 지혁과 헤어지겠다는 약속을 지키지 못했다는 사실에 마음이 편치 않았다. 자신으로 인해 그와 부모님의 사이가 껄끄러워지는 게 괴로웠다. 하지만 이제 무슨 이유에서든 지혁을 떠날 생각은 없었다. 그렇다면 고작 그의 부모님의 싸늘한 얼굴을 본 것만으로 의기소침해져서는 안 되는 거였다.

“지혁 씨가 괜찮다면 나도 괜찮아요.”

수현이 빙그레 웃어 보였다.

“난 물론 괜찮아.”

지혁도 그녀를 마주 보며 웃었다.

어른의 몫

열흘 만에 퇴원한 지혁은 미뤄두었던 일을 처리하느라 눈코 뜰 새 없이 바빴지만 전혀 힘들지 않았다. 틈틈이 수현의 목소리를 듣고 얼굴을 볼 수 있으니 더 바랄 게 없었다. 수현도 그와 마찬가지였다. 지혁이 행복하냐고 물었을 때 하지 못한 대답을 이제는 할 수 있을 것 같았다. 행복하다고, 이제 그가 헤어지자고 해도 헤어져 줄 수 없다는 생각이 들 만큼 행복하다고 말할 수 있었다. 그렇지만 조마조마한 마음을 내려놓을 수는 없었다. 지혁의 부모님이 언제 연락을 해올지 모른다는 생각에 휴대폰이 울릴 때마다 깜짝깜짝 놀라기 일쑤였다.

지혁이 퇴원한 지 일주일이 지났을 무렵, 회사에서 편곡 작업을 하고 있던 수현의 휴대폰 액정에 모르는 번호가 찍혔다. 그녀는 왠지 모를 불안감을 느끼며 통화 버튼을 눌렀다.

[여보세요.]

인자한 여자의 음성이었다. 안 교수가 아니라는 사실에 순간적으로 안도한 수현은 이어진 말을 듣고 흠칫 몸을 떨었다.
[나 지혁이 할머니예요.]
그녀의 뇌리에 언젠가 지혁이 했던 말이 번쩍 스쳤다.

"할머니가 끝판왕이지. 아버지, 어머니까지 할머니한테는 꼼짝 못 하시니까. 할머니가 법이야."

수현은 긴장감으로 목덜미가 뻣뻣해졌다.

수현이 한남동에 도착한 건 오후 5시경이었다. 평일 낮이라 류 원장과 안 교수는 집에 없었고, 가사 도우미가 그녀를 맞았다. 수현은 지혁의 친할머니인 서정순 여사의 방으로 안내되었다.
"처음 뵙겠습니다. 송수현입니다."
서 여사는 검은색이 한 가닥도 섞이지 않은, 풍성한 백발을 단정하게 틀어 올린 채 보료 위에 앉아 있었다. 팔순을 넘겼다고는 믿기지 않을 만큼 정정했으며 머리부터 발끝까지 고상한 품위가 느껴졌다.
"그래요. 어서 와요."
수현은 그녀의 손이 가리킨 방석 위에 무릎을 꿇고 앉았다.
"바쁜 사람 오라고 해서 미안해요."
"아닙니다. 먼저 찾아뵙지 못해서 죄송합니다."
서 여사가 수현의 눈을 가만히 응시하다가 입을 열었다.
"눈이 맑네요."
"말씀 낮추세요."
"그건 천천히."
서 여사는 자애로운 미소를 짓고 있었지만, 수현에게는 감히 범접

할 수 없는 큰 산처럼 느껴졌다. 부드러운 카리스마가 어떤 것인지 오늘에서야 비로소 알게 되었다.

"대강의 얘기는 들어서 알고 있어요. 반대하는 류 원장 내외가 원망스럽겠어요."

"아니요. 그런 생각 해본 적 없습니다."

수현은 자신의 부모님을 원망한 적은 있어도 지혁의 부모님을 원망해 본 적은 없었다.

"어째서?"

"부모님으로서 당연히 하실 수 있는 걱정이라고 생각합니다."

점수를 따기 위해 꾸며낸 말이 아니었기에 수현의 말에는 조금의 거짓도 담겨 있지 않았다.

"지금은 아닐지 몰라도 반대가 계속된다면 원망하는 마음이 생길 거예요. 그럼 어떻게 하겠어요?"

수현은 사람의 감정이라는 게 하루에도 열두 번씩 바뀔 수 있다는 걸 알기에 절대 원망하지 않을 거라고 단언할 수는 없었다. 그녀는 신중하게 고심한 끝에 입을 열었다.

"아무도 모르게 하겠습니다."

수현의 대답에 서 여사가 소리 내어 웃었다.

"솔직하네요. 절대 그럴 일 없을 거라는 가식적인 말을 들었다면 크게 실망할 뻔했어요."

"……."

"감정은 자기 뜻대로 할 수 있는 게 아니에요. 이미 싹튼 감정을 얼마나 현명하게 다스릴 수 있느냐의 문제라고 봐요."

수현은 건방지다고 생각하지 않고 제 진심을 있는 그대로 받아들여 준 서 여사에게 감사했다.

"다른 건 몰라도 겉과 속이 다른 것 같지는 않네요."

서 여사는 지혁의 안목을 믿었기에 그가 부모의 뜻을 거스르면서까지 놓지 못한 수현의 인성을 걱정하지는 않았다. 그런데 그녀는 예상했던 것보다 더 침착하고 솔직했다. 가장 마음에 드는 건 자신에게 잘 보이려고 애쓰지 않는다는 것이었다. 서 여사의 표정이 한층 더 온화해졌다.

"노래를 만든다고 들었는데 그럼 다룰 줄 아는 악기도 있겠네요?"

수현은 갑작스러운 화제 전환에 어리둥절해하면서도 차분하게 대답했다.

"피아노랑 기타를 조금 칩니다."

"주책이라고 생각하겠지만 몇 년 전부터 피아노를 배우기 시작했어요. 젊었을 때는 공부와 일 외에는 할 여유가 없었거든."

서 여사의 시선을 따라 창가 옆에 놓인 피아노로 고개를 돌린 수현의 눈에 감탄의 빛이 어렸다. 자신이 꿈꾸던 노년의 모습이었다.

"멋지세요."

서 여사는 그제야 긴장이 풀린 듯 웃고 있는 수현을 보며 흐뭇한 미소를 지었다.

"가끔 와서 이 할미 피아노 좀 가르쳐 주겠니?"

수현은 멍한 눈으로 서 여사를 바라보았다. 그러다가 이내 가슴속에서 뜨거운 것이 울컥 치밀었다. 든든하고 감격스러워서 목이 메었다.

"네. 할머니……."

수현의 눈에 눈물이 글썽거렸다.

회의 도중 수현으로부터 통화가 가능할 때 전화를 달라는 문자를 받았던 지혁은 회의실을 나서면서 그녀에게 전화를 걸었다.

"회의 중이었어."

[오늘도 늦게 끝나요?]

"아니. 그렇게 늦지는 않을 거야."

[그럼 끝나고 나 좀 데리러 와줘요.]

데리러 오라는 말에 지혁의 머릿속에 떠오른 생각은 하나뿐이었다.

"술 마셨어?"

[그런 거 아니에요.]

지혁은 취한 것도 아닌데 왜 데리러 오라는 걸까 의아했다.

"어디로 데리러 가면 되는데?"

[한남동이요.]

"한남동 어디?"

[지혁 씨 본가에 있어요.]

지혁의 얼굴이 부모님에 대한 분노와 실망으로 딱딱하게 굳었다. 자신이 그 정도까지 말했음에도 불구하고 수현을 따로 불렀다는 건 이제 더는 기대할 게 없다는 말이나 다름없었다.

"일단 거기서 나와."

[기다릴게요.]

지혁은 그녀가 왜 고집을 피우는지 알 수 없었지만, 뭔가 이유가 있을 거라는 생각에 더 강요하지 않았다. 지금 당장 달려가서 데리고 나오면 되는 것이었다.

"지금 바로 갈게."

그는 제 방에 서류만 던져두고 곧장 회사를 나섰다.

헐레벌떡 집에 들어선 지혁은 서 여사와 함께 방에서 나오는 수현을 보고 멈칫했다. 가장 큰 복병일지도 모를 할머니의 존재를 지금까지 잊고 있었다는 사실이 당혹스러웠다.

"멀뚱하게 서 있지 말고 이리 오너라."

무슨 생각을 하고 있는지 알 수 없는 서 여사와 엷은 미소를 짓고 있는 수현을 번갈아 바라본 그는 두 사람을 따라 소파로 걸음을 옮겼다. 초인종 소리가 거실에 울려 퍼진 건 그 순간이었다. 지혁은 아버지나 어머니 둘 중 한 사람일 거라고 생각하면서 발걸음을 돌려 도어 모니터로 향했다. 그런데 모니터에는 두 사람의 얼굴이 모두 비쳤다. 문을 열어 주고 몸을 돌렸을 때 그의 곁에는 수현이 다가와 있었다.

"어떻게 된 거야?"

지혁이 나직하게 물었다.

"할머님이 부르셨어요."

"뭐라고 하셨는데?"

서서 할 이야기가 아니기도 했고 그의 부모님을 볼 생각에 긴장한 수현은 빙긋 웃는 걸로 대답을 대신했다. 잠시 후 현관문을 열고 들어선 류 원장과 안 교수는 나란히 서 있는 두 사람을 보며 불쾌한 내색을 숨기지 않았다. 안 교수가 언짢은 표정으로 지혁과 수현에게 차례로 물었다.

"넌 왜 여기 있니? 왜 여기 있어요?"

그때 서 여사의 목소리가 그들 사이에 흐르는 냉기를 갈랐다.

"와서 앉아라."

이 자리에서 그녀의 말을 거역할 수 있는 사람은 아무도 없었다. 네 사람이 고분고분 소파로 다가가 자리를 잡고 앉자 서 여사가 다시 입을 열었다.

"다들 내가 불렀다."

서 여사는 수현에게 전화를 건 다음 곧장 류 원장과 안 교수에게 일찍 들어오라는 연락을 했고, 수현을 통해 지혁을 불렀다. 그녀가 지혁과 수현에 대해 알게 된 건 불과 며칠 전이었다. 류 원장과 안 교수가 나누는 대화를 우연히 듣게 된 서 여사는 두 사람에게 자초지종을 물었고 고민 끝에 네 사람을 한 자리에 모은 것이었다.

"일단 지혁이한테 묻자. 결혼까지 생각하고 있는 거니?"

"네."

지혁이 망설임 없이 대답했다. 서 여사의 시선이 자신에게 향하자, 수현은 차분하게 말문을 열었다.

"허락해 주신다면 하고 싶습니다."

지혁의 눈이 놀라움으로 커졌다. 강경하던 그녀에게 이렇게 결혼 승낙을 받을 거라고는 상상도 하지 못했기 때문이었다. 두 사람의 대답을 모두 듣고 난 서 여사가 천천히 고개를 끄덕였다.

"난 허락하마."

"어머니!"

당황한 류 원장이 벌컥 소리쳤다. 안 교수도 소리만 지르지 않았을 뿐이지 경악한 눈으로 서 여사를 바라보았다.

"목소리 낮춰라."

서 여사의 서늘한 어조에 류 원장이 얼른 고개를 숙였다.

"……죄송합니다."

그는 유복자인 자신을 키우느라 고생하면서도 우리나라 최초의 여성 판사라는 타이틀까지 거머쥔 어머니를 그 누구보다 존경했다. 그녀는 류 원장을 고개 숙이게 만들 수 있는 유일한 존재였다.

"너희들에게까지 허락을 강요하는 건 아니다. 다만 나는 지혁이와 수현이에게 모두가 둘 사이를 반대하는 건 아니라는 걸 알려주고 싶었을 뿐이다."

류 원장과 안 교수는 윽박지르지 않으면서도 상대를 꼼짝 못하게 하는 서 여사의 기세에 눌려 아무런 반박도 하지 못했다.

"나는 할 말 다했다. 그만 가보거라."

서 여사는 지혁과 수현을 보내고 방으로 들어가 버렸고 류 원장은 심각한 얼굴로 자리를 떴다. 홀로 거실에 남겨진 안 교수는 생각할수록 화가 나 견딜 수가 없었다. 매사에 합리적이고 냉철한 시어머니가 맞는지 의심스러울 정도였다. 참다못한 그녀는 벌떡 일어나 서 여사의 방으로 향했다. 노크도 없이 문을 박차고 들어온 안 교수를 보고도 서 여사는 당황한 기색 없이 나직하게 물었다.

"무슨 일이냐."

"어머님! 무슨 생각으로 이러시는 거예요?"

서 여사는 자신에게 처음으로 언성을 높인 안 교수에게 되물었다.

"나도 너희 결혼을 탐탁지 않아 했다는 걸 잊었니? 내가 왜 널 반대했었는지 기억한다면 수현이를 반대할 수 없을 거라고 생각한다."

서 여사가 그녀를 반대했던 이유는 안 교수가 근로자들을 착취하여 부를 쌓는 것으로 악명 높은 집안의 딸이었기 때문이었다. 재벌가와 사돈을 맺는다는 기쁨보다 혹시라도 그런 집안과 얽혀서 자신이 애지중지 키운 아들에게 해가 갈까 두려운 마음이 더 컸다. 지금 안 교수가 수현을 반대하는 이유와 크게 다르지 않았다.

"다 큰 자식을 내 뜻대로 할 수 없어서 하는 수 없이 허락은 했지만 한동안은 네가 주는 것 없이 그냥 싫었다. 그런데 언젠가부터 내 반대로 너희들이 헤어졌으면 어쩔 뻔했나 하는 생각이 들더라."

"……."

"넌 내 아들의 아내, 내 손자의 엄마로서도 부족함이 없었지만 내게도 최고의 며느리였단다."

서 여사는 말문이 막힌 안 교수를 바라보며 말을 이었다.

"네가 나에게 그랬듯, 너에게도 수현이가 최고의 며느리일 수도 있다는 걸 잊지 마라."

"어머니……."

"네 입으로 말하지 않았니? 그 아이 자체가 마음에 들지 않는 건 아니라고. 그렇다면 다른 건 품어줄 줄도 알아야 하는 법이다. 그게 어른의 몫이다."

"……."

서 여사의 말은 날카로웠고, 안 교수는 입술만 달싹이다가 결국 아무 말도 하지 못했다.

본가에서 나온 지혁은 수현에게 제 차를 따라오라고 한 다음 앞장서서 출발했다. 각자 차를 가지고 왔기에 따로 움직일 수밖에 없었던 두 사람의 목적지는 그의 오피스텔이었다. 먼저 주차를 하고 수현을 기다리던 지혁은 차에서 내린 그녀의 어깨를 감싸고 엘리베이터를 향해 걸었다.

"지혁 씨가 어떻게 사는지 궁금했어요."

그가 수현을 오늘 처음으로 오피스텔에 데려온 건 퇴원한 이후 너무 바빠서 여유가 없었다는 이유도 있었지만, 임시로 마련한 곳이라 딱히 보여주고 싶은 마음도 없었기 때문이었다. 지혁은 수현에게 했던 말대로 그녀와 헤어진 다음 날 호영의 집에서 짐을 다 빼서 오피스텔로 옮겼다. 수현이 원하는 대로 그녀의 눈앞에서 사라져 주겠다는 오기도 있었고, 그녀를 잊기 위해 마음을 다잡으려는 의도도 있었다. 결론은 두 가지 다 완벽한 실패였다. 눈앞에서 사라져 주기는커녕 수현의 주변을 끊임없이 맴돌았고, 마음을 다잡기는커녕 단 한순간도 그녀를 잊은 적이 없었으니 말이다. 그런데 수현을 그리워한 기억밖에 없는 공간에 그녀와 함께 왔다는 게 기분이 묘했다. 갑자기 이게 현실이 아닐지도 모른다는 생각이 든 지혁이 우뚝 걸음을 멈췄다. 덩달아 멈춰 선 수현이 그를 바라보며 고개를 갸웃거렸다.

"왜요?"

지혁은 그녀의 말간 얼굴을 두 손으로 감쌌다. 부드러운 감촉과 따뜻한 체온을 확인하고서야 그의 얼굴에 미소가 떠올랐다.

"아무것도 아니야. 가자."

그는 의아해하는 수현의 손을 잡고 다시 걸음을 뗐다.

지혁의 집은 깨끗함을 넘어서 삭막함까지 느껴졌다. 식탁 위에는 아무것도 놓여 있지 않았고 개수대 안에는 씻지 않은 물컵도 없었으며 눈을 씻고 찾아봐도 휴지 조각 하나 발견할 수 없었다. 집 안을 한 바퀴 둘러보고 부엌으로 향한 수현은 냉장고 문을 열어보고 더 당황했다. 냉장고 안에는 아무것도, 정말 아무것도 없었다.

"그동안 집에 들어오긴 했어요?"

"입원했을 때 빼고는. 일하느라 회사에서 밤새운 날에도 옷은 갈아입으러 꼬박꼬박 들어왔었어."

지혁은 뭐가 그리도 궁금한지 여기저기 두리번거리고 있는 수현을 끌어당겨 침대 위에 앉혔다.

"집 구경하라고 부른 거 아니야. 볼 것도 없고."

"그럼 왜 데려온 거예요?"

"단둘이 할 말이 있어서."

"할 말?"

"너무 갑작스러워서 아무것도 준비하지 못했어. 미안해."

그녀는 그의 밑도 끝도 없는 말을 알아듣지 못했다.

"무슨 준비요?"

"프러포즈."

수현이 어리둥절한 표정으로 되물었다.

"프러포즈? 그동안 수도 없이 했잖아요."

지금까지 세뇌당한 기분이 들 만큼 결혼하자는 말을 들었는데 무슨 프러포즈를 또 한다는 건지 의아할 따름이었다.

"그래도 다시 정식으로 하고 싶어. 네가 이미 승낙을 해버려서 순서가 바뀐 것 같긴 하지만."

지혁은 이번만큼은 서두르지 않고 그녀와 충분히 교감을 하고 난 뒤에 결혼하자는 말을 꺼낼 생각이었다. 그런데 오늘 생각지도 못한 상황에서 결혼이 기정사실화되어 버린 것이었다.

"너라면 시부모님 사랑을 듬뿍 받고도 남았을 텐데 그럴 수 없게 만들어서 미안해. 시부모님 사랑은 못 줘도 대신에 내가 그 몫까지 더 많이 사랑할게."

지혁은 그녀의 두 눈을 응시하며 입 밖으로 꺼내는 한 글자, 한 글자에 마음을 담았다.

"나 자신보다 더 많이 사랑할게. 아니, 이미 내 마음은 그래. 너보다 더 소중한 존재는 없어. 앞으로도 없을 거고."

수현은 지혁의 진심 어린 고백에 가슴이 벅차오르고 콧날이 시큰해졌다. 그와 함께 하는 하루하루는 그야말로 감동이었으며, 알면 알수록 점점 더 그가 좋아졌다. 이 사람의 사랑을 받기 위해 태어났다는 생각이 들 정도였다.

"수현아, 우리……."

지혁이 가장 중요한 말을 꺼내려는 순간, 수현이 그의 말을 자르고 끼어들었다.

"내가 먼저 해야 할 말이 있어요."

지혁은 그녀가 무슨 말을 하려는 건지 불안했지만 일단 들어보기로 했다.

"해."

"우리 결혼해요."

"……."

수현의 입에서 결혼하자는 말이 나오리라고는 생각지도 못했던 지혁은 일순간 할 말을 잃었다. 그녀는 멍하게 앉아 있는 그의 품에 안기며 다시 한 번 또박또박 말했다.

"지혁 씨랑 결혼하고 싶어요."

그제야 정신을 차린 지혁의 얼굴에 행복한 미소가 떠올랐다. 그는 수현을 꽉 끌어안으며 그녀의 청혼에 화답했다.

"그래. 결혼하자, 우리."

두 사람은 침대 위에 마주 보고 누워 애정 가득한 시선으로 서로의 얼굴을 응시했다.

"널 보지 못하고 지냈을 때 내가 가장 후회했던 게 뭔지 알아?"

"뭔데요?"

"사진 한 장 찍지 않았던 거."

수현은 그가 자신과 같은 생각을 했다는 게 신기했다. 그가 보고 싶을 때마다 사진이라도 있었으면 좋겠다고 생각했던 게 한두 번이 아니었다.

"네 얼굴이 날마다 흐려지는데…… 이러다가 어느 날 갑자기 아예 기억이 나지 않으면 어쩌나 두려웠어."

"왜 두려워요. 기억이 나지 않으면 좋은 거지."

"네 존재는 또렷이 기억이 나는데 얼굴만 기억이 안 난다고 생각해 봐. 그게 좋겠어?"

수현은 인상을 찌푸리고 있는 지혁을 달래듯 미소를 지어 보였다.

"그럼 지금이라도 찍을까요?"

"헤어지면 사진이나 보라는 말이야?"

지혁은 그녀가 그런 뜻으로 한 말이 아니라는 걸 알면서 괜한 심술을 부렸다.

"24시간 붙어 있을 수 없으니까 내가 눈앞에 없을 때 보라는 말이에요."

"좋은 생각이야."

흐뭇하게 웃던 그가 갑자기 혼잣말처럼 중얼거렸다.

"목소리도 녹음할까……."

"목소리는 왜요?"

"너 일할 때나 잘 때 갑자기 목소리가 듣고 싶어질 수도 있잖아."

수현이 그의 남다른 준비성에 감탄하고 있는 사이, 지혁의 머릿속에 문득 떠오른 생각이 있었다.

"나 그 노래 좀 보내줘."

"무슨 노래요?"

"한세진 콘서트장에서 부른 노래."

수현은 새삼스레 부끄러웠다. 눈치 빠른 지혁이 그 노래 가사가 본인을 향한 고백임을 모를 리 없다는 걸 알기 때문이었다. 지혁은 발그레 달아오른 그녀의 얼굴을 장난스럽게 건드리며 물었다.

"그 노래, 제목이 뭐야?"

그는 콘서트 현장에서 수현이 제목을 말하지 않았다는 사실을 똑똑히 기억하고 있었다.

"아직 정식 제목은 없어요. 발표하려고 만든 노래가 아니었는데 세진이랑 시은이 때문에 얼떨결에 부르게 된 것뿐이에요."

"정식 제목이 없다는 건 임시 제목은 있다는 말이네. 뭔데?"

세진에게는 아무 의미 없는 알파벳이라고 말했지만, 사실 'R'은 지혁의 성인 '류(Ryu)'에서 따온 것이었다. 왠지 모를 민망함에 수현의 목소리가 작아졌다.

"알……."

"알? 알파벳 R?"

수현이 멋쩍게 고개를 끄덕이자, 무슨 의미인지 대번에 눈치챈 지혁의 얼굴에 짓궂은 미소가 떠올랐다.

"정식 제목 지을 때 필요하다면 내 풀 네임을 써도 좋아. 허락해 주지."

"……."

필요하지 않았다. 당연히 허락 같은 것도 필요 없었다. 누가 노래 제목으로 사람 이름 석 자를 떡하니 붙인단 말인가. 그렇지만 그녀는 뿌듯해하는 그를 위해 말을 아꼈다.

♪♩.♪♬

두 사람의 결혼식은 한 달 뒤로 정해졌다. 되도록 빨리했으면 좋겠다는 지혁의 굳은 의지가 반영된 결과였다. 마음을 정한 이상 미적거릴 이유가 없다고 생각한 수현도 반대하지 않았다.

"오늘 한남동에 들러서 결혼 날짜 말씀드리고 올게."

"같이 가요."

"나 혼자 가는 게 좋겠어."

지혁은 좋은 말을 못 들을 걸 뻔히 알면서 수현을 데려가고 싶지 않았다. 그녀가 냉랭한 부모님의 얼굴을 보고 상처받는 게 싫었다.

"지혁 씨 혼자 보내면 내 마음이 불편할 것 같아요."

그는 수현의 고집을 꺾지 못했고, 두 사람은 다시 한남동을 찾았다. 서 여사의 부름을 받고 왔던 날로부터 열흘 만이었다. 그런데 그들의 예상과는 달리 류 원장과 안 교수는 결혼식 날짜를 잡았다는 말을 듣고도 노발대발하지 않았다. 그저 무표정한 얼굴로 자리를 지키고 앉아 있을 뿐이었다. 수현이 여전히 달갑지는 않았으나, 격했던 감정이 서 여사로 인해 한풀 꺾인 건 사실이었다.

"한 달이면 빠듯하지 않겠니?"

서 여사가 걱정스럽게 물었다.

"전문가에게 맡길 거라 저희가 준비해야 할 건 별로 없어요."

"살 곳은 정했고?"

"수현이네 집에서 시작하기로 했습니다."

수십 번의 낙방 끝에 공중파 방송국에서 주최하는 공모전에 당선된 시은은 본가로 들어가겠다고 선언했다. 이제 부모님에게 글을 쓴다고 떳떳하게 말할 수 있을 것 같다는 이유였다. 수현은 시은이 결혼을 결심한 자신에게 짐이 될까 봐 서두른다는 것을 알고 있었지만 그녀가 하도 완강해서 말릴 수가 없었다. 그래서 지혁과 상의 끝에 지금 사는 아파트에서 신혼살림을 꾸리기로 한 것이었다.

"수현이한테 얹혀사는 게로구나."

"제가 아직 능력이 없어서요."

수임료는 어마어마하게 들어오고 있었으나 버는 족족 회사의 규모를 키우는 데 재투자하고 있는 형편이라, 지혁뿐만 아니라 영민과 여희도 실질적으로 손에 쥘 수 있는 돈은 거의 없었다.

"이 할미가 도와주랴?"

"괜찮습니다. 수현이 돈 잘 벌어요."

지혁은 농담으로 한 말이었지만 수현은 당혹스럽기 그지없었다. 자신을 탐탁지 않게 여기는 부모님 앞에서 이 뜬금없는 돈 자랑은 뭐란 말인가. 아니나 다를까, 류 원장과 안 교수의 표정이 눈에 띄게 일그러졌다. 두 사람은 부족함 없이 키운 지혁이 졸지에 신혼집 하나 마련하지 못하는 무능력자가 된 것 같아 심기가 상당히 불편했다. 그렇지만 결혼식 날짜를 통보하러 온 괘씸한 아들에게 어떠한 경제적 도움도 주고 싶지 않았다. 류 원장은 언짢은 표정으로 밖으로 나가 버렸고, 안 교수도 뒤따라 자리를 피했다.

"결혼식에는 나만 참석할 수도 있다는 거 알고 있지?"

서 여사가 묻는 말에 지혁과 수현이 동시에 고개를 끄덕였다. 반대하는 결혼을 강행하면서 그 정도 각오도 하지 않았을 리 없었다.

"내가 너희들 편을 들고 있는 이유가 뭔지 아니?"

안 그래도 두 사람은 그 이유가 내심 궁금했다.

"너희가 마냥 예뻐서라고 생각하는 건 아니지?"

지혁과 수현은 그런 생각을 할 만큼 낙관적이지 않았다. 그들은 오히려 지극히 현실적인 성격이었다.

"난 약자의 편에 선 것뿐이다. 애미, 애비보다 너희가 약자니까. 그러니까 너희가 예뻐서, 너희가 옳아서가 아님을 항상 명심해라."

두 사람은 서 여사의 엄숙한 말을 마음에 새겼다.

지혁은 운전을 하면서 연신 수현의 기색을 살폈다. 본가를 나온 이후 한마디도 하지 않고 있는 그녀가 걱정스러워서였다.

"무슨 생각 해?"

지혁의 목소리를 듣고서야 골똘한 생각에서 빠져나온 수현이 그를 돌아보며 미소 지었다.

"지혁 씨한테 고맙다는 생각이요."

지혁이 감격한 듯한 그녀의 얼굴을 물끄러미 바라보며 물었다.

"나한테 왜 고마울까?"

"난 할머니라는 말을 해본 적이 거의 없었어요. 외할머니는 내가 태어나기도 전에 돌아가셨고, 친할머니는 한 번도 뵌 적이 없거든요. 그런데 지혁 씨 덕분에 나한테도 이제 할머니가 생겼어요."

수현의 눈에는 눈물이 그렁그렁했다.

"요새 부쩍 눈물이 많아진 거 같네."

그의 말에 민망해진 그녀가 얼른 눈을 위로 치켜뜨며 어색하게 웃었다.

"그러게 말이에요. 툭하면 우는 사람들 되게 별로라고 생각했는데 내가 그러고 있네요. 이제 자제할게요."

지혁은 요즘 들어 수현이 감정 표현에 솔직해진 게 보기 좋았다. 겉으로 내색하지 않고 속으로만 삭이던 그녀가 항상 안쓰러웠는데 이제 조금은 안심할 수 있게 되었다. 그런데 자제를 하겠다니…… 결코 그렇게 내버려 둘 수 없었다.

"자제하지 마. 자제를 왜 해. 툭하면 울어도 되고, 툭하면 웃어도 돼. 그러니까 네 마음 가는 대로, 하고 싶은 대로 다 해. 넌 뭘 해도 별로인 적 없었어."

수현은 다급해 보이기까지 하는 그를 향해 피식 웃음을 터뜨렸다.

"이 남자, 왜 이렇게 관대하지?"

"너한테만."

지혁은 오른손을 옆으로 뻗어 수현의 머리카락을 가볍게 쓰다듬었다.

"오직 너한테만 관대해."

그에게 그녀는 어떤 것도 용인되는 유일한 사람이었다.

♪♩.♪♬

웨딩 컨설턴트에게 모든 걸 일임한 덕분에 결혼 준비는 순조롭게 진행되었다. 지혁과 수현은 각자의 일이 바쁘기도 했지만, 시간적 여유가 있었어도 아기자기하게 하나하나 직접 준비하는 성격은 아니었다.

두 사람은 결혼식을 이틀 앞두고 호영과 시은을 불러 술자리를 가졌다. 호영은 신제품 개발 때문에 회사 일이 정신없이 바빴고, 시은은 지난주에 본가로 들어갔기 때문에 네 사람이 다 같이 모인 건 꽤 오랜만이었다.

"역시 오래 살고 볼 일이야. 내 주위에서 가장 결혼이랑 상관없을 것 같던 류지혁과 송수현이 결혼을 할 줄은 상상도 못 했다. 그것도 둘이…… 대박."

호영은 여전히 두 사람을 볼 때마다 신기해했다. 그런데 신기해하는 건 그뿐만이 아니었다.

"너만 못 한 거 아니야. 나도 못 했다."

"나도 내가 결혼할 줄은 몰랐어."

당사자인 지혁과 수현이 차례로 그의 말에 동조했다.

"신혼여행은 어디로 간다고?"

"괌."

지혁은 수현의 잔에 맥주를 따라주며 호영의 질문에 건성으로 대답했다.

"원체 특이한 것들이라 특이한 데로 갈 줄 알았더니 괌? 너무 흔한 신혼여행지 아니냐? 재미없게."

수현이 어처구니없다는 표정으로 호영을 흘겨보았다.

"오빠 재미있으라고 가는 신혼여행 아니거든? 우리한테는 특별한 의미가 있는 곳이란 말이야."

"무슨 의미?"

"그런 게 있어."

수현이 괌에 가기 위해 공항까지 갔다가 돌아온 날 지혁과 마음을 확인했으니, 두 사람에게는 한 번도 가보지는 못했지만 특별한 의미가 있는 곳이 틀림없었다. 괌에 한 번도 못 가봤다고 투덜대는 그녀에게 기회가 되면 함께 가자던, 아니, 굳이 기회를 만들겠다고 했던 지혁의 말이 괌을 신혼여행지로 선택한 결정적 이유가 되었던 것이다.

"아예 말을 말든지, 치사하게 운만 띄워놓고 끝이냐?"

수현과 지혁은 툴툴대는 호영을 아랑곳하지 않고 둘만 아는 그날의 기억을 떠올리며 미소 지었다.

지혁은 수현이 시은과 함께 화장실에 간 사이 호영에게 언젠가 한 번은 꼭 하고 싶었던 말을 꺼냈다.

"네가 그랬지? 나랑 수현이 중에 한 사람을 선택해야 한다면 망설임 없이 수현이라고."

"설마 그걸로 꽁하고 있었냐?"

"아니. 고맙다고."

방어 태세를 갖추고 있던 호영이 눈을 끔벅거리며 되물었다.

"……뭐가?"

"수현이를 그 정도로 생각해 주는 사람이 있다는 거 든든한 일이니까."

"사실 망설임 없이, 라는 말은 뻥이었어. 너랑 나랑 알아온 세월이 얼만데 망설이지도 않겠냐? 아주 조금은 망설여 주마."

호영은 진심을 말해놓고 갑자기 민망해졌다. 그래서 괜히 장난스럽게 말을 돌렸다.

"근데 내가 수현이 혈육이 아니었어도 고맙고 든든했을까?"

"당연히 아니지. 오빠가 아니었으면 넌 수현이 옆에 있지도 못했어. 수현이 옆에 있을 수 있는 남자는 나 빼고는 가족밖에 없어."

"난 네가 이렇게 질투가 많은 놈인 줄 몰랐다."

호영에게 지혁은 수현을 만나기 전과 후가 완전히 다른 사람이었다. 여러모로 의외의 모습을 보이는 지혁에게 적응하기가 쉽지 않았다.

"가족 얘기가 나왔으니 하는 말인데 형님이라고 불러 봐."

"형님 같은 소리 하네."

지혁의 콧방귀에 호영이 발끈했다.

"수현이 오빠면 너한테는 내가 당연히 형님이지!"

촌수를 몰라서가 아니라 지혁은 호영에게 차마 형님이라는 말이 나오지 않았다.

"자, 어서 형님이라고 불러."

"……"

"빨리 불러보라고. 빨리."

호영은 얄밉도록 끈질기게 보챘다. 지혁은 자신이 집요하게 오빠라고 부르라고 했을 때 수현이 이런 기분이었나, 새삼 역지사지해 볼 수 있었다. 지혁과 호영은 공통점을 찾으려야 찾을 수 없을 만큼 다른 성격이었지만, 한 가지만큼은 비슷했다. 그건 바로 호칭에 집착한다는 것이었다.

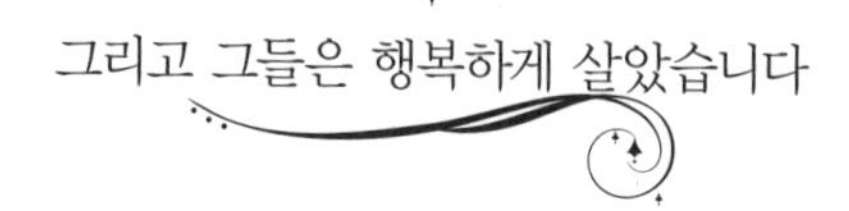

그리고 그들은 행복하게 살았습니다

지혁과 수현의 결혼식은 자유롭고 편안한 하우스 웨딩으로 꾸며졌다. 실내 예식임에도 전면과 천장까지 유리로 되어 있는 공간은 야외 예식 같은 느낌을 주었다. 눈부신 햇살이 쏟아져 들어와 조명의 역할을 톡톡히 했고, 장미와 리시안셔스 등의 꽃과 캔들을 테이블 곳곳에 배치하여 아늑하고 사랑스러운 분위기를 연출했다.

수현은 몸의 곡선을 따라 자연스럽게 떨어지는 시스라인 드레스를 입었다. 홀터넥이 그녀의 긴 목과 가녀린 어깨를 강조함과 동시에 별다른 장식 없이도 아름다운 몸의 곡선 자체를 돋보이게 해주는 드레스였다. 우아하게 땋아 내린 머리에는 화관을 연상시키는, 보석 박힌 헤어밴드를 착용하여 여성스러움을 더했다. 신부대기실에 앉아 있는 수현을 바라보는 인화의 눈에 눈물이 고였다.

"오늘 너무 예쁘다."

덩달아 울컥한 수현은 눈물이 날까 봐 얼른 시선을 내리깔았다.

"수현아."
인화는 수현에게 다가가 그녀를 조심스럽게 껴안았다.
"이모가 고생 많이 시켜서 미안해."
"왜 그런 소리를 하고 그래. 내가 무슨 고생을 했다고……."
수현이 인화의 등을 다정하게 쓸어내리며 속삭였다.
"이모 은혜 평생 잊지 않을 거야. 내가 죽을 때까지 잘할게, 이모."
"넌 내 딸이나 마찬가지야."
"나한테도 이모는 엄마야."
모녀보다 더 모녀 같은 두 사람이 서로를 토닥이며 애틋한 감정을 나누고 있던 그때 호영이 신부대기실로 들어섰다.
"이 음울한 분위기는 뭐지?"
인화는 괜한 말을 꺼내어 결혼식을 앞둔 수현을 울렸다고 자책하며 얼른 뒤돌아서서 눈물을 훔쳤다.
"엄마 화장 번졌어. 눈 밑이 까매."
"어머! 정말?"
호영의 말에 깜짝 놀란 인화는 화장을 고치고 오겠다며 헐레벌떡 신부대기실을 나갔다. 호영과 둘만 남게 되자, 수현이 그에게 가까이 오라고 손짓했다.
"왜?"
수현은 다가온 호영을 향해 손을 내밀었다.
"오빠, 우리 악수나 한 번 하자."
"안 어울리게 훌쩍거리지를 않나, 악수를 하자고 하지를 않나, 오늘 너 안 하던 짓 많이 한다?"
"평소에는 못 하는 짓이니까 특별한 날 하려고."
그는 구시렁대면서도 순순히 그녀의 손을 맞잡고 위아래로 활기차

게 흔들어주었다.

"고마워, 오빠."

수현은 못 들은 척 딴청을 피우는 호영을 올려다보며 말을 이었다.

"나 때문에 오빠가 손해 많이 보고 살았다는 거 알아. 그런데도 단 한 번도 눈치 주지 않고 친동생처럼 아껴줘서 고마워."

"사촌 동생이나 친동생이나……."

그가 멋쩍게 말꼬리를 흐렸다.

"오빠 덕분에 지혁 씨를 만났어. 그것도 고마워."

"그래. 그건 고마워해야 마땅하다."

양손을 허리 위에 얹고 우쭐대던 호영은 그제야 신부대기실에 온 용건을 기억해 냈다.

"아 참, 방금 지혁이네 부모님 오셨어."

수현의 눈이 휘둥그레졌다. 조금 전 혼자 신부대기실에 다녀간 서 여사가 지혁의 부모님은 오지 않을 것 같다고 했기에 놀라지 않을 수 없었던 것이다.

"얼핏 들었는데 안 오시려다가 갑자기 마음을 바꿔서 오신 것 같아. 그런데 그냥 식만 보고 가실 거래. 신부대기실도 안 오실 거니까 그런 줄 알고 있어."

"응……."

수현은 두 사람이 결혼식에 참석해 준 것만으로도 충분했다. 그녀는 지혁이 자신으로 인해 부모와 절연하는 것을 단연코 바라지 않았다.

"이모한테는 결혼 소식 알렸어?"

"아니."

수현은 아빠는 말할 것도 없거니와 엄마에게도 결혼 소식을 알리지 않았다. 다른 경로를 통해서 알게 된다면 하는 수 없지만 자신이 나서서 말할 생각은 없었다. 그녀는 의무는 저버리고 권리만 내세우는 부모님에게 더는 휘둘리지 않을 생각이었다. 지켜야 할 사람이 생겼으니 이전보다 훨씬 더 단호해져야만 했다. 지혁이 수현으로 인해 변한 것만큼이나 수현도 지혁으로 인해 변해가고 있었다.

예식은 신랑 신부 동시 입장과 혼인 서약, 축사, 축가 등의 순서로 진행되었는데 그중 백미는 단연 축가였다. 세진은 수현에게 뜻깊은 추억을 만들어주겠다는 일념으로 그동안 그녀가 만든 노래를 부른 가수를 자체적으로 엄선해서 감동적인 무대를 준비했다. 세진을 비롯하여 한 자리에 모으기도 힘들 만큼 유명한 가수들의 공연은 콘서트를 방불케 할 정도였다. 수현에게 오늘은 사랑하는 사람과 부부의 연을 맺게 된 날임과 동시에 자신이 얼마나 근사한 직업을 가졌는지, 얼마나 멋진 친구를 뒀는지 알게 된 날이었다.

♪♩.♪♬

두 사람에게 괌은 멀지 않고 조용히 쉬다 올 수 있는 최고의 휴양지였다. 수현은 호텔에 도착하자마자 베란다로 향했다.

"와……."

20층에서 바라본 풍경은 그야말로 한 폭의 그림이었다. 자연의 광활함을 과시하려는 듯 끝없이 펼쳐진 푸른 바다와 손을 뻗으면 만질 수 있을 것처럼 낮게 떠 있는 구름은 감탄이 절로 나올 만큼 아름다웠다.

"지혁 씨, 이리 와봐요. 거기서 보는 거랑 달라요."

지혁은 수현과 달리 풍경 따위에 전혀 관심이 없었다. 지금 그의 관심은 온통 다른 데에 쏠려 있었다.

"내가 하고 싶은 말이야. 이리 와봐."

"왜요?"

침대 끝에 걸터앉아 있던 지혁은 고개를 갸웃거리며 다가오는 수현의 손목을 빠르게 낚아챘다.

"꺄!"

등에 닿는 푹신한 감촉을 느끼고서야 자신이 침대에 누워 있다는 사실을 인지한 그녀는 눈앞에 바짝 다가와 있는 그의 얼굴을 보고 흠칫 놀랐다. 지혁은 그동안 그녀를 소중히 지켜주겠다는 의미에서 선을 넘지 않고 버텼다. 혈기왕성한 삼십대 남자가 사랑하는 여자를 두고 손끝 하나 대지 않는다는 건 극도의 자제력을 요하는 일이었다. 그는 이제 더는 참을 수 없었다. 더 이상 참아야 할 이유도 없었다. 그런데 수현은 야속하게도 온갖 이유를 다 끌어다 붙이고 있었다.

"아직 해도 안 졌고…… 씻지도 않았고…… 배도 고프고……."

"해가 떠 있어도 상관없고, 씻는 건 이따 하고, 배고픈 건 좀 참아봐."

그는 긴장한 나머지 몸에 잔뜩 힘이 들어간 그녀의 팔을 부드럽게 쓸어내리며 속삭였다.

"힘 빼. 긴장하지 말고."

"처, 처음인데 어떻게 긴장을 안 해요……."

"난 긴장 안 되는데?"

"지혁 씨는…… 처음이 아니니까 그렇겠죠."

"처음이야."

수현은 그의 입술이 제 귓불에 와 닿자 간지러움을 참지 못하고 몸을 꿈틀거렸다.
"뒷말은 어디에 팔아먹었어요?"
"무슨 뒷말?"
"너랑은. 뭐 이런 말?"
수현의 몸에서 입술을 뗀 지혁이 누워 있는 그녀를 내려다보며 말했다.
"어떤 여자랑도 처음이라고."
당황한 수현의 눈이 동그래졌다. 그동안 만난 여자가 몇 명 있었다기에 상상도 못 했던 말이었다.
"왜 말 안 했어요?"
"그런 걸 말로 하는 게 더 이상하지 않나?"
수현은 아주 많이 이상하다는 걸 인정하지 않을 수 없었다.
"……왜 처음이에요?"
"딴 여자가 내 몸에 손대는 게 싫어서."
수현은 그에게 자신이 처음이길 바란 적은 없었다. 그런데 희한하게도 막상 그렇다는 걸 알고 나니 자꾸만 입꼬리가 올라갔다.
"난…… 괜찮아요?"
그녀는 수줍게 물었고, 그는 단호하게 답했다.
"물론. 너만 괜찮아."
지혁은 그 말을 끝으로 제 입술로 수현의 입술을 막아버렸다. 그리고 입술을 시작으로 굳어 있는 그녀의 온몸 구석구석에 입을 맞췄다. 수현은 눈앞이 하얘졌고 머릿속이 아득해졌다. 태어나서 한 번도 느껴보지 못한 낯선 감각이 전신에 휘몰아쳤다. 숨소리가 가빠지고 심장이 튀어나올 것처럼 쿵쾅거렸지만 그가 몸으로 표현할 수 있는 최고의 사랑이라는 걸 알기에 저항하지 않고 고스란히 받아들였다. 지혁의 눈이, 손이, 입술이 아무도 본 적 없고, 아무도 만진 적 없던 수현의 곳곳에 닿았다. 그는 자신의 모든 것으로 그녀가 제 여자라는 흔적을 남겼다. 공기 중에 흩어진 두 사람의 숨결이 거칠고 뜨거웠다. 방 안은 그들이 내뿜는 열기로 금세 달아올랐다.

"아흑……."

수현의 향기, 숨소리, 눈빛, 신음 하나하나까지 너무나 자극적이었지만, 지혁은 이성의 끈을 놓지 않기 위해 필사적으로 버티며 끝까지 섬세하고 다정하게 그녀를 리드했다. 그들의 첫날 밤, 아니 첫날 낮이 그렇게 지나가고 있었다.

수현은 호텔 방에서 한 발자국도 나가려 하지 않는 지혁을 설득하느라 애를 먹고 있었다.

"그래도 비행기 타고 왔는데 명소 몇 군데는 보고 가야죠."

"안 봐도 돼."

그가 망설임 없이 고개를 가로저었다. 하지만 그녀도 물러설 생각이 없었다.

"봐야 해요. 누가 물으면 매일 호텔에만 있었다고 할 거예요?"

"그게 뭐 어때서?"

수현은 태연하게 반문하는 지혁을 매섭게 쏘아보았다.

"그러기만 해봐요."

지혁은 막무가내로 버텨봐야 소용없다는 것을 깨닫고 얼른 불쌍한 연기를 시작했다.

"휴양지에 왔으면 쉬어야지. 내가 그동안 얼마나 바빴는지 알잖아."

수현에게는 그의 엉큼한 속셈이 뻔히 보였다.

"호텔에 있으면 쉴 수는 있고요?"

"……."

"지혁 씨한테는 밖에 나가는 게 쉬는 거예요. 얼른 일어나요."

방에서 나가고 싶지 않다는 굳건한 의지를 보이기 위해 침대 위에 누워 있던 지혁은 미적거리며 몸을 일으켰다. 밤에 자신이 원하는 대로 하려면 낮에는 수현의 말에 따라주어야 할 것 같았다.

"그래서 어딜 가보고 싶은데?"

"일단 오늘은 사랑의 절벽!"

드디어 호텔을 벗어나 괌을 구경할 수 있다는 기대감에 수현의 목소리가 높아졌다.

지혁은 서로 머리카락을 묶고 있는 남녀의 모습을 형상화한 동상을 올려다보며 물었다.

"여기 이름이 뭐라고?"

"사랑의 절벽이라고 부른대요. Two lovers point."

미리 괌의 명소 몇 군데를 알아보고 온 수현이 그에게 이곳에 얽힌 이야기를 해주었다.

"사랑하는 연인이 있었는데 여자의 부모님이 둘 사이를 반대했대요. 여자가 다른 남자랑 강제로 결혼해야 할 위기에 놓이게 됐고요. 연인이 함께 머리카락을 묶고 절벽에서 뛰어내리면서 슬픈 전설로 남게 됐다나 봐요. 신혼부부들의 필수 코스래요."

그녀의 말이 끝나자 지혁이 인상을 찌푸리며 입을 열었다.

"그러니까 절벽에서 떨어져 죽었다는 거잖아?"

"그렇죠."

"근데 왜 신혼부부들의 필수 코스라는 거지?"

"어쨌든 사랑을 지켰으니까?"

수현은 언짢은 기색을 숨기지 않는 그를 향해 어깨를 으쓱해 보였다.

"죽었는데도? 그것도 해피엔딩이야?"

"……."

예상치 못한 지혁의 반응에 당황한 그녀의 말문이 막혔다.

"나라면 안 죽었어. 기필코 살아서 사랑을 지켜야지, 죽긴 왜 죽어?"

그는 지금 부모님의 반대라는 상황에 한껏 감정 이입을 한 상태였다.

"여기 내 취향 아니다. 가자."

혼자서 열을 내던 지혁은 멀뚱히 서 있는 수현의 손을 잡고 걸음을 옮겼다. 마치 이곳에 더 있으면 큰일이라도 날 것처럼 성큼성큼 걷는 그에게 속도를 맞추느라 수현은 쉴 새 없이 발을 놀려야만 했다. 지혁이 너무 흥분해서 말을 보태지는 못했지만, 여기는 수현의 취향과도 거리가 멀었다. 그녀의 생각도 그와 같았다.

♪♩.♪♬

지혁과 수현은 4박 5일간의 신혼여행을 마치고 제자리에 돌아와서야 알았다. 괌이라는 나라가 낙원처럼 느껴졌던 건 그 나라 자체의 매력도 있지만, 두 사람이 온전히 하나가 된 곳임과 동시에 오로지 서로에게만 집중할 수 있었기 때문이라는 것을 말이다. 그러니 그들에게는 서로가 함께 있는 곳이라면 어디나 낙원이었다.

두 사람 다 워낙 바쁜 사람들이었기에 한집에 살면서도 아침저녁으로 잠깐 얼굴 보는 게 전부인 날도 많았다. 하지만 결혼 전과 비교할 수 없을 만큼 안정감이 느껴졌다. 지혁은 결혼 전, 회사에서 밤새워 일하고 집에는 옷만 갈아입으러 잠깐 들르는 일이 잦았다. 그에게 집은 크게 의미 있는 공간이 아니었다. 그러나 결혼 후에는 삼십 분이 됐든, 한 시간이 됐든 반드시 집에서 잠을 청했다. 수현을 안고 자는 그 시간이 그에게는 더할 나위 없는 휴식이었다. 오늘도 자정을 넘겨 집에 돌아온 지혁은 조용히 씻고 방에 들어와 침대에 누웠다. 등을 보인 채 모로 누워 자던 수현이 그의 기척을 느끼고 자연스럽게 돌아누웠다.

"다녀왔어."

귓가에 와 닿는 지혁의 속삭임에 수현은 눈을 감은 채로 작게 고개를 끄덕였다. 그녀의 얼굴에 평온한 미소가 떠올랐다. 다른 사람과 한 침대를 써본 적이 거의 없었던 수현은 처음 얼마간은 그의 존재가 어색하고 불편했다. 그런데 언젠가부터 저도 모르게 지혁이 곁에 없으면 허전해서 잠을 잘 수가 없었다. 오늘도 두어 시간을 뒤척이다가 간신히 잠든 것이었다. 그녀는 자신이 그에게 길들여지고 있다는 게 신기했다. 수현은 뭐든지 혼자 할 필요는 없다는 걸, 누군가에게 기대도 괜찮다는 걸 알게 해준 그의 단단하고 따뜻한 품으로 파고들었다.

♪♩.♪♬

두 사람은 가을에 만나 겨울에서 봄으로 넘어가는 시기에 결혼했다. 그리고 여름을 맞았다. 밥 한 끼 같이 먹기도 힘들 만큼 바쁜 나날을 보내던 지혁과 수현은 오랜만에 모든 일을 미뤄두고 여유로운 주말을 보내고 있었다. 두 사람은 느지막이 일어나서 간단하게 아침 겸 점심을 먹고 다시 침대에 누웠다. 바짝 조이고 있던 긴장을 풀고 사랑하는 사람과 함께 누워 이런저런 이야기를 나누는 건 그들에게 유일한 재충전의 시간이나 다름없었다.

"따뜻해졌다고 좋아했던 게 엊그제 같은데 벌써 여름이에요. 시간 진짜 빠르죠?"

"그러게. 우리 결혼한 지도 벌써 삼 개월이 넘었네."

지혁은 그녀와 부부가 된 이후 단 하루도, 단 한 순간도 싫었던 적이 없었다. 완벽하게 제 여자가 되고 나니 더 사랑스럽고, 더 소중했다. 천장을 보고 똑바로 누워 있던 수현은 몸을 돌려 베개 위에 흐트러진 자신의 머리카락을 가만가만 어루만지고 있는 지혁을 바라보았다.

"우리도 이제 봄, 여름, 가을, 겨울을 함께한 셈이에요."

"나랑 사계절을 지낸 소감은?"

갑작스러운 질문을 받은 그녀는 잠시 고민하다가 입을 열었다.

"가을은 설렜고, 겨울은 슬펐고, 봄은 행복했고……."

"여름은?"

지혁은 말끝을 늘이는 수현에게 뒷말을 채근했다. 그에게는 지나간 날보다 지금 이 순간 그녀가 어떤 마음인지가 더 중요했다. 이미 행복이라는 말이 나온 이상 그보다 더 듣기 좋은 말이 나올 수 없다는 것을 알면서도 수현이 뭐라고 할지 궁금했다.

"여름은……."

자못 심각한 표정을 짓고 있던 그녀의 얼굴에 돌연 환한 미소가 걸렸다. 그리고 지혁이 예상하지 못했던 답을 내주었다.

"더 많이 행복해요."

그의 눈가와 입가에 웃음이 맺혔다.

'있었다. 더 듣기 좋은 말.'

수현은 언제나 지혁이 기대했던 것보다 더 큰 기쁨을 주는 사람이었다.

"지혁 씨는 어때요?"

"음……."

그가 선뜻 대답하지 못하고 고민하는 기색을 보이자, 이번에는 수현이 긴장했다. 그녀는 불현듯 자신만 행복한 건 아닌지 걱정스러워졌다. 지혁이 결혼 생활에 큰 불만이 있다고 생각하지는 않았지만 무덤덤해졌을 수는 있을 테니 말이다. 그가 수현의 걱정에 기름을 붓는 말로 운을 띄웠다.

"막상 살아보니까……."

그녀는 지혁의 입술에 시선을 고정한 채 저도 모르게 마른침을 꿀꺽 삼켰다. 막상 살아보니까 그냥 그렇네, 막상 살아보니까 별거 없네, 등등의 부정적인 대답들이 수현의 머릿속을 둥둥 떠다녔다. 지혁은 수현의 마음도 몰라주고 느릿하게 말을 이었다.

"생각했던 것보다……."

"……."

"훨씬 더 좋아."

그제야 수현의 안색이 밝아졌다. 그는 장난을 치느라 모른 척하고 있긴 했지만 그녀의 반응을 이해할 수가 없었다.

"왜 긴장했어? 설마 내가 별로라고 할 줄 알았어?"

"별로라고 할 수도 있죠, 뭐……."

뒤늦게 민망해진 수현이 지혁의 시선을 피하며 웅얼거리자, 그는 그녀의 턱을 잡고 눈을 맞췄다.

"어떻게 그런 생각을 할 수가 있지? 너랑 사는 게 별로일 수가 없잖아. 내가 너만 보면 미친놈처럼 달려드는 거 몰라서 그래?"

"모, 몰라요……."

수현의 얼굴이 장밋빛으로 물들었다.

"모른다면 알려줘야겠네."

지혁의 말을 알아들은 그녀가 슬그머니 몸을 뒤로 빼며 어색하게 웃었다.

"……생각해 보니까 알 것 같아요."

"생각해 보고 알 정도면 제대로 아는 게 아니지."

그가 수현이 뒤로 물러난 만큼 다가가며 씩 웃었다.

"아니에요. 확실히 알아요. 간밤에 지혁 씨가 알려줬는데 깜빡했어요."

다급해진 수현은 먹이를 눈앞에 둔 포식자처럼 서서히 다가오는 그를 피해 주춤주춤 뒤로 움직였다. 그 순간, 지혁이 그녀의 어깨를 뒤로 밀며 그대로 수현을 침대 위에 똑바로 눕혔다.

"다시 알려줄게."

수현은 어느새 제 위에 올라타 있는 그에게 양손을 잡혀서 꼼짝도 할 수 없었다. 그녀를 느른한 시선으로 내려다보던 지혁이 서서히 얼굴을 내렸다. 두 사람의 깍지 낀 손처럼, 그들의 입술이 서서히 포개졌다.

지혁과 수현은 늦은 오후가 되어서야 침대를 벗어났다. 화창한 날씨에 집에만 틀어박혀 있을 수 없다는 그녀의 적극적인 주장에 그가 마지못해 동의한 것이었다. 두 사람은 편안한 차림으로 산책에 나섰다. 그들에게는 뭔가를 해야 한다는 의무감이나 조바심이 없었다. 드라이브를 하고, 맛집을 찾아다니고, 영화를 보는 것 등을 하지 않아도 함께 있는 것만으로도 충분했다. 수현의 손을 꼭 잡고 여유롭게 걷던 지혁이 갑자기 제자리에 멈춰 섰다.

"이걸 여기서 보네."

그의 시선은 숲길 옆에 피어 있는 보랏빛 꽃에 닿아 있었다. 수현도 덩달아 그 꽃에 시선을 고정했다. 시원하게 쭉 뻗은 초록색 꽃대와 가느다란 꽃잎으로 이루어진 보라색 꽃송이가 독특하고 인상적이었다.

"이 꽃 이름이 뭔지 알아?"

이름은 몰라도 흔한 꽃이 아닌 것만큼은 알 수 있었다. 수현이 태어나서 한 번도 본 적이 없는 꽃이었다.

"처음 봤어요. 이름이 뭐예요?"

"리아트리스."

수현은 자신에게는 생소한 꽃 이름을 자연스럽게 입에 올리는 그의 모습이 의외였다.

"꽃에 관심이 있는 줄 몰랐어요."

"관심 없어."

지혁이 단호하게 잘라 말했다.

"얼마 전에 인터넷에서 우연히 봤어. 왜인지는 모르겠는데 그 꽃을 보는 순간, 네가 떠올랐어. 꽃말을 찾아보고서야 왜 그 꽃에 눈이 갔는지 알겠더라."

그녀의 눈이 기대감으로 반짝였다.

"꽃말이 뭔데요?"

"고집쟁이."

수현이 그럴 줄 알았다는 듯 입술을 삐죽거리자, 지혁이 피식 웃음을 터뜨렸다.

"꽃말이 하나 더 있어."

"뭔데요?"

"고결."

고집쟁이와 고결. 지혁은 수현과 아주 잘 어울리는 말이라고 생각했다.

"꽃말뿐만 아니라 생김새도 너랑 닮았어."

"어디가요?"

그녀는 자신과 닮은 곳을 찾겠다는 일념으로 미간을 모은 채 리아트리스를 유심히 살폈다.

"얼핏 보기에는 꼿꼿하고 굳센 이미지인데 자세히 들여다보면 꽃잎이 섬세하고 가늘잖아."

그는 마치 꽃 전문가라도 된 듯 술술 말을 이었다.

"이 꽃은 특이한 점이 있어."

"특이한 점?"

"꽃이 위에서 아래로 거꾸로 핀대. 여름에 꽃이 피고, 가을에 줄기와 잎이 죽은 다음 뿌리만 남아서 겨울을 버티다가 다시 여름에 꽃을 피우는 거지."

수현은 어느새 지혁의 말에 푹 빠져서 저도 모르게 고개를 끄덕이고 있었다. 지혁은 어린아이가 처음 본 것에서 눈을 떼지 못하는 것처럼 리아트리스를 물끄러미 내려다보는 그녀를 사랑스러운 눈길로 응시했다.

"나와 함께하는 네 삶이 여름이었으면 좋겠어. 언제나 뜨겁고 찬란한 여름."

수현이 해사하게 웃으며 그를 돌아보았다.

"여름이든 겨울이든 상관없어요. 지혁 씨랑 함께라면 내 삶은 언제나 뜨겁고 찬란할 테니까."

지혁은 그녀를 부드럽게 끌어당겨 품에 안았다.

'너와 나의 엔딩이, 그리고 그들은 행복하게 살았습니다…… 로 끝날 수 있기를. 그래서 먼 훗날 세상을 떠날 때 너와 함께여서 진심으로 행복했다고 말할 수 있기를. 너도 나와 같은 마음이기를…….'

"사랑한다."

햇빛이 찬란하게 쏟아지는 어느 여름, 지혁의 뜨거운 고백이 수현의 가슴에 아로새겨졌다.

모두가 행복한 세상

1주년 결혼기념일을 맞아, 수현과 지혁은 분위기 있는 레스토랑에서 저녁 식사를 하기로 했다. 따로 시간을 내서 밖에서 만나는 것도 근 한 달 만이었다. 회사 규모가 커지면서 맡아야 할 소송이 많아진 지혁은 몸이 열 개라도 모자랄 만큼 바쁜 나날을 보내고 있었다. 그는 함께 있어줄 수 없어서 수현에게 늘 미안해했지만, 그녀는 딱히 불만이 없었다. 수현은 혼자만의 시간이 필요한 사람이었고, 많은 시간을 함께 보내지는 못해도 그의 존재만으로도 외롭다는 생각이 전혀 들지 않았다. 그녀 또한 가수 영입에 열을 올리고 있는 세진 덕분에 음반 작업에 치여 사는 처지이기도 했다.

오랜만의 데이트에 신이 난 수현은 콧노래까지 흥얼거리며 약속 장소로 향했다. 레스토랑 주차장에 주차를 한 그녀는 차에서 내리기 전에 화장이 번지지 않았는지 다시 한 번 살폈다. 그리고 차에서 내려 흐트러진 옷차림을 가다듬고 걸음을 옮겼다. 평소에 잘 입지 않는 화사한 색상의 원피스와 높은 굽의 구두, 클러치 백을 손에 든 수현에게서 봄 내음이 물씬 풍겼다. 입구를 향해 걷다가 진동을 느낀 그녀는 걸음을 멈추고 클러치 백에서 휴대폰을 꺼내 들었다. 발신자는 '남편'이었다. 지혁은 결혼한 지 두 달쯤 지나고 나서야 수현의 휴대폰에 자신의 이름이 '류지혁'이라고 입력되어 있다는 사실을 알게 되었다.

"날 지금까지 이렇게 입력해 뒀던 거야? 하다못해 하트라도 붙여주든가."
"오그라들게 하트는 뭐예요."
"이건 너무 정 없어 보이잖아. 당장 바꿔줘."

수현은 그 자리에서 순순히 '지혁 씨'라고 바꿨지만 지혁의 성에는 차지 않았다. 그는 고심 끝에 새로 입력할 이름을 직접 지정해 주었고, 그게 바로 '남편'이었다. 지혁은 '사랑하는'이라는 수식어까지 원했으나 수현이 완강하게 버티는 바람에 '남편'에 만족해야만 했다.

"난 지금 막 도착했어요. 어디예요?"

[미안. 갑자기 어떤 분이 찾아오시는 바람에 회사에서 조금 늦게 나왔어. 십 분쯤 늦을 것 같은데?]

"십 분이 아니라 한 시간이라도 기다릴 수 있으니까 서두르지 말고 천천히 와요."

전화를 끊고 레스토랑 안으로 들어간 수현은 안내받은 자리에 앉아 메뉴판을 펼쳤다. 그런데 느긋하게 메뉴를 훑어보던 그녀의 시야가 갑자기 어두워졌다. 고개를 든 수현의 눈에, 한 남자가 맞은편 의자의 등받이에 손을 얹고 서 있는 게 보였다.

"박 변호사님."

그는 바로 태신이었다.

"오랜만이에요, 수현 씨. 우리 일 년 만인가요?"

태신은 씩 웃으며 수현의 앞자리에 앉았다.

"그러네요."

지혁과 헤어진 뒤 제주도로 내려가던 날에 그를 마지막으로 봤으니 일 년이 조금 지난 셈이었다.

"그동안 잘 지냈어요?"

"그래도 우리 어디서라도 우연히 만나게 되면 웃으면서 인사해요."

불현듯 태신이 했던 말을 떠올린 수현은 미소를 지으며 그의 인사를 받았다.

"네. 박 변호사님도 잘 지내시죠? 박 변호사님 안부는 지혁 씨를 통해서 가끔 듣긴 했어요."

태신의 눈이 급격하게 가늘어졌다.

"별로 좋은 얘기를 했을 것 같지는 않은데요?"

수현은 어색하게 웃으며 대답을 피했다. 그의 짐작대로 좋은 이야기는 아니었다. 태신에게 여전히 언짢은 감정이 남아 있는 지혁은 태신이 패소한 사건만 골라서 전해주곤 했다. 제 말이 맞다는 것을 눈치챈 태신이 과장되게 눈꼬리를 축 늘어뜨렸다.

"내가 한 짓이 있으니 감수해야죠. 죄인이 무슨 할 말이 있겠어요."

태신뿐만 아니라 수현도 지혁에게는 죄인이나 마찬가지였다. 본심이 뭐였든 간에 태신을 이용해서 지혁을 떠나보냈던 건 전적으로 자신의 잘못이라는 걸 아는 까닭이었다. 지혁은 지나간 일에 크게 연연하는 성격이 아님에도 불구하고 수현이 피곤하다는 핑계를 대며 애를 태울 때 종종 태신을 언급했고 그때마다 그녀는 순한 양이 될 수밖에 없었다.

"친구들이랑 식사 중이었는데 수현 씨가 보이길래 달려왔어요."

태신은 화제 전환 차 일행이 있는 쪽을 돌아보았다. 그의 시선을 따라간 수현은 조금 떨어진 테이블에 앉아서 이쪽을 흘끔거리고 있는 남자 두 명을 발견할 수 있었다.

"수현 씨는 혼자 온 거예요?"

"지혁 씨랑 만나기로 했어요. 곧 도착할 거예요."

"결혼 생활은 어때요?"

"좋아요."

태신은 여희로부터 두 사람의 결혼 소식을 들었을 때 전혀 놀라지 않았다. 수현에게서 지혁과 헤어졌다는 말을 들었을 때도 결국은 그렇게 되리라는 예감이 들었기 때문이었다.

"지혁이가 잘해줘요?"

"당연한 거 아닙니까?"

이번엔 수현의 입에서 나온 말이 아니었다. 동시에 고개를 돌린 태신과 수현은 못마땅한 표정으로 삐딱하게 서 있는 지혁을 보고 깜짝 놀랐다. 둘 다 그가 다가온 줄 미처 모르고 있었던 것이다.

"왔어요?"

수현이 자연스럽게 손을 뻗어 테이블 옆에 서 있는 그의 팔을 잡았다. 지혁은 대답 대신 수현의 손 위에 제 손을 포갠 채 태신에게 물었다.

"여기서 뭐 하십니까?"

평소보다 훨씬 더 퉁명스러운 그의 말투에 당황한 수현이 황급히 끼어들었다.

"박 변호사님이랑 우연히 만났어요."

그제야 태신이 빙글빙글 웃으며 입을 열었다.

"오랜만이다."

"지난달에 법원에서 만났죠, 아마?"

지혁은 아무리 연기였다고 할지라도 태신이 수현을 끌어안았던 순간을 떠올리면 여전히 심기가 불편했다. 그가 지나간 일에 크게 연연하지 않는다는 건 태신에게만큼은 해당되지 않는 것이었다.

"아 참, 그랬지……."

지혁은 멋쩍어하며 턱을 긁적거리는 태신을 빤히 보다가 수현에게 시선을 옮겼다.

"이 자리가 마음에 드시나 본데 우리가 자리를 옮기자."

왜 안 가고 미적대느냐는 의미임을 알아들은 태신이 툴툴거리며 의자에서 일어났다.

"일어난다, 일어나. 간다고."

걸음을 떼려다가 멈칫한 그가 수현을 돌아보며 물었다.

"지혁이, 집에서는 어때요? 찬바람 쌩쌩 불지 않아요?"

"전혀요."

수현은 지혁이 얼마나 다정한지 알려줄 수 없어서 안타까울 뿐이었다.

"진짜 잘해주는 거 맞아요?"

"맞아요."

태신은 수현의 단호한 대답을 듣고도 믿을 수 없다는 듯 고개를 갸웃거리며 자리를 벗어났다. 그의 뒷모습을 노려보다가 자리에 앉은 지혁은 여전히 인상을 찌푸리고 있었다.

"왜 이렇게 반가워해?"

"내가 언제요?"

"웃었잖아."

"그럼 화내요?"

수현이 어이없다는 듯 헛웃음을 터뜨렸다. 하지만 지혁은 진지하게 그녀의 말을 받았다.

"어. 다음에 만나게 되면 화내."

"……."

할 말을 잃은 수현에게 지혁이 자신의 말을 정정했다.

"아니다. 만나지 마."

"만나려고 만난 게 아니라 우연히 만난 거라니까요?"

"다시는 우연히 만나지 말라고."

수현은 뻣뻣해진 목덜미를 주무르며 그에게 되물었다.

"설마 우연이라는 뜻을 모르는 거예요?"

"모른다고 쳐."

"어떻게 날이 갈수록 막무가내가 되는지 모르겠네."

테이블 위에 두 팔을 올린 지혁은 고개를 절레절레 젓고 있는 그녀를 향해 상체를 기울였다.

"너한테만 그래."

수현은 그의 미소에 온몸이 녹아내리는 것 같았지만 내색하지 않고 뾰로통하게 받아쳤다.

"왜 나한테만 그래요?"

"사랑하니까."

"……."

그녀는 지혁이 시도 때도 없이 사랑한다는 말을 할 수 있는 남자라는 사실을 누가 믿을까 싶었다. 물론 싫은 건 아니었다. 사랑하는 남자가 자신을 사랑한다고 말해주는 게 싫을 리 있겠는가. 다만 아직도 그에게 적응하지 못하고 번번이 말문이 막혀 버리는 게 억울할 뿐이었다.

그때 직원이 두 사람이 앉은 테이블로 다가왔다.

"메뉴는 결정하셨습니까?"

언제 어린아이처럼 굴었나 싶게 카리스마 있는 모습으로 주문을 마친 지혁은 수현을 만나러 오는 내내 할까 말까 고민했던 말을 하기로 했다.

"수현아."

그녀는 지혁의 목소리가 가라앉은 걸 느끼고 본능적으로 긴장했다.

"좋은 날인데 안 좋은 소식부터 전해야 할 것 같다."

"……."

"아버님이 조금 전에 회사로 찾아오셨어."

수현의 눈꺼풀이 파르르 떨렸다.

"혹시…… 갑자기 찾아왔다는 사람이……."

"맞아."

아예 생각해 보지 못했던 상황은 아니었다. 아빠와 엄마는 늘 상상 이상을 보여주었으니 자신을 통하지 않고 직접 지혁을 찾아갔다고 해서 놀랄 것은 없었다. 멍했던 정신을 가다듬은 수현이 입을 열었다.

"무슨 얘기 했어요?"

"몇 달 전에 신장 이식 수술을 하셨대."

"누가 해줬대요?"

"아버님 동생."

그녀의 기억 속에는 어린 시절 두어 번 본 적 있던 작은아빠가 어렴풋이 남아 있었다.

"그리고 이혼 소송을 시작할 거라고 하셨어."
"이혼 소송? 갑자기 왜……."
수현은 아빠가 지혁을 찾아갔다는 말을 들었을 때보다 더 놀랐다.
"울며 겨자 먹기로 검사를 받았는데 이식 가능하다는 결과가 나왔대."
선경을 뭐라고 불러야 할지 몰라 주어를 뺐지만, 수현은 그의 말을 대번에 알아들었다.
"그 여자요?"
"어. 근데 죽어도 할 수 없다고 버텼나 봐."

"수현 씨 아빠잖아요."

수현은 자신이 왜 신장 이식을 해야 하냐고 묻는 말에 선경이 했던 대답을 떠올리고 실소를 터뜨렸다. 부녀간에는 당연한 일이 부부지간에는 그렇지 않은 모양이었다.
"배신감 때문에 도저히 결혼 생활을 유지할 수 없다고 이혼하실 거래. 그리고……."
지혁은 잠시 머뭇거리다가 말을 이었다.
"뇌물 공여 혐의로 불구속 기소되셨어."
"설마 지혁 씨한테 변호를 맡아달래요?"
그가 말없이 고개만 끄덕이자, 수현이 다시 물었다.
"그래서 뭐라고 했어요?"
"도와드릴 수 없다고 다른 변호사에게 맡기시라고 말씀드렸어."
"잘했어요."
수현은 그가 아빠의 부탁에 응했다면 정말 화를 냈을지도 몰랐다.

아빠의 뻔뻔함에 치가 떨려 조금도 엮이고 싶지 않았다.
“처벌은 어느 정도가 될 것 같아요?”
“뇌물 공여가 인정되면 최대 징역 5년. 가볍게는 집행유예나 벌금.”
지혁은 담담한 얼굴로 자신의 말을 듣고 있는 수현을 걱정스럽게 바라보았다.
“마음이 안 좋지?”
“좋을 건 없지만 안 좋을 것도 없어요. 죄를 지었으면 그에 합당한 벌을 받는 게 맞고, 이혼을 하든지 말든지 내가 알 바 아니에요.”
단호하게 잘라 말한 그녀는 무거워진 분위기를 환기하려고 일부러 목소리를 한 톤 높였다.
“더 해줄 얘기는 없어요?”
“다야. 이제 없어.”
“그럼 이번엔 내 차례예요.”
지혁은 할 말이 있다는 듯한 뉘앙스를 풍기는 수현을 슬쩍 떠보았다.
“안 좋은 얘기는 아니지?”
“아마도 지혁 씨가 좋아할 만한 얘기일걸요?”
그는 그녀가 무슨 말을 하려는 건지 전혀 감을 잡지 못하면서도 능청스럽게 받아쳤다.
“아! 그거!”
수현은 지혁이 벌써 눈치챈 건가 싶어 당황했다. 그런데 생각해 보니 그가 알 수 있는 방도가 없었다. 만약 알았다면 시치미를 뚝 떼고 있을 사람도 아니었다. 지혁이 괜히 찔러보고 있다는 걸 깨달은 그녀는 팔짱을 끼고 여유로운 미소를 지었다.
“그게 뭔데요?”

그가 턱을 괴며 씩 웃었다.

"얼른 집에 가서 둘만의 시간을 갖자는 말."

역시 지혁은 자신이 무슨 이야기를 하려는 건지 전혀 모르고 있었다.

"그것보다 더 듣기 좋은 말일 텐데……."

수현이 말끝을 늘이자 지혁의 기대가 점점 더 커졌다. 그는 일단 축하주를 준비해 놓기로 했다.

"와인 한잔하면서 듣자."

"난 안 마실래요."

직원을 부르려던 지혁이 다시 수현에게 눈을 돌렸다.

"왜? 같이 한잔하지."

"안 돼요."

그의 눈동자에 이채가 스쳤다. '싫어요'가 아니라 '안 돼요'라는 그녀의 말이 어딘가 이상했다. 둘 다 차를 가지고 만나게 되면 대리운전 기사를 두 명 부르곤 했기에 차 때문에 하는 말은 아닐 터였다. 지혁은 다른 이유를 떠올릴 수 없었다.

"왜 안 돼?"

"아기한테 안 좋아요."

순간적으로 움찔한 그가 믿을 수 없다는 듯 수현의 말을 따라 했다.

"아…… 기……?"

그녀가 빙그레 웃으며 고개를 끄덕였다.

"축하해요. 지혁 씨 아빠 된대요."

"내가…… 아빠가 된다고……?"

지혁이 어안이 벙벙한 얼굴로 중얼거렸다.

"오늘 병원에 다녀왔어요. 6주 됐대요."

"6주……."

생각지도 못했던 소식을 들은 그는 수현이 했던 말만 되풀이했다.

"며칠 전부터 미열이 있고 속도 메슥거렸어요. 혹시나 해서 테스트를 해봤는데 두 줄이 나오더라고요. 병원에 갔더니 임신이 맞대요."

자연스럽게 아기가 생기면 낳자고 합의한 두 사람은 그동안 한 번도 피임을 한 적이 없었다. 그럼에도 불구하고 결혼한 지 일 년이 다 되어가도록 아무런 소식이 없었고, 수현은 얼마 전부터 자신과 지혁 둘 중 한 사람이 불임일지도 모른다는 생각을 하게 되었다. 특별히 아이를 좋아하는 편은 아니었지만 안 낳는 것과 못 낳는 건 엄연히 다른 문제였기에 신경이 쓰이지 않을 수 없었다. 그러던 차에 임신을 하게 된 것이었다. 그런데 이상했다. 지혁이 당연히 좋아할 거라고 생각했건만 그의 미간이 점점 좁아지는 게 아닌가. 수현은 왜 그의 심기가 불편해 보이는지 도통 짐작할 수가 없었다.

'설마…… 부담스러운 건가?'

지혁은 자신을 불안한 시선으로 바라보고 있는 수현에게 나무라는 어조로 말했다.

"내가 누누이 얘기했지. 조금이라도 몸이 안 좋으면 참지 말고 바로 바로 얘기하라고. 내가 아무리 신경을 쓴다고 해도 놓치는 부분이 있을 테니까 말로 해달라고 했잖아."

그제야 지혁의 불만을 알아차린 그녀는 안도했다. 그는 언제나 그렇듯 자신을 걱정한 거였다. 그제야 수현의 얼굴에 미소가 돌아왔다.

"아프다고 말하기도 민망한 정도였어요."

하지만 지혁의 미간은 펴지지 않았다.

"몸의 이상을 느끼고, 테스트를 해보고, 병원에 다녀온 일련의 과정을 거치면서 어떻게 나한테는 한마디도 안 할 수가 있어?"
"확실해지면 말하려고……."
수현이 쭈뼛거리며 말끝을 흐렸다.
"다음에는 의심 단계에서 말해줘. 나도 처음부터 모든 감정을 공유하고 싶어."
그녀는 임신이 아닐지도 모르는데 괜한 설레발을 치고 싶지 않았다. 그래서 의사로부터 확실한 답을 듣고 난 다음에 지혁에게 알리는 게 순서라고 생각했을 뿐이었다. 그런데 그의 말을 듣고 나니 제 생각이 짧았다는 걸 인정하지 않을 수 없었다.
"미안해요. 이제 다시는 안 그럴게요."
수현은 얼른 클러치 백 안에서 초음파 사진을 꺼내어 지혁을 향해 내밀었다.
"우리 아기 사진이에요."
언제 인상을 찌푸렸냐는 듯 흐뭇한 얼굴로 사진을 받아든 지혁의 얼굴이 다시 심각해졌다. 수현은 자신이 또 무슨 잘못을 했나 싶어 안절부절못하며 그의 눈치를 살폈다. 사진을 뚫어지게 바라보던 지혁이 고개를 들었다.
"……이거 어떻게 봐야 해?"
난감해하는 그를 보며 수현이 픽 웃음을 터뜨렸다. 지혁은 마치 풀 수 없는 문제를 받아든 사람 같았다.
"가운데에 있는 까만 원이 아기집이래요."
지혁은 그녀의 설명을 듣고서 다시 사진으로 눈을 돌렸다.
"그럼 아기는?"
"집 안 어디에 있겠죠."
그는 무책임한 말을 무심하게 내뱉은 수현을 어이없다는 듯 흘깃 바라보았다. 그녀가 눈썹을 으쓱 추켜세우며 말을 이었다.
"사실 나도 잘 몰라요. 의사 선생님이 아기집 안에 아기도 있고 난황이라는 것도 있다고 하셨는데 뭐가 뭔지 모르겠어요. 이제부터 하나씩 공부해 보려고요."
"나도 같이해. 집에 들어가면서 서점에 들르자. 육아 서적을 좀 사야겠어."
열의에 불타오르던 지혁의 눈빛이 갑자기 그윽해졌다.
"고마워. 아빠가 될 수 있게 해줘서."
고맙다는 말에 오늘따라 울컥한 수현은 콧날이 시큰해졌다.
"난 내가 결혼이라는 걸 할 줄도 몰랐지만, 아기를 가질 거라는 생각은 더더욱 해본 적 없었어요. 나야말로 엄마가 될 수 있게 해줘서 고마워요."
두 사람은 감격스러운 얼굴로 서로에게 감사 인사를 건넸다.

지혁과 수현은 집에 돌아오는 길에 서점에 들러 육아 서적을 두 권 샀다. 수현이 말리지 않았다면 지혁은 아마도 다섯 권 이상은 족히 샀을 터였다. 두 사람은 옷을 갈아입고 씻은 다음 나란히 책을 펼쳐 들었다. 지혁은 침대에 엎드린 자세로, 수현은 침대 헤드에 기대앉아 각자 말없이 책에 집중했다.
지혁은 오히려 시간이 흐를수록 더 현실감이 없어졌다. 수현의 배 속에 생명이 자라고 있다는 게 믿기지 않았다. 그가 수현의 배로 시선을 돌렸다. 군살이라고는 찾아볼 수 없는 그녀의 배가 산처럼 부풀어 오를 거라니 벌써부터 신기했다. 지혁은 아예 한쪽 팔로 머리를 받치고 수현을 향해 돌아누웠다. 그의 손이 수현의 잠옷 상의를 들치고 안으로 들어가 그녀의 맨살을 부드럽게 어루만졌다.

"여기 우리 아기가 들어 있다는 거지?"
"겨우 0.7cm래요. 내 손톱보다 작아요."
"그 손톱보다 작은 게 자라서 사람이 된다는 게 실감이 안 나."
수현의 눈에 비친 그는 마치 호기심 왕성한 아이 같았다.
"지혁 씨도, 나도 그렇게 태어났어요."
그녀가 귀엽다는 듯 지혁의 머리카락을 다정하게 쓸어내렸다.
"수현아."
"왜요."
"아기한테만 전념하면 안 돼. 나 화낼 거야."
진지한 그의 말에 웃음이 터져 버린 수현이 그의 머리카락을 손으로 마구 헝클어뜨렸다.
"아직 아기는 낳지도 않았는데 벌써 아들이 생긴 기분이에요. 아빠도 하고 엄마도 하겠다던 사람이 누구시더라?"
지혁의 목소리가 돌연 은근해졌다.
"그 말 취소. 난 그냥 남편만 할래. 송수현이라는 여자를 보면 뜨거워지는 남자."
배를 쓰다듬던 그의 손이 슬며시 위로 올라가자, 수현은 옷 위로 얼른 그의 손을 움켜잡았다.
"당분간은 뜨거워지지 말고 자제 좀 해봐요."
"왜?"
"임신 초기에는 조심해야 한대요."
"……."
그녀는 자신의 옷 속에 있던 지혁의 손을 빼내고 책으로 눈을 돌렸다. 망연자실해 있던 그도 시무룩한 얼굴로 다시 책에 집중하려 애썼다. 다른 생각을 하지 않으려면, 아무래도 당분간은 공부에 매진해야 할 것 같았다.

다음 날 아침, 수현은 지혁이 출근한 뒤 설거지와 집 안 정리를 마친 다음 세탁기를 돌려놓고 식탁에 앉았다. 그리고 인화에게 전화를 걸었다.

[아침부터 어쩐 일이야?]

"이모한테 알려줄 게 있어서."

[뭔데?]

"나 임신했어, 이모."

[정말? 세상에. 축하해, 수현아. 너무 잘됐다. 뭐 먹고 싶은 거 없어? 먹고 싶은 거 다 적어놔. 이모가 조만간 올라가서 다 해줄게. 너 결혼한다는 소식 이후로 제일 반가운 소식이야.]

인화는 정작 당사자인 수현보다 더 소리 높여 기뻐해 주었다. 수현은 슬픈 일이 있을 때 더 많이 슬퍼해 주고, 기쁜 일이 있을 때 더 많이 기뻐해 주는 이모에게 새삼 고마웠다. 그녀는 한껏 축하를 받고 전화를 끊었다. 그런데 휴대폰을 식탁에 내려놓기 무섭게 어디선가 전화가 오기 시작했다. 휴대폰 액정에는 엄마의 미국 집 전화번호가 떠 있었다.

안 교수는 지혁과 수현의 결혼이 확정되자마자 혹시 생길지도 모를 불상사를 대비했다. 한인회 총회장을 비롯하여 영향력 있는 인맥을 총동원해서, 한인 지역 사회에 수현이 제 엄마와 거의 남남이나 다름없다는 소문을 낸 것이었다. 소문은 금세 퍼져 나갔고, 보연은 지혁과 수현을 앞세우는 방법으로는 돈을 한 푼도 끌어모을 수 없게 되었다.

그 사실에 격분한 그녀는 수현에게 이따금 전화를 걸어와 고래고래 소리를 지르며 섭섭함을 토로하곤 했다. 수현도 처음 몇 번은 받아주었지만 언젠가부터는 아예 전화를 받지 않았다. 그런데 오늘은 전화를 받아보고 싶어졌다. 자신이 엄마가 된다고 생각하니 아무리 미운 엄마라도 왠지 모를 애틋한 감정이 생겨났던 것이다.

"여보세요."

[웬일이니? 네가 내 전화를 다 받고?]

보연이 대뜸 시비조로 시작하자, 수현은 괜한 감상에 젖어 전화를 받은 것을 대번에 후회했다.

"무슨 일이세요?"

[잘 살고 있는지 궁금해서 전화했다. 엄마랑 인연 끊고 사니까 좋니? 깨가 쏟아져?]

"엄마, 나 아기 가졌어요."

적어도 오늘만큼은 날카로운 말로 자신을 할퀴지 말라는 의미로 꺼낸 말이었다. 하지만 그건 수현의 바람일 뿐, 사람은 변하지 않았다.

[그거 잘됐구나. 너랑 똑같은, 싸가지 없는 딸년 하나 낳아봐. 그럼 내가 지금 얼마나 섭섭한지 이해하겠지. 어떻게 낳아준 엄마한테 이렇게까지 할 수가 있는지 난 도저히 이해가 안 된다.]

수현의 얼굴에 씁쓸한 미소가 드리워졌다. 엄마에게 대체 뭘 기대했던 건지 스스로가 한심할 따름이었다.

"다시는 전화하지 마세요. 이제 엄마 전화 받는 일 없을 거예요."

수현은 무미건조하게 제 할 말만 하고 전화를 끊었다. 이제 정말 엄마라는 존재를 마음속에서 지울 수 있을 것 같았다. 그녀는 배 속의 아기를 생각해서라도 좋은 것만 보고 좋은 것만 듣겠다고 다짐했다.

♪♩.♪♬

수현은 집에 두고 나간 서류를 가져다줄 수 있겠냐는 지혁의 전화를 받고 그의 회사로 향했다. 한 시간 내로만 도착하면 된다기에 가는 길에 유명한 디저트 카페에 들러 케이크와 쿠키, 마카롱 등의 간식거리도 샀다. 회사 앞까지 간 적은 많아도 안까지 들어가는 건 오픈 파티 이후 처음이라 빈손으로 갈 수가 없어서였다. 사무실 안으로 들어선 수현에게 여직원 한 명이 다가왔다.

"어떻게 오셨어요?"

"류지혁 변호사님을 뵈러 왔는데요."

"아! 혹시 사모님이세요? 변호사님께서 사모님이 오실 거라고 말씀하셨어요."

사모님이라는 호칭이 민망했던 수현은 엷게 미소 지으며 두 손 가득 들고 있던 간식거리를 내밀었다.

"나눠들 드세요."

수현은 직원의 안내를 사양하고 혼자 지혁의 방으로 걸음을 옮겼다. 그녀가 노크를 하고 방문을 열었을 때 그는 누군가와 통화 중이었다.

"그 정도면 기소유예가 나올 확률이 높습니다."

지혁은 통화를 하면서 수현을 향해 다가오라고 손짓했다. 발소리를 죽이고 걸어가 책상 앞에 선 그녀에게 지혁이 더 가까이 오라고 다시 손을 흔들었다. 수현은 하는 수 없이 책상 옆을 돌아 그의 곁에 바짝 다가섰다.

"네. 알겠습니다. 그럼 내일 뵙죠."

전화를 끊은 지혁은 순식간에 그녀의 허리를 팔로 휘어 감아 끌어당겼다.

"어머!"

그는 얼떨결에 자신의 무릎 위에 앉게 된 수현을 두 팔로 꽉 끌어안고 눈을 감았다.

"아, 피곤하다……."

"우리 남편, 고생이 많아요."

지혁이 팔을 풀고 상체를 뒤로 빼며 그녀를 올려다보았다.

"여기까지 오느라 고생했어."

다정한 시선으로 지혁을 바라보던 수현이 그의 얼굴을 두 손으로 감쌌다. 그러고는 그의 입술에 쪽 소리가 나게 입을 맞췄다.

"할 거면 제대로 해야지. 이건 너무 감질나잖아."

"여기서 어떻게 제대로 해요."

"블라인드 내렸어. 괜찮아."

머뭇거리던 수현은 어느새 입술 사이를 부드럽게 파고 들어오는 그의 감촉을 느끼며 눈을 감았다. 아무도 보지 않는다니 잠깐은 괜찮겠다는 생각이었다. 그녀는 지혁이 조금 전 일부러 블라인드를 내려놓았다는 사실은 새카맣게 모르고 있었다.

짧은 스릴을 만끽한 두 사람은 함께 방을 나섰다. 집으로 돌아가야 하는 수현을 지혁이 주차장까지 배웅하기로 한 것이었다. 그런데 방을 나서자마자 복도에서 여희와 마주쳤다.

"안녕하세요, 홍 변호사님."

수현이 먼저 인사를 건네자, 여희가 떨떠름하게 인사를 받았다.

"오랜만에 보네요."

지혁과 여희는 여전히 데면데면했다. 사업이라는 게 수틀린다고 쉽게 접을 수 있는 게 아니었기에 동업자 관계는 유지하고 있었지만 딱 거기까지였다. 두 사람 사이에서 영민이 힘들어했지만, 정작 당사자인 지혁과 여희는 크게 개의치 않았다.

"우리 와이프가 지금 임신 중이라서."

지혁은 수현의 어깨를 감싸 안고 그녀를 이끌었다. 수현은 밑도 끝도 없이 임신 소식을 떠벌리는 그로 인해 웃음이 터질 뻔했으나 꾹 참고 그를 따랐다.

"근데 그게 뭐? 누가 뭐래?"

여희는 두 사람이 사라진 곳을 향해 헛웃음을 터뜨렸다.

♪♩♪♬

지혁은 회사를 나서며 수현에게 전화를 걸었다.

"먹고 싶은 거, 아니 먹을 수 있는 거 생각해 뒀어?"

[딸기 사다줄래요? 사다놓은 거 다 먹었는데 속이 안 좋아서 오늘 마트에 못 갔어요.]

"딸기만 먹어서 어떡하냐고 해야 하는 건지, 그거라도 먹어줘서 고맙다고 해야 하는 건지 모르겠다."

입덧이 부쩍 심해진 수현은 냄새만 맡아도 속이 울렁거린다며 밥은 쳐다보지도 않았다. 과일과 샐러드, 주스 등으로 끼니를 때우고 있었는데, 그중에 딸기를 유독 잘 먹었다.

[후자를 추천해요.]

지혁이 피식 웃음을 터뜨렸다. 그녀의 말대로 딸기라도 먹어주니 다행이었다.

"조금만 기다려."

지혁은 마트에 들러서 예쁘게 생긴 딸기 위주로 신중하게 골라 집으로 돌아왔다. 그가 씻고 욕실에서 나왔을 때 수현은 소파에 앉아서 딸기를 먹고 있었다. 그녀의 곁으로 다가가 앉은 지혁이 딸기를 하나 집어 들었다. 그러고는 수현의 목구멍으로 씹던 딸기가 넘어가자마자 그녀의 입에 새로운 딸기를 쏙 넣어주었다.

"우리 아기 태명 내가 지어도 돼?"

수현이 딸기를 오물거리며 고개를 끄덕이자, 그가 기다렸다는 듯 두 글자를 내뱉었다.

"딸기."

입안에 있던 딸기를 삼킨 그녀가 말문을 열었다.

"내가 딸기를 잘 먹어서요?"

"그것도 그렇고, 한 가지 의미가 더 있어."

"뭔데요?"

"'딸을 기원함'의 약자야."

수현은 지혁의 뿌듯해하는 표정을 보면서 소리 내어 웃었다.

"사람 생각이라는 게 다 거기서 거기인가 봐요."

"무슨 말이야?"

"예전에 같이 일했던 엔지니어 중에 아이 태명을 딸기라고 지은 사람이 있었어요. 그 친구는 딸을 기다린다는 의미이긴 했지만, 딸을 기원하는 거나, 딸을 기다리는 거나 그게 그거니까."

참신한 태명이라고 생각했던 지혁은 수현의 말에 급격히 의기소침해졌다. 그렇지만 딸기라는 태명을 포기하고 싶지도 않았다. 그래서 곰곰이 생각하다가 절충안을 내놓았다.

"그럼 큰 사람이 되라고 '왕'자를 붙여볼까?"

"……."

"왕딸기 어때?"

수현은 오늘에서야 비로소 못 하는 게 없어 보이던 지혁의 치명적인 흠을 찾아냈다. 그건 바로 형편없는 작명 센스였다.

♪♩.♪♬

어른들께는 안정기에 접어든 다음 말씀드리는 게 좋겠다는 데에 생각이 일치한 수현과 지혁은 임신 4개월 차에 접어들고서야 한남동을 찾았다. 두 사람은 결혼식 이후 지금까지 류 원장과 안 교수를 딱 세 번 보았다. 서 여사와 류 원장, 안 교수의 생일이 그들 다섯 명이 다 같이 모인 유일한 날이었다. 지혁의 부모님은 수현을 며느리로 인정하면서도 쉽사리 곁을 내주지 않았다. 살랑거리며 애교를 떠는 데에 익숙하지 않은 수현의 성격도 그들 사이가 여전히 어색할 수밖에 없는 이유 중 하나였다. 서 여사와 류 원장, 안 교수를 한자리에 모아놓고 지혁이 운을 뗐다.

"드릴 말씀이 있습니다."

세 사람은 주말 오후에 느닷없이 찾아온 지혁과 수현의 용건이 뭔지 전혀 짐작하지 못했다.

"수현이가 아기를 가졌습니다."

그들의 눈이 동시에 커졌다.

"경사로구나."

가장 먼저 입을 연 서 여사의 얼굴에 웃음꽃이 활짝 피었다. 내색한 적은 없었어도 누구보다 새 생명을 기다렸기에, 그 기쁨은 다른 무엇에 비할 바가 아니었다.

"축하한다."

류 원장의 목소리는 여느 때와 다름없이 무뚝뚝했지만 그의 얼굴에는 보일 듯 말 듯한 미소가 감돌고 있었다. 그는 이전부터 지혁과 수현에게 언제쯤 아기를 가질 생각이냐고 물어보고 싶었다. 그렇지만 결혼을 흔쾌히 허락해 주지 않은 자신이 해서는 안 될 질문이라는 걸 알기에 차마 할 수 없었다. 그래서 지금 류 원장의 속내는 서 여사만큼이나 흐뭇했다.

“몸은 괜찮니? 그러고 보니까 얼굴이 좀 상한 것 같다.”

안 교수의 걱정 어린 시선이 수현에게 향했다. 배 속의 아기가 그들 사이의 벽을 허무는 역할을 해주고 있는 셈이었다.

“얼마 전까지만 해도 입덧이 좀 있었는데 이제 괜찮습니다. 아기도 건강하게 잘 자라고 있어요.”

수현의 대답을 들은 안 교수가 무슨 말을 하려는 찰나 소파 위에 놓여 있던 그녀의 휴대폰이 울리기 시작했다. 류 원장이 발신자를 흘끔 보고 휴대폰을 집어 들어 안 교수에게 건네주었다.

“명숙 씨. 근데 아직도야?”

“얘가 정말…….”

휴대폰을 받아든 안 교수는 인상을 쓰면서 자리에서 일어나 방으로 걸음을 옮겼다. 그 모습을 물끄러미 보던 서 여사가 류 원장에게 물었다.

“명숙이면 애미 고등학교 친구라는 우승 어패럴?”

“네. 맞습니다.”

“무슨 일 있니?”

류 원장은 잠시 망설이다가 입을 열었다.

“이번에 우승에서 패션 브랜드 론칭 쇼를 한답니다. 그런데 자꾸만 곤란한 부탁을 해온다고 하네요.”

“론칭 쇼를 하는데 애미한테 부탁할 게 뭐가 있어서?”

"우승이 업계에서 이렇다 할 인지도가 없어요. 론칭 쇼에 인기 연예인을 섭외해서 여론 몰이를 하고 싶긴 한데 예산도 그렇고, 인맥도 그렇고 쉽지 않은가 봅니다."

서 여사는 그의 말을 점점 더 알아들을 수가 없었다.

"그런데?"

"패션의 아이콘이라고 불리는 한세진이라는 가수를 섭외하고 싶어 하는 모양인데……."

수현과 지혁은 아는 이름이 나오자 깜짝 놀랐다.

"그 가수가 지금 며늘애랑 같이 일하고 있다는 걸 알고, 지혁 엄마한테 다리를 놔달라고 며칠째 조르고 있는 것 같습니다."

세진은 해외 유명 브랜드들이 앞다퉈 패션쇼에 초청할 만큼 패셔니스타로 유명세를 떨치고 있었다. 그렇기에 이름 없는 국내 브랜드의 론칭 쇼에 참석해야 할 이유가 전혀 없었다. 상황을 대번에 파악한 수현이 조심스럽게 류 원장을 불렀다.

"아버님, 제가 어머님께 잠시 가봐도 될까요?"

수현의 생각을 눈치챈 류 원장이 흔쾌히 고개를 끄덕였다.

"그래라."

방으로 향한 수현은 문 앞에서 멈춰 섰다. 문은 열려 있었고, 안 교수는 막 전화를 끊었는지 휴대폰을 들여다보며 침대 가장자리에 걸터앉아 있었다.

"어머님……."

수현이 용기를 내어 안 교수를 불렀다. 처음 만난 안 교수에게 어머니라고 부르지 말라는 말을 들은 이후로 처음 불러본 호칭이었다. 류 원장에게는 몇 번쯤 아버님이라고 부른 적이 있었지만, 그날의 기억이 트라우마로 남았던 탓에 안 교수에게는 차마 입이 떨어지지 않았던 것이다. 수현의 목소리에 고개를 돌린 안 교수가 자리에서 일어서며 말문을 열었다.

"왜? 나한테 무슨 할 말 있니?"

"아버님께 론칭 쇼에 대해 들었어요."

"신경 쓸 거 없다."

안 교수는 괜한 말을 전한 류 원장이 못마땅했다. 가장 친한 친구의 부탁이라 웬만하면 들어주고 싶었지만, 수현에게 아쉬운 소리를 하고 싶지는 않았다.

"어머님께서 친구분께 도움을 주고 싶으시다면 세진이한테 제가 한번 말해볼게요."

안 교수는 모임에 나가면 친구들이 사위와 며느리들을 자랑할 때마다 침묵을 지켜야만 했다. 자랑거리가 있어도 떠벌리는 성격이 아닐 뿐더러, 결혼을 반대했다는 사실을 뻔히 아는 친구들 앞에서 무슨 말을 하기도 낯간지러워서였다. 그런데 생각해 보니 이번만큼 자연스럽게 수현의 존재를 알릴 기회도 드물 것 같았다. 수현이 먼저 손을 내미는데 굳이 거절할 이유는 뭔가 싶기도 했다.

"그래주면 고맙고."

안 교수가 정색할까 봐 조마조마하던 수현은 그제야 가슴을 쓸어내렸다.

"네, 어머님."

안 교수를 바라보는 수현의 눈이 활처럼 휘었다.

다음 날 오후, 수현은 세진이 회사에 있다는 것을 확인하고 부랴부랴 회사로 나갔다. 곧장 대표이사실로 향한 그녀는 세진을 보자마자 단도직입적으로 말했다.

"부탁이 있어."
"부탁? 나한테?"
세진의 둥그레진 눈을 바라보며 수현이 고개를 갸웃거렸다.
"나 아직 본론은 꺼내지도 않았는데 왜 놀라?"
"놀랄 수밖에. 너 나한테 부탁 같은 거 해본 적 한 번도 없었잖아."
"내가 하는 첫 부탁이니까 들어줄 거지?"
"보증 서달라는 것만 아니면 다 들어줄게. 아무리 너라도 보증은 못 서줘."
세진의 얼굴에는 장난스러운 미소가 감돌았으나, 수현의 표정은 진지하다 못해 비장하기까지 했다.
"그런 거 아니야."
반드시 해내겠다고 호언장담하지는 않았어도 말을 꺼낸 이상 안 교수는 이미 기대하고 있을 게 분명했다. 무슨 일이 있어도 이번만큼은 시어머니에게 점수를 따야만 했다.
"론칭 쇼에 참석 좀 해줘."
"론칭 쇼? 무슨 론칭 쇼?"
세진이 어리둥절한 눈으로 반문했다.
"아마 얼마 전에 우승 어패럴이라는 곳에서 섭외가 왔을 거야. 네가 거절했고."
"글쎄…… 잘 모르겠는데?"
"네가 참석할 리 없다는 걸 아니까 동욱이가 알아서 잘랐겠지, 뭐."
일차로 매니저인 동욱의 선에서 거르기 때문에 세진은 들어오는 모든 섭외를 다 알지는 못했다.
"근데 그 론칭 쇼가 너랑 무슨 상관인데? 내가 왜 거기에 참석해야 하는데?"

"우승 어패럴이 우리 시어머니 친구분의 남편이 운영하는 회사야. 론칭 쇼에 널 꼭 섭외하고 싶다고 어머님께 부탁하셨대."

"오호, 그래?"

"나 어머님께 잘 보이고 싶어. 그러려면 네가 거기 참석해 줘야 해."

"난 네가 누구한테 잘 보이려고 하는 거 처음 본다."

"딴소리하지 말고."

수현이 대답을 재촉하자, 세진이 호탕하게 웃었다.

"어려울 거 없지. 내가 아주 사랑받는 며느리로 만들어줄게."

♪♩.♪♬

우승 어패럴의 론칭 쇼는 언론에 많이 노출된 덕분에 홍보 효과를 톡톡히 거둘 수 있었다. 일등 공신은 단연 세진이었다. 그는 본인이 참석해 준 것도 모자라, 우승에서 섭외를 원하는 연예인 몇몇을 직접 섭외해 주기까지 하며 수현의 부탁을 완벽하게 들어주었다. 명숙은 안 교수에게 진심으로 고마워했고, 두 사람은 론칭 쇼 이틀 뒤에 모임에서 만났다. 한 달에 한 번 있는 고등학교 동창들의 정기 모임이었다.

"경자야, 너무 고마워. 진짜 너무너무 고맙다."

"그만해. 뭐 얼마나 대단한 일이라고."

"대단한 일이지. 우리 회사 사활이 걸린 일이었어. 네 며느리한테 꼭 고맙다고 전해줘."

"알았어. 전해줄게."

안 교수는 겉으로는 대수롭지 않은 일이라는 듯 말을 넘기면서도 속으로는 우쭐대고 있었다.

콧대 높은 명숙이 저자세로 나오자 다른 친구들까지 안 교수에게 부러움 가득한 시선을 보내기 시작했다.

"아니다. 그러지 말고 지금 잠깐 나오라고 하면 안 돼? 프리랜서니까 회사에 매여 있지 않을 거 아냐."

"회사에 매여 있지 않으면 다 한가하니? 우리 애가 얼마나 바쁜데."

안 교수는 그렇게 말하면서도 못 이기는 척 수현에게 전화를 걸었다. 신호음이 몇 번 가고 전화가 연결되었다.

"지금 어디니?"

[집이에요, 어머니.]

"지금 친구들이랑 식사 중인데 친구들이 널 좀 보고 싶어 한다. 시간 괜찮으면 올래?"

[중요한 미팅이 있어서 조금 이따가 나가려던 참이었어요. 잠깐 앉았다가 일어나야 할 것 같은데 그래도 될까요?]

결혼식에 아무도 부르지 않았던 안 교수는 친구들에게 수현을 선보일 기회를 놓치지 않을 생각이었다.

"번거롭겠지만 그럴래?"

[지금 바로 출발할게요.]

집에서 멀지 않은 곳에 있는 한정식집이었기에 수현은 이십 분도 채 걸리지 않아 도착했다. 단정하고 수수한 원피스 차림으로 나타난 수현에게 칭찬 세례가 이어졌다.

"엄청 유명한 작곡가라며?"

"어머, 배우라고 해도 믿겠네."

"우리 딸한테 물어보니까 해외 유명 뮤지션들이랑 작업도 같이한다고 하던데? 대학 강의도 나간다면서요?"

왁자지껄한 수다가 지나가자, 수현의 옆자리에 앉은 명숙이 그녀의 손을 꼭 잡으며 말문을 열었다.

"정말 고마워요. 도와준 거 잊지 않을게요."

"아닙니다. 도움이 되셨다니 다행이에요."

안 교수는 차분하게 대답하는 수현을 기특한 얼굴로 바라보았다. 삼십여 분쯤 있다가 수현이 가고 난 뒤, 모임도 마무리되었다. 밥값은 돌아가면서 계산하곤 했는데 오늘은 안 교수의 차례였다. 가방에서 지갑을 꺼내어 계산대로 향하는 그녀를 명숙이 막아섰다.

"오늘은 내가 낼게."

"오늘 내가 내는 날이야."

"알아. 그러니까 내가 낸다는 말이야."

"그럴 거 없어."

옥신각신하며 계산대 앞에 선 두 사람에게 직원이 말했다.

"아까 오셨던 젊은 여자분께서 계산하고 가셨습니다."

안 교수의 입꼬리가 슬며시 하늘로 향했다.

"네 며느리 센스 있다, 얘."

안 교수는 오늘 수현으로 인해 처음부터 끝까지 목에 힘을 줄 수 있었다.

퇴근해서 집에 돌아온 지혁은 오늘따라 유난히 기분이 좋아 보이는 수현이 의아했다. 그는 손으로는 셔츠 단추를 풀며 눈으로는 그녀의 얼굴을 뚫어지게 응시했다.

"무슨 좋은 일 있어?"

"나 오늘 어머님께 처음으로 문자 받았어요."

"문자? 내용이 뭔데?"

그에게 자랑하기 위해 기다리고 있던 수현은 손에 들고 있던 휴대폰을 지혁에게 불쑥 내밀었다.

“직접 봐요.”

그의 눈이 휴대폰 화면으로 향했다.

〈네 덕분에 내 면이 섰다. 고맙다.〉

수현은 자초지종을 묻는 지혁에게 오늘 안 교수의 모임에 갔던 이야기를 들려주었다. 평소답지 않게 들떠 있는 그녀를 지혁이 흐뭇한 얼굴로 바라보며 물었다.

“좋아?”

“좋죠, 그럼.”

“내가 고맙다는 말을 할 때는 이런 반응을 보인 적이 없었던 것 같은데?”

그가 장난스럽게 눈을 흘기자, 수현이 어깨를 으쓱거렸다.

“지혁 씨야 고맙다는 말을 워낙 많이 해주니까요.”

“어? 이렇게 나오겠다 이거지? 그럼 나도 이제 고맙다는 말 자제해야겠네.”

수현은 삐친 척하는 지혁의 허리를 끌어안으며 고개를 가로저었다.

“싫어요. 그러지 말아요. 지혁 씨한테만큼은 밀당 없는 무한한 사랑을 받고 싶어요.”

그는 배가 맞닿아 눌릴까 봐 힘을 주지 않고 그녀를 가볍게 토닥거리며 속삭였다.

“내가 너한테 밀당이 가능할 리가 없잖아.”

수현을 사랑하는 것만으로도 시간이 모자란 그였다.

♪♩.♪♬

출산 예정일을 일주일 앞둔 날, 수현은 안 교수의 전화를 받았다.

[집에 있니? 다른 일 없으면 같이 저녁이라도 먹을까 하는데.]

"네. 집에 있어요."

[그럼 내가 근처에 가서 전화할 테니까 나오렴.]

수현은 불현듯 안 교수가 신혼집에 와본 적이 한 번밖에 없다는 사실에 생각이 미쳤다. 그것도 정식으로 초대를 받고 온 것이었으니 편안하게 들른 적은 한 번도 없었다.

"어머니, 집으로 오시겠어요? 별건 없지만 제가 간단히 저녁 준비할게요."

수현은 요새 집안일에 부쩍 재미를 붙였다. 특히 요리에 흥미가 생기면서 이것저것 만들다 보니 몇 달 만에 실력이 훌쩍 늘게 되었다. 이제 된장찌개에 생선을 굽고 밑반찬 몇 가지를 꺼내놓는 것 정도는 금세 할 수 있었다.

[몸도 무거운데 굳이 그럴 거 없다.]

"제가 나가기 귀찮아서 그래요."

안 교수는 수현이 말도 안 되는 핑계를 댄다는 걸 알면서도 더는 사양하지 않았다.

[그래. 그럼 정말 간단하게 먹자.]

전화를 끊고 얼마 지나지 않아 도착한 안 교수는 거실을 한번 쓱 훑어보고 식탁에 앉았다. 몇 달 전, 처음 왔을 때와 비교해도 거의 다른 게 없었다. 그 말인즉 수현이 아무 때나 손님을 맞아도 괜찮을 만큼, 평소에도 깔끔하게 하고 지낸다는 의미였다. 친구들로부터 갑작스럽게 아들네 집에 찾아가면 며느리가 대놓고 싫은 내색을 한다는 말을 들은 적이 있는 그녀는 수현이 불러서 온 것이긴 해도 마음이 편치 않았다.

"밖에서 맛있는 거 사주려고 했는데 어쩌다 보니 만삭인 며느리한테 밥 내놓으라고 찾아온 것 같구나."
"제가 집밥이 먹고 싶었어요."
미안해하는 안 교수에게 환하게 웃어 보인 수현은 다 차려진 식탁 위에 마지막으로 된장찌개를 올리고 안 교수의 맞은편에 앉았다.
"드세요, 어머니."
안 교수가 숟가락을 들자, 수현도 뒤따라 젓가락을 집어 들었다.
"지혁이는 매일 늦지?"
"마음은 일찍 오고 싶어 하는데 몸은 매일 늦네요."
수현의 농담에 안 교수가 웃음을 터뜨렸다. 일상적인 대화를 나누며 식사를 마친 두 사람은 거실로 자리를 옮겼다.
"요새는 조리원에 가는 게 유행이라던데 너도 갈 생각이니?"
"네. 2주 정도 있을까 해요."
원래는 수현의 출산일에 맞춰서 인화가 서울에 올라오기로 되어 있었다. 그런데 불과 며칠 전 계단에서 굴러떨어져 팔이 부러지는 바람에 계획이 어그러지고 말았다. 인화의 상황을 알게 된 시은이 자신에게 맡겨보라며 자신만만하게 나섰지만, 수현이 단호하게 거절했다. 수현은 경험이 있는 전문가가 필요하지 출산 문외한이 필요한 게 아니었으니 말이다. 결국 그녀는 산후조리원을 선택할 수밖에 없었다.
"조리원에서 나온 다음은?"
수현은 2주 정도면 웬만큼 몸을 추슬렀을 테니 혼자서도 아기를 잘 돌볼 수 있으리라는 막연한 생각을 하고 있었다. 그녀의 생각을 눈치챈 안 교수가 말을 이었다.
"조리원에 들어가면 아기를 젖 먹일 시간에나 한 번씩 데리고 왔다가 데려간다더라. 그렇게 지내다가 나와서 24시간 아기랑 붙어 있기가 어디 쉽겠니? 하려고 들면 하기야 하겠지만, 아기를 재우는 것만도 보통 힘든 게 아니야."

"……그렇겠죠?"

지금이라도 산후도우미를 알아봐야 할지 고민하는 수현에게 안 교수가 해결책을 제시해 주었다.

"김 여사한테 부탁해서 하루에 몇 시간이라도 와 있도록 하마. 도움이 될 거다."

김 여사는 한남동에서 십 년 넘게 일하고 있는 가사 도우미였다. 손끝이 야물고 성격이 온화해서 안 교수가 믿고 의지하는 사람이었다. 안 교수는 수현을 며느리로 인정한 지 한참 되었고 이제 그녀를 마음에 들어 하면서도 여전히 사근사근한 말을 건네지는 못했다. 하지만 수현은 이제 시어머니가 말만 무뚝뚝하게 할 뿐 자신을 많이 생각하고 배려해 준다는 사실을 잘 알고 있었다.

"그렇게까지 하지 않으셔도……."

"내가 하자는 대로 따라주면 좋겠구나."

사실 안 교수가 하고 싶은 말은 따로 있었다. 한남동에 와서 지내면 어떻겠냐는 것이었다. 그렇지만 수현에게 부담스러운 일이라는 것을 모르지 않았기에 입에 올리지는 않았다. 살가운 시어머니라도 불편할 수밖에 없을 텐데 하물며 자신 같은 시어머니와는 하루도 살기 힘들다는 걸, 그녀 스스로도 잘 알고 있었다.

"네, 어머니. 감사합니다."

수현의 대답을 들은 안 교수는 흡족한 미소를 지으며 가방에서 봉투 하나를 꺼내어 내밀었다.

"밥값이다."

수현은 안 교수의 얼굴과 식탁 위 봉투를 번갈아 바라보며 눈을 끔

벅거렸다.

"혹시 남으면 조리원 비용에 보태든지."

저녁을 먹자는 건 핑계였을 뿐, 안 교수의 진정한 목적은 이거였다. 다른 것 다 필요 없고 현금을 주는 게 최고라는 친구들의 말을 듣고 빳빳한 새 돈을 넣어 봉투를 준비해 온 것이었다.

"어서 받지 않고 뭐 하니?"

안 교수는 머뭇거리는 수현의 손에 봉투를 쥐여주었다.

"아버지는 아기 낳고 주시려나 보더라. 두둑하게 준비해 놓으신 거 슬쩍 봤다."

수현이 그렁그렁한 눈으로 자신을 응시하자 민망해진 안 교수가 모른 척 말을 돌렸다.

"아기 이름은 지었니?"

"아직이요."

수현은 안 그래도 밤마다 지혁과 머리를 싸매고 고민하고 있었으나 마음에 쏙 드는 이름을 찾지 못해서 난감해하던 참이었다. 너무 흔해서, 너무 튀어서, 성이랑 어울리지 않아서, 이유는 다양했다.

"아직도 안 지었어? 우리 딸기, 세상에 나와서까지 딸기라고 불리게 생겼네."

수현은 코끝이 찡해졌다. 안 교수의 얼굴에 떠오른 미소와 그녀의 입에서 나온 '우리 딸기'라는 말에 감동하지 않을 수 없었다. 안 교수는 영락없이 손녀가 태어나기를 기다리는 할머니의 모습이었다. 지혁으로부터 집안에 손이 귀하다는 말을 들은 적이 있었던 수현은 배 속의 아기가 딸이라는 걸 알았을 때 사실 걱정스러웠다. 요즘 세상에 아들딸 구별이 가당키나 하냐고 위안 삼다가도 시댁 어른들의 입장에서는 그게 아닐 수도 있다는 생각에 신경이 쓰였다. 그런데 서 여사를 비롯하여 류 원장과 안 교수까지 그 누구도 딸이라는 사실에 실망하는 내색을 보이지 않았다. 류 원장은 지나가는 말처럼 엄마를 닮으면 한 인물 하겠다는 소리까지 했을 정도였다. 수현은 시부모님들과 서서히 가까워지며 가족이 되어가고 있었다.

♪♩.♪♬

안 교수가 집에 다녀간 날부터 류 원장은 수현에게 문자를 보내기 시작했다. 문자는 하루에도 여러 번, 매번 두 글자, 하나같이 여자 이름이었다. 안 교수로부터 지혁과 수현이 아직 아기의 이름을 짓지 못했다는 말을 들은 류 원장이 본인의 마음에 드는 아기 이름을 들이밀고 있는 것이었다. 하지만 마음에 차는 이름은 없었고, 수현은 조심스럽게 돌려서 거절 의사를 표하느라 매번 난감하기 그지없었다.

〈죄송해요, 아버님. 이름이 입에 잘 안 붙어요.〉

〈남자 이름 같아요, 아버님.〉

〈죄송합니다.〉

〈아버님…….〉

수현은 말줄임표에 자신의 모든 감정을 실어 보냈지만, 류 원장은 포기하지 않았다. 밤 9시가 넘은 시각, 오늘도 어김없이 수현의 휴대폰에 문자가 한 통 도착했다. 그녀는 보지 않고도 시아버지가 보내온 문자라는 걸 알 수 있었다. 오늘은 또 무슨 말로 시아버지의 호의를 물리쳐야 하나 고민하며 화장대 위에 있던 휴대폰을 집어 든 수현의 눈이 동그래졌다. 방으로 들어오던 지혁은 화장대 의자에 앉아 휴대폰을 들여다보면서 입속말을 중얼거리고 있는 수현을 보고 고개를 갸웃거렸다.

"뭐 해?"
"아버님이 문자 보내셨어요."
"또?"
그녀가 얼마나 곤란해하는지 잘 알고 있는 그는 자신이 아버지와 담판을 지으리라 마음먹었다. 지금까지 가만히 있었던 건 수현이 자신이 알아서 하겠다며 나서지 못하게 했기 때문이었다.
"우리가 알아서 할 테니까 이제 그만하시라고 내가 얘기할게."
수현이 말없이 그를 향해 빙긋 웃어 보였다. 지혁은 아버지에게 그만하시라는 말을 할 필요가 없다는 것을 깨달았다. 뭔지는 몰라도 오늘 아버지가 보내온 이름이 수현의 마음에 든 게 분명했다. 그는 그녀가 좋다면 그 무엇도 반대할 생각이 없었다.

안 교수의 시선이 침대 옆에 놓인 의자에 앉아 어설픈 손놀림으로 휴대폰 자판을 치고 있는 류 원장에게 향했다.
"열 개도 넘게 거절당했으면 그만할 때도 됐잖아요."
그는 고개를 절레절레 젓는 안 교수를 쳐다보지도 않고 퉁명스러운 어조로 투덜거렸다.
"할아버지가 손녀 이름 지어주는 게 뭐가 어때서?"
"그게 어떻다는 게 아니라 지혁이랑 수현이 마음에 안 드는 게 문제죠."
"그래서 마음에 드는 게 나올 때까지 고심해서 보내는 거잖아."
수현에게 문자를 보낸 류 원장은 휴대폰을 손에 쥐고 답장을 기다렸다. 이번 이름은 마음에 들어 할는지 가슴이 두근거리기까지 했다. 몇 분 지나지 않아 휴대폰 액정에 불이 번쩍 들어왔다. 황급히 문자 내용을 확인한 류 원장이 큰 소리로 껄껄 웃었다.

"그렇지! 이번 건 마음에 들어 할 줄 알았어."
"애들이 좋대요?"
"좋대."
우쭐해진 류 원장이 목소리를 높였다.
"무슨 이름인데요?
"서혜."
안 교수는 이름을 신중하게 되뇌었다.
"서혜…… 류서혜……."
그녀가 괜찮다는 듯 고개를 끄덕이자, 류 원장의 의기양양한 미소가 더 짙어졌다.
"뜻은요?"
"새벽 서. 반짝일 혜."
그는 수현에게도 뜻을 적어 문자를 보낸 다음 요 며칠간 하루에도 몇 시간씩 끼고 있던 옥편을 덮고 침대에 누웠다. 오늘은 오랜만에 머리를 비우고 푹 잠들 수 있을 것 같았다.
'서혜야. 네 이름, 이 할아버지가 지었다.'
류 원장은 손녀가 태어나서 자신의 말을 알아들을 나이가 되면 '서혜'라는 이름이 얼마나 많은 고민 끝에 나왔는지 알려줄 참이었다.

♪♩.♪♬

수현은 출산 예정일에 딱 맞춰서 이슬이 비치고 진통이 시작되었다. 그녀는 불규칙한 가진통을 지나 규칙적이고 강한 진통이 이어지고서야 병원으로 출발했다. 지혁은 진통이 올 때마다 아파하는 수현을 보며 안절부절못했다.

"괜찮아?"

"지혁 씨야말로 괜찮아요? 이 식은땀 좀 봐."

오히려 수현이 그를 다독이며 곧 세상에 나올 아기를 기다렸다. 그리고 그녀는 병원에 도착한 지 다섯 시간여 만인 새벽 3시 35분, 자연분만으로 건강한 딸을 출산했다. '서혜'라는 이름의 작은 생명체는 수현과 지혁에게 엄마와 아빠라는 벅찬 이름을 선사해 주었다.

♪♩♪♬

퇴근해서 집에 돌아온 지혁은 서혜를 안고 있는 어머니를 보고 깜짝 놀랐다.

"어머니는 왜 또 여기 계세요?"

수현이 산후조리원을 나와 집에 돌아온 지 2주가 조금 넘는 동안, 지혁이 직접 본 것과 수현으로부터 들은 것을 합하면 어머니가 집에 온 건 벌써 다섯 번째였다. 사흘에 한 번꼴인 셈이었다.

"잠깐 서혜 얼굴만 보고 가려고……."

안 교수가 멋쩍어하며 지혁의 시선을 피했다. 자신이 드나드는 게 수현을 얼마나 불편하게 하는 건지 알면서도 방긋거리는 서혜가 눈앞에 아른거려서 참을 수가 없었던 것이다. 지혁의 단도직입적인 질문에 무안해진 그녀는 허둥지둥 집을 나섰다. 안 교수가 돌아가고 난 뒤, 수현이 지혁에게 제안했다.

"우리 한 한 달쯤 한남동에 가 있으면 어때요?"

"왜?"

"할머님, 아버님, 어머님 모두 서혜 보고 싶어 하시잖아요. 할머님과 어머님은 집에 가끔 오기라도 하시지만, 아버님은 그러지도 못하시니까요."

류 원장은 수현이 보내준 서혜의 사진을 휴대폰에 저장해 놓고 시간이 날 때마다 들여다보면서도 정작 집에는 일절 발걸음을 하지 않았다. 시아버지가 드나드는 게 부담스럽지 않을 며느리는 없다는 걸 알기 때문이었다. 수현이 아무리 괜찮다고 말해도 그는 고집스럽게 버티고 있었다.

"마음은 고맙지만 그렇게까지 할 필요 없어. 어른들 눈치 보느라 네가 편히 쉴 수나 있겠어? 많이 불편할 거야."

"불편하겠죠. 근데 나 불편한 거 감수하고라도 칭찬받고 싶어요. 이제껏 못 받았던 사랑까지 이번 기회에 몰아서 받을래요."

지혁은 수현이 안쓰러웠다. 그녀의 심정을 이해하기에 한사코 말릴 수도 없었다.

"나 그래도 되죠?"

"네가 그러겠다는데 내가 어떻게 안 된다고 하겠어."

그는 수현에게 미안한 마음뿐이었다.

"그럼 어머님께 전화 드릴게요."

수현의 전화를 받은 안 교수는 그럴 거 없다고 사양하면서도 기쁜 내색을 감추지 않았다. 온종일 눈에 밟히는 손녀를 매일 볼 수 있다는 게 기뻤고, 수현의 배려가 고마웠다.

세 사람은 이튿날 한남동으로 들어갔다. 수현과 서혜는 지혁의 예상보다 훨씬 더 극진한 대접을 받았다. 수현은 밥 먹을 때 빼고는 부엌에 얼씬도 할 수 없었고, 청소나 빨래에 손도 대지 못했다. 안 교수와 류 원장이 집에 없을 때는 집안일을 전담하는 김 여사가 두 사람을 대신해 수현을 감시했다. 수현은 불편할 거라는 지혁의 걱정이 무색하게 진정한 휴식을 취할 수 있었다. 서 여사는 종종 피아노를 쳐 달라고 부탁했고, 수현은 기꺼이 그 말에 따랐다. 천사 같은 얼굴로 쌔근쌔근 잠든 아기와 아기를 안고 있는 백발의 노인, 그리고 피아노를 치는 아름다운 여자…… 그들은 마치 한 폭의 그림 같았다.

♪♩.♪♬♬

지혁과 수현은 한남동에서 한 달만 있으려던 처음 계획과 달리 두 달을 꽉 채우고 집으로 돌아왔다. 모두가 아쉬워했지만, 유일하게 지혁만 대놓고 좋아했다. 드디어 수현과 서혜를 독차지할 수 있다는 생각에서였다. 그런데 예상치 못한 방해꾼이 등장했다. 집에 돌아오니 이번엔 호영과 시은이 기다렸다는 듯 드나들기 시작한 것이다. 호영은 퇴근해서 본인의 집에는 들르지도 않고 서혜를 보러 왔고, 시은은 뻔질나게 드나들며 가끔은 자고 가기까지 했다. 주말에는 온종일 죽치고 있었으니 두 사람은 남의 집에서 데이트를 하는 셈이었다. 지혁의 분노는 삼 주를 넘기지 못하고 폭발했다.

"너는 어떻게 된 게 우리 집에 나보다 더 오래 있는 것 같냐?"

"……."

호영의 생각에도 잠자는 시간만 제외하면 지혁보다 자신이 이 집에 더 오래 있는 것 같기도 했다.

"임시은, 넌 왜 맨날 여기 와 있는데? 글 안 써?"

공모전에서 당선된 단막극이 제작되어 방영되고 난 다음 많은 호평을 받은 시은은 다음 작품을 준비 중이었다. 그래서 크게 바쁘지 않았다.

"노트북 가져왔……."

지혁의 매서운 눈초리에 찔끔한 시은이 어물쩍 말을 돌렸다.

"가까운 사람이 아기 낳은 거 처음이란 말이에요."

"나도 이렇게 갓난아기는 처음 본다고."

호영이 은근슬쩍 지원에 나섰지만, 지혁에게는 통하지 않았다.

"남의 아기에 그만 관심 갖고, 너희가 낳아. 그래서 실컷 봐."

호영의 눈이 돌연 초롱초롱 빛나기 시작했다.

"내가 바라는 게 그거거든."

그는 작년부터 계속 결혼을 하고 싶다고 노래를 부르고 있었으나 시은이 요지부동이었다. 그녀는 아직 자리를 잡지도 못했고 결혼 자금도 마련하지 못했는데 어떻게 덜컥 결혼할 수 있겠냐고 고집을 부리고 있었다. 호영은 몸만 와도 된다고 조르고, 시은은 그럴 수 없다며 버티는 상황이었다.

"결혼하자, 시은아."

시은은 이야기가 이상한 방향으로 튀자 당황했다. 이, 때와 장소를 무시한 청혼은 뭐란 말인가. 그런데 지혁의 말이 더 가관이었다.

"그래. 좀 해줘라."

"……."

시은은 두 남자의 어이없는 합동 공세에 할 말을 잃었다.

♪♩.♪♬

수현은 서혜를 재우고 거실로 나왔다. 시계는 새벽 1시를 향해 달려가고 있었지만 지혁은 아직 돌아오지 않고 있었다. 지검장님과 만나기로 했다며 늦을 것 같다더니 이야기가 길어지는 모양이었다. 2시를 넘겨서 들어온 지혁에게 술 냄새가 풍겼다. 그가 먼저 이실직고했다.

"미안. 몇 잔 마셨어."

수현은 지혁이 웬만해서는 술을 잘 마시지 않고, 마신다고 해도 흐트러질 만큼 마시지 않는다는 걸 알기에 전혀 불만이 없었다.

"뭐가 미안해요. 사회생활하면서 어떻게 술 한잔 안 마시고 다닌다고."

그는 수현을 소파에 앉히고 그녀의 옆자리에 따라 앉았다.

"상의하고 싶은 게 있어."

"뭔데요?"

"나 다시 검찰로 돌아가면 어떨까 해."

지혁은 놀란 토끼 눈이 된 수현을 보며 말을 이었다.

"지검장님께서 뜻밖의 제안을 하셨어. 조만간 대대적인 조직범죄 소탕을 목표로 한 특수본을 발족한대. 나도 합류했으면 하셔. 당신은 어떻게 생각해?"

"그만뒀는데 다시 검사로 돌아갈 수 있어요?"

"경력 검사라는 게 있어. 임용 절차가 있긴 한데 아마 별문제는 없을 거라고 생각해."

수현은 변호사인 그가 다시 검사가 될 수 있다는 사실을 오늘 처음 알았고, 너무 갑작스러운 상황이라 뭐라고 말을 해야 할지 난감했다. 골똘한 생각에 빠져 있는 그녀에게 지혁이 말을 보탰다.

"아마 지금보다 훨씬 더 바빠질 거야."

"그게 다예요?"

"……?"

"지금보다 위험해질 거라는 말은 왜 안 해요?"

그는 수현의 날카로운 반격에 움찔했다.

"당신 성격에 책상에만 앉아 있을 수 있어요?"

지혁은 그녀가 반대할 거라는 생각을 아예 하지 않았던 건 아니었지만 이렇게까지 정색할 줄은 미처 몰랐다. 그래서 조금은 당황스러웠다.

"난 억울한 사람을 변호해 주는 지혁 씨를 볼 때마다 늘 내 남편이 이렇게 멋있는 사람이구나 생각했어요."

그는 수현의 생각을 충분히 알아들었다. 그녀는 지금 이대로가 좋다는 말을 돌려서 하고 있는 게 분명했다.

"하지만."

그런데 그녀의 말은 끝난 게 아니었다.

"당신이 더 빛날 수 있는 자리가 있다는 것도 알아요."

지혁은 그녀의 입에서 나올 다음 말을 기대하며 기다렸다.

"변호사는 방패, 검사는 창이라고 한다면서요? 지혁 씨는 방패보다 창이 더 어울려요. 나쁜 놈들을 세상과 격리시키는 일, 당신이 해요."

감격한 그가 수현을 와락 껴안았다.

"고마워."

수현이 지혁의 품에 안긴 채로 뾰로통하게 물었다.

"이렇게 돌아가고 싶었으면서 대체 왜 그만뒀어요?"

"그만둬 보니까 안 거지. 내가 정말로 하고 싶은 일이 뭔지."

그가 갑자기 그녀를 품에서 떼어냈다.

"내가 한 가지 말 안 한 게 있는데……."

"또 뭔데요?"

"검사, 박봉인 거 알지?"

수현이 어이없다는 듯 어깨를 으쓱 추어올렸다.

"당신이 언제부터 돈에 연연했다고 그래요? 어차피 돈 벌려고 변호사 한 것도 아니었으면서."

"돈 벌려고 한 건데?"

지혁의 천연덕스러운 반문에 그녀가 실소를 터뜨렸다.

"근데 왜 달라는 대로 주겠다는 의뢰는 거절해요?"

"누가 그래?"

"김 변호사님이요."

영민은 수현을 볼 때마다 지혁이 사건을 너무 까다롭게 고른다며 죽는소리를 해댔다.

"변호할 가치가 없는 사건은 아무리 돈을 많이 줘도 안 해."

그녀는 그의 소신이 자랑스러웠다.

"돈은 내가 많이 벌 테니까 당신은 정의 구현에 힘써요. 우리 서혜가 살아갈 세상이 지금보다는 덜 위험하고, 덜 지저분했으면 좋겠어요."

지혁이 원하는 세상도 수현과 같았다. 그래서 원래 있던 자리로 돌아가려는 것이었다.

"대신 다치지만 말아요. 그것만 약속해 줘요."

수현은 약속을 받아봐야 아무 소용없다는 것을 알면서도 이렇게라도 그에게 몸조심하라는 당부를 할 수밖에 없었다.

"약속해. 절대 안 다칠게."

수현이 그의 약속을 믿는다는 듯 해사하게 웃어 보였다. 지혁에게 수현은 자신을 가장 많이 걱정해 주고, 이해해 주고, 믿어주는 사람이었다.

♪♩.♪♬♬

수현은 8시가 되기 십 분 전부터 TV 앞에 자리를 잡고 앉아 뉴스가 시작되기를 기다렸다. 그녀의 옆에는 두 돌이 된 서혜가 얌전히 앉아 그림책을 읽고 있었다. 몇 가지 보도가 지나고 화면에 지혁의 얼굴이 나타나자, 수현의 얼굴이 확 밝아졌다.

"아빠 나왔다, 아빠."

"아빠?"

수현과 서혜는 지혁이 수사 브리핑을 하는 모습에서 눈을 떼지 못했다.

[강남 일대를 중심으로 활동하는 강남파 조직원 열다섯 명을 살인, 폭행 치사, 폭력 행위 등 처벌에 관한 법률 위반 혐의로 구속 기소하였으며, 스물세 명을 불구속 기소하였습니다. 그 외에도…….]

며칠 동안 밤을 새운 탓에 얼굴이 까칠해 보였지만, 수현은 그의 이런 모습에서 은근히 섹시함을 느끼곤 했다. 그녀는 브라운관 안으로 빨려 들어갈 듯 넋을 놓고 지혁을 바라보았다. 브리핑이 끝나고 두어 시간쯤 지났을 무렵, 지혁이 전화를 걸어왔다.

[자는 사람 깨운 거 아니야?]

"안 잤어요."

[서혜는?]

"잠들었어요. 피곤하죠? 오늘도 집에 못 들어와요?"

[아니. 오늘은 들어갈 수 있어. 부장님한테 오늘도 집에 못 들어가게 하면 그만두겠다고 선언했거든.]

수현이 그의 너스레를 코웃음으로 받아쳤다.

"왜 애꿎은 분을 걸고넘어지실까? 나 지난주에 당신 속옷 갖다 주러 검찰청 갔을 때 부장 검사님이랑 주차장에서 마주쳤거든요? 당신이 하도 일을 크게 벌여서 야근하느라 힘들어 죽겠다고 하소연하시던데요?"

[그, 그랬어……?]

지혁이 말을 더듬자, 그녀가 소리 내어 웃었다. 조금 전 냉철하게 브리핑을 하던 사람이 맞는지 의심스러울 정도였다.

"오늘도 고생 많았어요."

[당신도.]

그의 감미로운 목소리가 수현의 귓가를 간질였다.

"내가 뭘요. 당신 잠 못 자고 힘들게 일할 때 난 따뜻한 집에서 맛있는 거 먹으면서 편하게 있는 걸요."

[집안일에 곡 작업, 서혜 돌보는 것까지…… 당신이 집에서 얼마나 많은 일을 하는지 알아. 당신 덕분에 내가 아무 걱정 없이 일에만 전념할 수 있는 거야. 항상 고맙게 생각해.]

그녀야말로 자신이 하는 일을 당연한 것으로 여기지 않고 고맙다고 말해주는 그에게 늘 고마웠다. 지혁이 그녀의 다정한 말에 힘을 얻듯, 수현도 마찬가지였다.

"난 당신을 통해서 내 꿈을 실현하려는 거예요."

[무슨 꿈?]

"지혁 씨와 나, 그리고 우리 서혜뿐만 아니라 모두가 행복한 세상이 되었으면 좋겠다는 꿈."

수현은 그와 다른 방식으로 꿈을 향해 한 발짝씩 다가가는 중이었다. 그녀는 사람들의 상처를 달래줄 수 있는 노래를 만들기 위해 고뇌하고, 자신의 재능을 필요로 하는 곳에 나눔을 실천하며 살아가고 있었다.

[당신의 꿈이 내 꿈이야.]

수현이 나직하게 속삭였다.

"사랑해요."

[내가 더 많이.]

두 사람은 지금 같은 꿈을 꾸고 있다. 과정은 서로 다를지 몰라도 마지막은 같은 꿈…… 해피엔딩을 말이다.

〈The End〉